U0466307

水灵灵的故乡

蒋建伟　黄艳秋　主编

中国文联出版社

图书在版编目（CIP）数据

水灵灵的故乡 / 蒋建伟，黄艳秋主编. -- 北京：中国文联出版社，2025.2. --（当代名家经典散文书系）. -- ISBN 978-7-5190-5777-0

Ⅰ. I267

中国国家版本馆 CIP 数据核字第 202429DK97 号

主　　编　蒋建伟　黄艳秋
责任编辑　蒋爱民
责任校对　秀点校对
封面设计　蒋　飞

出版发行　中国文联出版社有限公司
社　　址　北京市朝阳区农展馆南里 10 号　　邮编　100125
电　　话　010-85923066（编辑部）　010-85923025（发行部）
经　　销　全国新华书店等
印　　刷　三河市龙大印装有限公司

开　　本　710 毫米 ×1000 毫米　1/16
印　　张　18.5
字　　数　285 千字
版　　次　2025 年 2 月第 1 版第 1 次印刷
定　　价　58.00 元

目　录

第一辑　山河走笔

第二辑　人生一瞬

第三辑　思想漫步

第四辑　庄稼时光

第五辑　写作课

第一辑

山河走笔

插图：段明

西安这座城

贾平凹

我住在西安城里已经20年了，我不敢说这座城就是我的，或我给了这座城什么，但20年前我还在陕南的乡下，确实是做过一个梦的，梦见了一棵不高大却很老的树，树上有一个洞。

在现实的生活里，老家有满山的林子，但我没有觅寻到这样的树；而在初做城里人的那年，于街头却发现了，真的，和梦境中的树丝毫不差。这棵树现在还长着，年年我总是看它一次，死去的枝柯变得僵硬，新生的梢条软和如柳。

我就常常盯着还趴在树干上的裂着背已去了实质的蝉壳，发许久的迷瞪，不知道这蝉是蜕了几多回壳，生命在如此转换，真的是无生无灭，可那飞来的蝉又始于何时，又该终于何地呢？于是，在近晚的夕阳中驻足南城楼下，听岁月腐蚀得并不完整的砖块缝里，一群蟋蟀在唱着一部繁乐，恍惚间就觉得哪一块砖是我吧，或者，我是蟋蟀的一只，夜夜在望着万里的长空，迎接着每一次新来的明月而欢歌了。

我庆幸这座城在中国的西部，在苍茫的关中平原上，其实，只能在中国西部的关中平原上才会有这样的城，我忍不住就唱起关于这个地方的一段民谣：

八百里秦川黄土飞扬，
三千万人民吼叫秦腔，
调一碗黏面喜气洋洋，
没有辣子嘟嘟囔囔。

这样的民谣，描绘得或许缺乏现代气息，但落后并不等于愚昧，它所透发的一种气势，没有矫情和虚浮，是冷的幽默，是对旧的生存状态的自审。我唱着它的时候，唱不出声的却常常是想到了夸父逐日渴死在去海的路上的悲壮。正是这样，数年前南方的几个城市来人，以优越异常的生活待遇招募我去，我谢绝了。我不去，我爱陕西，我爱西安这座城。

我生不在此，死却必定在此，当百年之后躯体焚烧于火葬场，我的灵魂随同黑烟爬出了高高的烟囱，我也会变成一朵云游荡在这座城的上空的。

当世界上的新型城市愈来愈变成了一堆水泥，我该怎样来叙说西安这座城呢？是的，没必要夸耀曾经是十三个王朝国都的历史，也不自得八水环绕的地理风水，承认中国的政治、经济、文化的中心已不在这里了。但可爱的是，时至今日，气派不倒的、风范犹存的、在全世界的范围内最具古城魅力的，也只有西安了。它的城墙赫然完整，独身站定在护城河的吊板桥上，仰观那城楼、角楼、女墙垛口，再怯弱的人也要豪情长啸了。

大街小巷方正对称，排列有序的四合院和四合院砖雕门楼下已经黝黑如铁的花石门墩，可以让你立即坠入古昔里高头大马驾驶木制的大车开过来的境界里去。如果有机会收集一下全城的数千个街巷名称：贡院门、书院门、竹笆市、琉璃街、教场门、端履门、炭市街、麦苋街、车家巷、北油巷……

你突然感到历史并不遥远，以至眼前飞过一只并不卫生的苍蝇，也忍不住怀疑这苍蝇的身上有着汉时的模样或是唐时的标记。现代的艺术在大型的豪华的剧院、影院、歌舞厅日夜上演着，但爬满青苔的如古钱一样的城墙根下，总是有人在观赏着中国最古老的属于这个地方的秦腔或者皮影、木偶。他们不是正规的演艺人，他们是工余后的娱乐。有人演，就有人看，演和看都宣泄的是一种自豪，生命里涌动的是一种历史的追忆，所以，你也便明白了街头饭馆里的餐具，碗是那么粗的瓷，大得称之为海碗。

逢年过节，你见过哪里的城市的街巷表演着社戏，踩起了高跷，扛着杏黄色的幡旗放火铳，敲纯粹的鼓乐？最是那土得掉渣的土话里，如果依音写出来，竟然是文言文中极典雅的词语：抱孩子不说“抱”，说“携”；口中没味不说“没味”，说“寡”；即使骂人滚开也不说“滚”，说“避”。

你随便走进一条巷的一户人家中，是艺术家或者是工人、小职员、个体的商贩，他们的客厅必是悬挂了装裱考究的字画，桌柜上必是摆设了几件古陶旧瓷。对于书法绘画的理解，对于文物古董的珍存，成为他们生活的基本要求。男人们崇尚的是黑与白的色调，女人们则喜欢穿大红大绿的衣裳，质朴大方，悲喜分明。他们少以言辞，多以行动；喜欢沉默，善于思考；崇拜的是智慧，鄙夷的是油滑；有整体雄浑，无琐碎甜腻。

西安的科技人才云集，产生了众多的全球著名的数学、物理学家，但民间却大量涌现着《易经》的研究家，观天象，识地理，搞预测，做遥控。你不敢轻视了静坐于酒馆一角独饮的老翁或巷头鸡皮鹤首的老妪，他们说不定就是身怀绝技的奇才异人。

清晨的菜市场上，你会见到人手托着豆腐，三个两个地立在那里谈论着国内的新闻。关心国事，放眼全球，对于他们似乎是一种多余，但他们就有这种古都赋予的秉性。“杞人忧天”从来不是他们讥笑的名词，甚至有人庄严地提议，在城中造一尊巨大的杞人雕塑，与那巍然竖立的丝绸之路的开创人张骞的塑像相映生辉，成为一种城标。

整个西安城，充溢着中国历史的古意，表现的是一种东方的神秘，囫囵囵是一个旧的文物，又鲜活活是一个新的象征。

原载《美文》杂志

秋天的音乐

冯骥才

火车一出山海关，我便戴上耳机听起这秋天的音乐。开端的旋律似乎熟悉，没等我怀疑它是不是真正地描述秋天，下巴发懒地一蹭粗软的毛衣领口，两只手搓一搓，让干燥的凉手背给湿润的热手心舒服地摩擦摩擦，整个身心，就进入秋天才有的一种异样温暖甜醉的感受里了。

我把脸颊贴在窗玻璃上，挺凉，带着享受的渴望往车窗外望去，秋天的大自然展开一片辉煌灿烂的景象。阳光像钢琴明亮的音色洒在这收割过的田野上，整个大地像生过婴儿的母亲，幸福地舒展在开阔的晴空下，躺着，丰满而柔韧的躯体！从麦茬儿里裸露出浓厚的红褐色是大地母亲健壮的肤色；所有树林都在炎夏的竞争中把自己的精力膨胀到头，此刻自在自如地伸展它优美的枝条；所有金色的叶子都是它的果实，一任秋风翻动，皇皇夸耀着秋天的富有。真正的富有感，是属于创造者的；真正的创造者，才有这种潇洒而悠然的风度……一只鸟儿随着一个轻扬的小提琴旋律腾空飞起，它把我引向无穷纯净的天空。任何情绪一入天空便化作一片博大的安寂。这愈看愈大的天空有如伟大哲人恢宏的头颅，白云是他的思想。有时风云交汇，会闪出一道智慧的灵光，响起一句警示世人的哲理。此时，哲人也累了，沉浸在秋天的松弛里。它高远，平和，神秘无限。大大小小、松松散散的云彩是他思想的片段，而片段才是最美的，无论思想还是情感……这千形万状精美的片段伴同空灵的音响，在我眼前流过，还在阳光里洁白耀眼。那乘着小提琴旋律的鸟儿一直钻向云天，愈高愈小，最后变成一个极小的黑点儿，忽然“噗”地扎入一个巨大、蓬松、发亮的云团……

接下去的温情和弦，带来一片疏淡的田园风景。秋天消解了大地的绿，用它中性的调子，把一切色泽调匀。和谐又高贵，平稳又舒畅，只有收获过了的秋天才能这样静谧安详。几座闪闪发光的麦秸垛，一缕银蓝色半透明的炊烟，这儿一棵那儿一棵怡然自得地站在平原上的树，这儿一只那儿一只慢吞吞吃草的杂色的牛。在弦乐的烘托中，我心底渐渐浮起一张又静又美的脸。我曾经用吻像画家用笔那样勾勒过这张脸：轮廓、眉毛、眼睛、嘴唇……这样的勾画异常奇妙，无形却深刻地记住。你嘴角的小涡、颤动的睫毛、鼓脑门儿和尖俏下巴上那极小而光洁的平面……近景从眼前疾掠而过，远景跟着我缓缓向前，大地像唱片慢慢旋转，耳朵里不绝地响着这曲人间牧歌。

一株垂死的老树一点点走进这巨大唱片的中间来。它的根像唱针，在大自然深处划出一支忧伤的曲调。心中的光线和风景的光线一同转暗，即使一湾河水强烈的反光，也清冷，也刺目，也凄凉。一切阴影都化为行将垂暮秋天的愁绪；萧疏的万物失去往日共荣的激情，各自挽着生命的孤单；篱笆后一朵迟开的小葵花，像你告别时在人群中伸出的最后一次招手，跟着被轰隆隆前奔的列车甩到后边……春的萌动、战栗、骚乱，夏的喧闹、蓬勃、繁华，全都消匿而去，无可挽回。不管它曾经怎样辉煌，怎样骄傲，怎样光芒四射，怎样自豪地挥霍自己的精力与才华，毕竟过往不复。人生是一次性的，生命以时间为载体，这就决定人类以死亡为结局的必然悲剧。谁能把昨天和前天追回来，哪怕再经受一次痛苦的诀别也是幸福，还有那做过许多傻事的童年，年轻的母亲和初恋的梦，都与这老了的秋天去之遥远了。一种浓重的忧伤混同音乐漫无边际地散开，渲染着满目风光。我忽然想喊，想叫这列车停住，倒回去！

突然，一条大道纵向冲出去，黄昏中它闪闪发光，如同一支号角嘹亮吹响，声音唤来一大片拔地而起的森林，像一支金灿灿的铜管乐队，奏着庄严的乐曲走进视野。来不及分清这是音乐还是画面变换的缘故，心境陡然一变，刚刚的忧愁一扫而光。当浓林深处一棵棵依然葱绿的幼树晃过，我忽然醒悟，秋天的凋谢全是假象！

它不过在寒飙来临之前把生命掩藏起来，把绿意埋在地下，在冬日的雪被下积蓄与浓缩，等待下一个春天里，再一次加倍地挥洒与铺张！远远山坡上，坟茔，在夕照里像一堆火，神奇又神秘，它那里埋葬的是一具尸体或一个孤魂？既然每个生命都在创造了另一个生命后离去，什么叫作死亡？死亡，不仅仅是一种生命的转换，旋律的变化，画面的更迭吗？那么世间还有什么比死亡更庄严、更神圣、更迷人！为了再生而奉献自己的伟大的死亡啊……

秋天的音乐已如圣殿的声音，这壮美崇高的轰响，把我全部身心都裹住、都净化了。我惊奇地感觉自己像玻璃一样透明，艺术其实是安慰人生的。

原载《作家文摘》

光明在低头一瞬

迟子建

俄罗斯的教堂，与街头随处可见的人物雕像一样多。雕像多是这个民族历史中各个阶层的伟大人物。大理石、青铜、石膏雕刻着的无一不是人物肉身的姿态，其音容笑貌，在各色材质中如花朵一样绽放。至于这躯壳里的灵魂去了哪里，只有上帝知道了。

莫斯科的东南方向，有一座被森林和草原环绕的小城弗拉基米尔，城边有一座教堂，里面有俄罗斯大画师安德烈·鲁勃廖夫的壁画作品。

教堂里参观的人并不多，我仰着脖子，看安德烈·鲁勃廖夫留在拱顶的画作。同样是画基督，他的用色是单纯的，赭黄占据了大部分空间，仿佛又老又旧的夕照在弥漫。人物的形态如刀削般直立，其庄严感一览无余，是宗教类壁画中的翘楚。

就在我收回目光，满怀感慨低下头来的一瞬，我被另一幅画面打动了：有一位裹着头巾的老妇人，正在安静地打扫着凝结在祭坛下面的烛油！

她起码有六十岁了，她扫烛油时腰是佝偻的，直身的时候腰仍然是佝偻的，足见她承受了岁月的沧桑和重负。她身穿灰蓝色的长袍，戴蓝色的暗花头巾，一手握着把小铁铲，一手提着笤帚，脚畔放着盛烛油的撮子，一丝不苟地打扫着烛油。她像是一个虔诚的教徒，面色白皙，眼窝深陷，脸颊有两道深深的半月形皱纹，微微抿着嘴，表情沉静。教堂里偶尔有游客经过，她绝不张望一眼，而是耐心细致地铲着烛油，待它们聚集到一定程度后，用笤帚扫到铁铲里，倒在撮子中。她做这活儿的时候是那么虔诚，手中的工具没有发出一声刺耳的响声，她大概是怕惊扰了上帝吧。

我悄悄地站在老妇人的侧面，看着祭坛，看着祭坛下的她。以她的年龄，还在教堂里做着清扫的事务，其家境大约是贫寒的。上帝只有一个，朝拜者却有无数，所以，祭坛上蜡炬无数。它们播撒光明的时候，也在流泪。从祭坛上蜂飞蝶舞般飞溅下来的烛泪，最终凝结在一起，汇成一片，牛乳般润泽，琥珀般透明，宛如天使折断了的翅膀。老妇人打扫着的，既是人类祈祷的心声，也是上帝安抚尘世中受苦人的甘露。

这样一个扫烛油的老妇人，使弗拉基米尔之行变得有了意义。她的形象不被世人知晓，也永远不会像莫斯科街头矗立的那些名人雕像一样，被人纪念着，拜谒着，但她的形象却深深地镌刻在了我心中！镌刻在心中的雕像，该是不会轻易消失的吧？

原载《海外文摘》杂志

海上曙色

蒋建伟

走过这十里长的小河，就是茫茫大海，一只只渔船一张张帆一条条黑黝黝的汉子，多少年了，大风大浪里走哟。

大雨忽然汹涌起来，“噼里哗啦，噼里哗啦”，恶狠狠地直直坠入大东海里、窄小窄小的减河里，这么多急急火火的雨声，迅速组成了一支大型的交响乐团，“啦——”也就是国际标准音“A”，每秒钟频率振动440下，由乐队的首席小提琴手发出来，小提琴声部、中提琴声部和大提琴声部跟上，音乐次第弱起，渐强，缓慢而抒情。大海一片瓦蓝。“啦——”双簧管也进入这队列中，脚步活泼泼，喏，野丫头跑回来了。白云开始在天上唱歌，多么美妙。啊，雨声宏大，弦乐、木管、铜管起来了，雨声辽阔，大提琴、低音提琴、长笛、短笛、双簧管、单簧管、巴松、圆号、小号、长号、大号、竖琴、小军鼓、大军鼓、定音鼓、大镲进来了，热血好像沸腾了，全都进来了。啊，两支长笛流淌出一阵阵欢乐的水流，奔腾着数不尽的浪花，单簧管里飘出了故国乡愁，在浪花中舞起一道道激流，一圈圈漩涡，轻轻缓缓向前推进，交汇，挣扎——是捷克作曲家贝德里赫·斯美塔那的交响诗《我的祖国》，是第二乐章《沃尔塔瓦河》，清凌凌，哗啦啦，从波希米亚森林中的上游，流进布拉格边的下游，也流进一条大河，一支支旋律从北向南奔流，情感起起伏伏，深沉，深情，想哭。我似乎看见，每一道水波，都指向了东方。妈妈，我亲爱的母亲啊，每一个灵魂、每一个孩子仿佛在凝视，向着东方，仿佛在找寻你手语里的什么答案。激动渐渐归复平静，音乐最终，停在一个半休止符上。东方，是辽阔的大海，所有的河流都要奔赴东方。一个人平静的样子，投射在晨曦里的侧影，泛动着，跳跃着。镶了金边的水声呢，“哗啦”，响了一下，三五秒吧，像是你，哦，我亲爱的祖国我的爱人，怎能不让我想她？

我站的位置，原来就是大东海啊！这个即将破晓的时刻，一排排海水漫灌过来，接着一排排退去，一排排汹涌而来，潮起潮落，日升月息，何等大的气魄！但这，还不算什么。气魄更大的，是祖祖辈辈在这里赶海的人，他们向大海讨生活，向大海要海田，不错，就是围海造田，拦海种海。第一代人挖沙为河、清淤拦堤，第二、三代人修桥扩河、河头立闸，一厘米一厘米地扩延河道，一代人一代人地接力填海，一晃，他们花费了一千年的时间，一米一米地把大海朝东方驱赶。一千年哪，小河的长度，有10里，今天，已变成16公里。这，是何等的气魄？

我惊呆了，索性扔了那把雨伞，闯进这茫茫大雨中，全身心感受着一股股血脉偾张的激动。是啊，一千年过去了，那些赶海造田、苦心劳作的渔民先人纷纷作古，被编进一部保存不完整的枯黄黄的家谱，变成了孤寂的一盏青灯下，某个陌生的名字，怯怯地站在家谱的一个角落里，期待着迎上我们火辣辣的眼神，久久对视。可是，我还是非常愚钝和不敬，竟然分不清他出自哪宗哪族，我们第几代的祖先，真是太不应该。行走的仓促之间，我小声问过一位当地的朋友，可否查找一下哪怕一代造田的祖先的名字，他在雨中苦笑着摇摇头，真是没有办法找得到，太难太难了。

十里小河，十里渔家啊。

赶海人最发愁的，不是吃什么，喝什么，住什么，而是怎么活下去，所以，他们把海田看得比命都要值钱。我很想看看，当年祖先们是如何挖出第一镐的白沙淤泥，堆起第一道河堤的，哪怕是一个劳动现场的复原也好。朋友答应了我，带着我朝前走，爬上一处水泥路硬化了的河堤，这一看，我傻眼了：渔民太苦了，难怪他们会那么拼命！远远看去，潮水已经退去，海涂上形成了高高低低大小不一的小丘，挖掘机不停地挖沙挖泥，一点点垫在小丘上，渔民们还从附近的玉苍山、望州山、金鸡山、藻溪山、球山等小山上拉来石头，填充进去，如果把这么多小丘串联起来，垫高加固，就变成了拦海的堤坝，而小丘四周凹陷下去的地方，泉涌出来的河水一股股积蓄，就是一条人工的小河。自然，这里的小河是没有什么名字的，渔民们起得也很随便，什么养鸭场东河、涂厂新开河、章良河、东小河、新东塘河，什么海头新河之类，堤坝围到哪里，河就蜿蜒到哪里。其实，古时候的围海方式怎么能跟今天相比呢？如果，历史快退300年，渔民用手、用锄头、用铁镐，一把把、一捧捧、一镐镐地挖土挖沙，全部都垫在小小的海丘山上，他们要赶在落潮之后、下一次涨潮之前，分分秒秒地向大海要土地，要饭碗，春夏秋冬，不舍日夜。围起来的海田，土壤需要改良，需要增加肥力，怎么办？头一两年，他们就在海田里种棉花，种稻子，种咸青籽，棉花不怕盐碱土，稻秆子咸青籽烧过去，可以给土壤追肥，地，一下子就壮了。渔民接下来，可以放心地种西瓜、种甜瓜、种稻子，水田旱地，天地祥和，稻米西瓜西红柿黄瓜甜瓜酱瓜随你个遍，敞开肚皮吃。他们圈出池塘，拉起渔网，热火朝天去种海，晒海盐，养殖了蛸蠓、江蟹、三眼蟹、蛏子、跳跳鱼、野毛蛤、血蛤这些海产品，到了收获季，装货划船，沿着青龙江西去，去赶一场大集，喜滋滋地卖个好价钱。可是，这碗饭不好吃啊！好年成也就罢了，如果遇到了台风肆虐，狂风掀起大浪，暴雨猛袭，田里就形成海水倒灌，倒灌进来的海水迅速汇入河里，闸门失去了作用，常常导致水漫海田，大片大片的庄稼颗粒无收。胆子大的一些渔民，冒死出海去抓青子贝壳，一个个把自己绑在船上，划着船桨向东，从此，他们消逝在雷电交加的海上，再也没有回来……

河水流过的地方，就有家。在中国浙南，鳌江入海口的这条白沙河，古时有十条小河向东，直通东海，更适合人们生存繁衍，以至于今天的两岸，繁衍出了19个小渔村，22条小河（河汊）。白沙河的最北边，形成了一个大象似的湾儿，抱着象北、象中、象南3个村，也就是象岗，大象镇海妖之意。靠南边最出名的村子，叫刘店，含刘南、刘北、刘西3个村，3条河穿村而过，向东入海。明清时期商贾云集，客栈林立，鱼虾海鲜生意红火，海边风景惹人欢喜，客人一高兴，海鲜吃多了，杨梅酒喝多了，心，舒坦了，就留在小店里歇脚过夜，老渔民们又叫“留店”。在七河的南边，是刘北河的北新河，河上漂来一座桥，桥头住的渔家是两兄弟，姓倪，老大住在朝南屋，老二住在朝西屋，为人仗义，出海不怕死。300年过去了，好家风，传后人，倪家子孙今天已繁衍十代400余人，自然，北新河桥的名字也就被“倪家河头”替代。口碑好的，不光是倪家，还有刘家、马家、缪家、朱家、方家，培养孩子读书，教育孩子成才，他们穷怕了，苦也受够了，难道下一代人，还重复自己的老路？不，一定要挣钱供孩子上学，然后，耕读传家。于是乎，“读书，考功名，当大官，报国立业”已变成渔民们教育孩子的一种本能。

刘店村的五显庙，已经300多岁了，是纪念五位刘氏兄弟的一座小庙，和“妈祖庙”“海神庙”“河神庙”相近，每年古历正月十三，必有丰年社戏。遥想当年，海涂上空荡荡的，根本容不下人的活路，但是五兄弟个个有种，仿佛长了龙胆，成家立业围海造田，且团结和睦，这才繁衍出了成千上万个刘家后人，不容易啊。一时间，杀猪宰羊，海鲜蟹贝，家家来客，人人祈福，祭先祖，镇海妖，保平安，佑富贵，投粽米，祭屈子，赛龙舟，争上游，末了，端起自家酿的黄酒、米烧酒，干。然后抓几只对虾，夹几块猪头肉，恶狠狠地一阵嚼，小日子呀，美得不要不要的。重修这座庙时，也很有意思：清嘉庆丙寅年（1806），刘锡芹公助金百余两重建社庙；清咸丰丁巳年（1857），刘卓林公倡修社庙；清同治癸酉年（1873），刘庆祥公倡议修葺，并后殿添筑两翼以及左右小路廊，刘毓铨公助铜钱三十一缗；清末民初，刘庆祥之子、教育家刘绍宽先生在此兴办小学中学，培养出一众学子；1995年，龙港第六中学、白沙小学搬迁另建，五显庙退校复古，筹资再修，成为附近老年人的活动场所。故事里的祖先，家训里的至理，一定会站着若干个乡贤大儒，他们，皆怀抱一颗崇文尚贤之心，这时刻，我读起这两块重建碑文，一个个陌生的名字直撞胸臆，满满的敬意在上扬。渔民的愿景是美好的，多么纯粹，干干净净的，好像一朵云，一滴雨，一阵风，他们祈祷年年月月的风调雨顺，祈祷天上替自己受过大苦大难的祖先们幸福，也祈祷他们自己，祈祷后来的子子孙孙，幸福，一浪高过一浪。

我走过窄窄的石板桥，走过雨棚下喧闹叫卖的海鲜摊儿，走过一片爬满了菜葫芦、笨冬瓜、倭瓜秧儿的篱笆墙，也走过唱出一声声交响乐的大雨，似乎什么都忘了。身后，那掏心窝子的温州鼓词，一句句飞出来：“花荫寂寂藏春光，月色溶溶独照窗，奴心如碎怀才子，牵惹游丝万丈麻……”那个渔家姑娘哦，唱的是《倭袍传·思唐》，思念着心上的他，好不闷杀人也。那孤零零的字，像锥子，一下一下，好扎心。世上的爱情都是一样的，斯美塔那爱的，却是伟大的音乐。晚年的他，耳聋了，听力全无，但不能阻挡他汹涌澎湃的一段段旋律，终于，1874年至1879年，他拼尽全力，创作出《我的祖国》这首交响曲，以此绝唱，献给自己的母亲河，5 年后，他走了。和作曲家一样，渔家人爱大海，把自己的生和死都交给了大海，一代人一代人地接力交付给它，十里渔家，是填海人苦难中开出的那朵莲，是野丫头奔跑中发出的那串笑，是追着潮头填海时的那种倔强，是赶着太阳归航后的那份沉甸甸……

恍恍惚惚，大雨停了，云层薄了，地平线上亮出来一抹抹曙色，你知道像是什么吗？哦，好轻盈好轻盈，仿佛什么都像，仿佛又不像，我，也变成一句白亮亮的鼓词，长了翅膀一般飘向东方。

原载《生态文化》杂志

去往墨脱的理由

葛水平

2013 年 10 月 31 日，墨脱公路通车仪式在岗日嘎布山南坡海拔约 2100 米的西藏自治区墨脱县达木乡波弄贡村举行，标志着墨脱县正式结束全国唯一不通公路县的历史。

墨脱公路起点为林芝市波密县县城扎木镇，终点为墨脱县城墨脱镇，所以，墨脱公路又叫扎（木）墨（脱）公路，墨脱是我国最后通公路的县城。虽然墨脱不通公路的历史已经结束，但由于自然条件所限，这条公路仍然还不是全年全天候畅通的道路。

沿线依然遭受雪崩、泥石流、滑坡、山洪等季节性自然灾害威胁。在墨脱县及其周边，大致以马蹄形大拐弯的雅鲁藏布江为界，江南属喜马拉雅山东段（主峰海拔 7782 米），江北属念青唐古拉山（主峰海拔 7111 米），以西属冈底斯山脉东段郭喀拉日居山（主峰海拔 6288 米），以东属岗日嘎布山（主峰海拔 6882 米），受喜马拉雅山、岗日嘎布山等重重雪山峻岭和雅鲁藏布江大峡谷（包括其支流帕隆藏布峡谷）的阻隔，历来墨脱交通闭塞，被形容为高原孤岛。

墨脱藏语意为花朵，因外人难以到达、对其了解不多而被称为隐秘的花朵。

通往墨脱的道路有六条：

由米林县派镇翻多雄拉（海拔 4221 米），经背崩至墨脱。

由波密县达兴越金珠拉（海拔约 4570 米）至墨脱。

由波密县翻索瓦拉（也叫随瓦拉，海拔约 4400 米）至墨脱。

从波密县城扎木镇沿嘎隆北曲上行，翻嘎隆拉（海拔 4311 米，人行小道）、多热拉（海拔 4304 米，公路），沿嘎隆南曲经波弄贡、沿金珠藏布经冷多、沿雅鲁藏布江至墨脱。

从派镇顺雅鲁藏布江进入大峡谷到白马狗熊，从白马狗熊上山，翻西兴拉（海拔 3692 米），再下到大峡谷沿江至墨脱。

沿帕隆藏布、雅鲁藏布江至墨脱。

除了上面的六条，1965 年，曾开工修建沿帕隆藏布至雅鲁藏布江通往墨脱的公路，但由于山势太险而被迫停工。

前四条道路都要翻越海拔 4200 米以上的高山隘口，由于冰雪封冻，每年只能通行三四个月；而后两条路，虽不翻雪山，但要穿行于雅鲁藏布大峡谷之中，面对悬崖峭壁和深邃的沟壑，道路更为险要。

这里地名中常出现“拉”字，“拉”是隘口（山口、垭口）的意思。藏语中“拉”是敬词，用在这里表示对山的尊敬，对大自然的崇尚。

从 20 世纪 70 年代起，西藏交通部门组织力量多次修建该路，终于在 1993 年 10 月将初具公路雏形的“毛路”打通至墨脱县城，实现了公路初通，并有一辆卡车开进了墨脱。但由于受泥石流、滑坡和山洪等自然灾害影响，初通的公路很快就有大段被毁，全线又处于瘫痪状态。

开进墨脱的卡车再也没有开出来。

几十年来虽然屡屡投资、几经修建，数十人为之付出宝贵生命，但这条墨脱通往外界的简易道路，仍然只能每年分段、分季节勉强通行 3 个月左右，即每年 6 至 9 月多热拉积雪融化时，汽车可经此翻越岗日嘎布山进入墨脱，但这段时间刚好又是雨季，泥石流、滑坡、山洪等山地灾害极为活跃，时常造成道路中断。

2010 年 12 月，全长 3310 米的嘎隆拉隧道顺利贯通，从此避免长达半年之久的大雪封山、雪崩等灾害对公路交通的影响，被茫茫雪山阻隔的墨脱人终于实现了与外界的交流。

在此以前，墨脱需要的各种物资，一是在有限的时间段内通过勉强通车的扎墨公路运进；二是从米林县派镇（海拔 2950 米）由人力肩背和马帮驮运，经过多雄拉（海拔 4221 米），翻越喜马拉雅运至墨脱，此路为小道，路况差，不少路段十分危险，安全隐患大，为配合运输和接应进出墨脱的工作人员，墨脱县政府专门在派镇设立了一个转运站；三是由马帮走前述六条路中的第二条路，即翻越金珠拉（海拔 4570 米）至墨脱。

墨脱虽近在咫尺，却仍是遥不可及的地方。

那次，去往墨脱路经嘎隆拉冰川侧碛垄时，有成都山地研究专家同行，他们毫不犹豫拽着我踩着冰雪登了上去，站在上面能清晰地听见腿折腰断的“咔嚓”声，冷风袭过，珍贵的安静显得空落，如果你不小心激动一下，清鼻涕会挂在嘴唇上被阳光照得清亮。

这个声音，是冰层断裂的声音，表明脚下的冰川正在运动。站在侧碛垄上观察冰川的弧形拐弯，感觉更壮观。扎墨公路就从冰川弧形拐弯顶端的侧碛垄边缘通过。

2007 年 8 月 5 日，正值盛夏，树木枝繁叶茂，从嘎弄北曲口至 24K，公路在茂密的原始森林中穿行，满目青翠，悦人心目。

8 月进入墨脱和 5 月进入时大不一样，冰川雪水滋润的高山湿地水草茂盛，牛群散落在茵茵的地皮上吃草。

24K 实际上是墨脱县在这里设置的一个接待站，主要为翻越嘎隆拉或进出墨脱的人员服务。

沿途有三个高山湖泊出现在眼前，这就是嘎隆拉山顶冰雪融化形成的冰湖，当地人称为嘎隆拉天池，像三颗晶莹透亮的蓝宝石镶嵌在山间，公路在它们边上牵肠挂肚般环绕。

这是三个冰碛湖，为冰川末端消融后退时，嘎隆拉冰湖挟带的石块沙砾在地面堆积成四周高、中间低的积水地形。没有见过的蓝，是久远的，没有人类生存痕迹的静止，湖水折射出天空的透彻，无法表述，只有面对才有的感觉。突然就打开了自己，内心郁积的一个人的绽放，隆重地盈满，几乎是渴望成为一个丧失知觉的时辰。湖面水平如镜，没有一丝涟漪，倒映着山岩和天空的云朵，美得令人窒息。湖的周边是高山草甸，山坡上野花艳丽夺目，能看见远处的山坡上正发育着的悬冰川。

在湖边的一处山坡上，开满了雪莲花，雪莲花周围还开放着很多不知名的小黄花、小红花。

高山雪莲是一种适应高山环境、具有抗寒特性的花朵，依旧是透彻的明艳、无尽的生气，有博大的启悟，也有遗世独立、羽化登仙之感。

现在嘎隆拉隧道打通后，进出墨脱再也不用翻山了，可惜路人也与山顶的冰湖等美景失之交臂了。

公路不仅很窄，而且崎岖坎坷，外侧是悬崖。这一段属危险路段，主要危险来自坡陡弯急和雪崩及冰雪路面等。由于嘎隆拉隧道（扎木端高程约 3780 米，墨脱端约 3650 米）的贯通，从 24K 到 52K 距离缩短了约 20 公里，所以 52K 现在应为“32K”。进入墨脱后的另一个感觉就是瀑布多，有的路段瀑布高悬在公路上方，汽车直接穿越瀑布通过。

52K 以下不远处的森林中，有成片的树木顶部都是光秃秃的，这是冬季大雪压断树枝甚至折断树木留下的痕迹。随后，进入山地灾害多发区，泥石流、滑坡、落石、山洪等成为威胁公路安全的主要因素。

从扎木镇到墨脱县城途中 80 公里的地方，里程数字比村名更响亮。

夏天，嘎隆拉山冰雪古冰川 U 形谷中的 52K，驻扎其中的是公路抢险队。看那些青春略显稚气的脸，模糊在眉宇间的高原红使整张脸看上去红彤彤的。如果说高原湖泊是墨脱的动感节拍，生存在此的公路抢险队便是道路的灵魂所在。人类的生存注定要挤占自然生存的空间，高寒、原始、艰辛、寂寞，这些冷酷的词汇自然挡不住人们前进的脚步。从 80K 可以进出波密，但因为是雨季，80K 到墨脱镇的路上，泥石流、滑坡、山洪等灾害频繁，道路基本不通。

夏天结束，雨季过了，基本不再有泥石流等山地灾害了，但是嘎隆拉与多热拉又大雪封山了。

与蚂蟥遭遇，是进入墨脱或者在墨脱工作时的新常态。

墨脱的蚂蟥为旱蚂蟥，主要生活在草和灌木的叶子上。墨脱的蚂蟥外表暗绿色，大的身长有 3—4 厘米，一弓一张地行走，也会一弓后一张弹跳，雨后特别多。蚂蟥没有吸血时，它像一根牙签般粗细，吸饱血后，最大的可有人的小指般粗。叮上人体吸血时，它会先分泌一种蚂蟥素，既有麻醉作用，让人感觉不到被叮，又有稀释血液稠度的作用，便于它吸食。

蚂蟥素能破坏凝血酶，使血液的凝结力显著降低，即使蚂蟥吸饱血掉下来，创口还会好长时间流血，所以，它对血小板低的人危害更大。

蚂蟥身体柔软，拿在手里软绵绵的。它富含胶质，韧性很强，研究人员曾用协助工作的门巴人的腰刀去切割蚂蟥，但使劲切也没有切断。

崎岖的山路上，马帮作为一种运输工具，时至如今仍然是不可缺少的。

说到马帮，又让人想起了蚂蟥。蚂蟥不仅吸人的血，也吸牲畜的血。马要吃草，灌木草丛中蚂蟥多，蚂蟥很容易跳到马的身上。马的皮厚，蚂蟥就找马身上皮薄或没有皮的地方吸血。

当地人亲眼见到有蚂蟥叮在马的肛门和眼角处吸血。墨脱马帮的马匹真的很叫人心疼，它们既要负重行走在险峻的山林之中，又要忍受蚂蟥吸血，所以，马都很瘦。

比起感受爱的能力的限度，人类感受幸福的能力显得更为有限。幸福和快乐每天都会消耗，痴迷一个地方的感觉总是像雪球一样越滚越大，而且常常会因为一些莫名的理由，或是没有理由，不远千里去往，无视路途险阻，无惧透支生命。

也许这就是去往墨脱的理由。

原载《都市》杂志

到海里去

乔　叶

1

虽然是第一次来到赣榆，但是对这里，却有一份由来已久的亲切。这份亲切是因为连云港，因这赣榆，是连云港的赣榆。而对连云港的亲切，则源于连云港的云——很狭隘的，我喜欢把这个云字解读为云台山的云，因为我老家也有一座云台山，一模一样的三个字：云台山。两年前，我还有机缘曾在连云港的云台山大酒店住过两天，看到满眼都是云台山的logo，就恍若归乡。

有点儿遗憾的是，虽然去过连云港几次，却从没有去过连云港的港——港也罢了，说到底，想看的是海。这次在赣榆，终于弥补了这点儿遗憾，不仅来到了柘汪港，还在柘汪港坐了一回船，出了一次海，登了一个岛。这短途的海上之行，成了此次印象最深刻的旅程。

岛叫秦山岛。秦山岛，秦皇岛，让人很容易推测这两个岛有什么关系似的，本地朋友一介绍，果然就和秦始皇有关。这岛原名叫琴山岛，因山形酷似古琴。传说王母娘娘曾在这岛上建通天塔，所以又有俗称“奶奶山”。伟大的史学家司马迁在《史记·秦始皇本纪》中如此记下：“二十八年，始皇东行郡县……南登琅邪，大乐之，留三月。乃徙黔首三万户琅邪台下，复十二岁。作琅邪台，立石刻，颂秦德，明得意……既已，齐人徐市等上书，言海中有三神山，名曰蓬莱、方丈、瀛洲，仙人居之。请得斋戒，与童男女求之。于是遣徐市发童男女数千人，入海求仙人。”极雅的琴山岛或者说极俗的奶奶山应该就是此时沐上了皇恩，成了始皇的秦山岛——

总是如此，无论何事何物何人，想要在历史上留下点儿什么，似乎必要和帝王产生瓜葛。由此，物是上贡，事有皇命，人是敕封，方能流芳百世，光宗耀祖。

这里提到的齐人徐市，就是赣榆最古老的名人，徐福。齐不是山东吗？倒也没错，连云港在历史上长期属于山东。在赣榆几天，本地朋友们的口音一听就是山东腔调，顿顿都可以吃到煎饼这种典型的山东美味，这些都可作为有力佐证。

2

船启动了。浪并不大，只是有些动荡，也还好。可是当地的朋友特别关心地对我们反复问，是不是会晕船？要不要吃晕船药？我虽然没有吃晕船药，却也有点儿担心自己会晕船，给人家带来麻烦，所以在游艇里就没敢老老实实地坐着，不时地站起来，东张西望，转移自己的注意力。

出了港，离陆地渐渐地远了，海水渐渐地绿了起来。我干脆就盘坐在船头的驾驶座旁边，和船员们聊起天来。

这片海域有鲸鱼吗？

没有。

有鲨鱼吗？

没有。

有海豚吗？这种问题，似乎可以无休无止地问下去，反正大海里奇异的生物是那么多啊。

有的，不过，很小很小。

海面并不太空空荡荡，不时就能看到各种漂着的标志，或者是杆子，或者是浮球，都很有规律地排列着。

这些标志，意味着下面养着东西，是吧？

对。

养着什么？

黑鲪鱼，刺参，大菱鲆，鲍鱼，海虹，海蛎，扇贝……多了。最多的是紫菜。

这海，其实就像耕地一样，都是被承包出去的，是吗？

对呀对呀。

他们的表情是那么喜悦，简直差点儿要说出“恭喜你答对了”。

我便用手机搜新闻，信号不太好，搜了好一会儿，才搜出一则2018年2月的：“……初春时节，赣榆区沿海海面养殖的二十余万亩紫菜进入收割旺季，紫菜养殖户抓住晴好天气抢收新鲜紫菜，‘海上菜园’一派丰收景象。”

小台子上摆着一本厚厚的书，是《2019潮汐表——第1册：鸭绿江口至长江口》，海洋出版社出版。打开，第一页印的就是站位分布示意图。图上全是港口，我以连云港为坐标中心，上上下下地浏览：岚山，日照，董家口，青岛，滨海，大丰，洋口，崇明，上海……海洋的世界，凝聚在这里。如果不坐这船，我可能一辈子都不知道会有这样的书。

抬起头，继续看海。海面茫茫，似乎可以随便走的。我们的船果然也是拐来拐去随便走的样子。

不能直着走吗？我问。当然，我当然知道这么走是有理由的，可我就是想听他们说一说。他们一定觉得我很幼稚吧？很多时候，我愿意让自己幼稚。

他们就笑，说不能的呀。

为什么呢？

要考虑洋流啊，风向啊，暗礁啊。还有海下面养的这些东西，网箱啊，吊笼啊。总不好随便踩人家的庄稼嘛。

是啊。无边无际的自由，这只是幻觉。没有绝对的自由。就像飞机飞在无边无际的天空，也必须遵循一条航线。“海阔凭鱼跃，天高任鸟飞？”想来鱼和鸟可不敢这么干。渔民们以海为生，当然也早就悟出了智慧的经验。前些时读福建作家周玉美的长篇小说《绿罗裙》，其中写到海上行船的方式，一种是“敲桨”：“所谓‘敲桨’其实就是：不正面逆风前进，利用风帆向左倾斜，然后转舵向右倾斜。这样从右到左，从左到右，成了‘之’字航道。……这种办法的产生，实在是渔人与海亲近，懂得海的性格，也谙熟它的个性，在海发脾气时，是逆不得的。另一种是‘拾浪’：就是船按照浪的律动，时而被推上浪尖，时而又跌入波谷，就这样顺着浪前进。”

敲桨，拾浪，这词语，真美妙。

3

忽然又想起这一段时间正在看的枕边书，作者叫艾温·威·蒂尔，是美国自然文学的典范作家。译林出版社出版自然也是好的，在我这里好到可以免检。艾温·威·蒂尔写了四本，共是风物四季:《春满北国》《夏游记趣》《秋野拾零》和《冬日漫游》，封面清新简约，令人赏心悦目，让我拿到就爱不释手，恨不得先睹为快，却也知道偏偏不宜快。最好的阅读方式是：跟着季节，一季一季，慢慢读。这样的书反复印证着一个被许多人忽略的常识：人类是自然世界的一部分。而很多人误以为，自然是人类世界的一部分。

——扯远了。

记得《春满北国》里的第三章，名为“天上的春”，在天上看春？是，在天上看春。看什么？天色，积云，鸟群，太阳，星星，月亮……可看的，太多了。当然不止春天，夏秋冬这些季节在天空也都有各自的印记，皆有据可查，只是我们常常既看不到，也不会查。

正如这海。在我们眼里，仿佛只有水的海。除了海水，眼前的海面上确实什么都没有。但一点儿也不妨碍我的想象。或者说，正因为看起来什么都没有，才更适合想象。

这海，有多深？

十来米吧。

最深的地方呢？

三十来米吧。

这答案让我很是不满足，甚至有一点点失望。我所知道的海，是那么深的深海。曾在微信上看过一篇文章，内容是说在海底下沉一万米能看到什么，恍惚记得，海面下面一百米处，是带鱼徘徊的深度，带鱼在海里并不像鱼一样游来游去，它惯常的姿态是直立着仰望。海面下将近三百米的地方是海豹和海狮潜水的地方，在这个深度，它们的肺会缩成一团。海底五百米，是蓝鲸栖息的最深处，海底九百米处，独角鲸可以到达，而在海底一千米以下的生物，居然进化出了自体照明设备……在更深处，还有玻璃章鱼、尖牙鱼，两千七百米处有深海鳕鱼游荡，三千一百米有巨乌贼出没，泰坦尼克号沉没在三千七百多米处，全世界海洋平均水深是三千八百米……

此刻，突然清晰地理解了海子的那两句诗：

天空一无所有，
为何给我安慰。

大海和天空，它们当然不是一无所有。它们有的，太多了。哪怕从没有人知道它们的多，它们的多也一样坚不可摧地存在着。我们看不见是我们的问题，不是它们的问题。我们没看见，只是我们没看见，是我们没有能力看见而已，一点儿都不妨碍它们存在的丰富性。所以我对这些庞大的事物充满了敬畏感，也充满了好奇心。

终于，秦山岛越来越近。船靠码头，我们上岸了。

原载《青岛文学》杂志

草原，恩重如山的摇篮

王巨才

一

去乌兰察布，是在北京最炎热的中伏天。

没想到，长城外，阴山下，会有这样一处被国家权威机构命名的“中国草原避暑之都”，而迎接我们的，又是这样一幕别开生面的“情景剧”。

汽车驶出张家口，天气顿觉凉爽下来。田野的清风透窗而入，原本沉闷的车厢立时变得活跃。人们喜形于色地相互致意，诉说苦夏的难熬，庆幸同行的机缘。正当谈兴正浓，不经意间，窗外猛地裂过一道闪电，随着车顶噼噼啪啪的击打声，一场猛烈的暴雨倾盆而下，车子周围顿时雾气蒸腾，积水如流。少顷，那雨水又变作密集的冰雹，跳珠溅玉，斜飞直泻，只一会儿，便在地上铺了白花花一层。这突如其来的奇遇，持续不到二十分钟，车子再往前开，头顶仍是艳阳高照，晴空万里，而公路两旁一望无际的草地和成片的玉米、油菜花，经了这一场疾风骤雨，非但未遭创伤，反而显得更其葱翠，挺拔，艳丽。

在众人为这出其不意的“艳遇”啧啧称奇声中，同车的乌兰察布市文联书记王玉水兴奋点评：这就叫草原，有一片云，下一场雨，说下就下，说晴就晴，要不天空总是那么清澈，草地总是那么新鲜！要说休闲养老，没有比这更称心的地方。

乌兰察布号称内蒙古最年轻的市，原来叫盟，2003 年改市。我们到达的第一印象，便是它地域的辽阔与水草的丰美。全市面积五万五千平方公里，只这市政府所在的集宁区就有四百平方公里。从阳台眺望，市区框架很大，布局疏朗，但少有高层建筑，大多为板楼和平房院落，几处已建和正在施工的楼宇，高标独立，反倒有些另类。道路很宽，纵横交错，四通八达，想是因人口少，居住分散，见不到车来人往的繁忙与扰攘，感觉格外宁静。最养眼的，自然是那远远近近分布在民居周围、湖边水岸，成排连片、郁郁葱葱的林木与草地，在阳光照耀下，分外生动明媚，使这城市看起来整个就像一个无远弗届的生态园林。但据文联书记王玉水介绍，这地方原先曾是火山爆发带，遍地沙砾碎石，现有的花草树木都是近几年为打造生态旅游城，市民们硬是挖沙填土，引水培育，才生长起来的。现在的城区绿化率，已达百分之六十以上。要说变化，市民最满意的就是居住环境越来越漂亮，生活越来越舒适。

我们的住处在霸王河风景带旁边。这是一条自北而南贯穿市区东部的河流，水面宽阔，水质清澈，两岸遍植油松、侧柏以及格桑、金菊等各色花草，林间有供人小憩的花坛、凉亭。晚饭后沿林间小道散步，凉风习习，花香幽幽，虽是炎夏，浑如清秋，让人重又领略到那种久违的惬意，引发出一番远离尘嚣、回归自然的感慨。说话间夕阳西坠，暮色四合，登上附近的观景大桥，但见东西两岸的原野上到处路灯闪烁，如大海夜行时的航标；中心城区更是彩灯竞放，弦歌隐隐，引人诸多美好遐想。这景致，比白天更多了几许诗意。只是大家穿得太薄，此时都有寒意袭人的感觉，王玉水书记连说，回吧，高原气候就是这样，年平均气温只有四五度，夜晚更冷，睡觉一定要盖好被子……如此几天安稳的睡眠和休整，一行人从燠热与尘霾煎熬中带来的倦容，一扫而尽，个个显得身心俱爽，神采焕发。

二

到塞上，不能不去草原。先是到察右中旗的辉腾锡勒，那里曾是北魏道武帝拓跋珪、元太宗窝阔台、清康熙帝玄烨休闲避暑之地，断砖残瓦，旧迹犹存。但我们去时正逢假日，著名的黄花沟景区车堵人挤，根本无法下去。倒是沟畔的高原草甸，绿草如茵，杂花盛开，也是平常难得一见。大家立即四散开来，或远或近，或躺或坐，在凉风吹拂下，草香弥漫中，尽享闲暇之乐，咀嚼岁月静好。只是回来打开手机一看，那一张张精心拍摄的照片背景上，都无可避免地堵着几杆发电风车，与构想中的自然之趣大相径庭，都觉遗憾。

比之同来的几位大佬，我尚属晚出。从辉腾锡勒回来，总觉意犹未尽，于是萌动了去四子王旗格根塔拉草原的心思。王玉水说，这简单，就请满都麦老师陪你去，他对四子王旗门儿清，接待更不成问题，到处是他的学生。

对满都麦老师早有所闻。他是著名的草原文学作家和游牧文明研究专家，其成就，多种文学史著都有专章论列，中国作协也在北京为他开过研讨会。这次见面，他虽已六十八岁年纪，但身体健硕如昔，谈吐儒雅敏捷。一路上的话题，自然离不开草原，游牧。

满都麦讲，以畜牧经济为主的马背民族，世世代代与大自然相依为命。早在蒙古汗国时期，成吉思汗就依据天人合一的伦理观念和崇尚自然、敬畏生命的生存法则，制定了保护草原生态的《大扎撒》法，距今已有八百多年。这是人类文明史上第一部生态大法，从此，“生态保护高于一切”的观念便根深蒂固地贯穿于游牧社会的各个意识形态。

他讲了小时候的一件事：一个春暖花开的日子，他随母亲到野外放牧，无意间发现草丛中有几枚五颜六色的鸟蛋，觉得很好玩，正待弯腰挑选捡拾，身旁边捻毛线边哼着古老牧歌的母亲突然发出严厉的训斥：“孩子啊，那都是正在孕育的生命，未来的精灵，草原是咱牧人生存的摇篮，你是草原的儿子，可不能这样造孽……”满都麦说，草原民族就是这样，对身边的一草一木、滴水撮土、飞禽走兽，甚至昆虫蝼蚁，都认为是肩负神圣使命的天使，都对五彩缤纷的世界有着不可或缺的奉献。这样的生态观、伦理观，融化在牧民的血液里，成为人与自然和谐相处的行为准则，衡量每个人道德品格的最高尺度。

在一处地势稍陡的公路边，满都麦让汽车停下来。他指着崖畔顶部依稀可见的一线黑色表层说，看见了吧，就那么薄薄的一层有机土，是草原民族几千年来不惜以游牧的方式辛勤培育和保护下来的。牧民之所以四季倒场轮牧，就是为了让草场得以充分休养和复苏。而牧民在倒场搬迁时，总会把所有的生活垃圾焚为灰烬，变作植被生长的肥料。对留在地上的小土坑，也要填平踩实，收拾得干干净净。如果留心，你还会发现，草原上的勒勒车，木轱辘上从不包铁箍，放牧的马匹，蹄子上也不钉铁掌，马队出行，总是“一”字形有序排列，这些都像爱护母亲的身体一样，体贴入微，防止给她造成任何创伤。满都麦讲，高原气候条件差，无霜期短，雨量少，来之不易的生态植被异常脆弱，一旦破坏很难自我修复，久而久之，就会演变为戈壁沙漠。现在人们都抱怨气候反常，沙尘肆虐，却不想想，这些正是我们自己伤害地球母亲的结果啊！

满都麦从衣兜掏出烟盒，抽出一支，下意识地慢慢点着。他仰头看看蔚蓝的天空，又回身眺望远处的山峦，那深情的目光，在我看来就像一个归家游子，怀着忐忑不安的心绪，反复端详父母的面容，揣度他们的起居忧乐，为他们的健康操心。是的，作为游牧民族的儿子，满都麦对这祖祖辈辈赖以生息繁衍的高原满怀真挚的爱意和虔诚的尊敬。一路上，他总在用“明镜般的河流”“翡翠似的原野”“珍珠般的牛羊”“天鹅般洁白的蒙古包”“撩拨心弦的牧歌”等动人的词语赞美自己的家乡，而对侵害残损草原的行为，则不惜用“亵渎”“冒犯”“贪婪”“残忍”“伤天害理”“忘恩负义”等词来表达他的愤慨。爱憎交加的忧思，让人感动，引人深省。

满都麦的家乡就在四子王旗。历史上这里曾是成吉思汗胞弟哈布图·哈萨尔黄金家族世袭领地，也是清王朝漠南蒙古族四部六旗会盟之所。现在旗域面积两万五千平方公里，占乌兰察布的一半。赶到格根塔拉旅游文化中心，已是傍晚时分，苍茫暮色中，金碧辉煌、宏大宽敞的接待大厅内外灯光璀璨，恍如白昼，四周的蒙古包由近及远，星罗棋布，少说也有上百幢，让人不禁联想到元军远征欧亚时露地宿营的恢宏阵势。据介绍，这里每天可同时接待六千人就餐，一千人住宿，是自治区最具本土文化特色、接待能力最强的4A级旅游景区，已连续承办二十五届全自治区那达慕大会。我们到达的头天，第二十六届大会刚刚结束，已见不到人山人海、万众欢腾的盛况，但停车场仍有不少挂着区内和外省市牌照的车辆。广场的电子屏幕显示，景区白天会有赛马、摔跤、射箭和文艺演出，晚上九点后举行篝火晚会，那些晚餐后从各个毡包络绎而来的游客，想来正准备在星光灿烂的天幕下，度过一个难忘的草原之夜。

三

因为白天颠簸两个多小时，沿途顺便看了几处景点，走走停停，大家都已有倦意，加之夜深寒气袭人，旗上的同志怕我们着凉，建议早点休息。考虑到明天还有活动，而那些围着篝火吹拉弹唱蹦蹦跳跳的事于我们这些上年纪的人也不甚相宜，于是欣然同意。正在此时，满都麦的手机响了，市里要他明天赶回，去外地出席一个不好推辞的学术会议。如此一来，相顾嗒然，我俩一时都陷入窘困。

其实，我到四子王，是有点私衷的。想拜访一个人：都贵玛。

大约是 2006 年的“中国十大杰出母亲”电视颁奖晚会上，有一位没能到场却赢得异常热烈掌声，令现场观众热泪涌流的受奖人，她便是蒙古族老额吉都贵玛。主持人介绍，四十六年前，都贵玛还是一位十九岁的姑娘，在极度困难的情况下，她一个人收养了来自上海的二十多名孤儿，含辛茹苦地把他们养大，现在都已成家立业，而她自己年逾古稀，仍孤单地居住在草原深处，无怨无悔，无欲无求，静静地与碧水蓝天相伴。都贵玛的年纪算来与我相仿，自打来到乌兰察布，我就萌动探望她的心愿，哪怕只见一面，接受她高贵灵魂的洗礼，并当面唤她一声“额吉”，送上对她由衷的敬意与祝福，也算了却一桩久已有之的情愫。

满都麦是知道我这个心思的。来时我在车上提到都贵玛的名字，他说他认识，住在脑木更苏木，是一位菩萨般慈祥和善的老人。又说，不止都贵玛，走遍草原，你见到的每一位阿爸、额吉、大嫂，都会有讲不完的善举，有感人泪下的故事。三年困难时期，内蒙古像都贵玛那样抚养的上海孤儿多达三千名。当时全国妇联主席康克清找内蒙古第一书记乌兰夫，是希望调拨一批奶粉救济上海福利机构收留的大批弃婴和流浪儿童。但为了从根本上解决孩子们的生存处境，乌兰夫请示周总理后，毅然决定将他们接到内蒙古，交牧民收养。火车到了呼和浩特，牧民们从几十里、数百里以外的草原赶来，把孩子们接回蒙古包，像疼爱自己亲生孩子一样精心照料，教他们唱歌、跳舞、骑马、射箭，供他们上学读书，学习各种谋生技能，直至看着他们一个个走上工作岗位，而牧民都像都贵玛一样，认为所做的一切都是天经地义的，不值得称赞，也从不图回报。

草原民族是天生善良的。满都麦加重语气，像是在整理自己的思绪：辽阔的草原，浩瀚的天宇，赋予他们宽宏大度、高瞻远瞩、勤劳勇敢、自强不息的气质；万物有灵、敬重生命的传统道德又养成了他们亲近自然、珍爱生态、诚实厚道、与人为善的秉性。这样的民族，注定会有更加光明的未来！

帐篷里氤氲着青草与畜粪的亲切气息，窗外飘来礼赞“长生天”的深情牧歌，这一宿，我睡得从未有过的踏实，就像儿时在铺着羊毛毡的土炕上，在母亲“摇篮曲”中安然入眠的那些个沉醉的夜晚。

早饭后，旗里的同志前来送别。旗委书记问，晚上睡得还好吧？见我连声道谢，遂说：“给我们留几个字吧？”说着让人摊开带来的笔墨纸砚，显是有备而来。但这在我，又无异是突然袭击。写什么好呢？书记说：“随便，就写你的印象，或对我们的勉励。”于是仓皇应命，来不及多想，提笔写下“敬天法地”四个大字。搁笔后又觉辞不尽意，只好用目光向满都麦求助。

满老师略一思忖，说行。敬天，顺应自然，尊重规律；法地，厚德载物，心系民生。印象，希望，都有了。

有他首肯，我稍感放心。

原载《文艺报》

面向大海

徐贵祥

参加“盐风海韵缤纷滨海”主题采风活动，来到江苏。刚放下行李，就接到乡友兼文友老夏的微信，约周末小聚。未及多想，给他发了个位置。不多一会儿老夏回复，哦，到滨海了，咱们霍邱籍烈士陈涛安葬在那里，滨海县有个陈涛镇。

下午随团活动，在车上了解陈涛镇的情况，随车的工作人员不是滨海本地人，但对陈涛有印象，她回答说，听说几年前陈涛镇已经并入其他乡镇，可能陈涛村还在。整个下午，马不停蹄地参观滨海港通用码头、宋公堤、八滩镇、前案村等，脑子塞得很满很满，但是只要有一点空隙，我就会想起那个名字：陈涛。好像有个声音在呼唤我，有个身影在引领我。

晚上的座谈会上，我问县里的同志，为什么要把陈涛镇并入其他乡镇？县里的同志困惑地说，没有啊，陈涛镇还是陈涛镇。我说：“我是安徽霍邱人，养育了陈涛的地方，也养育了我，我想去陈涛镇看看。”

几个作家听说这件事情，也表示要与我同行。座谈会一结束，我们就踏上了前往陈涛镇的道路。

车子在乡村小路上颠簸，不远处传来涛声，当地的同志告诉我们，这里是淮河入海处。借助手机的微光，我翻看着老夏发来的资料，看到了一个年轻的短发女子。无论从哪个角度看，她那双大眼睛仿佛都在注视着我。没错，她就是我不曾谋面的乡亲，这就是与我擦肩而过的战友，尽管她比我早生了四十年，已于八十二年前香消玉殒，但我并不感到陌生。

她知道我要来看她吗，在这个农历初七的晚上，在他乡这块富饶丰盈的土地上。我想，她应该是知道的，她在等我，等待我把她的家乡带到她的身边。

史料记载，陈涛（1920——1941）原名余素芳，安徽省霍邱人，祖籍潜山，1935 年入安徽省立第六女子职业学校，1939 年入安徽省动委会学习，1940 年加入新四军江北游击纵队并入党。1941 年 2 月起，先后赴阜宁县十三区、二区任职，担任二区工委书记，她组织民运工作尤为出色，“十多天里，即从开明士绅家里借到四十多条枪”。1941 年 9 月 4 日夜，因突遭国民党军与土匪武装袭击，陈涛在战斗中牺牲……

我把这份简短的履历看了几遍，似乎有些明白了，尽管我们出生相差几十年，但是她早就活在我的心中了。我在《八月桂花遍地开》里写的“王凌霄”就是她，我在《历史的天空》里写的“东方闻音”就是她，我在《英雄山》里写的“蔺紫雨”和“蓝旗”就是她。她们的经历、性格甚至牺牲的经过，都有陈涛的影子。想当初，我在设计这几个人物的时候，对她们的年龄、学历和工作能力，都有过不自信，担心因为她们过于年轻而使作品失真。是陈涛在暗中帮助了我，支持了我，是她二十一岁的年龄印证了我的判断——在中国革命战争历史上，一个二十一岁的知识女性，可以浓缩一生的美丽，绽放出耀眼的生命之光。

还有那个只绣了一半的枕套。在投身抗战之初，姐姐出嫁之前，陈涛买了一个枕套，在上面绣了“同心抗日，心心相印”八个字。据说因为鞍马劳顿，后面四个字只绣了个轮廓，没能完成，此后这个枕套一直被陈涛带在身边，直到牺牲，成为她唯一的遗物。我看着这个枕套的时候，产生了一个想法：陈涛绣这个枕套并一直把它带在身边，其中有没有她本人对爱情的憧憬呢？应该是有的。我甚至想，“心心相印”这四个字，是写给她姐姐的，也是写给她的战友和我这个后人的，不管我们是战士还是作家，我们都保家卫国，崇尚英雄，我们心心相印，一脉相承。

关于陈涛的牺牲经过，史料是这样记述的：反动武装偷袭陈涛领导的工作队驻地，陈涛从睡梦中惊醒，手持“七子灵”手枪，指挥突围，掩护战友，身中四弹，战斗直至生命最后一息。

我特别注意到当地政府和人民群众对陈涛的重视，“第二天天还没亮，陈涛牺牲的消息一传出，周围群众一齐涌向烈士牺牲的地方，一片悲泣痛哭……县委县政府备棺收殓烈士遗体，移葬至东坎镇北郊，召开万人追悼大会，并建公园、立塔永久纪念。新中国成立后，烈士牺牲所在地经滨海县人民政府批准，镇、村、中小学和医院等均以陈涛命名……”

从 1941 年 2 月算起直到牺牲，陈涛在苏北工作的时间只有几个月，她能够受到当地人民群众如此爱戴，其能力品格可见一斑。这几个月里，有多少场面，多少细节，多少感人的故事?

到了，我们的车终于到达陈涛镇党政办公楼。我下车，走近，亲眼看见“中国共产党滨海县陈涛镇委员会”和“滨海县陈涛镇人民政府”这两块牌子，并用手摸了摸，终于放下心来。然后是陈涛村村部，我特意到院子里走了两遍，并请村干部又讲了一遍陈涛和陈涛村的故事，发现陈涛在这个地方已经深入人心了。最后，我们来到“英雄广场”。穿过一片小树林，我看见了那座褐色的石碑和石碑上的紫铜半身雕像。

巧合的是，同行作家杨黎光是安庆人，距陈涛祖籍潜山只有几十公里。我们两个抬着花篮，在石碑前整理绶带。我对杨黎光说：“她的故乡，你的故乡，我的故乡，都是同一片土地。”

她在天上注视着我们，我们在地下仰望着她。深深地三鞠躬，直起腰来，我感到脸上落下几颗雨滴。抬眼望去，路灯下没有雨丝。问问身边的人，大家都说没有下雨。当地人说，这里离海边很近，海风往往夹带海水。

这时候，我突然想到了她的名字：陈涛。史料记载，这个原名余素芳的女子，因为对敌斗争需要，给自己起了个化名——陈涛。陈涛的“陈”，是随母姓，可是为什么叫“涛”呢？或许，她愿意成为几滴水珠，融入波涛汹涌的海浪，成为几朵浪花?

那一瞬间，似有所悟。陈涛生长在淮河岸边，在那个苦难与抗争并存的地方，在那个追求解放与自由的年代，这个内心涌动着理想和激情的女子，站在淮河大堤眺望外面的世界。她看见了什么？她看见了波光粼粼的河面，看见了疮痍满目的河岸。最终，她的目光越过了风起云涌的平原、丘陵和山峦，投向了更远的地方——淮河的前方是大海。

原载《光明日报》

第二辑

人生一瞬

插图：刘仁

孩子、驴子和水

梁晓声

那是一头漂亮驴子。三岁多，能干不少活了。

驴子属于牲畜。

若将迄今为止的中国历史数字化，则可以这么说，此前十之八九的世纪是农业史。全人类的历史也是如此。在漫长的农业时期，牛马骡驴四类能帮人干活的牲畜，也被中国某些省份的农民叫作“牲口”。牲畜是世界性叫法；“牲口”是中国的特殊叫法。特殊就特殊在，视它们为另册的“一口”。在古代，评估一个农村大家族兴旺程度时，每言人口多少，“牲口”多少。“土改”时划成分，土地和“牲口”是两项主要依据。若一户农民分到了一头“牲口”，必会兴高采烈。

“牲口”实际上是对牲畜含有敬意的尊称，后来才演变成辱人话的。

在四类“牲口”中，驴子的地位排在最后。牛马骡的力气都比它大，它干不了的重活，对牛马骡不是个事儿。通常情况下，驴的本职工作是拉碾子或磨，拉轻便的载物小车，代足。如果代足，骑它的大抵是女人、老人和孩子。男人一般是不骑驴的，觉得失风度。若驴干的是第一种活，那时它是比较可怜的。怕它晕，人要将它的眼罩上。它围着磨盘或碾盘，转了一圈又一圈。即使很累了，人不喝止，它自己则不停止。往往，一干就是一天。秋季，须去壳的粮食多，一两个月内，它从早到晚被罩着眼，拉着沉重的碾石或磨扇，一千圈一千圈地转啊转的。它也往往充当拉大车的牛马骡的边套。驴那时是不惜力气的，实心实意地往前拉。可一卸了车，人首先将水桶和草料袋子拎向驾辕的牛马骡，待它们饮够吃饱了，才轮到驴。人觉得，最辛苦的当然是驾辕的牲口。在“大牲口”中，驴一向被视为小字辈。如果牛马骡是自家的，且正当壮年，农民往往会以欣赏的目光望着它们，目光中有时甚至流露着感激；却很少以那种目光看驴。

但，那孩子却经常以欣赏的目光望着自家的驴，欣赏起来没个够。在他眼中，他家的驴好漂亮啊——兔耳似的一对耳朵；睫毛很长又整齐的眼睛；不宽不窄的头；不厚不薄的唇；肩部那条驴们特有的招牌式的深色条纹；直直的腿；完好的尚未受损的蹄……总之，在那孩子眼中，他家的驴哪儿都漂亮，没有一处不耐看。

十六岁的少年只从印刷品上见过牛和马，还没见过真的。至于骡，他仅仅会写那个字，都没从印刷品上见过。他也暗自承认印刷品上的牛和马皆很精神，各有各的雄姿。但它们是印在纸上的，不是他家的呀。而且，不论他还是他父母，都不敢想自己家里会有一头牛或一匹马。中国刚实行分田到户不久，全村哪一户人家都不敢做家有大牲口的梦。

那个村太小，在大山深处，东一户西一户的，几十户农家分散而居，围绕着面积有限的一片可耕地。不论每家的人多么勤劳，那片土地上打下的粮食从没使人们吃饱过。后来，被迁到此处的农户多了，全村就只能年年靠救济粮度日了。

然而那少年当年却是有自己的梦的，他正处在喜欢有梦想的年龄。他家的驴是好的，他的梦想是它经常做母亲，每年都会生下小驴，一头头送给别人家，于是全村有很多驴，家家都有小驴车。女人、老人和孩子们，经常可以进县城了。十六岁的他，还没进过县城。进过县城的孩子是有数的几个，进县城是他的另一个梦。

他不可能不对别人说说自己的梦想，首先听他说过的是他父亲。

“不许你再做那种大头梦！你也是驴脑子呀？还梦想着家家都养驴！人不喝水啦？！”

父亲生气地一训，他就再也不在家里说他的梦想了。

对于一个少年，心有梦想是憋不住的。不久，老师和同学们也知道他的梦想了。同学们对他的梦想都持嘲笑态度——和驴联系在一起的梦想，也能算是梦想吗？梦想应该是高级的想法嘛！老师却对他的梦想深有感触，还鼓励他写出来。他就写了。几个月后，他家的驴出了名，他也出了名，因为他的梦想登在县里的文学刊物上了。同村的同学将此事在村中说开了，不仅他的父母，村里的大人都对他刮目相看了。

但是对那头驴，他父亲的既定方针并没改变——尽快卖掉。那也就意味着，县里某些饭馆的菜单上，会多了以“驴肉”二字吸引人眼球的菜名；县城里没有靠驴来干的什么活。村里的大人们也都认为，他父亲尽快那么做了，才不失为明智的一家之主。

分田到户时，那头驴出生不久。它母亲是队里重要的公共财富，为队里贡献了毕生力气，生下它没隔几天就病死了。它的父亲是另一个队的牲口，被杀掉了，将肉分吃了。小驴没人家要，都明白长大了谁家也养不起，驴的胃口并不比牛马骡小多少，单干了，每家才分一二亩地，庄稼活人就干得过来，何必非养一头驴？少年的父亲出于恻隐之心，将小驴牵回了家。果不其然，驴子后来给他家带来了很大的烦恼——全村人仅靠一口井解决饮用水问题，井水忽然变浅了。县里的地质专家给出的结论是，水层太薄，已快渗完了。解决方案是，须找准水层丰沛的地方，用钻井机再钻出一处深井，起码得钻一百几十米深，也许还要深，并且要靠汲水设备将水汲上来。总之，在当年，少说得花十几万元。村里的人家生活都很困难，凑不了那么大数的一笔钱，只得作罢。后来，井水更浅了，便每家轮流用水。轮到谁家，将孩子和桶轮流吊下井去，一大碗一大碗地往桶里装水。各户人家斯时都全家出动，一切能盛水的东西都用上，轮到一次要一周多呢！倘缺水了，就得向别人家借水啊！

轮到那少年家时，他母亲将驴子也牵到井边。拽上的第一桶水先不往家里拎，而是先让驴子饮个够。那驴经常处于渴而无水可饮的情况，有几次都闯入屋里找水喝。见着水，饮得像没个够似的。往往，它一抬头，一小桶水已饮光了。有村人看见，心里便生气了——“专家说水层都快渗不出水来了，那话你家人也听到了！还讲不讲点人道主义啦？”少年的母亲也生气了:“到哪时说哪时，现在不是还有水吗？有水我就不能让我家的驴活活渴死！我家的驴还被别人家借去干过许多活呢，这又该怎么说？”

结果，吵了起来。少年赶紧将驴牵回家，他父亲则急忙跑到井那儿去制止自己的老婆，向对方谢罪。也许，他父亲的内心里，也曾有过如儿子一样的梦想——造一辆小驴车，使自己的老婆儿子进县城变得容易些。没想到出了水的实际问题，梦想破灭了。自从发生了吵架事件，少年的父亲卖驴的想法更急迫了，只不过一时还找不到出价合理的买主。而少年望着他眼中那头漂亮的驴子时，目光忧郁了，他变得心事重重了。两年过去了，他家的驴却没卖，真相是——每天夜里，他将驴牵到井边，将长绳的一端系在驴身上，另一端系自己腰上，一手拎小桶，缓缓下到十几米深的井里。好在井壁并不平滑，突出着些石凸，可踏足。预先测准距离，并无危险。驴也听话，命它在哪站定，就老老实实站在哪儿，一动不动。待拎上半桶水，看着驴一口气饮光了，再下井。每次临走，还要拎回家半小桶水。那驴聪明，经过两次后，明白小主人的半夜行动是出于对它的爱心，以后极配合。因为半夜饮足了水，白天不那么渴了，不犯驴脾气了，干起活来格外有劲儿了。某夜下雪，他粗心大意，留下了蹄印和足迹。天亮后，一些男人女人聚到他家院门前，嚷嚷成一片，指责他家人偷水。

丢人啊！

但那种行为确实是偷嘛！

他母亲臊得不出屋，他父亲当众扇了他一耳光，保证当日就杀驴，驴肉分给每一家，算是谢罪。待人们散去，父亲一会儿磨刀，一会儿结绳套。瞪着驴，刚说完非把你杀了不可，叹口气又说："我下得了手吗？要不就吊死你！"又瞪着少年吼，"我一个人弄得死它吗？你必须帮我！"

少年流泪不止。

驴也意识到问题严重，大祸即将临头了，在圈内贴壁而站，惴惴不安。

那时村里出现了几名军人，是招兵的。为首的是位连长，被支书安排住到了他家。该县是贫困县，该村是贫困村。上级指示，招兵也应向贫困村倾斜，所以，他们亲自来了。

天黑后，趁父母没注意，少年进了连长住的小屋。

连长笑问："想走我后门参军？那可不行。我住在你家里也不能为你开后门。招兵是严肃的事，各方面必须符合条件。"

他哭了。说自己参得了军参不了军无所谓，尽管自己非常想参军——他哀求连长们走时，将他家的驴买走，那等于救它一命。他夸他家的驴是一头多么多么能干活的驴，绝不会使部队白养的。

连长从枕下抽出两期杂志，又问："发表在这上边的两篇关于驴的散文，是你写的？"

那时他已发表了第二篇散文，第二篇比第一篇反响更好。他点头承认。连长是喜欢文学的人，杂志是在县里买的。20 世纪 80 年代的中国，是文学很热的年代，那份杂志是县里的文化名片。

一位招兵的连长，一个贫困农村的少年，因为文学的作用忽然有了共同语言。

连长说："你对你家的驴感情很深啊！"

他说："它早已经是我朋友了。它为我家为别人家干了那么多活，人得讲良心。"

连长思忖着说："是啊，是啊，完全同意你的话。"

由于家中住了一位连长，他爸暂且不提怎么弄死那头驴了。

而那少年，已过十八岁生日了，严格说属于小青年了。他和同村的几名小青年到县里一检查身体，都合乎入伍条件，于是都成了新兵。即将离村时，唯独他迟迟不出家门。连长迈进他家院子，见他抱着驴头在哭呢。

他父亲说："你倒是快走哇！"

他就跪下了，对父亲说："爸，千万别杀死我的朋友……我走了，不是等于省下一份给它喝的水了吗？"

连长表情为之戚然，也说："老乡，告诉大家，我保证，一回到部队就号召捐款，争取能为你们村集到一笔打机井的钱。"

连长和他刚走出院子，驴圈里猛响起一阵驴叫，听来像是驴也放声大哭了……

2017 年 12 月某日，在一次扶贫题材的电视剧提纲讨论会上，一位转业后当起了影视投资公司项目主管的曾经的团长，讲了以上他和一头驴子的往事。

讨论会我也应邀参加了。

有人问："你们那个县现在情况如何了？"

他说还是贫困县，但已确实在发生一年比一年好的变化。

有人问："你们那个村呢？"

他说已有两口机井，不再缺水了；与县城之间，也有一条畅通的公路了。

导演问："那头驴后来怎么样了？"

曾经的步兵团的团长，五十几岁的大老爷们，眼眶顿时湿了。他说，据他父亲讲，当年为了送一名难产的女人到县医院去，一路奔跑，累死在医院门前了。

他说，他无法证实父亲的话是真是假。既然村里人的口径也一致，他宁愿相信真是那么回事。

“导演，请把我的朋友写到剧本中吧。没有它，我也许不会热爱上文学，也许不会有现在这一种人生。我一直在想用什么方式纪念它，人得讲良心，求你了……”

众人肃然。而且，愀然。

导演李文岐看着编剧说：“加上这个情节，必须。否则，咱们都成了没良心的人了，可咱们得成为讲良心的人！”

众人点头。

原载《解放日报》

生命历程里的一个下午

陈忠实

至今依旧准确无误地记着，写完《白鹿原》书稿的最后一行文字并画上最后一个标点符号的时间，是 1991 年腊月二十五的下午。在原下祖居的屋院专业写作生活过了接近十年，不知不觉间，我已经习惯了和乡村人一样用农历计数时日，倒不记得公历的这一天是几月几日了。

那是一个难忘到有点刻骨铭心意味的冬天的下午。在我画完最后一个标点符号——省略号的六个圆点的时候，两只眼睛突然发生一片黑暗，脑子里一片空白，陷入一种无知觉状态。我坐在小竹凳上一动也不能动，是挺着脖颈木然呆坐，或是趴在摊开着稿纸的小圆桌上，已经无记。待到眼睛恢复光明也恢复知觉，我站起身跨过两步挪移到沙发上的时候，才发觉两条腿像抽掉了筋骨一样软而且轻。

我背靠沙发闭着眼睛，似乎有泪水沁出。在我刚刚感到力量恢复的时候，首先产生的是抽烟的本能欲望。我点燃了雪茄，当是我抽得最香也最过瘾的一口烟。眼前的小圆桌上还摊开着刚刚写成的最后一页手稿纸，似乎还不敢完全相信，这个长篇小说真的就这么写完了！我在这一刻的感觉，不仅没有狂欢，甚至连往昔里写完一部中、短篇小说的兴奋和愉悦都没有。我真实的直接的感觉，是从一个太过深远的地道走到洞口，骤然扑来的亮光刺激得我承受不住而发生晕眩；又如同背负着一件重物埋头远行，走到尽头卸下负载的重物时，业已习惯的负重远行的生理和心理的平衡被打破了，反而不能承受卸载后的轻松了。直到现在回想并书写这种意料不及的失重情景时，我还是有点怀疑单纯是因为拖得太久的写作造成失明、晕眩和失重的生理现象，似乎与《白》书最后写到的人物结局不无关系。当时的情景是，在我点着雪茄的时候，眼前分明横摆着鹿子霖冻死在柴火房里的僵硬的尸体。这是我刚刚写下的最后一行文字："天明时，他的女人鹿贺氏才发现他已经僵硬，刚穿上身的棉裤里屎尿结成黄蜡蜡的冰块……"这个被我不遗余力刻画其坏的《白鹿原》里的坏男人，以这样的死亡方式了结其一生。写到这一行文字时，我隐隐感觉到心在颤抖，随之就两眼发黑，脑子里一片空白了。在我喷吐着的烟雾里，浮现着"棉裤里屎尿结成黄蜡蜡的冰块"的鹿子霖的僵硬的尸体，久久不散。这个浮现在烟雾里的坏男人的尸体，竟然影响到我写完《白》时应有的兴奋情绪，也是始料不及的事。

南窗的光亮已经昏暗。透过南窗玻璃，我看到白鹿原北坡的柏树已被暮色笼罩。尚不到下午5时，正是一年里白天最短的时月。我收拾了摊在小圆桌上的稿纸，便走出屋子，再走出小院。村巷里已不见人影，数九寒天傍晚的冷气，把大人小孩儿都逼回屋里的火炕上去了，游走在村巷里的鸡也都归窝上架了。这是冬天里日落之后天天都重复着的景象。我已经难以像往常一样在这个时候守着火炉喝茶。我走下门前的塄坡，走在两排落光了叶子的白杨甬道上，感觉到灞河川道里如针扎一样的冷气，却不是风。我走上灞河的河堤，感觉到顺河而下的细风，颇有点刀刺的味道了。不过，很快就没有知觉了。

我顺着河堤逆水而上。这是一条自东向西的倒流河。河的南边是狭窄的川地，紧贴着白鹿原北坡的坡根。暮色愈来愈重，原坡上零散的树木已经模糊，坡棱间的田地也已经模糊，只呈现出山坡和塄坎的粗线条的走势，把这个时月里干枯粗糙的丑陋全部模糊起来了，倒呈现出一种模糊里的柔和。我曾经挑着从生产队菜园里趸来的黄瓜、西红柿、大葱、韭菜等蔬菜，沿着上原的斜坡小路走上去，到原上的集市或村庄里叫卖，每次大约可以赚来一块钱，到开学时就装着攒够的学费到城里中学报名了。我曾经跟着父亲到原上的村庄看社火，或秦腔。我曾经和社员一起在原坡上翻地，割麦子。我曾经走过的熟悉的小路和田块都模糊了。我刚刚写完以这道原为载体的长篇小说。这道真实的熟悉到司空见惯的原，以及我给这原上虚构的一群男女人物，盘踞在脑子里也盘踞在心上整整六年时间，现在都倾注在一页一页的稿纸上，身和心完全掏空的轻松竟然让我一时难以适应。我在河堤上快步走着。天色完全黑下来了。黑夜的微弱光色里，我走到河堤的尽头了。我不知累也不觉冷，坐在临水的一条石坝上，点燃一支烟，脚下传来河水冲击石坝的婉转的响声；“哗哗”的响声里，间隔着会有铃铛似的脆响。鹿子霖僵硬的尸体隐去了。我的耳朵里和脑海里，不间断地流淌着河水撞击石坝的脆响。腊月数九的白鹿原下的灞河川道里，大约只剩下我在欣赏这种水流的妙音。

我不记得坐了多久，再站起来转身走向来路的时候，两条腿已经僵硬到挪不动步子，不知是坐得太久或是太冷造成这种麻木。待到可以移步的时候，想到又要回到那个祖居的屋院，尤其是那间摆着写作趴过四年的小圆桌和已经破损的小竹凳，竟然有点逆反以至恐惧。然而，我在河堤上还是快步往回走，某种压抑和憋闷在心头潮起，真想对着南边的原坡疯吼几声，却终于没有跳起来吼出来。已经走到该下河堤的岔口时，我的胸间憋闷压抑得难以承受，想着这样回到小院会更加不堪，索性又在堤头上坐下来抽烟。打火机的火光里，我看见脚下河堤内侧枯干的荒草，当即走下河堤，点燃了一丛营草。火苗由小到大由细到粗，哗哗哗蔓延开去，在细风的推助下，火苗顺着河堤内侧往东漫卷过去，发出“毕毕剥剥”的响声。我早已重新走上河堤，被烟熏呛得大咳不止，泪流不止。弥漫着的烟气里，我能嗅出一阵是蒿草的臭味，一阵又是薄荷的香味，自然还有营草、马鞭草等杂草的纯粹的熏呛味儿。火焰沿着河堤内侧往东烧过去，一会儿高了，一会儿低了……我的压抑和憋闷散失净尽了，鼻腔里还残留着蒿草的臭味儿和薄荷的香气儿，平心静气地走下河堤，再回到小院。

我打开每一间屋门，拉亮电灯，还有屋前凉台下的照明灯，整个屋院一片亮光，心头也顿觉畅朗光明了。我打开录放机，特意选择了秦腔名角脍炙人口也普及到城乡的《花亭相会》，欢快婉转的旋律和生动形象的唱词，把一对青春男女的倾爱演绎得淋漓尽致，妙趣迭出。这是我平时放得最多的磁带之一，往往会改变人的情绪。我的满屋满院的灯光和秦腔的声响全都泻出小院围墙，竟然招来两三位热心的乡党，以为我家有什么不寻常的事要办，问我要不要帮忙。我竟忽略了这一点，乡村人为节省电费开支，总是选择瓦数很小的电灯泡，临街的窗户只有昏黄的灯光，这种屋院通亮的景象，只有在办红事白事或建造新房的时候才会出现。我当即向他们解释什么事都没有，只是想敞亮豁朗一下。为避免招惹更多的热心乡党过来询问，我把院子里的电灯熄灭了，房间里的灯依旧亮着，《花亭相会》的旋律和动人的唱腔也继续着。我开始动手点火烧水，为自己煮一碗面条。

这是我几年来吃得最晚的一顿晚饭，也应该是几年来吃得最从容的一碗面条，且不论香或不香。尽管从草拟到正式稿写作的四年里基本把握着以沉静的心态面对稿纸，然而那道原却时时横在或者说楦在心里，虽不至于食不甘味，心理上很难感到一种从容。现在，横着或者更确切地说楦在心里的那道颇为沉重的古原，完全腾空了，经过短暂的不适和诸如烧野火的释放之后，挑着面条的时候已经是一种从容了。我只能找到从容这个词表述吃着面条时的心态。我做完了一件事情。这是我在写作上做的前所未有的耗时费劲儿和用心的一件大事，尚不敢预测它的最后结局，或者说还不到操那份心的时候，仅仅只是做完了这件事。做完以后的轻松和从容，我在火炉旁吃着面条的这个寒冬的深夜，充分地享受到了。

我睡了一个自然醒的好觉。我骑自行车赶到远郊公共汽车站始发站，乘车进城，这是许多年来别无选择的一条轻到不能再轻、熟到不能再熟的轻车熟路了。敲开屋门，开门的是妻子。我说："完了。"连"写"字都省略了。她也平淡地回了一句："完了就好。"她不惊奇是心中有数，大约十天前她回乡下给我送给养的时候，临走时我告诉她，等这些馍和面条吃完，我就可以写完了，年内不用再送吃食了。

她是第一个知道我写完《白》的人。此后很久，我没有告知任何人。不单是我不想张扬，也不光是我习惯于"馍未蒸熟不能揭锅跑气"；刚刚写完的稿子还得再过一遍手，尚需一些时日；更关键的一个因素，是我感觉到当时的文艺政策收得比较紧，《白》里所写的我对那段乡村历史生活的体验和感受，能否被理解被接受，这是很自然会发生的疑虑。无论如何，当下拿出去是不合时宜的。出于这样的考虑，我便不想把写完长篇小说的事告诉别人。我的从容的心态，也与这个因素不无关系。

从容而又轻松地过罢春节初五，我在原下的小书屋打开《白》的手稿，开始修改，我把这项工作习惯叫作"再过一遍手"。我充分感受或者说享受着这种再轻松不过的工作。我的工作主要是文字审阅，把写作过程中的疏漏弥补起来，错字别字和掉字自不必说，尤其是通篇试用的叙述语言，比较长的句子容易发生毛病，须得用心阅审。然而，毕竟已有既成的文字，比不得写作时的专注和倾力，相对而言轻松多了。我记得有一两个情节被重复交代过，倒是始料未及，自然都做了处理。我在这种轻松的工作里，感觉到在开笔写正式稿时的想法是正确的，考虑到这部小说文字比较多，再写第二遍稿将是不堪设想的事，必须一遍成稿，就得充分酝酿，尤其是叙述文字的把握，必须一步到位。另外一个纯属个人创作的“忌讳性”感受，第一次陷入那些既陌生又熟识的人物的情感世界和其身临的生活环境的时候，迸发出来的文字往往是最恰当最准确的，甚至常常有始料不及的、出奇的细节涌现出来，让我享受到任何奖励都无可替及的陶醉。当某部（篇）作品写完，人物和人物生活的环境都成为熟人旧地了，新鲜感也随之淡化甚至消失了。如果写得不尽如人意，要想重新写作，或者做重大修改，最大的障碍不是费时费劲的劳作，恰恰在于对人物和环境的新鲜感的淡化和消失，很难再恢复重现，以致文字叙述常常都发生迟钝和艰涩。这是我多年写作的个人感受，显然有违“文不厌改”“千锤百炼”的古训，权且只作为个人的“忌讳”，然而又不易改变。基于这种个人创作的“忌讳”，我把《白》的第一遍稿当作正式稿去写，现在修改起来就很轻松了。

这种再过一遍手式的轻松的修改，除了上述再阅审再把握的用意之外，还有某种自我温习乃至自我欣赏的感受。这部书稿的正式稿写了四年，到我这时打开第一页再读的时候，已经有了不算太久却也不近的时空距离，尤其是前边的大部分篇章，我早已从白嘉轩们的情感世界走出来，进入一种冷静的心态，有如看自己幼年用刀子刻在裸露的房柱和木梯上的字和画。我常常会感到小小的得意，当时竟然写出这么一句颇为传神的对话，抑或某一个令人哑然失笑的细节，确信如果现在重写肯定写不出来了。然而，更多的时候却是犹疑不定的心态，眼下正在重新阅读的这些描写白嘉轩等人物的人生故事，如果某一天真的有幸公之于世，读者会有兴趣吗？近百年前的白鹿原上的一伙乡村男女的生活故事，会招惹正倾慕现代化生活方式的当代人的眼球吗？在我的感觉里，20 世纪 90 年代初的社会氛围，常常是西方吹进的一股又一股风酿制成社会热点。造成这种犹疑不定心态的另一个因素还在自身，从构思到草拟再到正式稿完成的六年时间里，白嘉轩、鹿子霖、朱先生、田小娥、鹿兆鹏、白灵们的生命历程，在我心里不知审度再审度、体察再体察了多少回，他们横在或者说楦在我心里六年了，可以说真正属于烂熟于心。熟悉到烂熟的状态，不可避免地发生的负面效应不仅是不新鲜，甚至形成某种无感觉状态，很难把握读者阅读时可能发生的真实反应了。即如一些构思和写作时曾经让我手抖心颤的情节，也因为烂熟而缺失了新鲜，也就难以推测读者阅读时会不会感兴趣了。这种疑虑的心态无法排除，却也无法改变业已完稿木已成舟的现实，仍然继续着修改。

修改是轻松的，因为确定尚不急于拿出手，修改更没有急迫的因由。乡村正月是一年里最轻松自在的日子，许多在“文化大革命”中禁绝的庙会已经恢复，而且越来越热闹，耍社火，唱秦腔，农村能工巧匠制作的小农具，各种植物种子和树苗，都赶到庙会上来出售，更缺少不了多种民间小吃。我常常经不住幼年记忆里庙会场景的诱惑，骑着自行车和村子里的乡党搭帮结伙去逛庙会，《白》的修改迟一天早一天完成没有什么实际意义。这种轻松自在的日子大约过到正月下旬，也是公历 2 月下旬的一天，早晨起来听中央人民广播电台的新闻，突然听到邓小平视察南方的消息。

电台播出了小平视察到一些地方即兴说的话，我至今还记得其中的两句，“思想要再解放一点”，“胆子要再大一点”。我的心有一种被撞击的感觉，竟然有按捺不住想要欢呼的欲望。我对这两句话的敏感以及它的不可估量的伟大意义，几乎是切身的直接的感应，中国改革开放要进一步解放思想，必然要破除某些思维定势的禁锢；而要打破制约改革开放的某些不无复旧色彩的条律，需要创造性思维的胆量。邓小平号召并鼓励解放思想，中国的改革大局必将发生大的转机。在这样的社会背景下，作为更为敏感的文学艺术事业，必然会率先破禁而出，“收得太紧”的文艺政策肯定将要放宽。几乎就在这一刻，我便断然决定把《白》稿拿出手，甚至有点懊悔，此前的修改进行得太轻松太自在了。

我当即决定给人民文学出版社编辑（兼任《当代》杂志副主编）何启治写信，报告长篇小说《白》已完稿，正在做最后的修改，并确切地告知他，3 月下旬将完工。这个时限经过认真计算，并留有余地，我的家事颇多，把可能耽搁的时间做了充分预算。这里要简略说一下我和何启治的交情。在 1973 年冬季，我便认识了何启治，刚刚恢复出版工作的人民文学出版社派他到陕西组稿，那时候的老作家一般都在被批判之列，约稿对象自然就是“工农兵”业余作者了。他到同样是刚刚恢复工作的陕西作家协会（当时叫陕西文艺创作研究室，以示和旧作协的区别）了解情况，在刚刚恢复出刊的《延河》杂志（改称《陕西文艺》，昭示与旧《延河》的区别）看到了我写的短篇小说《接班以后》，便找我约稿。我那时在人民公社（即乡镇）工作，上级恰好确定我到南泥湾“五七”干校接受劳动锻炼，并到上级机关西安郊区开会听取具体安排。老何赶到西安南郊的小寨，待我开完会后见面，并站在小寨十字街头说事。他说他看了我的短篇小说《接班以后》，以为这是一个长篇小说的框架，充分展开来写，便会是一部不错的长篇小说。我几乎被他的热情吓住了。《接》是我写成并发表的第一个短篇小说，长篇小说在我完全是不可想象的遥远莫测的事，便不敢应诺。他耐心地说服我，并举出两位在陕北插队的女知识青年正在合写一部长篇小说的事，为我壮胆。我仍不敢应诺。然而，我和他从此却成为朋友，常有书信往来。到改革开放文艺复兴的好时代，他编《当代》，我把第一部中篇小说《初夏》送他，几经修改，终于发表，并获《当代》奖。在后来的交往中，他仍不忘长篇小说的约稿。我便承诺，如果今生会发生长篇小说的写作，第一个肯定给他。从 1973 年年末和他初识并约稿，到 1992 年年初写完《白》，并决定写信告知他的时候，整整二十个年头了。

我在信里说明了几件事，到 3 月下旬就完全可以脱稿，由他派人来取稿，或由我送稿，请他决定。需要说明，此前他曾在见面时告知我，如果长篇小说写成，会派人来取稿。我在信中还申述一点，希望他能安排一位文学理念比较新的编辑做责编。很快收到他的回信，到 3 月下旬派人来取稿。到了这个时候，“人民文学出版社”这块牌子突然对我形成压迫，这是国家级出版社的大牌子，要通过其出版水准，谈何容易。我在珍重并信守和老何的约稿承诺的意识里，似乎把这块大牌子的压迫淡化了，当真有两位编辑要来拿书稿的时候，我才感到某种压迫。

前来拿稿的编辑是高贤均和洪清波。那时候我还没有电话设备，老何把火车车次告知陕西省作协，作协把电话打到我所在的乡镇，由通讯员把一绺电话记录送到我手里，高、洪两位所乘火车到西安的时间是西安天明的时候。事有凑巧，在我刚刚看完电话留言的时候，村子里的赤脚医生扶着我母亲走进院门，说母亲血压升高到危险的度数。随即扶母亲躺到床上，挂上了输液瓶，同时也就瘫痪了，我坐在床边侍候。更让人意料不及的是天公也凑热闹，这天夜里下了足有一尺厚的雪。天不明我便起身，请来一位乡党照看母亲，因为积雪封路，我便步行七八华里赶到远郊汽车站，搭乘头班车进城。在高、洪两位贵客走出车站时，我和他们握手了。我的《白》的修改还剩下三四章，至少还需一天时间做完。安排完高、洪的食宿，我又赶回原下老屋，一边做最后几章的修饰，一边管护输液的母亲。我记得很清楚，公历 1992 年 3 月 25 日早晨，我提着《白》书的手稿赶往城里，在陕西省作协招待所的房间里，把近五十万字的厚厚一摞手稿交给高贤均和洪清波的那一刻，突然涌到口边一句话：我连生命都交给你俩了。我把这句话还是咽下去了。我没有因情绪失控而任性。我那一刻几乎同时意识到，这种情绪性的语言会给高、洪造成压力，甚至不无胁迫的意味，我便打住。我从事创作多年了，常识或者说不争的无数事实是，出版社出书是以作品的质量为准绳的，不是以作者投入的程度和付出的劳动多少说话的。

这天中午，我约高贤均和洪清波在家里吃午饭，是我妻子用心做的饺子。两位编辑很随和，连口说饺子好吃。我相信不完全是客套话，因为饺子的馅有新春的头茬韭菜，我吃着也觉得新鲜。说真话，我那时候没有请他们进餐馆的经济实力。下午，我送他们去火车站。他们要赶到成都去参加一个文学笔会。

天黑时赶回乡下老屋院，先看卧床的母亲。母亲说，她的腿可以动了。我的心里真可谓一块石头落了地，不由慨叹，在我完成最后一笔文字并交稿的这一天，天灾人祸竟然都来凑热闹了。好了，《白》的手稿由高、洪带走了，母亲的病也大有转机，我在点着一支烟的时候，竟然是一种前所未有的松弛到轻和软的感觉。我捅开火炉，早春乡村的深夜寒气仍然很重。电灯光泻出到小院里，月季的枝头影影绰绰可以看到新冒出的叶芽，再远处就是白鹿原北坡在星光下粗略的轮廓了。我喝茶，抽烟。隔壁屋里偶尔传出母亲轻声的呻吟。我不想看书，什么书都不想看，就那么坐着喝着抽着。多年来形成一种潜意识习惯，只要一个人独处，如果不动笔，总要捞上什么书或报刊翻看，这时候却什么也不想看，连我自己一时都想不到这种心理变化，竟然厌倦阅读。

这个世界距离我很远。亲朋好友都远得缥缈，只剩下我一个人面对着星光下白鹿原的北坡。我心上悬着两个刚刚认识的人，就是拿走《白》书手稿的高贤均和洪清波，高贤均爽朗的蜀地口音和洪清波总显得羞涩的眼神。他们拿着我的手稿，正乘坐在由关中进入蜀地的火车上。我自然会想到他们读后的看法的致命性，却还不至于担惊受怕，不是我自信自己的货色——前述已涉及烂熟到无感觉状态，而是按照当时处理稿件的一般成律，需得较长的时日才会有结果，当下是犯不着太过惦记的。

这样坐着喝着抽着，看似平静里的轻松，内里却开始积聚准备承受那最不堪的关于《白》的结局的心力。

摘自《寻找属于自己的句子：陈忠实自述》一书

两个戒指

毕飞宇

1987 年，我还是一个 23 岁的年轻人，那一年我大学毕业，成了南京特殊教育师范学校的一名教师。在这里我需要解释一下，南京特殊教育师范学校的学生都是健全人，毕业之后，他们将成为残疾人的老师。

因为我写过小说《推拿》，许多人都有一个误解，以为我把我所认识的残疾人的故事都写进了小说，事实上不是这样。为了尊重朋友的隐私，我在《推拿》里头没有记录任何一个真人，也没有记录任何一件真事。但是在今天，我要给你们讲两个故事，人物是真的，故事也是真的。对了，在讲故事之前，我要介绍一下我的职务，我的职务是推拿中心盲人居委会的大妈。

第一个故事是关于戒指的。我有两个盲人朋友，一男，一女，他们是一对恋人。有一天夜里，姑娘把我从推拿房叫到了大街上，掏出了一枚戒指。她告诉我，她想和她的男朋友分手，戒指是男朋友送的，她请我把这枚戒指退还给她的男朋友。我把小伙子喊了出来，把姑娘的想法转告了他。小伙子对我说，他已经感觉出来了，但是，希望我把戒指再送给女方，理由很简单，恋爱可以终止，这段感情却是真实的，他希望女方把戒指留下来做个纪念。我只能来到女孩儿的面前，转达了小伙子的意思。姑娘说，都是残疾人，买一个戒指不容易，请你再跑一趟，退给男方。我又一次来到小伙子的面前，经过我的反复劝说，小伙子最终接受了戒指。第二天上午，那个姑娘就消失了，我再也没有见过她。

在这里我想告诉大家，盲人都有他们的生理缺陷，他们大部分都有些自卑，他们担心主流社会的人瞧不起他们。为了补偿这种自卑，他们就格外地自尊。作为居委会的大妈我时刻能感受到他们心底里的那种力量，这力量其实也正是生活里头最为朴素的一个原则——是自己的就是自己的；不是自己的就不是自己的。在我看来，一个人只要过上有原则的生活，他就是高贵的，这样的生命就是高贵的。我愿意向这样的生命致敬。

现在我要说第二个故事了，还是关于戒指的。我另外有两个盲人朋友，一男，一女，也是一对恋人。这一对恋人要幸运得多，他们最终结婚了。就在他们举办婚礼的前夕，小伙子找到了我，让我做他们的证婚人。在我给他们证婚之后，婚礼的司仪、江苏人民广播电台的一位女播音员，请一对新人交换戒指。小伙子拿出了戒指，是钻戒。而那位盲人姑娘也拿出了一枚戒指。现在，我想请朋友们猜猜——姑娘的戒指是用什么做的？

这枚戒指是新娘用她的头发做的。新娘是一个诚实的姑娘，她大大方方地告诉我们她买不起钻戒，她只能用她的头发为她的新郎编织一枚结婚戒指。这位盲姑娘说，她的头发太软了、太细了、太滑了，为了编织这枚戒指，她失败了一次又一次。她差不多动用了100个小时才算完成了她的梦想。我清楚地记得，婚礼上所有的人都流泪了，我请来的女播音员几乎泣不成声。唯一没有流泪的那个人是新娘。她仰着头，凝视她的新郎，她自豪的、倔强的、幸福的、什么也看不到的、远远说不上漂亮的凝望给我留下了终生难忘的印象。她自己也许都不知道，因为贫穷，她没有能力去购买钻戒，但是，她却为我们展示了一只最高贵的戒指。它不是矿物质，它是一个姑娘的生命，她全部的爱，因为爱而激发的无与伦比的耐心。——这个故事就发生在大行宫附近一家最为普通的路边店里，时间是2010年的年初。非常遗憾，在我证婚的时候我的《推拿》已经出版了，要不然，说什么我也会把这个场景写进我的小说。

作为一个作家，我的人生几乎就是在遗憾里头度过的。每当我完成了一部作品，无论我多用心，回过头来，都会发现有许多东西没有写进去。这个没有写进去的东西就是比小说更加广阔、比小说更加丰富的生活。可我依然是乐观的，正因为有遗憾，我们手中的笔才不会停歇，遗憾在，艺术创作就永在。

摘自《毕飞宇散文》一书

赶　考

彭见明

很多很多年后，我才知道“赶考”是一个很神圣的字眼。这是科举时代有本钱进京考试的书生才能体验到的神圣。很多很多年后，科举废了，叫作高考，“高考”成了新时代的神圣，不管你的考试结果如何，你毕竟神圣过。

我无缘高考，未能体验过考试神圣，但也有过值得回味的“赶考”。

我母亲在二十岁这一年生下我，也在生我的这一年拿到了小学毕业文凭。我母亲十八岁出嫁前，读过四年初小。那时候的小学分为四年初小阶段和两年的高小阶段，婚后我母亲坚持要回娘家去读完高小，那时她的伟大理想是要拿到小学毕业文凭。我在母亲的肚子里，陪着她取得了小学毕业证。在这一年中，她收获了理想，还生下一个男孩儿，双喜临门，一时成为方圆几十里的佳话。那时候在我们老家湘北山区，小学毕业生已是很高的学历了，不亚于现在的本科生，而女性上学的更是凤毛麟角。我母亲一毕业就当上了人民公社（现在叫乡、镇）的干部，几年后成了小学老师，母亲是我们这个五世同堂的大家庭里拥有最高学历的知识分子。

我母亲是我的启蒙老师，我在她膝下读完初小，四年学业换了三个学校，从一个山洼子换到另一个山洼子。这样频频换校，估计是每一个学校的地理位置和生活条件差异不小，好一点儿差一点儿的味道大家轮流尝尝，就没有什么不公平了。

那时候我们这个公社，有七八所初小学校，只有一所高小学校。大多数农家认为自家孩子读了四年初小，能够认点儿字，打打算盘就够了，不再向往读高小，所以一个公社有一所高小学校也就够了。

那时候中华人民共和国刚刚起步，百废待兴，一时还拿不出钱来全面开花广建乡村学校，只能是自力更生，寻找能够坐二三十个学生的可以勉强叫作“教室”的地方。找来找去，最合适的地方是庙堂。庙堂除了进门的正面墙上有个神龛，神龛下面有个放香炉的台子，其余就是空处，可以摆上二三十张课桌，一个公社有七八个大队（现在叫村），巧合的是，在那个没有“大队”行政划分的时代就有了七八座小庙……当然，我无须知道，这是很久远的事情了。

一个村一座庙，就读初小的也差不多是二三十个学生。于是所有乡间小庙，大都挂上了某某学校的牌子。也有庙堂盖在陡坡或山尖上的，因不利小孩子往来，便去找堂屋相对大点儿的农户给予支持，这一招儿有求必应，在那知识极度贫乏的时期，能把学校办到家里来，是这户人家极其荣耀的事情。

我的四年初小，跟着母亲在两所小庙和一户农家堂屋里完成学业。庙堂小，大门不小，拜菩萨的香客有时候来得多，门就不能小。进门的正面墙上安放着木雕或泥塑的菩萨，教室的黑板就挂在进门的左边或右边墙，这样老师和学生就不面对菩萨了。民间祭事，有两件是比较重要的：一是敬神，二是敬坟。敬神和敬坟是不能同时进行的，分开为“上午敬神，下午敬坟”。上午敬神的乡民来了，学校又要上课，怎么办？好在香客们都通情达理，既要敬重神明，更不能耽误孩子们的学习，学校和香客就想出个办法来：上午有三节课，三个下课时间，老师叫学生出门玩儿，把教室留给香客。这时我们不在乎玩儿什么，我们在等待香客点燃拜神的鞭炮，我们专注于寻找没有爆炸的小鞭炮。那时，在我们的快乐追寻中，小鞭炮的爆炸声和刺鼻的硝烟味，是最刺激的娱乐，而对娱乐的渴望，一年中只有在大年三十才能实现——长辈们会给我们分发一角钱的压岁钱——那时候一角钱可以去做爆竹的作坊里，买到五十个散爆竹（买成形的鞭炮划不来），这 50 个散爆竹小心地躺在口袋里，为了延续快乐，我们练就了可以将点燃的小爆竹扔到水里不被水浸灭而是炸起浪花，还可以精准地扔到猫和狗的身上且烧出毛的气味，那是具有成就感的香味。

庙堂没有窗户，关上大门就一团漆黑。那时候我们还不知道什么叫作电灯，我们依仗从大门进来的光照着看黑板上的字和写作业。凡上课大门必打开，就是寒冬腊月也照开不误。我母亲一到寒冬便将能穿的衣裤都捆到身上，结果还是日积月累染上寒病折磨她一生。那时候我们这些农家子弟，都还没有本钱穿上棉衣棉裤，幼时的锻炼，导致我 40 岁以前没有穿过棉衣棉裤。我至今留恋敞开大门读初小的时光。我们的课堂是向香客敞开的，还有猫儿啊、鸟雀啊、蝴蝶啊、蜻蜓啊、青蛙啊、蚂蚁啊、苍蝇啊……可以大摇大摆闯进门来同我们一起听课，那时的农家是家家户户要养狗养猫的，养狗是看家，养猫是抓老鼠，有一部分家狗每天跟着主家孩子来上学，我母亲要求凡带狗来上学的，要守纪律，纪律是不能进教室，那些狗都守纪律，趴在外面等着小主人放学一同回家。这些动物自小与我等为伍，除了狗外，我们不认为它们进教室有什么不妥。这扇大门是谁都可以出进的，我母亲也这样认为。

人民公社附近有一个祠堂，中华人民共和国成立以后就空了，整出来七八间教室，有可以站百把人的礼堂，都被天井的光照亮着，可以关上门上课了。读初小时，我母亲同时当着校长和语文、算术、音乐、体育老师。四个年级的学生同坐一室，给这个年级讲课，另外三个年级的学生就看书写作业，久而久之，也就练就了互不干扰的本领。读高小了，规格就高了，每一门功课由不同的老师来讲，教室里就不能有动物了，一个教室单独坐一个年级的同学，上课下课有专人敲钟。小庙里是没有厕所的，女学生都到附近农户家上厕所，男学生就在庙后面的菜地里贡献最好的肥料，那里的菜从来就长得好。祠堂的后面盖了很大的厕所，分男女两条路，拾级而上体面如厕。

这个祠堂叫作“敬祖堂”，我非常幸运地在这里读完高小，幸运的是我家离敬祖堂不到两里路，家人可以放心地让我独来独去。与我一同读完初小的七个同学，除了我同另一个同学去敬祖堂读高小，另外五位就没有这样幸运了。他们要越过一个有十里路长的大水库和一个山包、两个山坡才能到达敬祖堂。学校是没有饭吃的，我们可以回家吃，他们不行。既不能保障在水库边上的崎岖小道上行走的安全，又不能解决吃的，这个书就很难读下去了。我母亲二十岁那年肚子里怀着我，是带着中餐去读完高小的，她是个大人了，她能够在上学的路上捡点儿柴草，在学校外的某个墙角，捡几块石头搭个小灶，将冷饭冷菜搅在一起热一热。长大后我喜欢端着饭碗到室外吃饭，看眼前的花草、猫狗、鸟雀等鲜活的动态伴随着吞食一并下肚的感受，其乐无法形容。我再长大些，参加工作了，每年有两百多天在乡下跑，除了天下雨，我们的餐桌都摆在农户的院落里。我母亲以十月怀胎的胎教，使我能够体验到“秀色可餐”的美好。

我有个姨妈比我大两岁，她在家里附近读完初小后，铁了心要向我母亲看齐读高小。但她既没有独自在村野行走十几里的勇气和体能，又做不到在学校周边架个小灶做饭吃，这事僵住了。好在我父亲出了个主意：让我姨住到我家来，同我一起上学。这是我最乐意的事。我的初小四年，寒暑假几乎在外婆家度过，同我姨一起长大。很小的时候我姨要求我叫她“姨”，我不从，说，你这个姨只比我大两岁，太小，我不能叫你。她说随便随便，叫什么都行。她性格开朗，像一个男孩子一样同我上山砍柴，下水捉鱼，踢皮球，把门板取下来搭台子打乒乓球。那时候寒暑假作业不多，但我大多数是赖着她给我做了，我的理由是：谁叫你是我的姨呢！

我和我姨朝夕相处在敬祖堂完成了两年的高小学业，取得了小学毕业证。我姨成绩好，两年学习语文算术考试始终名列全班第一，无人可敌。我母亲在外面教书，父亲天亮出门摸黑回家，被农活儿累得摸不到床，他们从来没有问过我的学业，毕业成绩通知单都懒得看，他们叫我姨管我，姨也管不了，顶多是我问她的她才作回答。

我老祖母十九岁生我祖父，我祖父二十岁做父亲，我父亲二十二岁育我，我老祖母六十一岁便享受四代同堂的美誉，我父亲是她的长孙，我是她的长曾孙。我们乡下有言“公疼头孙，父疼晚崽”，头孙是荣誉，一出生就代表了这户人家又添一代。那时候普遍结婚早，十几二十岁都做父母了。父母老了，大点儿的儿子也跟着老了。父母养老一般就寄托在晚崽（最小的儿子）身上，这个利益很现实，所以父母是普遍疼爱晚崽的。

所以我老祖母就一直跟着我父亲过。我的初小四年，我老祖母一直跟着陪读，我母亲到哪儿，她就到哪儿。她是封建社会留下的小脚，凡寒暑假和周末我们回家，都是我的叔父们抬着轿子接送的。

我读高小了，老祖母就回家陪读，做家里几口人的饭菜，搞卫生，还能喂猪（只是提不起猪潲桶）。老祖母跟随我母亲教书四年，她知道学校上午是什么时候上课，晚上学生该什么时候睡觉，我母亲不在我身边了，这个任务得老祖母来完成。她的闹钟是鸡叫，她知道哪一遍鸡叫过后多久，该叫我和我姨起床了。每天早晨她不愿影响我们的最后一段睡眠，摸着黑悄无声息地给我们做好吃的。我不愿使用“早餐”这个诱人的词。我们一成不变每天早晨吃的都是头天晚上留下来的剩饭剩菜。依我老祖母的力气和家庭状况，实在是做不出可以称作“早餐”的花样来。

我和我姨高小毕业了，马上要去参加神圣的初中考试了，它的神圣在于：我那高小毕业的母亲都可以当上人民教师，那么高于小学的中学，在普通百姓看来，其前途就不可想象了。我老祖母在左邻右舍的谈论中，也明白了这场考试是如何重要和神圣，她在我们即将赴考的这几天，将家里预备候客的储存鸡蛋全都煮给我和我姨吃光了。我老祖母从来不说那种什么你们好好学习之类的大话，顶多说到要睡好觉，养好精神。她认为“响鼓不用重敲”。

老师交代了，赶考的这天，要求我们早点儿赶到学校集合，然后统一步行前往考场。考场在中学，其时县辖下设区，区下面是公社。全县有九个区，每个区设一个初级中学。中学要容纳几百名学生，找不到这么大的庙宇和祠堂，是国家出钱建造的。我们小学到中学有十五里路远，快点儿走也要走一个半小时，我老祖母打听到了路上要走多久，然后叫我们早点儿睡，睡好了才有好精神考试。她会叫我们起床吃饭。其实这一晚我和我姨是无法睡好的，这一场赶考，可是超越我母亲的考试，据说我们这个有一两千人的大队，还没有出过一个中学生，那么这场考试，还是超越全大队人的考试，如果考好了，就叫作是神圣的赶考。如果没考好，也没有什么惭愧，所以在兴奋和自我安慰的状态中，我们一直处于半醒半睡中，待二遍鸡叫过后，就再也睡不着了。这时我老祖母也做好了罕见的可以称作是早餐的早餐：煮的是新鲜饭，煎了鸡蛋，还特地让我叔叔头一天去河里钓了鱼，煮了一大碗鱼汤——为了我们这个家族里程碑式的赶考，我估计我老祖母一夜没睡。

天还是黑的，老祖母很平静地送我们出门，从她的表情中我可以看出来叫我们考试不要慌张。她没有文化，但她以她几十年的人生经历总结：慌慌张张是做不好事的。老祖母给我和我姨每人一角钱，说是考试完了买点儿吃的，中午饭是赶不到了。我自以为很神圣的赶考，就只有老祖母一人送行。我母亲在学校里，昨天傍晚我父亲给她送油和柴去了。我的祖父祖母、叔叔姑姑们不知道我今天去赶考，就是知道了，也不觉得这事有什么了不起。我六个叔叔姑姑们只有两个读过初小。

我和我姨上路时，鸡还没叫第三遍，天还是黑的，路也是黑的，我点燃着一根草香边晃边走。走进教室时，比我们早到的同学有三四个。老师说："你们兴奋了吧，没睡好吧？快补补，快补补。"我就伏在课桌上倒头便睡——有老师在，不必担心迟到误了考试。

这天的阳光特别明媚。自人民公社通往区政府的可以行走一辆板车而在我们看来很宽阔的道路，也被艳阳洗得特别干净。我们一行三十多个考生绝大多数没到过十五里外的区政府所在地，更没有进去过本地的最高学府，其时的小学生是没有胆量也不打算去见识见识中学学堂的。当我们列队唱着歌，走进被高大的围墙围圈起来的十几栋教学楼、宿舍、食堂、四个篮球场、两口池塘和菜地，才明白了学校应该是这样的。

我的考试位在进校门的第一栋第一室，屋顶上挂着一口大钟，钟锤下的绳子吊在讲台一侧，一位老师进来拉响开考的钟声时，来自全区八所完全小学考生的考场顿时鸦雀无声。

考的是语文和算术。

我做完卷子，就交给了监考的老师。我发现我是第一个交卷的，交完卷了，我的手就不由自主地摸到老祖母给我的那一角钱，我的心马上飞到了离学校半里路的镇上，接下来是要去品尝大地方做的包子了。这时已有考生开始交卷，交卷后都回到座位。一直到那位打钟的老师拉响钟声，宣布考试结束，我们才陆续走出考场。我是考生中第一个冲出学校大门奔向镇街的，一到镇街，就闻到了面粉被蒸烤的气味，顺着气味的指引，很快就看到了一面墙上挂着一块木牌，上面仅有"面铺"两个字。我看了看面铺仅有四样吃的：面条、油条、包子、馒头。我这一角钱吃不起面条和油条，我爱吃甜食，一眼就看中了糖包子。一角钱可以买四个糖包子，这买卖令我称心如意，欣喜若狂。做包子和卖包子的都是一个人，高高的个子，同我父亲差不多年纪，他从蒸笼里给我拿出的包子又白又胖、又软又甜，一口下去，就让我觉得以往在端午节吃过的包子无可比拟。自此以后我吃包子只吃糖包子，而且每吃糖包子都要与十二岁赶考时吃的包子相比较，比了很多年，竟无一超越。这个做包子的师傅叫李四，开课后才知道李四的女儿和我是同学，很多年后，每每同学聚会我都要对她讲：“你爸做的糖包子至少也是全县第一。”她就埋怨我：“现话讲百遍，猪嚼狗也厌。”后来有些朋友谈到他们的子女读了大学不知道干什么好，我说早晓得要是跟李四学做包子，早就发大财了。

初中考试录取通知下来，我们学校三十多个赴考的同学，录取了七个，其中有两个交不起学费的没去报名。那时候考个初中比现在考大学还难。

全班成绩始终第一的我姨没有被录取，而我这个不上不下经常抄我姨作业的却考上了。我怎么能考上呢？想来想去，可能是班主任老师在赶考前反复说过的话，上了考场要“胆大心细”。我的成功可能就得益于胆大，同时还没考完就想着吃包子。我收到录取通知书，我姨没有收到，她躲在她的外婆家哭了几天。后来我母亲找人了解：因我外婆家是富裕中农成分，比地主差不了多少，由于政治原因，我姨考得再好，也要把名额让给贫下中农子弟。幸好我母亲嫁给了我父亲这个下中农子弟，不然，凭她这个学历，也当不了人民教师。

1965 年 9 月 1 日，我走进了中学的大门，开始了标准化的学习。1966 年 5 月 16 日，“文化大革命”开始了，固有的学习生态发生了根本性变化，具体表现是老师大部分下乡当农民去了。学生上课可来可不来。初中三年，我取得了初中毕业证，尽管这个证件，仅有不到一年的知识含金量，我还是很珍惜我的最高学历。在我的记忆中，我从初小到初中一年的学习生活经历，仍旧是最难忘却的部分。它们未能帮助我取得体面的学历，却是从未间断我对学习的敬重和渴望，渴望是因为没有得到而渴望。

我姨虽说没有读到中学，后来还是被聘请当了民办教师，后来又考上了公办教师。她终于和我母亲平起平坐了。凡她们姐妹教过的学生家长，都说她们的课讲得好，学生也带得好。

两棵树上，一棵树下

刘醒龙

再到簰洲湾，并非一时兴起，而是这些年，心心念念的情结。

出武昌，到嘉鱼，之后去往簰洲垸的路途有很长一段是在长江南岸的大堤上。江面上还是春潮带雨的那种朦胧，离夏季洪水泛滥还有一段时间。在时光的这段缝隙里，那在有水来时惊涛拍岸的滩地上抢种的蔬菜，比起别处按部就班悠然生成的绿肥红瘦，堪可称作俗世日常中的尤物。除了蔬菜，堤内堤外所剩下的就只是树了，各种各样的，一株株，一棵棵，长势煞是迷人。

有百年堤，无百年树。这句话本指长江中游与汉江下游一带平原湿地上的特殊景象。

因洪灾频发，大堤少不得，老堤倒不得，大树老树只是栽种时的梦想，还没有活够年头，就在洪水中夭折了。1998 年夏天的那场大洪水，让多少青枝绿叶停止了梦想，也让不少茁壮的树木在传说中至今不朽。

第一次离开簰洲垸时，就曾想过，一定要找时间再来此脚踏实地走一遍。1998 年 8 月下旬，搭乘子弟兵抗洪抢险的冲锋舟，第一次来簰洲垸，一行人个个穿着橙色救生衣，说是在簰洲垸看了几小时，实际上，连一寸土地都没见着，更别说只需要看上几眼就能用目光逼出油来的肥沃原野。除了几段残存的堤顶和为数不多的树梢，我们想看上一眼的簰洲垸被滔天的洪水彻底淹没。汤汤大水之上的我们，悲壮得连一滴眼泪也不敢流，害怕多添一滴水，就会带来新的灭顶之灾，连这少数树梢和残存的几段江堤也见不着了。

那年夏天，使整个簰洲垸陷入灭顶之灾的洪水，是我迄今为止见过的最凶猛的，多少年后仍无法忘记，偶尔需要举例时，便会情不自禁地拿出来作相关证明。前些时一家出版社的编辑非要将个人文集里早前写就的“簰”，按时下规定改为“排”。与其沟通时，自己问对方应当知道“簰洲垸”吧，“九八抗洪”时，不少媒体也曾按规定写成“排洲垸”，后来全都一一改正过来。又与对方说，《闪闪的红星》插曲所唱“小小竹排江中游”，武夷山九曲溪的导游词“排在水中走，人在画中游”，如此竹排哪能禁得起滔滔洪流？在大江大河之上，承载重物劈波斩浪，非“簰”莫属。簰是特大号的排，但不可以统称排。正如航空母舰是超级大船，却无人斗胆称其为船。簰洲西流弯一弯，汉口水落三尺三——浩浩荡荡的长江上，能与重大水文地理相般配的器物，岂是往来溪涧的小小排儿所能担当！

2021 年初夏，第二次到簰洲垸，所见所闻没有一样不是陌生的，因为第一次来时，从长江大堤溃口处涌入的大洪水，将最高的楼房都淹得不见踪影，平地而起的除了浊浪便是浊流，与此刻所见烟火人间，稼穑田野，判若天壤。很难相信，眼前一切所见，在 23 年前的那个夏天，全都沉入水底。那一眼望不到边的菜地里种着尤觉清香扑鼻的优质甘蓝，刚刚开过花便迫不及待地露出油彩梢头的油菜，还有那骄傲地表示丰收即将到手的麦子，用粼粼波光接上云天迎候耕耘机器的稻田，这些一眼就能看透的乡村田园图景，仿佛开天辟地以来即如是，不知洪水猛兽为何物！当年所见簰洲垸，只有洪水与舟船。如今的簰洲垸，小的村落有小小的车水马龙，大的乡镇有浓浓的歌舞升平。那些被水泡过的老屋仍旧烟火兴旺，喜气洋洋，一旁新起的高楼与新建的长街更加抢眼，临近小河的一栋栋农舍，颇得诗风词韵，如此流连，迥然于 1998 年夏天来过后，太多伤心下的欲走还留。

梦浅梦深，亦真亦幻的时刻当然很好，所谓美梦成真，就是将日子过得如同美梦一样。由于当年子弟兵的驰援才从最艰难的日子挺了过来，由于三峡大坝建成后对长江上游洪水的拦截，由于普天之下的民众都在勤劳勇敢奔向小康，一向狂放不羁的洪水也将凶悍性子收敛起来，哪怕是乘着最大洪峰笔直往东而来，不得不在簰洲垸顶头的大堤前扭转半个身子往西而去时，一改从前的暴虐，反倒以岁月流逝模样用浪花之上的江鸥点染一段温情。

最能表现这温情的是小镇边上两棵白杨，还有朋友反复告知的那棵杨柳。

说簰洲垸白杨树多，是事实，又不全是事实。整个长江中下游地区，凡是依靠着长江的村落乡镇，没有不是将种白杨当成洪荒时节安身立命的最后机会。

1998 年 8 月 1 日夜里，簰洲垸大堤没能顶住洪魔的肆虐，溃口了。后来通过视频看到，惊涛骇浪之中，那个名叫江姗的小女孩儿死抱着一株小白杨，硬是从黑夜撑到黎明。当有人来施救时，小女孩儿还不敢放手，一边号啕大哭，一边说奶奶让她抱着小白杨千万不要松手。奶奶自己却因体力不支，抱不住小白杨，随洪水永远去了天涯。洪荒之下，生命没有任何不同。那比狂飙凶猛百倍的浪潮来袭时，一辆辆抢险的重载卡车，顷刻之间成了一枚卵石，淹没在浪涛深处。一位铁汉模样的将军，到此地步，同样得幸抱着一棵小白杨。

23 年过去，小镇边上的这两棵白杨树，长得很高大了，粗壮的树干拔地而起，那并肩直立的模样，其意义就是一段阻隔洪水的大堤。私下里，簰洲垸人，将一棵白杨称为“将军树”，将另一棵白杨称为“江姗树”。小镇的人这么说话，听得人心里格外柔软，也格外苍凉。不由得想起天山深处的胡杨，华山顶上的青松；想起西湖岸边的垂柳，洛阳城内的牡丹。在小镇中心的簰洲湾“九八抗洪”纪念馆，几张旧照片上，一群人正是紧抱着小白杨才让吃人不吐骨头的洪魔终成饿鬼。从纪念馆出来，再次经过那两棵高大的白杨树时，不禁抬头望向空中，万一灾难重现，这白杨可以给多少人以最后的生机？

在簰洲垸上游约十公里，有个地方叫王家月。1998 年 8 月 21 日，全世界都将此地误称为王家垸。那天早上，自己随一个团的军人十万火急地赶到此地，打响“九八抗洪”的收官之战，在水深齐腰的稻田里封堵这一年万里长江大堤上出现的最后一个管涌。险情过后，封堵管涌的几千立方米的大小块石与粗细沙砾，成了平展展田野上的一处高台。

相隔 23 年，再来时，一场大雨将头一天的暴烈阳光洗得凉飕飕的，田间小路上的泥泞还在，当初都曾舍身跳进洪水的几位同行者，小心翼翼的模样，有点像是步步惊心。在离高台不到五十米的地方，自己到底还是站住了。

在高台正中，孤零零长着一棵小树。

不用问便已知道，不是别的，正是当地朋友业已念叨过许多遍的那棵杨柳。

夏天正在到来，仿佛是被最后一股春风唤醒记忆。发生管涌的那天正午，爱人下班时将电话打到我的手机上。就在那棵杨柳生长的位置，对着手机，我没有说自己正在管涌抢险现场，只说一切都好！1998年夏天人们听到“管涌”二字，宛若2020年春天世人对“新冠”的谈虎色变。我对爱人说一切都好时，站在深水中的几位战士用一种奇怪的眼神看过来！那天午后两点，险情基本解除后，与大批满身泥水的军人一道蹲在乡间小路上，痛痛快快地吃了几大碗炊事班做的饭菜。管涌现场仍有大批军人在进行加固作业，另有三三两两的当地人拎着各式各样的器物，在给子弟兵送茶送水。想着这些，心中忽地一闪念，那时候自己不将真相告诉爱人，只对她说一切都好，本是一句平常话，这种自然而然的表述，既是亲人之间相互关爱，也是发自内心的愿景。那时候，在这高台之下的深水里，身处险境的军人，谁人心里不是怀着青青杨柳一样的情愫，带着杨柳丝丝一样的牵挂。

相比从前，簰洲垸上上下下、堤内堤外一切都好了许多，那叫得出名字的两棵白杨，从风雨飘摇中挺过来，长成参天大树。那曾经指望三万年后才风化成沙土的块石沙砾高台，才几年就有杨柳长了出来，虽然只有一棵，却更显风情万种。这样的杨柳能长多少叶子呢？远远看过去，大约几千片吧，这是一种希望，希望小小杨柳用这种方式记住当初参加封堵管涌的几千名子弟兵。

曾经在干旱少雨的甘肃平凉，见过一棵名为国槐的大树，三千二百年树龄，毫不过分地说，那样子是用苍穹之根吸收过“三坟五典”的智慧，用坚硬身躯容纳下“八索九丘”的文脉，用婀娜枝叶感受了《诗经》、乐府的深邃与高翔。簰洲垸一带，注定没有见证天地玄黄、宇宙洪荒的老树，能够见证的是分明应当向东流逝的长江，到了此地却扭头向西而去，将洪水猛兽与大小龙王都不太相信的奇观，都付与簰洲垸以及簰洲垸上的西流湾。不必等到再过二十三个年时，不必等到垒起高台的块石与沙砾变得与周围田野浑然天成时，更不必等到小小杨柳和高高白杨都变得千年国槐那样沧桑时，大江之畔无所不在，大水之中万物天成。历经过灾难的白杨全都是周瑜、陆逊那般青壮小伙模样，苦难中泡大的杨柳全都是大乔、小乔一样婀娜姑娘身姿，在实现梦想的过程中走向新的梦想，比起已经固定下来的某种象征，更加令人向往。如同自己刚转过身，就在想什么时候再来看看簰洲垸，看看簰洲垸这里的两棵白杨、一棵杨柳。还有这两棵树上，还有这一棵树下，安详天空，锦绣大地！

一个人行走的足迹，往往就是历史的足迹。譬如这次去嘉鱼，在某种意义上来看，最合适的说法应该是历史的选择。像我这样的一个人的确算不上什么，但是当一个个生命被冠以战士的名号，并且由几千个这样的生命组成的集团，在一夜之间从黄河流过的华北大平原，驾驶铁骑疾驰到长江涌起的共和国粮仓一样的江汉平原时，他们的每一步行走，都会在大写的历史上留下不可磨灭的印痕。

如果没有 1998 年夏天的经历，很难让人相信，一场雨竟会让一个拥有 12 亿人口的泱泱大国面临空前的危险，不得不让这支庞大的军队进行自淮海战役以来最大规模的兵力调动，而他们的对手，竟是自己国土上被称为母亲河的长江。在去嘉鱼的公路右侧，江水泛滥成一片汪洋，让人情不自禁地想起亘古神话中的大洪荒。当我们又是车又是船地来到簰洲垸大堤上，面对 630 米宽的大溃口，不堪负荷的心让人顿时喘不过气来。那轻而易举就将曾以为固若金汤、四十多年不曾失守的大堤一举摧毁的江水，在黄昏的辉照下显出一派肃杀之气。这时，长江第六次洪峰正涌起一道醒目的浪头缓缓通过。正是这道溃口，让小小的嘉鱼县突然成了全世界瞩目的焦点。正是这一点让原济南军区某师的几千名官兵在二十一小时之内奔行千里，来到这江南小县，执行着比天还要大的使命。

我是 7 月 20 日来到这个部队的，与这个团同师里的其他团队一道，于 8 月 8 日中午从原驻地出发昼夜兼程赶到武汉，然后这个团又马不停蹄地独自赶往嘉鱼。9 日上午车队刚进县城，当地群众刚拥上来欢迎，命令就下来了——拦阻江水的护城大堤出现两处重大险情，数百名官兵连安营扎寨的地方都没看见，便跑步冲上江堤，一口气干了十一个小时。

说来也巧，这个团有八十三名战士是嘉鱼籍的，当他们从大卡车里跳下来，沿街冲锋时，他们中的一些人被自己的亲人认出来。当父亲母亲哥哥姐姐追上来喊着这些战士的名字时，他们除了回头应一声以外，连惊喜的笑容也没来得及给一丝。一个叫刘党生的战士，因其乡音被县电视台的记者辨出，而拍了一条新闻。家住乡下的父亲在电视里看见后，连忙来到县城里。父子见面时，刘党生正在江堤上扛着土包加固子堤。刘党生没空同父亲讲话。父亲就追着他来回走，并不时伸手帮儿子一把，后来干脆同儿子一道一人扛一只土包，父子二人一下子成了一个战壕的战友。另外一名战士的遭遇更巧。那天他在堤下同战友一道值班。忽然见到堤上有自己村里的熟人，他连忙追上去打听，才知道挨着哨棚最近的那座窝棚就是自己家人此时的家。战士走进那被洪水洗得一干二净的家，同家里人简单说上几句话后，又回到值班岗位，从此再也没进过这近在咫尺的家门。

我在这支部队待了三天三夜，其间不知多少次，对当地群众来慰问时顺手贴上的一幅标语出神。标语是：来了人民子弟兵，抗洪抢险更放心。这时候，我总会想起团长张德斌和政委陈智勇反复说过的一句话：视灾区为亲人、把灾区当故乡。这句话来源于陈毅元帅的那句名言：我们是人民的儿子，哪有儿子不孝敬父母！这个团的前身是新四军一师一团，向来以打硬仗闻名。团下属四个大功连队，淮海战役两个，抗美援朝一个，还有一个是在 1975 年河南驻马店抗洪抢险中获得的。时间选定 1998 年 8 月让这支部队在特殊地点上与历史和未来作了次碰撞。在三国古战场的南岸赤壁镇，有道名叫老堵口的江堤，是当年国民党军队的一个师用泥土和芦苇筑起来的。当然这不是那支后来被解放军彻底击败的军队有意给对手留下的伏笔，但这无疑是常胜之师是否名副其实的又一轮考验。8 月中旬，老堵口出现一个直径半米的管涌，从管涌里喷出来的江水达五米高。此时，旅游胜地赤壁镇，已被搬得空空如也！

团属炮营几百名战士冲上去，几乎用尽了生命的一切可能，奋战了几十个小时，硬是奇迹般地将凶猛的管涌制伏了。在我前往嘉鱼的路上，碰见一支海军陆战队的车队。当时天上雷雨交加，地上狂风怒吼，他们的行进更显威风八面。海军陆战队是去替换驻防赤壁镇的炮营，这样的威武之师却面临一场尴尬：当地的干部群众坚决不让炮营走！他们太信任炮营了。不知这些生长在古今兵家必争之地的人们知不知道，这场与洪水的决斗是这支英勇善战的部队的最后诀别。也许他们根本就没有想到这么棒的部队竟会说撤销就撤销!

对于战士来说，他们知道这是不争的事实，因此他们表现得格外珍惜。来到嘉鱼后，战士们最流行的有两句话：用汗水洗去身上的污垢，当一个受人尊敬的好兵；多吃点苦，将来做人有资本!

团长张德斌告诉我，他们的家属也特别能战斗。政委陈智勇同妻子是在老山战场上相恋的，他们有个可爱的儿子叫陈思。哪知小家伙患上严重的肾病，才十一岁两腿就肿得不能走路。他们好不容易找到国际知名肾病专家黎磊石教授，治了一阵，刚有好转，陈智勇就随部队上了抗洪第一线。小陈思在家苦思冥想，画了一幅如何为江堤堵住溃口的设计图：所用材料为钢筋水泥、橡胶和棉絮。我在电话里同小陈思交谈过一次。我问他是否给他妈妈添了麻烦。他奶声奶气地说："我是男子汉，怎么会哩！"六次洪峰从嘉鱼通过后，团里的军嫂张燕从漯河发来一封给全团官兵的慰问电："……我真想马上赶到你们身边，为你们洗衣、烧水、做饭，来安慰你们的疲劳。你们太辛苦了，在这里我代表军嫂们，代表家里的亲人向你们说一声真的好想你……"张团长挥动着慰问电说，这也是他们团的战斗力。

8 月 21 日上午 7 时，我们还在这个团里采访，突然来了紧急命令，五分钟内 500 名官兵便在张德斌、陈智勇的率领下驱车直赴发生险情的新街镇王家垸（注：2021 年 4 月 23 日，重访此地，方知此村名为王家月）村。陈智勇后来说灾难考验人时，正是上帝对谁的垂青。他们面对的又是一个罕见的管涌，它在离江堤 1500 米的水田中，直径达 0.75 米，流量为每秒 0.2 立方米。发现它时，它已喷出 1000 多立方米泥沙。水田里的水齐腰深，管涌处，离最近的岸也有几百米，而离可以转运沙石料的地方有上千米。那一带是血吸虫感染区，可张德斌和陈智勇想都没想，就率先跳进水中，在前面为战士们开路。

我有幸在管涌现场目睹了这场与灾难赛跑的全过程。没在水中的稻穗上，战士们用肉的身躯铺成了两条传送带，团长政委不时高喊：决不能让簰洲垸的悲剧重演。有两个连队已在附近江堤上突击干了一天一夜的活，才要轮换休息，早饭都没吃，便又赶来抢险。陆续赶来的部队达两千余人，泡在水中的这些最早到达的官兵直到将两百多吨堵管涌的沙石料全部运到现场才上岸吃午饭，这时已是下午两点。

我在第二天的报纸上读到有关这次抢险的报道，所有报纸无一例外地都只让人从那句“两千多名解放军战士参加了抢险”的语言中，才能感受到他们曾经存在过。我不知道那位被战士们背到管涌现场的泥石堆上的记者，是否写了这些消息中的一篇。我庆幸的是自己数次被记者们当作了抢险的战士，我为自己的鱼目混珠而自豪。我将这些报纸拿给一些官兵看时，他们飞快地扫了一眼，然后淡淡一笑。

这笑让我忽然来了个念头，既然大智若愚，那么会不会是大功若无？王家垸管涌下午 1 点 45 分才开始由技术人员倒下第一袋寸口石，但那些根据某些人的行程来写的文章却说中午 12 点险情就基本排除，那些显赫的名字又一次散着油墨香时，张德斌和陈智勇正带领战士苦战在水田里。从下水开始，21 小时后，正是第二天早上 6 点 20 分，战士们用冲锋舟运完了最后一批沙土包将蓄水反压管涌的围堰垒好后，大家手挽着手，高举着红旗，唱起那首士兵们最爱唱的《当兵的人》。那一刻，朝阳正在升起，在他们的身后彩霞有一万丈高。没有任何镜头对准那一张张英姿勃勃，再厚的泥水也掩不去青春光彩的脸庞。

实际上他们无须别人来评说。听听大功三连的连歌:《这就是三连的兵》！听听大功六连的连歌:《打不垮拖不烂》！再听听大功八连的连歌:《英雄的连队英雄的兵》！三连连歌中有这么一句:“打胜仗，出英雄，为国为民立大功！”簰洲垸的悲剧没有重演，那位 62 岁的老专家曾泡在水中对我说：这些战士一个能顶几十个壮劳力，没有他们，长江大堤恐怕不止垮几十次！灾难像那个被关在瓶子里的魔鬼，一切的企图都成了徒劳。这是真正的大功，它将安宁与平常，不事声张地交还给还在享受平常与安宁的人，不使他们觉察到灾难曾与之擦肩而过，所以大功确实若无。

我真想在中国军队的序列中，这支部队的番号永远不被删改，我也想这么好的官兵应该尽可能久地留在部队中。我想嘉鱼的人民在面对日后哪个雨季的洪灾时，也会对记忆中的这支部队说，真的好想你！我还想，只要长江还在流，它就是这支曾与它鏖战过的部队数千名将士永远的绶带！

原载《芒种》杂志

三代人的采煤故事

白　描

三个男人，祖孙三辈，神东煤炭集团上湾煤矿的三代矿工。

爷爷冀廷贵，1965 年从部队退伍后进矿的老煤矿人，先在营盘湾矿做井下工，1988 年到神东原神府东胜煤田上湾煤矿建井一队，1992 年退休。

父亲冀永平，1989 年进入上湾煤矿建井三队、连采队、运转队，现为开拓准备中心工人。

冀宏波，冀永平之子，2012 年大学毕业进入上湾煤矿，先后在运转一队、党政办工作，现任综采一队党支部副书记。

掏　煤

冀廷贵从茅草屋中走出，手中还拿着半块窝头。刚才喝稀米汤呛了一下，急着上班，没吃完的窝头拿在手上边走边吃。四下里是望不到边际的毛乌素沙漠，西北风刮得黄沙漫天，沙子飞进嘴里，他“呸呸”两口，连正在嚼的窝头儿一块吐出来。

来到矿井口，他弓身爬进洞里，手里是大锤和钢钎。这洞子狭窄处只有半米高，进进出出，必须爬行。

炮响了，他和工友们躲在坑道拐角，头上扑簌簌往下掉矸石煤渣，浓烟扑面而来，他捂住口鼻，但还是呛得连声咳嗽。不待烟雾散尽，他就爬出藏身地，爬向工作面。头上的电石灯发出刺鼻的气味，与爆炸的烟气、身上的汗味混合在一起。

这里把采煤叫“掏煤”，用铁锹一窝一窝地掏。这是一种原始的蜂窝式开采，哪里有煤往哪里掏，前边掏，后边顶上，随时都可能崩塌，便有人用硬木架子支撑。他一锹一锹把煤掏出，装进背筐，然后一步一挪，把煤背到井口。洞子掏得深了，也有人一段一段传递。

下班了。上到井上，阳光刺眼。来到小河边，他脱下被汗水浸透的窑衣，跳进河里，痛痛快快洗了个澡，擤出鼻孔里的煤尘，然后坐在石头上吸一口烟。一天的疲乏，胳膊上、腿上，还有腰间的酸困，像春天的残雪缓缓消融，再从汗毛孔溢散出来。没有比这更舒服的感觉了。

真是充实的一天。一个班 8 小时，冀廷贵能挣到 8 角钱。养家糊口，还能奢求什么呢？没灾没病，身体好，能出力，能流汗，一家老小平安，儿子一天一天往上蹿，将来准能长成个强壮的男子汉，知足了。

这是 1965 年营盘湾煤矿一个普通的日子。

1987 年，营盘湾煤矿并入神东煤炭集团。

井　阶

黎明前的高原，天上星星还在闪烁，夜幕笼罩着上湾煤矿，笼罩着乌兰木伦河两岸的丘陵山地和广袤的毛乌素沙漠，四周一片静寂。

冀永平悄悄起身，妻儿还在沉睡，他没有惊动他们。窑衣是湿漉漉的，穿在身上冰凉。他是早班，要去下井，开始一天的劳作。

正值神东上湾煤矿初创阶段，年轻的冀永平接了父亲的班，成为一名矿工。他手上拎着工器具，身后背着 40 多斤树脂炸药。从井口下去，有 1000 多级井阶，走一步，蹲一下，工器具叮当作响。在地下阴湿的环境里作业，他落下了关节病。井阶走完，他头上已冒出涔涔冷汗。

走完井阶，还要在井道里走几公里。井道坑坑洼洼，崎岖不平，地面上不时有积水，有些地方淤泥糊腿。他要不时绕开排列在巷道里的管线、支架、渣石车、通风机以及其他设施器材，沿着小煤车的铁轨向矿井深处进发。

他的工作是用锚头打炮眼。他抡圆大锤，把钢钎砸进煤层。上湾煤矿真是个好矿，煤层很厚，前面几千米外还是煤。放过炮后，黝黑的煤层炸开，亮晶晶地摊在眼前，这是乌金啊！但危险无处不在，顶板会往下掉碎矸石、碎煤块，躲闪不及就会砸了人。至于跌倒趴扑、磕碰摔打，对个个硬汉子的矿工来说，只是不足挂齿的小伤。

一个班上完，又是几公里的巷道，又是那1000多级井阶。

上了井，最盼的就是井口的阳光。蓝莹莹的天，天上有白色的云朵，远处起伏的沙丘波浪一样展开，在阳光下闪闪发亮。

妻子手里拎着菜，抱着小儿子宏波路过井口。一群汉子从井口出来，所有人都是一个模样：一样的工装，一样的高筒雨靴，一样的黑脸，只有牙齿是白的。他看见了娘俩儿，走上前，逗耍小儿子，小宏波却扭着脑袋直躲他。他在儿子小脑门儿上轻点一下，笑道："傻小子，我是你爸，连亲老子都不认啦？"

这是1989年的上湾煤矿。

选　择

冀永平下班走进家门，儿子冀宏波泡了茶，端到父亲面前。

他接过，最喜欢的铁观音香气扑鼻而来。茶还烫，但他顾不上，吸溜吸溜地喝起来。儿子曾劝他不要喝太烫的茶，他说："煤矿工人哪有那么娇贵？"

父亲坐在沙发上，儿子坐在斜对面的椅子上，像是有什么话要说，但欲言又止。母亲郭俊兰已经做好了饭，端上餐桌，脸上挂着忧忧的神情。"跟你爸说吧，"母亲开了口，然后转头对丈夫说，"他要回神东。"

冀永平似乎稍感诧异，瞟了儿子一眼，没有说话。

冀宏波说："爸，咱神东到我们学校招应届毕业生，我想报名。"

郭俊兰插话："辛辛苦苦读书，上了大学，好不容易飞出去了，现在又要回煤矿，不知道你是咋想的。"

冀永平从沙发上起身："先吃饭。"他从酒柜里拿出一瓶酒，开了盖儿，冀宏波取了两只酒杯，斟满。

父子俩对饮一杯，吃了几口菜。

"咋想的？先说说。"

冀宏波说："我学的专业毕业后可能会进大城市，也可能进矿山。进大城市不容易，不如踏踏实实回咱们神东来。神东是世界超级煤矿，只要自己努力，前景不会差。”

接着喝酒。三杯下肚，冀永平停下筷子：“先亮明我的态度，你要回神东，我不支持，也不反对。”说罢，又加重语气补充一句，“你已经是个男人了，你要对你自己负责。”接下来，冀永平给儿子讲神东和上湾，讲历史，讲现实，讲宏波的爷爷怎么掏煤背煤，讲自己在矿上的经历感受，讲井下的辛苦与危险。这是这位煤矿工人与儿子最正式的一次谈话。临了，拿一句话收尾：“该说的都说了，你自己拿主意。”

冀宏波郑重地点点头。

郭俊兰有点急：“当爷的是煤矿工人，当爸的是煤矿工人，如今轮到儿子了，还要进煤矿，咱家就不能换换门庭？”宏波笑道：“还没算你哩，你也是煤矿人。”郭俊兰是矿业服务公司工人。郭俊兰没好气地说：“好，你回来娶媳妇，也在煤矿娶一个！”

第二天，冀宏波就回到学校——内蒙古科技大学。他报了名。应届毕业生报神东集团共 450 人，经过考试，招了 45 名，冀宏波名列其中。

这一年是 2012 年。

竞　聘

冀宏波到神东，被分配到上湾煤矿。爷爷在这个矿，父亲在这个矿，他也到了这个矿。

他进的第一个部门是转运队，负责把井下挖出的煤安全运到地面。都是井下作业，作为一名新到岗的大学毕业生，他刻苦学习，任劳任怨，工作干得有声有色。两年后，2014 年，他调进矿党政办，进入机关管理岗位。党政办的工作似乎更适合冀宏波。他 1.83 米的个头，眉清目秀，戴副眼镜，文质彬彬的样子。他的文字能力好，写材料是一把好手，有时还写诗，在党政办干得得心应手。但几年后，他心里却生出一种愈来愈强烈的念头：下井。

神东煤炭集团，1984 年创业起步，历经战略调整、优化升级，眼下已经是国家能源集团的骨干煤炭生产企业，主要指标世界领先——如今的神东，和当年爷爷掏煤背筐、爸爸打钎放炮相比，全然两副光景。

上湾矿综采队选拔井下带班干部，采用的是竞聘方式，条件是大学本科以上学历，还有年龄、工作经历等要求。冀宏波报了名。

外地同学和他通话，听说他竞聘要到井下去，难以理解:“刚从井下上来几年，好好的机关干部不做，又要去危险环境，你这不是自讨苦吃吗？”

在外人想象中，井下是高危区。他们不知道，在神东，已有全方位、立体式的安全监管网络，通过多年探索实践，安全管理水平稳步上升，生产安全性超过许多发达国家。

全矿报名的有 20 多人，最终通过竞聘上岗 5 人，冀宏波被录用。

他成为上湾矿综采一队党支部副书记。

其时为 2018 年。

8.8 米采高

2018 年 3 月，世界首套 8.8 米超大采高智能综采工作面在上湾煤矿投入运行，年采煤能力超过 1600 万吨。8.8 米超大采高是什么概念？相当于 3 层楼高，299.2 米宽的工作面，单个工作面采煤日产 5.84 万吨，月产 146 万吨。

这一切，都发生在神东集团上湾煤矿。

综采是生产最前线，冀宏波成了这里的领军人物之一，作为支部副书记，既要抓党建和思想政治工作，也要带班管生产。他信心满满地走上了岗位。

可是，一切都得从头学。

尽管他在井下干过，但那是转运队，综采的技术、数据他不太懂，大家讨论设备、故障，他插不上嘴。换摇臂，要把近 600 斤重、能吊 20 吨的吊链吊到 3 层楼高的上方，别说人拎重物上去，就是空手在上边走，也有极大的危险性。给采煤机牵引块打黄油，要从溜槽把黄油枪往油嘴上对，他怎么也对不上，而熟练工人分分钟就能搞定；再看看人家全身，和打油前没啥两样，冀宏波呢，身上、脸上、手套上全糊满了油。

这个样子，怎么还能带班？他心里有种严重的挫败感。

学！抓紧学！虚心学！认真学！

他先熟悉工作面设备结构，钻到机械下看，有些零部件在整装设备上看不出究竟，他让材料员带他去库房，看设备怎样分解、组装，了解每个零部件的性能作用，掌握故障容易在哪儿发生。他有个小本子，记满了技术要领和学习心得。

半年后，记者下井采访 8.8 米超大采高工作面。面对记者提问，冀宏波一一解答，他对设备技术的熟悉，就像熟悉自己的家。128 架液压支架，犹如钢铁屋顶一样保护着 299.2 米宽度的工作面，推进距离 5255 米；他讲液压支架的支护高度、支护强度、支护中心、工作阻力，讲一连串世界领先的数据，讲采煤机怎样切煤，讲日产 5.84 万吨煤，如此大的产量，综采队每个班井下却只有 20 人左右，没有人直接和煤接触，生产都是智能化电脑控制。记者问：像这样超大的采煤机，这样超大的液压支架保护，安装拆卸需要多长时间？他说这叫搬家倒面，从这个工作面转移到下一个工作面去。他卖了个关子，问记者："你们说这种转移需要多长时间？"记者说：这么多大家伙，都在井下，少说也得三个月，半年能完成也不错。他说："目前发达国家需要 25 天左右，我们 15 天完成倒面，公司生产服务中心曾创过一个纪录，一个星期完成。"面对瞠目结舌的记者，他笑了。

那一刻，他是不是想到了爷爷掏煤的过往？是不是想到了神东初创期父亲身背炸药手提工器具艰难行走在井阶上的情景？

这是 2019 年，中华人民共和国迎来 70 周年华诞的前夕。

尾 声

三个男人，现在剩下两个。

但今天的神东，今天的上湾，爷爷肯定是看到了。冀宏波在奶奶家放视频，爷爷的照片就挂在墙上镜框里，爷爷也会看到视频里播放的一切，听到孙子所讲的一切。

三个男人属于煤矿，这煤矿也属于他们。

原载《人民日报》

风流的豆腐（外一篇）

黄艳秋

何为风流?

李白嗜酒，大醉，吟出“人生得意须尽欢，莫使金樽空对月”，是为风流。明人张岱，晚年著《西湖梦寻》回忆年少过往，叹息“疏影横斜，远映西湖清浅；暗香浮动，长陪夜月黄昏”，闲适之心，不失为另一番风流。而早在公元3世纪，《列子》里就有一篇非常著名的《杨朱》篇，反映了人们的外、内两个层面的“风流”：“生民之不得休息，为四事故：一为寿，二为名，三为位，四为货。有此四者，畏鬼，畏人，畏威，畏刑。此谓之遁人也。可杀可活，制命在外。不逆命，何羡寿？不矜贵，何羡名？不要势，何羡位？不贪富，何羡货？此之谓顺民也，天下无对，制命在内。”他眼里，贪图寿、名、位、货者，只是一种低级的粗鄙的享受，不要非得去追求这些，那不是真正意义上的风流。那么，风流者是什么样子呢？哲学家冯友兰认为：“有这种超世感觉和追随道家修身养生的人，对‘快乐’有一种比对具体物欲享乐更高的需要，也具有更敏锐的感觉。……他们率性纯真地行动，却全然无意于物欲的享乐。”

自古，文人多风流!

东汉末年，杜康是河南汝阳乡下的一个酿酒师傅，放羊时，他无意中酿出了秫秫酒，三年开坛，喝过此酒的人三年大醉，身体壮得好像一头牛，世间罕见。偏偏，这世界出了一个酒圣刘伶，是竹林七贤之一，号称“千杯万盏不醉”，整日放浪形骸。就连《世说·任诞》中，也说刘伶很怪，喜欢赤身裸体，不着一丝一物，还跟家人说他能感受到自己于天地宇宙之中畅游，以此为乐。就是这个刘伶，有一天果真遇见了杜康，并且喝了杜康酿的三坛酒，顿觉天旋地转，扭头就走，一路跌跌撞撞回家。回到家，刘伶大醉，就交代夫人道："我如果死了，请夫人把我埋在酒池里，酒盅酒壶陪伴。"不几日，刘伶醉死。他夫人无奈，只得把刘伶埋了。三年后，杜康寻找到了刘伶家，讨要酒钱，刘伶的夫人又气又恨地说："原来是你酿的酒啊！你把我老公都喝死了，埋在村外，你还胆敢前来我们家讨酒钱。我非得把你告到官府不可！"杜康哈哈一笑说："嫂夫人息怒。刘伶他没有死，是喝醉了。不信，我们打开棺材看看。"众乡邻眼睛瞪得圆圆的，打死也不敢相信杜康的话，结果，打开刘伶的棺材盖一看，阵阵酒香中，里面的刘伶面色红润，呼吸平常，毫发无损。杜康一拍刘伶的肩膀，刘伶一骨碌爬起来，拍拍屁股上的尘土，抹着嘴角一串透明的酒水儿问："杜康贤兄，这是哪儿呀？"众人大惊，继而哈哈大笑，为这两位坦坦荡荡、自由自在的风流者暗暗竖起了大拇指。刘伶后来写了一篇酒文章，叫《酒德颂》，区区188字，流传至今。

说到酒，竹林七贤之中的诗人阮籍（210—263）和他的侄子阮咸，两个人都是好酒量，时不时邀请亲朋挚友、宗亲族人喝大酒，吃大餐，他们大瓮装酒，大块吃肉，杯盏不断。坊间传闻，说他们有一次喝醉了，席地而坐，酒杯酒碗横七竖八一地，个个醉眼蒙胧丑态百出。突然，一头猪闻着酒味儿来了，直接喝了某个杯子里的酒，紧接着，一群猪来了，上去好一阵猛吃猛喝，人们也不驱赶，反而哈哈大笑不止，与猪们共饮，后来，所有的猪都喝醉了，人也喝醉了。时间久了，每当阮家举办酒宴，不光人多，猪也多，人猪共饮变得习以为常，大家你吃你的我喝我的，好不快活。哎呀，原来阮籍、阮咸等人看自己和宇宙万物是同等的，没有什么高下之分，也没有异类之别。三国鼎立时期，各地不仅号召老百姓养牛养猪，而且寺庙里的祭祀猪也很多，加上老百姓家养的，繁殖极快，数量很高。牛是古代农耕时期的主要劳动力，官府规定不能杀牛吃，违者要被官府抓去坐牢。但是，猪多，肉不稀罕，老百姓是可以随时杀了吃的，价格相对比较便宜。如此说来，像阮籍阮咸们对待猪们这种友善和睦的态度，这种"同于万物"的感觉，正是"风流"的重要思想基础，也是一个人成为艺术家所必须有的品质。这是何等胸襟！

西汉中叶，汉武帝时代，淮南王刘安是当朝皇帝刘彻的叔叔，被属下臣子奉承其有“天子之相”，野心顿起，便沉迷上了神仙黄白之术。这个人，不仅是个大学者，著述《淮南子》，且崇信道教，他召集多位方士聚集在楚山脚下谈仙论道，其中，以苏非、李尚、左吴、田由、雷被、伍被、毛周、晋昌“八公”为最，他们，像极了那个晚年糊涂的秦始皇。淮南地肥物丰，盛产优质的黄豆，当地人便有喝豆浆的饮食习惯。而炼丹时，必须得用豆浆培育丹苗。于是，神奇的一幕出现了：一天，刘安在炉旁端着一碗豆浆，走了神，把手中的豆浆碗忘得一干二净，不料手一撒，满满一碗豆浆泼到了炉旁供炼丹的一小块石膏上。不多时，那块石膏不见了，豆浆竟然变成了一块不规则形状的东西，肉肉的，颤颤的，滑滑的，白白的，世上没有比它更嫩的东西了。众人惊呆了，有人大胆地尝了尝，频频点起了头。大家你一口我一口尝过，都说是人间美味，可惜太少了，能不能再制造出一些呢？刘安站在一旁，不信，命人把大家没喝完的豆浆端过来，倒入锅中，随手捡起一块石膏，碾碎，搅拌到豆浆里，眨眼间，一锅白白的、滑滑的东西。刘安用筷子夹起一块，滑嫩异常，品之又品，连呼：“离奇，离奇！”所以今天，中国的豆腐初名“黎祁”，也就是“离奇”的谐音；淮南的楚山，更名为“八公山”；而淮南王刘安和豆腐，载入明代李时珍《本草纲目》二五卷《谷部》，刘安成为发明中国豆腐的祖师爷了。

豆腐有很多小名，“菽乳”“黎祁”“小宰羊”等等，先传入宫廷，为皇家所垄断，后来流入民间，唐朝之后，才被老百姓称之为“豆腐”。中国的豆腐制作工艺走出国门，走向世界，也正是在这个时刻！唐代天宝十二载（753），鉴真和尚东渡日本，便把豆腐技术传进了日本，所以，日本人一直视鉴真和尚为豆腐的祖师爷。北宋时期，中国的豆腐传入朝鲜；19 世纪初，中国的豆腐传入欧洲、非洲和北美地区，逐步成为世界性食品。古往今来，“豆腐”一直在中国老百姓餐桌上扮演着重要角色，做法千变万化，味道千奇百怪，融合了各地不同民族、不同地域文化的“豆腐宴”不胜枚举，有关“豆腐”的诗文更是妇孺皆知，看来，刘安的“无心插柳柳成荫”之举，竟然又创造出了一张中国名片。文人的风流，山水的风流，使人人爱上了风流的“豆腐”，比如苏东坡发明的“东坡豆腐”、四川成都的麻婆豆腐、河南周口农村的箩圈热豆腐、扬州人的鸡汁煮干丝、湖南人的臭豆腐、攸县的攸县香干、陕西洋县的菜豆腐和神仙豆腐、东北人的冻豆腐之类，也难怪，中国人如此风流！

豆腐的风流，皆“圣人忘情，最下不及情；情之所钟，正在我辈”（《世说·伤逝》王戎语），风流者，天地人生境界合一。

对，说说攸县的霉豆腐吧——

寻着“五月雪”般的阵阵桐花香味——我们在接站的大巴车上欢呼惊叫着，湘东大地之上，山上那一簇簇白白的油桐花儿，轻轻地、不张不扬地开遍山野，是怎样的一种风流呢？

带着惊喜，我们来到某宾馆住下。

中午餐桌上，又嗅着一股似臭又香的气味，不知道是哪道菜散发出来的。我细细琢磨了几次，它是一道什么特殊的诱人的湘菜呢？带着疑问，目光在琳琅满目的凉菜热菜中搜索了一遍，终于，找到了一碟块状的红艳艳的霉豆腐。慌忙间，迫不及待地用筷子夹了一整块，果真，那沾满红色辣椒面的霉豆腐，浅浅的臭，臭中带香，香中麻辣，滑腻、诱人，一股股香气轻轻钻入鼻孔。终究，我抵挡不住它的诱惑，不管三七二十一，咬上一口，一股咸香、辣香，又似乳酪的味道迅速氤氲开来，溢满了整个口腔，同时，辣出了眼泪。看着满桌子的美食，感觉自己还是对这一碟霉豆腐情有独钟，再慢慢咬上一口，细品，舌尖贪婪地享受着霉豆腐那独特的香辣，咽下，咂咂嘴，辣中泛出一点点的微香。

豆腐也风流，火辣辣的霉豆腐呀，更甚。农家的旧时做法，先把脸盆大的一大块水豆腐放置案板上，切成小方块，长宽高，一指半的薄厚，码在竹子做的簸箕上，阴凉处压出水分，晾至六七成干，用绳子串了，挂在檐下、窗下、篱笆下，再不去管它。山区雨水勤，阳光少，三五天不到，那些豆腐块就晾成了一指那么厚，就发霉了，长出了红蚯蚓绿蚂蚁似的毛毛儿，一指半指长，这当儿，营养最丰富，生成了许多对人体有益的氨基酸物质，千金难买啊。怎么转化成一道人间美味呢？忽然之间，农家小院异常忙起来，那边，梳了鬏儿的小媳妇洗开了坛坛罐罐，这边，湘妹子高兴地朝霉豆腐撒上茶油和唱山歌，没了牙的老婆婆一边切辣椒末儿，一边看着一条不停地捞米粉的土黄狗傻笑……一个月过去，新做的霉豆腐就要开坛了，几条胡同的人家聚集一处，比谁家的好吃，不料比来比去，一家一个味，分不出胜负，天王老子也没法评，谁家的都好吃哩。

风流的东西，谁不喜爱！

好几个外地作家，也喜欢这一口。豆腐哪里都有，但豆子不同，水质不同，一个地方一个口味，攸县由于得了攸水和洣水，豆腐更加滑嫩水灵，柔到骨子里了。特别是霉豆腐，有湖湘的辣，江湖的粗，山村的野，水色的柔，夹起来成块，入口即化，香辣咸酸臭，多种滋味反复在你的舌尖上翻卷，久久不肯离去。饭后，正当我们寻觅在哪里可以买到正宗的霉豆腐时，不想，回到宾馆，竟然看到每人房间都有一瓶，才知道，原来酒店老板非常大气，送了我们每人一瓶。真是暖心！

去长沙黄花国际机场的高速公路上，我们犯了难：这霉豆腐，让不让我们带上飞机呢？一同来的秀丽编辑也是一位霉豆腐粉丝，半路上，她慌忙打电话询问了机场工作人员，对方说可以携带。尽管这样，有几个外地作家返程上车之前，还是怕带霉豆腐上飞机麻烦，直接放攸县宾馆，不要了。此时此刻，我们的这四瓶，也不知它们的命运如何，能否顺利带到北京？

到达机场的行李打包处，我拿出其中的一瓶霉豆腐亮了亮，意思是“可以带它吗”，一位工作人员脸色一怔，说：“直接带不可以上飞机，必须打标准的包装件，随机办理行李托运。”我们不死心，又跑到特殊件办理处，一问，打一般的托运包装不行，必须打特殊的外加三层透明塑料膜的易碎品件，才能行。又问价格，吓我们一跳，小小四瓶霉豆腐，打包费竟然要价 200 多元！我认为要价太高，没有办理什么行李托运，就说：“算了算了，直接随身携带去安检吧。”我想，如果过不去安检，再送给打扫卫生的大姐也不迟。打特殊件的小伙子看我们不打包，脸色一黑，冷冷地告诉我们：“那就扔了吧，这么沉，就是走到安检处，也得扔掉！”看他那蛮横的态度，我们压在心底的小火苗，“腾”地蹿了出来，理都不理这个人，扭头就走，坚持一定到安检处试试。刚才，那电话中机场工作人员说可以，怎么到他这儿就不可以了呢？是不是他眼见无钱可赚，恼羞成怒了？他，怎么可以这么自私，这么贪心？

我们心情忐忑，拖着沉重的行李，一个个没有底气地走向了安检门——哈哈，没想到，四瓶霉豆腐都顺利通过了安检！

慌忙间，等我们全部安检完，都露出了笑脸，不约而同地做了个 OK 的手势。

有些事，一定要坚持到最后，才知道结果。人生不也是如此吗？冯友兰先生在哲学著作《新原人》里，把不同人的“人生境界”分为四等，即自然境界、功利境界、道德境界、天地境界。其中，他重点论述了第四等人：“人也可以达到一种认识：知道在社会整体之上，还有一个大全的整体，就是宇宙。他不仅是社会的一个成员，还是宇宙的一个成员。就社会组织来说，他是一个公民，但他同时还是一个‘天民’，或称‘宇宙公民’。这是孟子早已指出的。一个人具有这样的意义，在做每一件事时，都意识到，这是为宇宙的好处。他懂得自己所做的事情的意义，并且自觉地这样做。这种理解和自觉使他处于一个更高的人生境界，我称之为在精神上超越人间世的‘天地境界’。”往往，人在天地境界里生活，所追求的人生最高点就是“成圣”，他最高的成就就是和宇宙合一，超越自己的智性的世界。我们现今的生活当中，可能感觉不到哲学思想对于自己的人生和处事的获得感，但是却时时左右着我们传统意义上的行为。就纠结于“机场安检处让不让带霉豆腐”这件事来说，有偶然而遇的因素，有突如其来的获得感、从天而降的幸福感，林林总总的不确定性，未知的谜，宛如坐过山车一样惊险。

豪气，一路高涨！

等登上飞机，我们第一个大问题，就是如何把那个沉甸甸的装有四瓶霉豆腐的食品袋子塞进座位上方的行李舱。小曹个子高，帮大家都放到了头顶上的储藏室。飞机上，我兴奋地戴上耳机，尽情欣赏着维也纳交响乐团的音乐，为这次笔会的成功，为能品尝到这人间美味的霉豆腐而高兴。

飞机在首都机场缓缓落地。我们从下机，出港，直到看见单位的接机司机老刘，还在高兴地谈论着霉豆腐。到家已是凌晨时分了，查看查看行李，却怎么也找不到了那四瓶宝贝。怎么回事？难道它们飞了不成？

第二天到了编辑部，把这个不好的消息告诉了他们，大家分析，可能下飞机时，忘记去取那个行李袋子。看来，人人都不可能成为道德完美的圣人，但是可以追求“成圣”，在觉而又悟的状态中做事，“觉字乃万妙之源”，感受世界未知的“洞穴”。换言之，就是我们不该享受这个风流的美味啊！

过了几天，老刘突然打电话问我，是不是我们落他车上一个袋子，里面有几瓶霉豆腐？哈，原来落在他后备箱了。

这失而复得的霉豆腐啊！

在攸县，十里八乡，豆腐很出名，特别是“攸县香干”，连湖南省外都晓得，名气大得很。

祖祖辈辈，攸县人围绕着豆腐做足了文章，水豆腐，盐水豆腐，油炸豆腐丸，香干，卤香干，豆腐皮，等等，可谓人杰地灵、丰衣足食了。问一位乡村大妈，她一脸正色地告诉我：“你不知道吧？常吃豆腐菜，可以降低血液中胆固醇的含量，减少动脉硬化，加速我们的新陈代谢呢。”一瞬之间，我仿佛看见一团团灶火烧旺了，茶油贪婪地舔着锅心，甜甜的湘妹子依次放进去食材，什么腊肉晒肉春笋野猪肉啦，什么香干豆腐泡豆腐皮啦，什么葱姜蒜苗紫苏叶啦，末了，不忘撒几把红辣椒青辣椒丁儿，“哧啦哧啦”，“啪啪”，“嘭，嘭嘭”，“唧”，“扑哧扑哧”……勺子随便一翻炒，红黄绿紫黑，辣味儿升腾，就是一百多道菜，吃起来，绝了！绝了！

风流之物，人与人之物，当是人间一对难觅的知音。古代知音间的交往，乃至于今天，还在四下流传。最有名的例子，当数《世说·任诞》中的另一则故事：“王子猷出都，尚在渚下。旧闻桓子野善吹笛，而不相识。遇桓于岸上过，王在船中，客有识之者云：‘是桓子野。’王便令人与相闻，云：‘闻君善吹笛，试为我一奏。’桓时已贵显，素闻王名，即便回下车，踞胡床，为作三调。弄毕，便上车去。客主不交一言。”王徽之（338—388），字子猷，东晋名士、书法家，书圣王羲之第五子。王徽之和桓伊因为都爱好音乐，彼此之间心有灵犀一点通，可惜见面的次数极少。二人如何交流呢？下面的故事就很精彩了：某年的某日，河边偶遇，王徽之请桓伊为他吹一曲，桓伊知道难得遇到知音，停下脚步返回，在胡床上一口气吹了三曲，然后二人你送我一笑，我赐你一礼，不发一言，两人都从对方得到了艺术的满足，最后登车而去。这个故事，不知道被多少人讲述了多少遍，妙就妙在“客主不交一言”。想，人生得一知音足矣，即使怀揣着千言万语，又何必说给他听？

刘安这个至死都想当天子的老皇叔，怀揣篡位登基的阴谋，暗地里招兵买马，制造兵器，网罗人才，伺机谋反。公元前 122 年，这阴谋突然被汉武帝刘彻察觉，刘安畏罪吞丹自杀，留下了一句“一人得道，鸡犬升天”的笑话。如此来看，刘安晚年是风流的，他著书炼丹，他卧薪尝胆，为的是“一人得道”，然而事实上，他没有得道，只有“豆腐”得道了。不过，老天爷还是非常眷顾他，虽说炼丹不成，却发明了豆腐。这一代代中国人视为“神仙的礼物”的豆腐，美丽的豆腐，多情的豆腐，带给了地球人一段段汹涌澎湃、惊心动魄的口福！

好了，让我们再把瞳仁放小，聚焦在湘东大地一隅，她，也是他——咱中国的豆腐，张扬着一身丰富的植物蛋白、8 种人体必需的氨基酸，还有大豆磷脂，爱死了攸县每一个男人、每一个女人，每一个子子孙孙，给了这一方百姓水灵灵、火辣辣、脆生生、甜丝丝的风流！

想必，我与这风流的豆腐，也属偶遇，当是一对知音吧。

阿热亚路上的小店

“阿热亚”三个字，用维吾尔语翻译的话，就是深谷、峡谷的意思。

在新疆，有一条路就叫“阿热亚路”，歪歪扭扭的，长有五六百米，是一条弥漫着维吾尔族风情的老街。这条路有什么故事呢？

当地人告诉我，800 多年前的初夏，帕米尔高原上的雪山融化了，雪水越积越多，很快汇集成了咆哮的洪水冲向山下，冲向了喀什古城，也冲出了一条美丽的深谷。洪水过后，聪明的维吾尔人在这条深谷的两岸做起了生意，有卖水果干果的，有卖农具铁器的，有卖骡马驴子的，有卖烤馕烤包子的，更有弹唱起快乐的十二木卡姆歌曲的，连空气中都弥漫着一种诱人的羊肉味儿。渐渐地，这条深谷的名声越来越大了，成了维吾尔人买卖、娱乐、休闲的好去处，索性就把它叫作“阿热亚”。后来，深谷被慢慢填平了，变成了一条街巷，也就是今天的“阿热亚路”了。行走之间，我发现这条路上的一半人家，都在经营着或大或小的铁匠铺、铁器店，人不少，嘈杂的电锯声、打铁声灌满了耳朵。维吾尔人还在这里做生意吗？

那个下午，我们走进了其中的一家铺子，主人是一个 30 多岁的维吾尔族小伙，他说他们家五代人打铁，生意还不错。铺子临街的店面里，陈列着各种刀子、农具等铁器的成品，上面没有标签，但小伙子说：“我们店打的东西质量最好，价格最低，不需要什么标签的！”一行人都笑了，这人，哪有“王婆卖瓜，自卖自夸”的？看到我们脸上的嘲笑，小伙子急了，用维吾尔语“咕噜咕噜”说了一通，我们谁也没听懂。老茹虽说是当地的汉族人，但只会翻译简单的几句，碰上对方这么快的语速，他干着急。最后，还是小伙子聪明，搂住我们当中的一个人，推开店面内的一个小门，示意我们进去看个究竟。刹那间，“叮叮当当”的打铁声朝我们扑了过来，这，难道是他们家的打铁铺？

没错，就是一家地地道道的打铁铺！机器轰鸣，铁花飞溅，几十名青年工人在铺子里紧张作业，烈火熔化、高温打造、小锤修正、凉水一激——整套下来，大约要花上 1 个小时的时间。不过，别小看这短短的 1 个小时，至少经过锅炉、电锤、小锤、毛边修正、激水等七八道工艺，需要将近百十名工人，虽然这些工艺的名字不准确，都是我随便起的，但也说明了这么多的复杂工序，原来是为一件简单的铁器的诞生而准备的。你说说，能用“简单”两个字来概括吗？我问小伙子：“工人好不好找？给的工资高吗？”他笑笑说：“一人一天 100 元，总共 120 多人，他们都住在这条路上，都是维吾尔人……在喀什，他们算是高工资了！”在一台电锤机器旁，我停下来，看见一名工人把长柄的铁夹子探进炉膛里，从一片烈焰里夹起了一个小火球，快速放在电锤机的两锤之间，早有一名工人启动了按钮，铁锤开始“叮叮当当”地机械作业了，火球在人工的手控下，被一下下地锤打，身体由圆变方、由方变扁、由扁变面，其实，那面就是一把刀的面，刀背一指厚，刀身像一本 16 开的杂志，可惜，没有开刃……哎呀，那把刀，到底是切菜的刀还是砍骨头的刀？

在阿热亚路的另一半，还有一家家西域风格的骡马店。所谓的“骡马店”，就是维吾尔人在自家改建的小客栈，比较低档，几十年了，一个房间只收 4 块钱，另外，骡马驴子和车子还可以在院子里照看，免费提供牲口的草料。我想，哪有这样开店的！难道不怕赔钱？黄昏时分，我们半信半疑地走了进去，女主人微笑着用维吾尔语向我们问好，把我们迎进了楼下一间客房，摆上了四盘干果和一些茶水糖果招待我们。在羊毛毯上，我们席地而坐，和年纪大的女主人一道喝茶聊天，我把刚才的疑虑说给她听，她哈哈一笑，说了一段维吾尔语给同行的当地人听，当地人翻译说："骡马店是提供给乡下进城的维吾尔人住的，不能太贵，否则就没有人来住了。虽然开店不赚钱，但也不赔钱，政府现在对开骡马店的人家有补贴，不会让我们吃亏的。"我更为不解了，问女主人："不赚钱也不赔钱，那你开店岂不是白忙活一场？图啥呢？"翻译给女主人之后，她"嘿嘿嘿"笑个不止，悄悄跟同来的当地人说了一句什么，当地人也"嘿嘿"笑了。我们问当地人在笑什么，她说："女主人说'图的是快乐'，你不知道，他们天生就是一个快乐的民族！"我们一听，也不好意思地笑了起来。是啊，维吾尔人能歌善舞，两三个人一聚，就是一台小型的晚会，人多的时候更别提了……他们一旦快乐起来了，年龄和性别远去了，烦恼和忧愁远去了，富贵和贫贱远去了，金钱和地位远去了，他们，不正是我们天天梦想的那种生活吗？离开客房的时候，我们喝了一杯杯藏红花茶，吃了不少巴旦木、核桃、葡萄干、大枣等干果，心里有些过意不去，出骡马店的当儿，我慌忙掏出几张纸币，往女主人的怀里一塞，想答谢她。不料几次，女主人都退还给我，争执不下之间，当地人暗暗使眼色，暗示我把纸币收回，我只好作罢。好几次，我问那位当地的朋友为啥让我收回那钱，她笑而不语。

更加令我不解的一幕，发生在路口的烤包子店。走累了的我们，老远就闻见一股股香气扑鼻的烤牛肉包子味儿，一个个顿时满口生津起来，问老茹多少钱一个烤包子，他说五块钱一个，真便宜啊！进店落座之后，等我们看到如拳头大小的烤包子时，一个比一个更怀疑：这么大的烤包子，肉馅肯定大，老板能赚钱吗？老茹满不在乎地说："在喀什，谁家的烤包子都是这么大，大家别想那么多了，吃吧吃吧！"热气腾腾里，只见包子被烤得焦黄焦黄的，烤得厉害的个别处，面皮早已经发黑了，一点都不好看，会好吃吗？一口下去，果真是外焦里嫩，直通心尖尖，特别是里面的牛肉馅儿，又嫩又滑，轻轻一嚼，肉味儿好像春水儿，在口腔里一丝丝荡漾，嚼着嚼着，那水儿，竟然不知道什么时候消失了，但是，肉香儿残留。那顿饭，就着小店里的免费砖茶，我吃了三个，有人比我吃得更多，一口气吃了 5 个，真叫一个香啊！饭后，我问老茹："他们这么卖烤包子，能赚钱吗？"老茹也只是抱歉地笑了笑，狠狠吸了一口香烟，笑而不答。直到我乘飞机离开喀什，一路上还在想，他们能赚钱吗？

此刻，我才明白了当地朋友为什么要微笑：在骡马店和烤包子店主人眼里，钱只有被人踩在脚下，人才会变得快乐。反过来说，钱放在了心上，人怎么能快乐呢？我不禁想起东晋时期，僧人支遁（314—366）的故事。说有一天，春水见涨，一位朋友送给支遁一对小鹤，后来，随着这一对小鹤逐渐长大，支遁怕它们飞走，就把它们的翅膀剪短了。不料，当仙鹤展翅欲飞的时候，却飞不起来，只好垂头丧气地看自己的翅膀。仙鹤们懊丧这一幕，被细心的支遁看在眼里，就对它们说道："既有凌霄之姿，何肯为人作耳目近玩！"于是，等仙鹤翅膀再次长大时，支遁让它们自行飞去了。我想，僧人支遁看来，万事万物皆有灵，都能够把自己的思想感情注入所要表现的对象，然后通过自身这个中介再表现出来，这是何等快乐啊。倘若不把长大了的仙鹤放走，它整日望着自己被主人剪得短短的翅膀哀叹，那么，这种坏心情势必感染主人。世人眼里，仙鹤是玩物，难道，他支遁不是别人的玩物吗？说起来，他把自己的性情注入了仙鹤，他和两只仙鹤才彻底快乐呀。那么多喀什朋友，因为有了像支遁一样的性情，他们快乐的天性才会如此解放，生活才会更加幸福美满。一个真正的生活艺术家，必须要放走旧思维里的自己，解放自己的天性，方才快乐啊。

原来，有快乐的地方，一定会有维吾尔人的身影，比如在新疆的天山南北，比如在喀什地区的阿热亚路上……

原载《文学港》杂志

拜门年

项　宏

刚进腊月，母亲就打来电话，追问我哪天回家过年，说，如今你爸身体不好，行动不便，今年由你“拜门年”，你是家里的顶梁柱，必须撑起家里的“门户”。

我说：“离过年还有二十多天呢，我这整天忙得脚跟都不沾地，怎么就急着过年了？”母亲说：“那是你们城里没年味，咱们老家这家家户户早就把年鱼、咸鸭、腊肉晒上了，性急的人家年猪都杀了，你不信问问回家早的人，现在一进村口就能闻到年味。”母亲最后下了死命令，要求我必须在大年三十之前赶回老家，吃年夜饭，正月初一拜门年。

母命难违，赶紧处理完城里的事，赶在腊月二十八回家。

一进村口，果然感受到浓浓的年味，这年味弥漫在空气中，看不见、摸不着，却是熟悉、温暖，一张口就能把这温暖吸入身体，让寒冷瞬间离去。车子刚刚停稳，母亲就拉开车门，对于我的晚归多少有点愠怒，等车后座两个孙女甜甜地喊了一声“奶奶”，她又立马笑逐颜开，说：“我俩宝贝孙女回来了，这年就团圆了。”父亲也从屋内高兴地蹒跚走了出来，一年多没见，父亲又老了不少，主要是腿脚行动不便。

回家比在城里更忙。早在腊月开始，母亲就开始置办年货，基本的年货也置办得差不多了，但是一清点还是少了不少。比如家里吃的荤菜够了，但是过完年后给亲戚拜年专用的荤菜还没有买齐，与拜年荤菜搭配的礼品也不合适。还有水果、蔬菜等等，今年两个宝贝孙女回来，就不能如往年一样凑合，必须买好的，还有孩子燃放的烟花，也要保证充足。采购的重任就落在我身上，我记了两页纸，母亲还在不厌其烦地交代，生怕我遗漏一项。我看着纸张上的瓜子、糖果数量很多，不解地问：“这么多糖果孩子哪能吃得完？吃多了糖果对孩子身体也不好啊。”母亲说：“两个宝贝吃的糖果我早就准备好了，这是准备正月初一用的，村里孩子不少，平时跟着父母在外打工，过年回来了，到时候都来拜门年，要给每个孩子口袋里都装满。”

母亲对拜门年很重视，不但要求我今年春节必须临时放弃城里生意赶回老家代替父亲到村庄挨家挨户拜门年，同时也准备好瓜子、糖果，让来我家拜门年的大人小孩都有满满的收获。

这几年，城里年味远没有农村年味足，乡村过了腊八就是年，但是过年的高潮还是大年三十。

刚过中午，家家户户就贴好对联，点亮彩灯，整个村庄透亮喜庆。孩子听到远近鞭炮声此起彼伏，也在院子里燃放起烟火。妻子虽然不会做饭，但是也到厨房给母亲打下手，加上大姐和小妹帮忙，不到下午五点，一桌丰盛的年夜饭就端上桌子。这让父亲也很意外，他曾经和我们开玩笑说，你妈什么都好，就是做事细而不快，即使是年夜饭，咱家也是村庄最后一个吃的。

等烧纸祭祖仪式结束后，一家人坐上桌子，满满当当十几口人，这是多年来第一次这么团圆的年夜饭。父母将早就准备的红包发给小辈，小辈也给老人准备了红包，今年给老人准备的红包也有一直单身独居的小叔一份。小叔被我们叫来一起吃年夜饭本就感动，此刻接过红包，眼角有泪，语气哽咽：“你们在外面挣钱也不容易，花钱的地方也多，还给我们钱，小叔谢谢你们了。”见我又拿了一条中华香烟给他，推辞半天，说：“这么好的烟给我抽浪费了。”父亲说：“孩子的心意就拿了吧，明天人家去你屋子拜门年，你还不给人发一支好烟？”小叔低头掩饰眼角泪花，收下香烟，站起来给父亲敬酒，父亲酒量本来就不大，如今身体不好更是滴酒不沾，但是过年了，也象征性地喝一口，喝完酒对小叔说：“老四，明天拜门年你领着小宏子，先从陆老爷子家开始，一家都不能少。”“嗯，我知道。”小叔回答。小宏子是我小名，如今我人到中年，除了父母，没有人这样称呼我。

父亲又交代我，大意是不管我在外面混得如何，但是回农村了就要有农村人的样子。拜门年是咱们这里过年最重要的风俗和传统，你爷爷一辈子，我这一辈子，没有一年落下，到你手上也不能把这传承丢了，以后咱家这门户就靠你撑了。父亲说话艰难，但还是事无巨细，将拜门年的注意事项一一叙述，要我不能出错。又要求母亲准备好明天所用的瓜子、花生、糖果、茶水、香烟、水果，只要人进门，这些东西都要供应上，特别是香烟，无论男女老少，不能遗漏一个人。

正月初一，不到早上六点，母亲就喊我起床，看我穿好衣服，塞了一个保温杯到我手上，又要我吃了几个俗称“元宝”的茶叶蛋，说这样走一圈下来不饿。父亲也早早起床，坐在火炉上，叮嘱我先去小叔家，给小叔拜门年后，和小叔一起先去村里辈分最高的陆老爷子家拜门年，然后挨家挨户，每一家都要去到，不能遗漏，看到不同年岁的人一定要按照辈分称呼，不能“青光”，青光是我们那里的一个俗语，比矫情的语意更丰富一点。

小叔已经起床，简陋的两间屋子收拾得很干净，门上贴着喜庆的对联，屋子里烧着炉火，桌子上摆了果盘，果盘里放着花生、瓜子、糖果，还有一盒打开的中华烟。见我过来，连忙说道：“来，吃瓜子、花生，抽烟，喝茶。”我说：“给小叔拜年了。我妈给我泡了茶，还没喝，烟就不抽了。”小叔硬是给我茶杯加了水，又拿出一支香烟硬塞进我手里，说：“过年就这讲究，这是规矩，自己家人也不能少。”

在小叔家待了三分钟，几个堂哥也来给小叔拜门年，这是我回来过年第一次和他们见面，相互寒暄一番。小叔看几个小辈聚齐，招呼一声，说：“咱们去陆老爷子家。”小叔在前，我们小辈在后，转过墙角，几步走到陆老爷子家，陆老爷子看到我们第一个给他家拜年，满脸欢喜，嘴里招呼我们喝茶，吃糖果，手中香烟已经递到我们面前。“陆爷爷过年好！”我们异口同声地先给陆老爷子拜年，没有去吃桌子上的瓜子、花生和糖果，但是每个人都接过陆老爷子递过来的香烟，印象中，到主人家拜门年时瓜子、花生可以不吃，但是主人家递过来的香烟必须接了，即使你不抽烟，不然会被人说不懂事，甚至说是你看不起主人家，嫌他给的烟不好。同时，主人家招呼客人的时候也需要眼疾手快，特别是敬香烟的时候，不能因为人多而少敬了一个人，这样也会让未被敬烟的客人心里不高兴，觉得你不尊重他。

在陆老爷子家停留两三分钟，陆老爷子跟我们一起去下一家拜门年。同样流程，先是客人给主人祝福拜年，然后主人给客人敬让茶水、糕点、香烟，虽然每家茶水和糕点准备得都很充足，但是客人出门之前都已填饱肚子，所以基本不去拿吃的东西，只接过香烟。客人接过香烟就要去下一家，主人也会跟随队伍，这样队伍越来越长，人越来越多，主人和客人的身份在随时转换，你去别家别家是主人，别人来你家你就是主人。拜门年规矩不少，先从长辈家开始，然后按照辈分一家家走过去，等走到相邻的人家时，你不能跳过其中一家，即使是上一年两家人闹了矛盾，今天也要像没事人一样相互去给对方拜年。说话的时候只能说吉祥话，要说“多”“上”“好”等吉祥语，不能说“少”“下”“不好”等词语。其中最重要的规矩，是必须在上午将村庄的每一家走完，过了十二点，你再去别家，主人就会不高兴了。

因为必须在一上午走完一个村庄，所以每一家只停留三五分钟。即使这样，我从早上六点多出门，一圈走完回到家，也差不多中午十一点了。孩子见我耳朵后和手指缝全是香烟，笑着说道：“爸爸变成香烟刺猬了。”妻子笑着问我：“其他牌子的香烟你也不抽，干吗接这么多啊。”未等我回答，父亲在一边说道：“这是农村拜门年的规矩，不管香烟好坏，人家敬你烟时都必须双手接过，更不能半路扔了，一是对人尊重，另外一个今天扔了东西也就是扔了福气和财气。”

妻子“哦”了一声，小声说道：“你们这规矩还挺多。刚才一下子来了好多人，一进门就说‘过年好’。这批人未走，下一批又来了，爸妈让我接待，我都不知道怎么接待好哈，让他们吃东西也不吃，喝水也不喝，我就仅仅记住不管是男女老少每一个人必须敬一支烟，大家也都很给面子，接过香烟才走。小孩子进门也都问过年好，然后才抓起桌子上的糖果，虽然他们对香烟不感兴趣，不过也都接了香烟。真是热闹、和谐、喜庆。”

要的不就是这种感觉吗？我和妻子说道：“农村人善良，但是也难免有些磕碰，只是再多的矛盾在今天这种氛围里也都自然而然地化解了。”

原来，拜门年还有这个功能，妻子似有所悟。其实，拜门年还有更深一层意义，农村多是小门小户人家，但是从父辈延续下来的“撑门户”观念根深蒂固，也就是守成之子需维持或恢复家业，撑门拄户，让家族血脉和优良传统代代相传。

这拜门年的习俗，拜的是邻人的门面，守的是自家的门户呀。

第三辑

思想漫步

插图：曲光辉

茨威格和《陌生女人的来信》

麦　家

几乎看过所有译成中文的茨威格的作品，但怪得很，提到他，我脑海里最先浮出的是一张黑白照片：一张单人铁床，一个瘦女人侧着身子，下巴搁在同样瘦的男人的肩头；男人鼻下留一撮胡子，修剪得很整齐，头枕着白色蓬松的棉花枕头，眼闭紧，嘴巴微张，是睡得香美的样子；女人也是睡得死沉的样子，或许在做梦。两人手牵着，穿着衣裳，感觉是在外奔波忙碌一天，回到家，累得不行，连脱衣服的力气都没了，直接上床睡了，并一下睡过去，天黑地黑的，酣得很。

这是 1942 年 2 月 22 日，地点是巴西里约热内卢近郊的佩特罗波利斯小镇，男人就是茨威格，女人叫伊丽莎白·绿蒂，是他第二任妻子，时年 33 岁，花样年华。我要伤心地告诉你，他们不是睡着了，而是死了。而且，更伤心的是，他们不是被人杀的，而是自杀，靠的是不知名的毒药。总之，他们是服毒自杀的。

说到自杀，我曾写过一篇文章，谈作家的自杀，列出一串长长的人们耳熟能详的名单，吓死人！莫泊桑、杰克·伦敦、海明威、叶赛宁、弗吉尼亚·伍尔夫、茨维塔耶娃、马雅可夫斯基、法捷耶夫、芥川龙之介、太宰治、川端康成、三岛由纪夫——更熟悉的尊姓大名：王国维、杨朔、徐迟、海子、顾城、老舍、傅雷、三毛，当然还有屈原，等等吧。这些是我记得的，如果去查资料，从古及今，国内国外，这名单可以翻几番。虽无考证过，但我几乎可以大胆认定，作家是自杀率最高的职业，不是“之一”，就是第一。为什么作家跟自杀的距离这么近？这说来话长，今天不说，如果感兴趣，可以去看我那篇文章:《不该死的作家》。

话说回来，茨威格是犹太人，这也是他自杀的原因之一。20 世纪 40 年代，在希特勒滥杀犹太人的时代背景下，作为奥地利的一个出身优渥、养尊处优、感情细腻、尊严感极强的犹太人，离死亡比任何人都近。同时，作为犹太人，茨威格也不失本族人早慧、聪颖、勤奋的基因，中学时代便开始发表诗歌，且出手不凡；20 岁，还在读大学便出版第一本诗集。他先后在维也纳大学和柏林大学攻读文学和哲学，并获哲学博士学位。哲学是父亲，美学是母亲，它们生下的儿女叫文学；用现在的话，他出身科班，文学功底和修养是十足的。

茨威格一生创作了大量文学作品，且体裁多样，诗歌、戏剧、小说、散文、游记、传记及自传，样样涉足，遍地开花。散文和游记且不说吧，一个作家在漫长的写作生涯里总会留下这些笔墨，像一个画家总会有些素描、速写一样。这是点心，是路边野花，是顺手摘一朵的意思。分析一个作家，这只能作为旁证，当不了家的，除非专业的游记散文作家。茨威格当然不是这样的作家。我们来分析他创作走过的路，会发现一个有趣的现象：他从诗歌出道，然后戏剧，然后小说，然后传记，虽然中间有些交叉、穿插，但总体是这么一个进程。从诗歌出发，途经戏剧、小说、传记，止于自传。

这个进程说明什么？打个不恰当的比方——其实也是恰当的——诗歌是天上的东西，“床前明月光，疑是地上霜”，没有情节，没有人物，有的是一种心情、一种意境，是空灵的；戏剧有情节，有人物，但没有小说的现实感，锅碗瓢盆，山川河流，街头巷尾，活色生香，总之是少了小说的烟火气、红尘味；传记就是史实，匍匐在真实的物是人非上，一是一，二是二，容不得虚构——自传更是如此，是对着镜子照出来的。虚构是小说飞翔的翅膀，到了传记，尤其是自传，翅膀被彻底折断、拆掉，只能按图索骥，照葫芦画瓢。深思细想一下，不难发现，从诗歌到戏剧、小说、传记、自传，这个进程，其实是一个不断从远到近、从虚至实的过程。

再打个不恰当的比方，诗歌是苍鹰，翱翔在天际的老鹰，独孤孤一只，孑然一身，有影无形，无声无息；戏剧是大雁，成群结队，有阵形，有声音——雁过留声嘛，甚至有羽毛飘落，近在眼前，又远在天上，可望而不可即；而小说就是麻雀了，在我们身边飞来飞去，叽叽喳喳，偷食拉屎，活灵活现，直接切入我们的生活。那么传记就是传记，比不了的，它就是自己，就是跟我们一样的人—— 一样又不一样，他们是非凡的、独特的，青史有名，后世不忘，镶在画框里，或竖在城市广场上。

茨威格一生写下大量传记文学，一部分是文学家传记，如巴尔扎克、狄更斯、陀思妥耶夫斯基、荷尔德林、克莱斯特、尼采、卡萨诺瓦、司汤达、列夫·托尔斯泰等，都在他笔下复活；另一部分是历史人物传记，如伊拉斯和卡斯特里(两人均为欧洲人文主义先驱)、玛丽·斯图亚特(苏格兰女王)、玛丽·安托瓦内特(法国国王路易十六的王后)等，都被他倾情泼墨，悉心勾勒，再造一个"同一个"，也是"另一个"。

从高高在上、空灵务虚的诗歌，到戏剧，到小说，到真实得不容虚构的传记文学，这一路走来，其实是一路的"入世"。然而作为一个犹太人，他生活的时代在一路冷落他、歧视他、抛弃他，以致整个欧洲没有他立锥之地，没有读者，没有尊严，如一只丧家犬，只能沦落异域，漂泊他乡。他要"入世"，但世界不要他，他的心路和身世完全背道而驰。这便是撕裂，是挣扎，最后挣扎不下去，撕开，断绝，以自杀结束，几乎是一道加法题：像一根绳子，在加法的拉力下，终归是要绷断的。

假设一下，如果他创作的历程是反过来的，掉个头，转个向：从实出发，向虚而去，即始于传记，止于诗歌(超现实的语言、声音、阳光、天空、街角)，我想他大概是不会自绝人寰的。或许他会当隐士，大隐于市，小隐于野，日出而作，日落而息，逍遥自在；或许会遁入空门，卸掉自重，一心向灵，好吃不如茶泡饭，好活莫过晨钟暮鼓。人生在世，真真假假，虚虚实实，一团乱麻，两头乌黑。人年轻时虚无不得，因为年轻本身是空的，要装东西进去：感情，朋友，敌人，知识，趣味，钱财，荣誉，地位，都要一手一脚去盘。老了，日落西山，大漠孤烟直，不妨得过且过，一切随他去吧，较不得真。真实是有重量的，金属老了也会疲劳的，英勇地死，是因为过度疲劳。

话说回来，茨威格能在文学界立世，靠的还是小说，而且主要是中短篇小说。给我印象深的也是中短篇小说，如《一个女人一生中的二十四小时》《月光胡同》《灼人的秘密》《陌生女人的来信》《看不见的收藏》《象棋的故事》等。20 世纪 80 年代中期，我刚开始学写小说时，这些大作是我照虎画猫——不是照猫画虎——的范文。如今，不少作家把茨威格原有的文学影响挤到一边（有人说他是二流作家），我一直默默珍爱着他，把足够的敬意留给他。有时候我想，我这样待他是不是有点过于感情用事？但这次重读，我确信茨威格是值得尊敬的，也许他的文学趣味有些老化，但他的文学才能绝对不容置疑。

我可以不谦虚，现在我对文学的欣赏力肯定比 30 年前高得多，就感受力来讲又笃定麻木得多。我一度担心重读会破坏我对他的好感，但他依然把过去还给我，依然让我在痴痴迷迷中生出一波波的震惊和敬佩。茨威格的小说有种少见的令人窒息的文学密度和强度，随便读一篇都使我强烈地感到作家内心极其的丰富、敏感、脆弱、善良，而这些是一个作家最重要的。作家是靠内心生活的人，内心寡淡的人当作家属于先天不足。茨威格的内心也许不宽大、不刚强，但深到底、细到底、软到底。再打个不恰当的比方——比喻总是蹩脚的——有的小说像西瓜、苹果、香蕉，可以一口口吃，他的小说是石榴，得一粒粒剥着吃，一口咬就糟蹋了。现在我认为，茨威格被我们淡忘、疏远，不是他的小说也不是我们的文学能力出了问题，而是我们的耐心出了问题。

好，言归正传，来说说《陌生女人的来信》（以下简称《来信》）吧。茨威格有不少作品是以妇女的不幸命运与情感挣扎为题材，借助他一向擅长的细腻入微的描写，表达他对女性情感的深层开掘，虽不乏温存、体贴、尊重、同情、理解、怜悯，但总的来说是俯视的，居高临下的。《来信》一以贯之，且变本加厉，把这一追求和风格推到极限，极致到有些变形、失真。

小说主体是一封长而又长的信：作家 R 收到一个陌生女人的来信，信里燃着一个女人极端痴情又悲苦的心，悲得滴血，苦得要死。我要说，这是世上最凄婉动人的一封信，至少是之一吧。你，一个从来也没有认识我的唐璜一样倜傥风流的男人；我，一个 13 岁就痴情于你的少女，一个为你付出全部爱情的女人，一个为你生下孩子的女人，一个把你孩子养大的女人，一个刚刚失去孩子的女人，一个已经苦得没法活下去、准备去死的女人，用生命的最后一点时间，写下这封惨绝人寰的绝命书。

我真觉得这是一封惨绝人寰的信，她为你失去了少女的天真烂漫，姑娘的芳心恋情，生为女人的骄傲、娇宠、尊严、贞洁、妇道、孩子、生命：一切，一切的一切，都因你而随风飘散，你却有眼不识，不知不晓；她为你低下头，弯下腰，跪下来，趴下去，钻到缝里，舔你脚趾，低到尘埃里，你却视她不如尘埃。天若有情天也老，但天在她面前残酷无情，失去了天理。

我要问，这是一个误会吗？我要说，正因是误会，所以更为惨绝！我要问，这是女人自找的吗？我要说，正因是自找的，所以也更为惨绝！这不是一个故事、一篇小说。作为故事和小说，它缺乏故事和小说应有的理性，或者说逻辑性，也可以说是纪律。小说的参照体是现实，是生活，生活中这样的人和事毕竟稀有、罕见，缺乏普遍性。刚刚我在看王安忆的一篇文章，写的是她看史铁生的长篇小说《务虚笔记》的感受，里面有一段话讲的大致也是这个意思。

王安忆说："这是一部纯粹虚构的小说。我说'纯粹虚构'，意思不是说还有不是虚构的小说。小说当然是虚构的性质，但小说是以现实的逻辑来演绎故事。我在此说的'纯粹虚构'，指的是，史铁生的这部小说摆脱了外部的现实模拟性，以虚构来虚构。追其小说的究竟，情节为什么这样发生，而非那样发生，理由只是一条，那就是经验，我们共同承认的经验，这是虚构中人与事发生、进行，最终完成虚构的依附。而史铁生的《务虚笔记》完全推开了这依附，徒手走在了虚构的刀刃上，它将走到哪里去呢？这实在是很险的。"

《来信》也是这样，这里面的人，这个陌生女人，缺乏现实基础；她是个案，是奇人怪事，是稀奇。怎么样让一个特殊人的一桩稀奇事，去打动一个普通人，一个被现实逻辑统治奴役的读者，这是需要技术和窍门的。我们古代，自魏晋南北朝起，有大量的"志怪"和"志人"小说，包括"唐传奇"，讲的多是奇人异事，或逸事奇闻，新鲜刺激，好看得很，也好记得很，听了就可以转述，一等的谈资。但你很少也很难被感动，你可能会惊心动魄，但不会撕心裂肺。为什么？因为缺乏现实逻辑，缺乏人之常情、世之常理的依托和支持，你不会把自己放进去；你会觉得，这是古代的事、天上的事，落不了地的，更不会落到你身上，所以"事不关己，高高挂起"，是这种旁观的心态；你会把它当作谈资，不会化作心智。这是这类小说基因里的风险，搞不好只是一个无关痛痒的东西，浅薄得很。

茨威格的许多小说，如《象棋的故事》《看不见的收藏》《旧书商门德尔》《一个女人一生中的二十四小时》等，都是这类小说，主人公不是疯魔的痴情就是天赋异禀，不是置身怪诞乱世，就是身处怪力乱神。《来信》尤其如此，她不但让作家陌生，也让我们陌生。我们不禁会问，怎么会有这样的人？这不神经病嘛！当你这样发问时，这小说已经处于坠落悬崖——被你抛弃——的风险中；当你最后确实认为，这是一个犯神经的女人时，这小说彻底失败！

这篇小说就是这样，从悬崖上开始生长，长在石头缝里，缺土少肥，吃风吃寒，很难长大的，长大了可能就会被重力和风力拽入悬崖。但最后坠落悬崖的不是它——小说，而是我们——读小说的人。这就是茨威格的了不得，他总是铤而走险，而又总能涉险过关，化险为夷。这当中暗藏着大量技术、魔术性的东西，语言的魅力、刻画的功力、人物的设计、情绪的收放、节奏的把控、细节的精致打磨，等等。我不想也无须完全展开来讲，挑两个最浅表的例子讲吧。

一个是小说中“你”的身份是一位作家，长相好，名声大，夜生活丰富——经常深夜回家。后面这些且不说，一般都会这么设计。说说作家这个身份。我们假设一下，如果他不是作家，是富商，或者官员、演员、画家，小说真实的逻辑性就会受到一定伤害。为什么？因为这封信写得太好了！感情细腻、真切，情绪饱满，措辞考究，表达通透，前呼后拥，文学色彩这么浓厚的一封信，一般人是写不出来的。但现在“你”是作家，她作为一个暗恋作家的女人，我们就会给她一个特权：文学的特权。

人在青春期都爱看文学作品，因为单纯，要通过文学来丰满自己，这给一个 13 岁少女暗恋作家提供了一定甚至是相当的现实基础。然后她一直痴情于他——一个作家——于是我们可以想象，有理由设想，她一直没有离开文学，至少在反复读他的书吧，或许还在日记本上反复给他写信呢。这么多年来，她“文采飞扬”我们便不足为怪，因为逻辑上她和文学的距离是近的；她是文学的邻居，所以，她可以获得文学的特权。这权力，如果她是一个暗恋演员或者官员的女人，我们不一定愿意给。给她，我们是愿意的。

其次，因为“他”是作家，我们很容易猜想，这可能是作者本人的经历，有一定自传色彩。作为自传，它本身就是真实的；作为自传小说，作者在这里除了有些自恋外，更多的是在批判自己，没有直接的忏悔，隐隐的是有的。要的就是“隐”，话说一半，衣脱一层；脱光了就俗了，爆掉了。“隐”是引而不发，千钧一发，摇摇欲坠的，最让人提心吊胆。这就是技术，小说家的把戏，也是小说最基础的手艺。小说，说到底必定是假的，虚构的，你为什么明知是假还喜欢读？孙悟空会七十二变，假得不得了，可你照样喜欢看，信。这是技术和人性的合谋，配合好，上天入地，读者都认。这是小说存在的理由，若没有这个土壤，小说是长不出来的。茨威格通过一个“隐”字，透出一种诚恳，这种诚恳将和读者构建谅解的暗道，谅解了，就真实了。

第二个例子，是信的第一句话：“你，一个从来也没有认识过我的你啊！”这句话是有丰沛的信息量的，它也为小说的真实性提供了牢靠的基础。这个“啊”字和感叹号，是感情强度也是时间长度，然后的“你，从来也没有认识过我”，这说明什么？是暗恋，是单相思，高强度、长时间的单相思，一下把这个女人的某种特性烘托出来：好奇、多情、腼腆、内敛，多少也有些偏执、好强、要面子。正因为这句话给我们提供了这些信息，给我们心里打下了底子，于是后面的一系列稀奇，我们也有准备似的收下了。卡夫卡的《变形记》，从标题到第一句话都和读者约定：这不是一部现实主义小说，是寓言，是象征主义。所以，你看下去不会去要求客观真实、现实逻辑，你要的是超现实，是现实芯子的东西，不是表面的真实，是芯子里的真实。

小说家和读者的约定必须一开始就建立，茨威格是深谙这个门道的。类似的例子，就是把稀奇变成不稀奇，把“铤而走险”化成“有惊无险”，小说里有许多。你有兴趣可以去找一找，像拆枪一样，把小说拆开来看一看，这是蛮有意思的一个过程。想装枪，首先要学会拆枪，从一定意义上讲，小说也是一把枪，它的子弹直穿人心——只穿身体的小说，一定不是好小说。

最后顺便说一下，茨威格去世后，巴西总统下令为他举行了国葬，正是因为他写出一系列像《来信》这样深情精致的文学作品。没有文学、宗教、艺术，人类也许早已经灭亡，或者变成野兽了，这就是我们在这里相聚的意义。文学不是一个专业，文学就是人生，我们在文学里相聚的意义，是可以让我们的人生变得更从容，更宽广。匪夷所思的是，那么多创造文学的人那么急地去死了，似乎并不宽广。

原载《人民文学》杂志

门　孔

余秋雨

直到今天，谢晋的小儿子阿四，还不知道“死亡”是什么。

大家觉得，这次该让他知道了。但是，不管怎么解释，他诚实的眼神告诉你，他还是不知道。

十几年前，同样弱智的阿三走了，阿四不知道这位小哥到哪里去了，爸爸对大家说，别给阿四解释死亡。

两个月前，阿四的大哥谢衍走了，阿四不知道他到哪里去了，爸爸对大家说，别给阿四解释死亡。

现在，爸爸自己走了，阿四不知道他到哪里去了，家里只剩下了他和八十三岁的妈妈，阿四已经不想听解释。谁解释，就是谁把小哥、大哥、爸爸弄走了。

他就一定跟着走，去找。

一

阿三还在的时候，谢晋对我说：“你看他的眉毛，稀稀落落的，是整天扒在门孔上磨的。只要我出门，他就离不开门了，分分秒秒等我回来。”

谢晋说的门孔，俗称“猫眼”，谁都知道是大门中央张望外面的世界的一个小装置。平日听到敲门或电铃，先在这里看一眼，认出是谁，再决定开门还是不开门。但对阿三来说，这个闪着亮光的玻璃小孔，是一种永远的等待。他不允许自己有一丝一毫的松懈，因为爸爸每时每刻都可能会在那里出现，他不能漏掉第一时间。除了睡觉、吃饭，他都在那里看。双脚麻木了，脖子酸痛了，眼睛迷糊了，眉毛脱落了，他都没有撤退。

爸爸在外面做什么？他不知道，也不想知道。

有一次，谢晋与我长谈，说起在封闭的时代要在电影中加入一点儿人性的光亮是多么不容易。我突然产生联想，说："谢导，你就是阿三！"

"什么？"他奇怪地看着我。

我说："你就像你家阿三，在关闭着的大门上找到一个孔，便目不转睛地盯着，看亮光，等亲情，除了睡觉、吃饭，你都没有放过。"

他听了一震，目光炯炯地看着我，不说话。

我又说："你的门孔，也成了全国观众的门孔。不管什么时节，一个玻璃亮眼，大家从那里看到了很多风景，很多人性。你的优点也与阿三一样，那就是无休无止地坚持。"

二

他在中国创建了一个独立而庞大的艺术世界，但回到家，却是一个常人无法想象的天地。

他与夫人徐大雯女士生了四个小孩儿，脑子正常的只有一个，是谢衍。谢衍的两个弟弟就是前面所说的阿三和阿四，都有严重的智力障碍，而姐姐的情况也不好。

这四个孩子，出生在1946年至1956年这十年间。当时的社会，还很难找到辅导智力障碍儿童的专业学校，一切麻烦都堆在一门之内。家境极不宽裕，工作极其繁忙，这个门内天天在发生什么？只有天知道。

我们如果把这样一个家庭背景与谢晋的那么多电影联系在一起，真会产生一种匪夷所思的感觉。每天傍晚，他那高大而疲惫的身影一步步走回家门的图像，不能不让人一次次落泪。

落泪，不是出于一种同情，而是为了一种伟大。一个错乱的精神旋涡，能够生发出伟大的精神力量吗？谢晋作出了回答，而全国的电影观众都在点头。我觉得，这种情景，在整个人类艺术史上都很难于重现。

谢晋亲手把错乱的精神旋涡，筑成了人道主义的圣殿。我曾多次在他家里吃饭，他做得一手好菜，常常围着白围单、手握着锅铲招呼客人。客人可能是好莱坞明星、法国大导演、日本制片人，但最后谢晋总会搓搓手，通过翻译介绍自己两个儿子的特殊情况，然后隆重请出。这种毫不掩饰的坦荡，曾让我百脉俱开。

在客人面前，智力障碍儿子的每一个笑容和动作，在谢晋看来就是人类最本原的可爱造型，因此，满眼是欣赏的光彩。他把这种光彩，带给了整个门庭，也带给了所有的客人。他有时也会带着儿子出行。我听谢晋电影公司总经理张惠芳女士说，那次去浙江衢州，坐了一辆面包车，路上要好几个小时，阿四同行。

坐在前排的谢晋过一会儿就要回过头来问：“阿四累不累？”“阿四好吗？”“阿四要不要睡一会儿？”……每次回头，那神情，能把雪山消融。

三

他万万没有想到，他家后代唯一的正常人，那个从国外留学回来的君子，他的大儿子谢衍，竟先他而去。

谢衍太知道父母亲的生活重压，一直瞒着自己的病情，不让老人家知道。他把一切事情都料理得一清二楚，然后穿上一套干净的衣服，去了医院，再也没有出来。他恳求周围的人，千万不要让爸爸、妈妈到医院来。他说，爸爸太出名，一来就会引来媒体，而自己现在的形象又会使爸爸、妈妈伤心。他一直念叨着：“不要来，千万不要来，不要让他们来……”

直到他去世前一星期，周围的人说，现在一定要让你爸爸、妈妈来了。这次，他没有说话。

谢晋一直以为儿子是一般的病住院，完全不知道事情已经那么严重。眼前病床上，他唯一可以对话的儿子，已经不成样子。他像一尊突然被风干了的雕像，站在病床前，很久，很久。谢衍吃力地对他说：“爸爸，我给您添麻烦了！”他颤声地说：“我们治疗，孩子，不要紧，我们治疗……”从这天起，他天天都陪着夫人去医院。独身的谢衍已经五十九岁，现在却每天在老人赶到前不断问：“爸爸怎么还不来？妈妈怎么还不来？爸爸怎么还不来？”

那天，他实在太痛了，要求打吗啡，但是医生有些犹豫，幸好有慈济功德会的志工来唱佛曲，他平静了。

谢晋和夫人陪在儿子身边，那夜几乎陪了通宵。工作人员怕这两位八十多岁的老人撑不住，力劝他们暂时回家休息。但是，两位老人的车还没有到家，谢衍就去世了。

四

谢衍是 2008 年 9 月 23 日下葬的。第二天，9 月 24 日，杭州的朋友就邀请谢晋去散散心，住多久都可以。接待他的，是一位也刚刚丧子的杰出男子，叫叶明。

两人一见面就抱住了，号啕大哭。他们两人，前些天都为自己的儿子哭过无数次，但还要找一个机会，不刺激妻子，不为难下属，抱住一个人，一个经得起用力抱的人，痛快淋漓、回肠荡气地哭一哭。

那天，谢晋导演的哭声，像虎啸，像狼嚎，像龙吟，像狮吼，把他以前拍过的那么多电影里的哭，全都收纳了，又全都释放了。那天，秋风起于杭州，连西湖都在呜咽。他并没有在杭州长住，很快又回到了上海。那几天他很少说话，眼睛直直地看着前方。有时也翻书报，却是乱翻，没有一个字入眼。

突然电话铃响了，是家乡上虞的母校春晖中学打来的，说有一个纪念活动要让他出席，有车来接。他一生，每遇危难总会想念家乡。今天，故乡故宅又有召唤，他毫不犹豫地答应了。

春晖中学的纪念活动第二天才开，这天晚上他在旅馆吃了点儿冷餐，倒头便睡。这是真正的老家，他出走已久，今天只剩下他一个人回来。

他是朝左侧睡的，再也没有醒来。

这天是 2008 年 10 月 18 日，离他 85 岁生日，还有一个月零三天。

五

他老家的屋里，有我题写的四个字："东山谢氏"。

那是几年前的一天，他突然来到我家，要我写这几个字。他说，已经请几位老一代书法大家写过，希望能增加我写的一份。

东山谢氏？好生了得！我看着他，抱歉地想，认识了他那么多年，也知道他是绍兴上虞人，却没有把他的姓氏与那个遥远而辉煌的门庭联系起来。

他的远祖，是公元4世纪那位打了“淝水之战”的东晋宰相谢安。这仗，是和侄子谢玄一起打的。而谢玄的孙子，便是中国山水诗的鼻祖谢灵运。

谢安本来是隐居会稽东山的，经常与大书法家王羲之一起喝酒吟诗，他的侄女谢道韫也嫁给了王羲之的儿子王凝之，而才学又远超丈夫。谢安后来因形势所迫再度做官，才有了“东山再起”这个成语。正因为这一切，我写“东山谢氏”这四个字时非常恭敬，一连写了好多幅，最后挑出一张，送去。谢家，竟然自东晋、南朝至今，就一直定居在东山脚下？别的不说，光那股积累了一千六百年的气，已经非比寻常。

谢晋对此极为在意，却又不对外说。他在意的，是这山、这村、这屋、这姓、这气。但这一切都是秘密的，只是为了要我写字才说，说过一次再也不说。我想，就凭着这种无以言表的深层归依，他会一个人回去，在一大批庄严的远祖面前，画上人生的句号。

六

此刻，他上海的家，只剩下了阿四。他的夫人因心脏问题，住进了医院。

阿四不像阿三那样成天在门孔里观看。他几十年如一日的任务是为爸爸拿包、拿鞋。每天早晨爸爸出门了，他把包递给爸爸，并把爸爸换下的拖鞋放好。晚上爸爸回来，他接过包，再递上拖鞋。

这几天，爸爸的包和鞋都在，人到哪里去了？他有点儿奇怪，却在耐心等待。突然来了很多人，在家里摆了一排排白色的花。

白色的花越来越多，家里放满了。他从门孔里往外一看，还有人送来。阿四穿行在白花间，突然发现，白花把爸爸的拖鞋遮住了。他弯下腰去，拿出爸爸的拖鞋，小心放在门边。

这个白花的世界，今天就是他一个人，还有一双鞋。能深知人性和生命的人，不会为一种成功而感动，为一时的辉煌而感动，也不会为一种挫败而感动。

最难得的是生命的初始的感动，是一种为生命自然形态中所能承载的那些曲折，那些记忆，那些生命的每个日子中坚强面对的点点滴滴，而付出的心血和汗水的感动，为这样一种胸怀，宽容，智慧，粗犷，豁达，乃至不死不屈、不折不挠的精神的感动。

原载《读者》杂志

挖坑捉雁

刘亮程

雁叫是天上的儿歌。那些不属于我们的孩子，手牵手，排长队从天上回家。

这时节，田里的苞米已经收完，苞谷秆也割倒在地，提镰刀的人仰头站在旷野中。拉运禾秆的牛车缓行在云朵下，坐在高高禾秆垛上的赶车人，也仰头望天。一年的农事到秋收后结束。地上没活了，天上热闹起来，每天都有雁队南飞。雁叫声仿佛在喊地上的人，谁听见了都仰头看，都觉得自己是落在地上没飞走的那一个。

雁从天边飞来是上坡。仿佛村庄上空的天，被草垛、树和炊烟顶高，被人的喊叫和梦顶高。天一高便空了，云都躲得找不见。排成“人”字的雁队高高地掠过村庄，像谁家地里的两行苞谷，被鸣叫声收走了。

雁不会落到地里吃苞谷，也不落到谁家屋顶和院子。它们只从头顶过路。我们村边的天上有一条看不见的大雁回家的路。

一个月前，捉雁人便开始在荒野上挖坑。今年新挖了三个坑，南北向的长方形，一人多深。这个深度保证他在坑挖好后，能手扒坑沿爬出来。而落入坑中的大雁不会飞出来。

“坑的宽度使大雁无法展开翅膀。”他在坑里张开膀子比画。他认为自己张开膀子跟大雁展开翅膀一样长。

他挖好一个坑，爬上来，仰头看天，往前走一百步，再挖一个坑。

他挖的每个坑都在我眼皮底下。我坐在坑沿上，看他在坑里满头淌汗。我不帮他，他也不让我插手。我帮他挖坑了，万一大雁真的落下来，就是两个人的功劳了。

他干的是独活。除了他，没人会干这个。

我啥也不干，见别人干事情，就过来看。啥也不干也是一门独活。整个村里就我一人啥也不干。

“今年就挖三个。去年挖的坑冬天掉进去野猪了，毁得不太方正，得修一下。坑必须要方正，有棱有角。”

他用铁锨铲坑角线，我从上面朝下看，角线不是太垂直，朝西偏了，但我没说。他的坑是挖给天上的雁看的，会有一群雁的眼睛在高处吊坑角线。

“让雁掉下来的，是方正。整个天是圆的，地也是圆的。我的坑是方的。雁会被方吸引住，一头栽下来。”他仰头望着天说。

“你咋知道雁会被方吸引？”我说。

他白了我一眼，挖一铁锨土猛地朝我扔过来。

“你不说我也知道。”

他又扔上来一锨土，我都躲过了。

“从天上看地是一堵无边的墙，你挖的坑是一扇方窗户。”我说。

“好像你在天上飞过？”他又扔上来一锨土。这锨土没扔到坑外，他的劲不够了，土原路落回去，撒在他头上。

我走到他前年挖的一个坑边，确实有野猪陷进去，把坑边拱得不方正了。这片荒野上除了他挖的坑，就是一些爬地生长的矮碱蒿子，稀稀拉拉，即使刮风时也一棵拍打不到另一棵。土是虚的，我看见自己去年踩的一行脚印，绕过坑沿朝远处走了。我想不起去年我曾穿过荒野去了哪里。我往北走了几里又折回来，想我明年再看见留在虚土上的这行脚印时，或许依然不知道今年的我去了哪里。

我回来时他躺在坑里睡着了。我替他看了会儿天。这时候大雁还没有上路，他有的是时间把坑挖好，在坑里睡一觉再睡一觉。

我在坑沿挪步时，一些碎土滑落到坑里，打在他的衣服上，竟然没有惊醒他。我低头看他沉睡的样子，突然冲动地想把他埋掉。他的铁锨立在挖了一半的坑壁上，挖出的新土堆在坑沿。我俯下身，手伸下去抓住铁锨把。挖出来的土都是虚的。他往外扔土很费劲，我往下填土容易得多，只要几十分钟，我就能把这个坑填平。

我被自己的想法吓住，赶紧转头走开。走几步又回到坑沿上，看一眼天，又看一眼他。我知道他正在做梦。我熟悉做梦人的表情，跟醒来时换了一张脸。人在梦里有一场人生，可能他在梦里已经被我埋掉。一个醒来人的想法很容易变成另一个睡着人的梦。

我拿起一个土块正要扔下去砸醒他，突然天上响起雁鸣声。雁群正从北边沙漠飞过来，似乎雁群有地上的方坑指引，一个一个地飞过方坑，雁的影子一只只掉进方坑。

我想，这时若真有一只雁掉下来，会落在睡在坑里的捉雁人身上。整个方坑里是他的梦。梦是虚的，雁会一直穿过他的梦，穿透厚厚的大地之墙，飞到另一个世界的光明里。

我回村子时天阴下来。路上走着一个背禾秆的人，脊背上摞着高高的禾秆垛，看不见压在下面的人，只听一堆哗哗的响声在移动。我轻脚跟在后面，在我后面不远处，捉雁人也在轻脚回家。整个荒野暗下来。我们放缓脚步，让这个背禾秆的人先进村子先回家。我和捉雁人都空着手，他的铁锹扔在挖了一半的坑里。整个夜晚，一把躺在方坑里的铁锹，面朝寥廓星空。坑里的夜更黑。我在梦里拿起他扔下的锹，像他一样往外扔土，他挖的每一个坑我都再挖一遍。我站在越挖越深的坑里，听大雁鸣叫着飞过头顶。这时候捉雁人在另外的梦中。他家的房子和我家隔了一条马路，他的梦，离我比一粒尘土到一颗星星都远。我在梦里从来没有遇见他。有时我想，他把挖了一半的方坑扔在地上，梦中自己飞在天上，朝下看他挖的坑里站着另一个人，在仰头望天。我也从来没有在梦中看见天上飞过的大雁，只听见一阵阵的雁鸣落进坑里。

我在自己的梦里看懂捉雁人做的事情。他用梦诱捕大雁，他每挖一个坑，便在坑里睡着做一个梦，他的梦是长方形的。而在我看来，每一个躺在地上做梦的人，都是一个深不见底的长方坑。每个梦都是一扇大地之墙的窗户。一群一群的大雁，经由人的梦打开的窗户，穿过了大地之墙。

这年秋天，胡四家养的五只野雁飞走一只。雁是夏天从河湾芦苇丛掏的，五只毛茸茸的小雁，拿回来让家里的花母鸡领着。母鸡孵了十几只小鸡，刚出壳，小雁认花母鸡做妈妈，花母鸡不认，见了就叨。一只小雁翅膀叨伤了，耷拉下来。胡四家女人追打花母鸡，边追边骂：“你个想挨刀的，几个没妈的小雁，你领着能累死你吗？”花母鸡被追骂得咯咯叫，小鸡小雁混作一团。

花母鸡从此认了小雁，跟自己的小鸡一起带着。母鸡把地上的土刨开，咯咯地叫小鸡小雁。小鸡吃虫子，小雁不吃虫子，吃一旁的青草。小雁长得比小鸡快，不出两个月就有花母鸡大。到秋天时已经是大雁了。这时节头顶每天有雁群排队飞过，雁叫声传到这家院子里。鸡听见雁叫没反应，雁听到了便仰头看，拍打翅膀跑，鸣叫着想飞起来。

胡四家女人怕养大的雁飞了，早早剪了翅膀上的羽毛。

有一天，一只雁还是飞了，“养不熟的东西。”胡家女人说。

“费好大劲养大，别让都飞了。”胡四说。

那只雁飞走的第三天，剩下的四只被捉住，一只一只剁了头，烫了毛。其中一只和辣子炒了一锅，一家人围在院子吃雁肉时，听见了雁叫。那只飞走的雁回来，落在院子里。花母鸡和长大的一群小鸡，都围过来看这只回来的雁。灶火旁一地雁毛。雁不知道发生了什么，叫着走进鸡群。胡家女人停住筷子，看男人。

“吃吧。养了就是吃的。”胡四说。

女人停住筷子，进仓房舀了鸡食，撒给鸡和雁吃，特意给回来的雁脚下多撒一把，雁仰头啊啊地叫。

第二天一早，回来的这只雁被胡四捏住脖子，提到肉墩上剁了头。

“都怨你，害得我们把那几只剁了。原想养到明年，养大了孵一群雁。都怪你，我让你飞。你飞走就走，回来干啥呢！”

胡家女人边拔雁毛边嘟囔。

雁队过来了，一队一队的雁，从方坑上面飞过。这是雁每年必经的荒野。我们叫西戈壁。雁来回的路都在村庄西边的戈壁上空。春天雁飞来时，村庄在它的右眼睛里，回去时村庄在左眼睛里。数不清的村庄在大雁翅膀下滑过。但我们村子不一样，它在茫茫荒野中，荒野尽头是一望无际的沙漠。

前后左右都是他挖的坑，捉雁人站在中间，我蹲在他身后。

一队雁过去了，没一只掉下来。

又一队雁过去了，还是没一只掉下来。

第三队雁过来了，人字长队后面，有一只掉队的雁，远远地落在后面，它孤单的叫声跟在雁鸣后面。

捉雁人感到机会来了，他手卷成喇叭对在嘴上，“啊啊”地朝天上喊，声音像一只落队的雁在拼命喊叫。这是他的招数，那些失去儿女的雁，会以为自己的孩子在地上叫，然后一头栽下来，掉进方坑里。

第四队雁飞过来时，他的嗓子叫哑了，我听着吃劲，突然张嘴“啊，啊”地大叫了两声。

我被自己的叫声吓住了。我的叫声竟然比他高，直达天空。

他也惊奇地回头瞪着我。

我赶紧住嘴。要是这时候掉下一只雁来，算谁的呢？

没有雁掉下来。今天再没雁队飞过来了。从荒野上一眼能望到天边，雁从天边飞来时像一些小小的羽毛，从看清“人”字形，听见隐约的雁鸣，到它们越飞越高到达荒野上空，得半日的工夫。白天没看见影子的雁，都会在夜里飞过人的梦。

我和捉雁人一前一后回村。这片荒野上从来没有路，我和捉雁人都是落荒而行的人，我们今天的脚步不会踩在昨天的脚印上，明天的脚步也不会落在今天的脚印上。快到村边时，太阳正好落到地平线上。我看见捉雁人的影子长长地从荒野上伸进村子。我看见我的影子躺在捉雁人的影子里，一起伸进村子。

最后一队雁过去后，天上的云便多起来，先下秋雨，然后落雪。天有自己的事情。雁队飞过时节，秋天的暖和日子也排着队一个一个走完了。

一下雪，捉雁人便不再出门。他这个人，只关心秋天回飞的雁。5 月雁来的时候，他站在戈壁上，仰头数数字。除了他，没人管天上过去多少只雁。他把春天过去的雁数清了，然后，秋天雁飞回时再数一遍。他干的是独活。

整个冬天只有我在大雪覆盖的戈壁上转悠，我把他挖的坑用树枝和草盖住，落一场雪，盖住的坑就看不见。隔几天我扛铁叉在戈壁转一圈，一次坑里掉进一只兔子，又跳出来跑了。这个深度的坑陷不住兔子。我想陷的是野猪。如果掉进去一头野猪，我一个冬天都会有猪肉吃。当然，我会给捉雁人送去一条野猪后腿。不过，万一他知道野猪是他挖的坑里陷住的，他会把一头猪要过去。他干的是独活，不会和我分享的。

在我想着野猪会掉进坑里的漫长冬天，村里人家喂的家猪一头头长肥。他们不知道我想象中的野猪也在雪地里长肥。只是那头唯一掉进坑里的野猪，在我做梦的夜晚，把方正的坑沿拱扁，把垂直的坑脚下拱得歪歪扭扭，然后爬出来跑了。

这个夏天捉雁人没有去戈壁上数雁。雁的影子依旧一只一只落进方坑。我帮他数“人”字形的雁队里飞着多少只大雁，我一只眼睛盯一队雁，我想捉雁人也是这样数雁的，我见过他数雁时的眼神。可是我没数清有多少只雁飞过了天空。我只记住了落进方坑里的雁的影子。我想捉雁人想捉的，可能就是雁的影子吧。

秋天雁队飞来时我去看望捉雁人，他躺在炕上，眼睛空空地望着房顶。

我说：“今年的雁开始回家了。你听到雁叫了吧。”

他苦笑了一下，嘴角处一边一个坑，是他得病后凹下去的。

“我挖了那么多坑，连根雁毛都没捉到，你一定笑话我呢。”他说。

“我不笑话你，你干的事他们不懂，我看得懂。”我说。

“你看懂啥了？”他说。

“我梦里飞到天上，朝下看见你在荒野挖的坑。我还看见你躺在坑里做的梦。每个人的梦都是一个坑。”我说。

“我在梦里同样看见你站在坑中，朝上望。我知道我白天挖的是你梦里的坑。我把铁锨留在坑里，知道你梦中会用。你在坑里听见雁鸣时，我正双臂张开，飞在黑黑的雁队后面，没人看见我在飞。连飞过夜空的雁，也看不见有一个人跟在它们后面飞。”他说。

“我也经常梦见自己跟在雁队后面回家，但我从来没看见过你，我在另一个梦中的另一群雁队后面，我膀子张开，腿叉开，眼睛朝下找地上的家。那些雁像孩子一样‘啊，啊’地叫，我也学着叫，在那些梦里我也是一个孩子，叫着叫着，突然看见地上的方坑，我一头栽下去，整个梦全黑了。”我说。

“我很小时母亲不在了，村里人在荒野上挖一个方坑，把我母亲的棺材放进去。后来我便经常梦见那个方坑。再后来我在荒野上挖我梦见的方坑。我夜里梦见自己跟在雁队后面，听见排在队伍前面的雁在‘啊，啊’地叫，我知道有一声是我母亲的声音，她在叫我，而我排在最后面，飞不到她跟前。”他说。

不断有村民来看捉雁人，说几句好听的话，便出去。

屋里剩下我和他。他说：“今年我捉不了雁了。你去看看。肯定有一只雁跌到坑里。那群回家的大雁队伍里最后的那只，会坠落在坑里。”

他的眼睛空空地望着屋顶。

我说：“你的眼睛是无底的坑，陷住过天空、荒野、雁及天地间所有东西。每个秋天的雁，都飞过你的眼睛，也飞过我的眼睛。我们捉到过所有的雁，连梦里的雁我们都捉到过。”

“我就去梦里捉雁了，荒野上的坑，留给你。”

我看见他的目光从屋顶塌陷下来，收回到空空的眼睛里。这一刻，他一定看见自己的身体，落回到他挖得最方正的一个坑里。这是我给他想好的。

原载《大家》杂志

忽然间，安静的小城来了一群人

张曼菱

一座古城苏醒了

“西南联大”这四个字，我第一次听到，是从父亲的口中。

幼年时，父亲牵着我的小手，来到金马碧鸡坊，先讲这两座牌坊的天文奥妙：

据说，每过一个甲子，金马与碧鸡各自倒映的日影与月影就会对峙，方向相反，形成对接之奇观。

牌坊下面密布许多铺子：丝绸店、刺绣店、鞋帽店、首饰店、杂货店、小吃店。有小孩子爱吃的叮叮糖，也有耍猴的。街上也不乏衣帽光鲜的行人。

虽然有如此精妙的古建筑，也说得上丰衣足食，人们的生活却十分平庸和闭塞。

父亲说，人们注意的中心，不过是有钱人家的争豪斗富：

今天这家的小姐在衣襟上绣了一片花出来招摇，明天那家太太一定会穿上满花的旗袍出来，把她比下去。

地方四季如春，几无寒暑之虑。没有多少外面的消息。人们失去了生活的方向，没有开阔的眼光，精神非常狭隘。

在离昆明不远的大理城，富豪之家还发生过这样荒谬的事情：一家大户把冬天室内取暖用的梨炭买光了，另一家为了压倒对方，居然烧钱取暖。

浑浑噩噩，不知何为“国家”“民族”“时代”。

其实，山城也有过惊世之举。袁世凯称帝时，蔡锷秘密赴滇，与云南当政者唐继尧联手，发动“护国起义”，从金马碧鸡坊浩然北伐，扭转乾坤。昆明城中留下了正义路、正义坊和护国桥、护国路。

然而除了这偶尔的亮相，昆明靠崇山遮蔽，远离时代风云，基本上是幸而不幸地过着一种封闭、知足的小日子。

一切仿佛在瞬间改变了：

忽然间，安静的小城里来了一大群人。他们都是从遥远的京城里来的有大学问的人。省主席龙云对他们恭恭敬敬，请客吃饭，礼若上宾。政府到处张罗房子，让他们住下，教书讲课。

这是当时中国最著名的一些学者，他们留过洋，见过大世面。其中有几位，蒋介石见了也得让三分。在京城里，这些大学者住的是洋楼，出门坐黄包车。

可是现在国难，因为不当亡国奴，不愿意在小日本手下当差使，要把这几所好学校，这些好学生给我们中国保存着、培养着，他们抛下了安乐的生活，跋山涉水地到我们云南来了。

这样的一些人就在昆明的街上走来走去。好像这里就是他们的家乡，好像他们本来就生活在这里，一点儿也不嫌弃。

每天，市民都看见他们，夹着一包书，就用本地的土布包着，走着穿过小城去上课，回家。

几位先生的蓝布长衫都破了，打着不同颜色的补丁。有位穿皮夹克的先生，夹克穿得很脏也不洗，说要等打败了日本才洗。还有两位先生，胡子很长了也不刮也不修剪，也说要等胜利了，才剃掉。

那些太太，很多也是留过洋的。人家就是一袭阴丹布旗袍，拎着菜篮子，自己操持家务，走在街上，对人彬彬有礼，仪态大方，满城的人谁不称道、敬慕？

显见出那些珠光宝气、涂脂抹粉的小城女子自感羞愧了。“一下子，那些绫罗绸缎都收起来了，不好意思穿了。国难嘛。”

时任省主席的龙云礼贤下士，请联大的教授到家中来，为自己讲课，了解时代与世界形势，请教为政、为人之道。龙公馆经常是高朋满座，客雅茶香。上行下效，城里富裕人家都以请联大的先生来家里做客为荣。就连地方上的乡绅们也争着用轿子来抬西南联大的教授们。

将先生接到了家里，自然是全家人都要叫出来与先生见面的。女孩子一扭一扭地出来了。

先生一皱眉，说："怎么还缠足？放掉放掉！"

乡绅说："已经订婚了。"

"还小还小。"

于是请教，怎么办？

先生说："上学上学。"

许多女孩因此得了一双"解放脚"，即先缠后放的脚，她们也穿了一袭阴丹布的旗袍，夹着书包走入学堂。

云南地方州县上，历来有宴请读书人的习俗。大户人摆宴，席间一定要有几位儒雅之士坐在首位，这宴席才算是有场面。人们也听一番高谈鸿论，得些启蒙。

就这样，一席饭解放了一个家庭，一大批青年从此转变了他们的命运。

城里城外，随处可见那些穿着木板鞋、背着斗笠的青年学生。他们打工助学，高谈阔论。而令人兴奋的是：

每到周末下午，就看见老板叫伙计上门板，关铺面。主人和雇员都要赶往省师礼堂去听西南联大的先生们演讲。

那些专门为昆明市民举办的演讲，有的讲时事，有的讲经史、文学，也讲优生学。

闻一多讲诗，刘文典讲《红楼梦》，潘光旦讲优生学，吴晗讲形势。讲到山河之痛，国破家亡，台上痛哭失声，台下群情激奋，昆明市民与北来的师生们，同仇敌忾，意气相逢。淳朴的心田向着精神的导师敞开。

那种争富夸豪的小家子风气为之一扫。好学、忧国、知天下、求进步，渐成潮流。

这是一座古城苏醒的故事。

我父母的青年时代，正逢抗日战争，大批北方文化团体和大学转移来云南。昆明也获得了千载难逢的历史机遇。

父亲当时是富滇银行的一名年轻职员，满怀着富国强民的热望，做了西南联大的一名门外弟子。这是他一生中最罕有的阳光雨露，滋养着他，不畏后来坎坷之路。

父亲经常去联大听教授们讲课。他亲眼看见，在联大的篮球场上，潘光旦先生拄着拐杖打篮球。独腿的潘先生说：“别人能做的我也能做。”

他很敬慕闻一多先生贴在门上的一联：“鸟兽不可以同行，吾非斯人之人，与而谁与？”

父亲性格孤直，终生不渝。在他最孤单时，这警世之联支撑着他。他甚至要我也学闻一多，将此联写在门楣上。为的是让那些找上门来又不是同类的人自觉地走开。

刘文典跑警报的名言，也是父亲所乐道的。

我跑警报是为了保存国粹，你跑是为了什么呢？

言下之意，当人珍惜自己的生命时，要明白自己有什么价值。这警句，自我知道后，就成为终生考问自己的题目。

城北黑龙潭，有忠义节烈的薛尔望墓。他举家赴池，而不臣服于清朝。黑龙潭水因此分为两端。就义之池永泛清波，另一端则为浊水。可见昆明人喜清恶浊，性情鲜明。

联大校歌的词作者罗庸先生曾专门撰文写过黑龙潭。强虏威逼，在联大人心中激起了共鸣。

昆明还有一个莲花池，传说陈圆圆投水自尽于此，也有说是出家为尼了。陈圆圆墓碑不见联大人所考与撰，想来时局与文人处境，都没有了注意乱世红颜的心情。战争令文化简约，不似太平时的枝枝蔓蔓。

我曾经从家中翻出一本旧而黄的小书，封面上印着火炬，一只伸出的手，怒吼的声音仿佛隔世可闻。一打开就有两句话，令我非常喜欢：“吾爱吾师，吾尤爱真理。”

那是当年“一二·一”运动时候印制的《荣哀录》，父亲一直珍藏。

我母亲当年还在市女中上学，联大的学生来给她们上课。

她说：“老师是东三省的流亡学生，生活很苦，鞋子的帮和底是分离的，用麻线绑在一起。讲到日寇侵占国土，在课堂上声泪俱下。所以，女中在‘一二·一’时参加游行的人最多。”

在“四烈士”遇难后，母亲她们曾经化了浓妆，去宪兵的鼻子下面散发传单。后来展出的“一二·一”运动纪念，有张老照片上面，穿花旗袍的那个女生就是我母亲。

母亲说，当时闻一多先生就走在她们的前面。

一个人的青年时代在怎样的环境中度过，决定他一生应对逆境的姿态。我父母一生中屡遭厄运，而自强不息。一种与黑暗抗争的精神永远支撑着他们。

边地知识分子生活在一种近乎“原生态”的质朴中，他们是靠信仰，而不是靠潮流多变的“信息”来支持自己的精神生活的。朴素的公理、是非观念和纯净的语言，一直保存在我的家乡故土中，就像群山中的野杜鹃。边地生活始终给人一股“春风吹又生”的力量。

西南联大的传说永远保留在我父亲这类人的口口相授中，而化为了我的童年梦境，伏下了我追溯历史的渊源。

校园里的那群人

辛亥革命前后，代表新教育新思想的中学和小学也在全国各地涌现。封建科举随着王朝逝去，私塾时代结束，有识之士把目光投向了下一代。中国早期的大学，其实就是五四精神的载体：“科学与民主”是大学的普遍精神。

大学的本质是启蒙，而不是愚昧；大学的灵魂是思想，而不是驯服。

王汉斌当属联大人中的“政治高层”，他出身西南联大历史系，对社会的观察有一种历史的精神，直言锐见：

联大的教学制度很值得研究。比方说基础课，联大强调基础教学。大学一年级、二年级，念的都是基础课，所以，知识基础打得比较扎实。这样就可以培养出钱伟长先生所主张的通才，这跟我们后来培养工程师只注重专业，是不一样的。

它规定既有必修课，也有选修课，在选修课中你就可以选择你喜欢的课程。这就照顾了个人的特点。我们后来差不多就是必修课了，学生没有多少可以选择的余地。

“九叶诗人”之一的郑敏女士，讲到今天大学没有一种对中国通史和西洋通史的基础，使得学习缺失一种系统性。

西南联大很注意学科的系统化，每个学生都要读中国的通史。作为一个中国人，应该这样。教学上是一种纯粹启发性的，课程设计都非常系统，每一个文学院的学生一定要念中国通史，这个我们现在没做到，因而丢掉了一个对历史的理解。你做文科，好像没有一个站脚的地方。

过去做学问，你一进大学，他给你打一个轮廓，然后往里面填空，你特别有兴趣往里面填，你永远有一个大的框架。而现在，你是专了，有时候很专，但是大的框架不牢靠，容易在做学问时考虑不很周详。

选修课对于一个学生后来的发展，其重要作用一点也不亚于必修课：

冯友兰先生教了一门“人生哲学”。这门课对我是非常重要。冯先生把中国哲学里面所有关于人的修养的这种境界，容纳到一块儿，成了一个自己的体系，到了最高境界，天地境界，人和天地和自然融为一体。这么高的境界，对我们年轻人是启蒙。

国文是必修课。

王希季是“两弹一星”工程获奖者，他被称为中国的“火箭之父”。他是云南人，很容易就踏进了老乡的家。王希季神情爽朗，朴质无华。我拜访他的那年，他 79 岁。

他是 1938 年考上西南联大的。他的人生所以如此，与进入西南联大学习至关重要。他说：“我在联大里面受到的不单是知识上的培养，还有工作怎么个做法，或者就用现在时髦的话讲，就是受到素质的培养。受到素质的培养我觉得很关键、很根本。”当年在联大，人文功课是不可缺的。

我们那个时候进入西南联大是很幸运的。在大一，教我们的先生都是非常有名的，有的就是大师。国文这方面的大师，例如刘文典、闻一多、朱自清、罗常培，很多先生。每人就选一个课，每人选一篇文章，每个人轮流教两个星期，然后还作一篇文。我们从现代文学一直到古代文学，一直到《诗经》《离骚》都学完了。

他是学机械工程。他说：

像国文课是必修的。如果国文不及格，那就不能再学其他的课程。任何系都是这样的。

西南联大是学分制，学分制中有必修课、有选修课，我们是学机械工程的，国文、物理、英文、微积分、化学这些课，如果有一门不及格，那后面的课就不能学，你得重新再读，第二年再读，一直读到及格，才能够学后面的课程。

所有的学生他既要学语文，又要学一门外国文。

王希季说，他们还有经济学、社会学也都是必修课。因为不管你干哪一门，你都要到社会上去，都要跟这些东西打交道。

动力学专家郑林庆说：

“我那个时候被强迫修的经济学。他要你必修，就修吧。但你真是受益不小。

“我在北大时，没有要求理科学生必须来修历史文学的，理科学生的人文修养全靠个人的爱好。文理如隔鸿沟，甚至就在一个系里面也知识不相通。学生的学习，越到什么‘博士’之类，越显出无知。

“曾经中科院有个‘博士’生很为难地对我说，一套西南联大资料里，他只想买物理方面的人物回忆，因为他是学物理的。我诧异道：难道物理里没有数学？没有化学？没有哲学？这是个敏锐的学子，他当场就接受了我的批评，但是他说：从来没有人这样对我说过。”

外文系毕业的许渊冲，与物理系的杨振宁有同桌之谊。他说：

“我是1938年考西南联大的，西南联大一年级不分院系。所以，杨振宁和我是同班同学。我是外文系的，杨振宁先念化学系，后转物理系。第一节上英文课，他坐在我旁边。

“我们60年代见面，他给我写序言，就说他对我的印象，我们当时很冲，我们当时第一堂课就用英文和老师对话。”

生物学家邹承鲁说：“印象最深的，学生选课自由。你爱听谁的就听谁的，完全自由。但是学分，你必须拿，必修的学分够了之后，才能毕业。

“学生最爱听的老师，其中有一个是吴晗，教历史。沈从文我也听过，还有王力，他教语音学，总之，每门课给大家安排一个大教授。他好像是客家人，记得他用客家话念唐诗，用普通话反而不押韵，客家话与唐朝的语音比较近。

“西南联大的特点之一是文科方面的大师很多，吸引力很大，对学生整个人文素养，有一定的培养。”

国防科委原负责人朱光亚说：

“我1942年转学到西南联大。一年级的时候，是在重庆大学，我是慕名而来的。在联大三年，受到的教育很大，不仅是物理学专业的知识。那样的环境、气氛是令年轻人非常垂青的。

“闻一多先生，他讲课的教室是很简陋的，必须大一点，因为那都坐满了。旁听的人很多。他的诗歌非常鼓舞人，还做讲演。我就是去旁听，也不是选修他的课。还有朱自清，再多的我也忙不过来了。”

战时大学离开京华，迁到乡野边陲而活力不衰。课堂依然神采奕奕，充满魅力。在失去高楼校舍的同时，西南联大，集中起三大名校的教授，可谓“因祸得福”。他们的学术与人品相互辉映、激励，形成了战时的奇观。

大地上的家乡

刘亮程

一

二十七年前的一个秋天，我辞去沙湾县（今沙湾市）城郊乡农机管理员的工作，孤身一人到乌鲁木齐打工。在这之前，我是一个闲散的乡村诗人，我用诗歌呈现自己内心的想象和情感。除诗之外，不屑于其他任何文体。我觉得，诗歌那一句摞一句，可以垒到天上的诗句，是一种形式也是仪式，它太适合盛放一个乡村青年的孤傲内心。可是，我的诗歌写作到乌鲁木齐打工后便终结了，我放下一个诗人的架子改写散文。

现在回想起来，我的第一本散文集《一个人的村庄》的写作契机，或许就是我在乌鲁木齐打工期间的某一个黄昏，我奔波在那座陌生城市的街道上，一扭头，看见了落向天边的夕阳，那个硕大的跃过城市落到地平线上的夕阳，它正落向我的家乡。因为，我的家乡沙湾县在乌鲁木齐西边。那缓缓西沉的太阳，像一张走远的脸，蓦然回转，我被它看见，看得泪流满面。

那一刻，我知道每个黄昏的太阳，其实都落在我的家乡。我家乡的弯曲道路、土墙房屋，以及鸡鸣狗吠的声音、孩子哭喊的声音、牛哞马嘶的声音，都被落日照亮，一片辉煌。那个被我扔在远处的家乡，让我从小长到青年的遥远村庄，在一个午后的夕照中，被我完全看见。我开始写它。那样的写作如有天启，我几乎不用去想如何写，村庄事物熟透于心，无论我从哪一年哪一件事写起，我都会写尽村庄的一切。

那么，这本书究竟写了什么？这样一个扔到大地边沿，几乎没有颜色，甚至没有多少故事的村庄，能写出什么？

我没有去写这个村庄的四季劳作，没有去写乡村的风俗文化，也没有写数百年或者数十年来村庄的遭遇和变迁。当我着手写作时，我觉得这个村庄的农耕生活，它跟中国任何一个村庄有着一样的乡土命运，以及经过村庄的一场一场的运动和变革，都变轻了、变小了，它甚至小到都没有刮过村庄的一场风大。

那么什么是最重要的？

是时间。

时间在一年年地经过村庄，用一场一场风的方式，用人们睡着醒来的方式，用四季花开和虫鸣鸟叫的方式，也用一个孩子孤独寂寞地长大，和一村庄人悄无声息地老去的方式。时间把它的愁苦和微笑留在人脸上，也留在路边一根朽木头上，时间的面目为一个乡村少年所看见，整个村庄大地是时间的容颜，一村庄人的生老病死是时间的模样。我写了时间经过一个村庄和一颗孤独心灵的永恒与消耗。

就这样一篇篇地去写，村庄的时间在写作者笔下慢下来、安静下来，又快速地在某个瞬间里过去了百年千年。这本书我写了十年，也把我从青年写到了中年。

这是我在离开家乡的陌生城市，对家乡的一场回望。或许只有离开家乡，才能看见家乡，懂得家乡，最终认领家乡。《一个人的村庄》是我在异乡对家乡的深情认领。当我在那个陌生城市的街道上，遥想落日余晖中的家乡时，就像想起了一场梦。我知道，那个尘土草木中的家乡，已远在时间外，又近在心灵中。我能触摸到它了。

二

五年前一个冬天的夜晚，我的后父不在了。得知消息后，我连夜驱车往沙湾县赶，那夜正刮着北风，漫天大雪，在昏暗的车灯中，从黑暗落向黑暗。那场雪仿佛是落给一个人的，因为有一个人已经离开了这个世界。

赶到沙湾县时，后父的遗体已被家人安置在殡仪馆，他老人家躺在新买来的红色老房（棺材）里，面容祥和，嘴角略带微笑，像是笑着离开的。

后来听母亲说，半下午的时候，我后父把自己的衣物全收拾起来，打了包。

母亲问他，你收拾衣服做什么？

后父说，马车都来了，在路上等着呢，他要回家。

母亲说，你活糊涂了，现在啥年代了，哪有马车？

后父说，他听到马车轱辘的声音了，马车在路上来回地走，那些人在喊他，他要回家。

又过了几个小时，后父安静地离开了人世。

我后父年轻时在村里赶过马车，马车轱辘在地上滚动的声音，也许一直留在他的心中。在他生命的最后几个小时，他听到了那辆他曾经赶过、在乡村大道上奔走多年的马车过来接他了，他被那辆马车接回了家。

后来，我们给后父操办那个还算体面的葬礼时，我想我们所做的这一切，都跟他没有了关系。他已经坐着那辆马车回到家乡。那个家乡，是他从小长到老，葬有他母亲和父亲的太平渠村，也是我在《一个人的村庄》中所写的那个地方。

在县城殡仪馆的喧嚣声中，我想远在县城近百公里之外的太平渠村，葬有我后父家人的墓地上，他早年去世的母亲，一定会听到自己儿子的脚步声从远处走来。一个儿子的魂，在最后那一刻回到了家乡。

后父是太平渠村的老户，几代人的祖坟都在那里。

我八岁时先父不在，十二岁时母亲带着我们到了后父家。记忆中我没有去过后父家的祖坟，只是远远地看见过，有几个坟头矗立在村北边的碱蒿芦苇中，想起来都觉得荒凉。后父是家里的独子，每年清明，他一个人去上自家的坟，我们去上先父和奶奶的坟。平常我们像是一家人，到这一天突然成了两家人。

我们在这个村庄生活了十年。这也是我从少年长到青年，对我的人生影响最深的十年。我工作之后，把家从太平渠村搬迁到离县城较近的村庄，过几年又搬迁到城郊村，后来终于进了城。

后父跟我们在县城生活了三十年，一开始住平房，后来住楼房。我们居住的环境远比以前的村庄要好许多。他跟我们生活的时候，也时常赶马车回太平渠村，去看他那已经卖给别人的老房子。我后父的马车，直到家搬进县城前才卖掉。他活着时没有抱怨过现在的家，也没说过要离开我们回他的村里去。但是，临死前他说出了要回去的那个家。

后父的话让我顿时心生悲凉。这么多年来我们在县城和他一起生活的那个家，那个有儿有女有妻子的家，就这样不作数了？在他离开人世的时候，这个家可以轻易被他扔掉。他要去回另一个家，那个早已没有了亲人，只留有父母墓地的荒芜家园。

那个家是他一个人的，那条路也只有他自已知道，跟我们都没有关系。

他的死分开了我们，但我又分明感到他的死亡在连接起我们。

前不久我去养老院看望老丈人，他因脑梗生活不能自理而住进了养老院。

我陪老丈人在院子散步时，碰见一个老奶奶，她向我打听去一个团场的路怎么走。那个团场的名字我好像听说过，却又不知道在哪里，便只好对她摇头。后来院里的负责人告诉我，这个老奶奶在养老院住了七八年了，她见人就问去那个团场的路怎么走，院里的人都被她问遍了。那是她的家，自从进了养老院就再没回去过，她每天都想着要回去，可是，没人告诉她那个团场怎么走。那个她只记住名字却忘了道路的团场，被养老院的人隐瞒起来了。养老院成了她最后的家。

后来，我再去养老院时，那个老奶奶已经不在了。

我想，在她生命的最后时刻，她会回到那个天天念叨的地方，那是她的家乡，被她忘却的道路会在那一刻全部地回想起来，没有谁能阻挡她的灵魂回乡。

三

也是在几年前的冬天，我经历了一个老太太的死亡。

那个老太太住在我们书院后面的路边上，每次经过我都看到她端坐在西墙根晒太阳。我知道下午的太阳把西墙晒热的时候，老太太脊背靠在土墙上会很温暖，那是我奶奶早年经常做的。我从这个老太太身上又看见了我奶奶的晚年光景。那个老太太看上去干干净净的，仿佛她一生在土里操劳，却没有沾染一丝的土气。我还想着哪天闲下来，去跟这个老人家聊聊天，可是，她突然就不在了。

我记得那是一个中午，我开车经过老太太家门口，路边停了有上百辆车，看车牌，有从乌鲁木齐来的，有从昌吉木垒来的，还有从更远地方来的。这些人或是老太太的远近亲戚，或是她儿女的同事朋友。我想，在老太太活着的时候，除了自己的儿女，其他人可能都不会来看她，老太太的生跟他们没有关系，她只是在这个小山沟里不为人知地生活着。但是，她的死却引来这么多的人，让他们从远远近近的地方赶来奔她的丧事。她活着是她个人的事，小事；她的死，成了全家族、全村庄的大事。

葬礼举行了三天三夜，下葬那天一大早，长长的送葬队伍从家门口排到了山梁上。人们抬着老人的寿房，走在深雪中新踩出来的道路上。那个山梁后面是她家的祖坟，她先走的亲人都在那里。

我在这个老人的葬礼上，想到她一生中曾有过多少跟自己有关的礼仪场面啊，出生礼、成年礼、婚礼、寿礼，一个比一个热闹。最后这个自己撒手由别人来操办的葬礼应该最为隆重，从这个隆重的葬礼望回去，一生中所有的礼仪，似乎都是为最后这场自己看不见的葬礼所做的预演。

这是我们身边一个普普通通人的生老病死。从一个村庄到一座城市，到一个国家，我们都在这样活，也这样死。

死是天大的事。

这位老太太的死亡让那么多人去奔赴的时候，死亡本身成了一处家乡。那些早年离开这个村庄，从来都不知道回来的人，因为这个老太太的死亡，他们再一次回到家乡。也因为一个人的死，家乡又复活了一次。

这位老太太有幸老死在家乡，安葬在埋有亲人的祖坟。当她最后离开这个世界的时候，她会不会像我后父一样说要回去？如果她说了，那她回去的路是多么近，无须坐着马车，她的后辈们靠肩扛手抬，便已经将她护送到了那个家。

在这场葬礼中，我看到我们乡村文化体系中，安顿人死亡的最后一环，还在这个小村庄完整保留着。会操办丧事的老人还在，入土为安的祖坟还在，还有那些懂得回家来的人，他们在外面谋生，把老宅子和祖坟留在村里，他们知道有一天自己会回来。

我在这个人头攒动的热闹葬礼上，又一次看到死亡和每个人的深层联系。

四

我是在七年前的冬天，来到木垒英格堡乡菜籽沟村的。当时这个村庄给我的感觉，就像到了时间尽头，那些人把所有房子住旧，房子也把人住老，屋梁的木头跟人老朽在一起。年轻人都走了，大院子里剩下两个老人。老人也在走。然后院子就空了，荒芜了。一个曾经烟火相传的百年庭院，从此变成老鼠、蚂蚁、麻雀和茂密荒草的家园。

可我，却是看上这个村庄的老和旧，才决定在这里安家。我这个年龄，喜欢老东西、旧事物，也能看懂老与旧。因为老旧事物中，有远去家乡的影子。

我们都注定是要失去家乡的人。当以前的村庄不能再回去，家乡只是破碎地残存于大地上那些像家乡的地方。菜籽沟便是这样一个我能在恍惚间认作家乡的村庄，它保留了太多的我小时候的村庄记忆。但是，那些承载早年记忆的事物，却都老旧到了头。

我自己也在这个老旧村庄面前，突然地老了，走不动了。

我在村里收购了一所七十年的老学校，做了一个书院，在这里耕读养老。

在这个有菜地和果园的大院子里，读书、写作、劳动时，我又看见自己年轻时的劳碌，看见我在写《一个人的村庄》时所拥有的，可以看见时间的眼光和心境，又看见大地上完整的黑夜和天亮。我在满村庄的旧事物中，闻到我曾经生活的那个村庄的味道，它让我虽然身处异乡，却有了一种回到家乡的感觉。

记得在书院的第一年秋天，我看到一片长得旺盛的灰条草，就像见到了亲人。在我小时候灰条是最平常的植物，在门前菜地、田间地头荒野中，到处都是。我们拔灰条喂猪，手上、身上都是灰条的绿色草汁。我在这个刚刚落脚的陌生村庄，不认识几个人，不熟悉它的路，却看见一片熟悉的灰条草长在这里，还有遍地的蒲公英和苍耳，还有牵牛花和扯扯秧，这个长着熟悉草木的地方，让我仿佛身处家乡。

我还看见过一只老乌鸦。

经常有一群乌鸦在院子上空“哇哇”地叫着飞过去。有一刻，我听到一只嗓子沙哑的乌鸦叫声，我想，这群乌鸦中一定有一只老乌鸦，它的叫声和我一样带着沙哑和苍老。等它们再飞过来时，我看到那只老乌鸦了，它飞在一群年轻的乌鸦后面，迟钝地扇着翅膀，歪歪斜斜，仿佛天空已经不能托住它，它要落下来。

我这样看着它时，发现它也在看我，用它那黑亮的眼睛，看着地上一个行将老去的人，抱着膀子，弓着腰，形态跟它一模一样。那一刻，地上的人与天上的鸟，在相望中看到了自然世界中最后要发生的事情，那就是衰老。

老是可以缓缓期待的。那个生命中的老年，是一处需要我们一步步耐心走去的家乡。

我在这个村庄，一岁一岁地感受自己的年龄，也在悉心感受着天地间万物的兴盛与衰老。我在自己逐渐变得昏花的眼睛中，看到身边树叶在老，屋檐的雨滴在老，虫子在老，天上的云朵在老，刮过山谷的风声也显出苍老，这是与万物终老一处的大地上的家乡。

今年五月，我到甘肃平凉采风，当地人知道我的祖籍是甘肃，就说你回到老家了。其实，我的老家甘肃酒泉金塔县，离平凉千里之遥，我怎敢把平凉当成家乡呢。但后来，我从平凉人说话的口音中，听出我老家酒泉的乡音，那是我去世的父亲曾经说的方言，是我的母亲和叔叔们在说的方言，听着它我仿佛回到那个语言里的家乡。

我平常说着不太标准的普通话，语音中总能听出家乡话的味道，这是脱不干净的乡音胎记。尤其当我写作时，我的语言会不自觉地回到早年生活的村庄里，回到我母亲和家人的日常话语中。

写作是一场语言的回乡。

我写的每一个句子都在回乡之路上，每一部我喜欢的书，都回到语言的家乡。

五

大概二十年前的冬天，我陪母亲回甘肃老家。这是我母亲逃荒到新疆半个世纪后第一次回老家。我们一路到酒泉，再到金塔县，然后到父亲家所在的山下村，找到叔叔刘四德家。

进屋后，叔叔先带我们到家里的堂屋祭拜祖先。

叔叔家是四合院，进大门一方照壁，照壁后面是正堂，堂屋正中的供桌上，摆着刘氏先祖的灵位，一排一排，几百年前的先祖都在这里。老家的村子乡村文化保存完整，家家的先人都供奉在堂屋里。家里做好吃的，会端过来让祖先享用。有啥喜事灾事，会跟祖宗念叨。家里出了不好的事，主人最怕的是跟祖宗没法交代。这是我们的传统。祖先供在上房，家里人住在两厢，祖先没丢下我们，我们也没丢掉祖先。

我在叔叔的引导下，给祖先灵位上香。

那是我第一次祭拜自己的祖宗，恭恭敬敬上了香，然后磕头，双膝跪地，双手伏地，头碰到地上，听见响声，抬起来时，看见祖宗的名字立在上头，都望着我。头轰的一下，像又碰到地上。

敬过祖先，叔叔带我们到刘氏家族祖坟。叔叔说，原来的祖坟被村里开成了田地，祖坟占的都是好地，每家一片，新出生的人都没有地种，便从先人那里要地。我们家的祖宗便迁到叔叔家的田地里。

叔叔指着最头上的坟说，这是刘家太爷辈以上的祖先，都归到一个坟里。

我们跪下磕头、烧香、祭酒。

叔叔又指着后面的坟说，这是你二爷的墓，二爷膝下无子，从亲戚家过继一个儿子来，顶了脚后跟。我这才知道顶脚后跟是怎么回事。如果一个家族的男人没有儿子，得从亲戚家过继一个儿子来，等这个儿子百年后，要头顶着继父的脚后跟葬在后面，这叫后继有人。

我叔叔又指着旁边的坟说，这是你爷爷的，后面是你父亲的，你爷爷就你父亲一个儿子，逃荒新疆把命丢在那里，但坟还是给他起了。

我看着紧挨着爷爷墓的这一堆空坟，想到我们年年清明，去烧纸祭奠的那个新疆沙湾县柳毛湾乡（今沙湾市柳毛湾镇）皇渠六队河湾里的坟，也许只是埋着父亲的一具躯体，他的魂早已回归到这里。

然后，叔叔指着我父亲坟堆后面的空地说，这块地就是留给你的。

听到这句话，我的头发瞬间竖了起来。我原本认为，我的家乡是北疆沙漠边的那个村庄，我在那里出生长大，甘肃金塔县的那个村庄只是我父亲的家乡，跟我没有多少关系。可是，当叔叔说出给我留的那块墓地时，我知道我和我父亲，都没有逃出甘肃的这个家乡。他为了活命逃饥荒到新疆，把我们生在那里，他也把命丢在了那里。可是，家乡用祖坟族谱、祖宗灵位又把他招了回来，包括他的儿子，都早已被圈定在老家的祖坟里。

老家用这种方式惦记着他的每一个儿子，谁都没有跑掉。

那天我们坐在叔叔家棉花地中间的一小块家坟中，与先人同享着婶子带来的油饼和水果。坟地挨着村庄，坟头与屋檐和炊烟相望。我想，能够安葬在这里，即使是死也仿佛是生，那样的死就像一场回家。在自己家的棉花玉米地下面安身，作物生长的声音、村里的鸡鸣狗吠声、人的走路声，时刻传到地下。离别的人世并未走远。先人们会时刻听到地上的声音，听到一代人来了，一代一代的人回到了家，那个家就在伸展着作物根须的温暖厚土中，千秋万代的祖先都在那里，辈分清晰，秩序井然。

后来，我在叔叔家看到我们刘家的家谱。先祖在四百年前，从山西某一棵大槐树下出发，走过漫长的河西走廊，一路朝西北，来到了甘肃酒泉金塔县山下村。家谱用小楷毛笔字写在一张大白布上。叔叔说这是我父亲写的，他是刘家唯一会文墨的人，全家族人供他上学，一度把他看作刘家未来的希望，他却跑到新疆不在了。

以前我只看过装订成书的家谱，那是一页一页同姓人的名字。当我看到写在大白布上的刘姓家谱时，我突然看懂了。在那块白布最上面，是我们家族来到酒泉的第一个先祖的名字，这位先祖名字下面，生命开始分叉，一层一层，就像一棵大树的根系，扩散再扩散，等到快到这块白布的底部的时候，这些姓刘的人的名字，已经密密麻麻爬满整块白布。

我知道，所有写在这张家谱里的人，都已经在地下了，他们组成刘氏家族繁复庞大的根系。而这个庞大根系的上面，是活在世上、人数众多、住满了一个又一个村庄的刘姓后人，他们组成一棵家族大树的粗壮树干和茂盛枝杈。每过一段时间，这棵大树上就会有枝叶枯萎，落叶归根，成为家族根系的一部分。

我想，多年之后，当我的名字出现在家谱上时，我已安稳地回到地下，回到刘姓家族庞大的根系中，过着比生更漫长恒久的土里的日子。那时我眼睛闭住，耳朵朝上，像我无数的先祖一样，去听地上的声音，听那些姓刘的后人，在头顶走来走去。我在他们脚下踏实的厚土中，又在他们跪拜供奉的高堂上。我默不作声，听他们哭诉，听他们欢笑也听他们流泪，听他们高歌也听他们号哭，听他们悲伤也听他们快乐。

这是我们的乡村文化所构建的温暖家园。在这个家园中，每个人都知道要回去的那块厚土，要归入的那方祖灵，要位列的那册宗谱，是此生最后的故乡。在那里，千百年的祖先已经成为土，成为空气，成为天空大地。

六

每个人的家乡都是个人的厚土。在我之前，无数的先人埋在家乡。在时序替换的死死生生中，我的时间到了，我醒来，接着祖先断了的那一口气往下喘去。这一口气里，有祖先的体温、祖先的魂魄，有祖先代代传续到今天的精神。

每个人的出生都不仅仅是一个单个生命的出生。我出生的一瞬间，所有死去的先人活过来，所有的死都往下延伸了生。我是这个世代传袭的生命链条的衔接者，因为有我，祖先的生命在这里又往下传了一世，我再往下传，便是代代相传。

这是我们中国人的家乡，在土上有一生，在土下有千万世。厚土之下，先逝的人，一代头顶着上一代的脚后跟，在后继有人地过一种永恒生活。

在那样的土地上，人生是如此厚实，连天接地，连古接今。生命从来不是我个人短短的七八十年或者百年，而是我祖先的千年、我的百年和后世的千年。

家乡让我们把生死连为一体。因为有家乡，死亡变成了回家；因为有家乡，我可以坦然经过此世，去接受跟祖先归为一处的永世。

每个人的家乡都在累累尘埃中，需要我们去找寻、认领。我四处奔波时，家乡也在流浪。年轻时，或许父母就是家乡，当他们归入祖先的厚土，我便成了自己和子孙的家乡。每个人都会接受家乡给他的所有，最终活成他自己的家乡。

每个人都是他自己的家乡。

而在更为广阔的意义上，一粒尘土中有我们的家乡，一片树叶的沙沙响声中有我们的家乡，一只鸟飞翔的翅膀上、一朵飘过的白云之上有我们的家乡，一场一场的风声中有我们的家乡。一代又一代人来了去、去了又来的悠长时间中，我们早已构建起大地上共有的家乡。

多少年前，我用散文塑造了一个人的村庄家园。当我在陌生城市的黄昏，看见那个扔在远处的村庄并开始书写它时，那个草木和尘土中的家乡，那个白天黑夜中的家乡，被我从大地尘埃中拎起来，挂在了云朵上。

那是我用文字供奉在云端的家乡。

原载《中国作家》杂志

鲁迅墓前思

何向阳

1996年——他猝去六十年之后的一个冬天，他的墓朴朴素素的，在那个静谧的黄昏。灰石铺成的大道掩盖了土，方石砌就的墙上铭刻着伟人的字，躺的地方照例是干净的，一如他站着时的品质，石墙下长出的绿苔却与四周葱茏的松柏一起围成了一个静谧的所在。除了两三个背着书包的学生鞠了躬匆匆来去之外，没有人来。这个冬天，没有人打扰他的睡眠。前边是他青铜的坐像，坐像前面广场的方地上，是傍晚来练跳舞的人，他们隔在坐像那边，细碎的声音偶尔会传过来。我坐在墓边的柏树下，看着他们的幸福或者麻木，想着墓里的人，想着抉心自食的痛彻，想着“答我——否则，离开”。天黑下来，在夜与昼的交界处站起身已经不止一次了，这次却不同，从三三两两仍有余兴的舞者中间穿行而过，突然想到这个时刻与地点也许正是他喜欢的，正如那憎爱相缠的感觉咬噬了他一辈子也从没流露出个后悔。回头再看坐像依然肃穆着，一脸青白，却有血色在动。暮霭更浓了，以致石上“1881—1936”的字在摇摆不定的人影遮挡中渐渐模糊了。

纪念馆中的人也是不多的，只是一个人在静静地看，看另一个人并不静谧的一生，是可以听到时间的马蹄的，像东京时那人的表，戴着，只为提示自己是什么在与生命一起寸寸前行。走出来，是又回到了世间的感觉，人群喧闹，阳光普照，像是什么都不曾有过，和平真的与慵懒接近，还有他深恶的遗忘，穿行在这样的笑与平静里，真的是穿行在那竟找不到具体对手的“无物之阵”吗？一切都改转许多，而好似一切又让人熟如旧睹，这是他恨爱参半的人，是他憎护有加的人。他穿过人群，走了过去。然而这是怎样的穿越。本味何由知！五十六岁仆倒之时，纵然有二里长的送葬队，有“民族魂”的旗帜，有绵延于心打破了死的诗文歌哭，然而那是他真正看重的吗？他是反感纪念的。然而六十年后，麦当劳桌前的孩子在大人的引领下积极地消耗着这个快餐时代，他们都有赶上了趟的快乐，已经谁也不去提起那个在异国幻灯面前攥紧了拳头同时也握住了黑暗的少年。这时候又能说什么呢？忘记，无睹的假装，习惯，还是朝那无邪的孩子大叫一声，无疑像那《立论》中说了“必然”的客人，“这孩子……”，那么还是不说罢，或者沉默，或者去作一些模糊的“啊唷”“hehe”与“哈哈”。许多自称过来人的人不都这样地过吗？模糊着过，没有自问，逃了追问。他把帽子遮下来，挡住了暗箭与唾沫，却没有挡住这样遗忘后面的背叛。“我梦见自己死在道路上。”这是可预见的生活吗？如此，也注定前驱，不反不顾，何况须忍了利镞穿心的疼。

玻璃柜内，平摊着《眉间尺》《铸剑》的手稿，他一身黑衣，凝视着每一个走过的人，我静静地接过那凝视，知道了，他是将自己都烧了进去，不惜身家性命地献出了的人。如他所说，他从不问那些他献出的对象对这般彻底无畏的献出有否回应，能否对起，他不问该与不该，甚至对与不对，他无私地做着，赶快做着，虽然他曾经强调过前提，心痛于那麻木，然而他仍旧做完了他愿意做的事：把那火焰从地下带到人间。为此他不惜自己被灼伤，不惜终于被大石车“碾死在车轮底下”。那大欢喜，较之遗忘，是可以放在一起比的吗？“生命的泥委弃在地面上。”但坦然，欣然。他赢了死，“我先就未曾生存，这实在比死亡与朽腐更其不幸”。他终生都在做着这样的抵抗。有着“人之子”的自认，这样的赤诚，已毫无保留，是容不下任何删节、省略、改写和藏掖的。正义勿须掂量，值与不值，得失之患，诸种使其停顿的东西，在定了的前提下，都是拦不住的。他有着长年静谧沉淀出的热烈，和借了缄默之炉冶炼出的勇猛。

这是一个爱做梦的人。人说多梦的人心大都是热的。是这样吗？只知道他喜欢辣椒是出名的，还有后来才了解到的喜骑马，另一项爱好就是读书了。沉静、善感与勇武、豪侠大约在一般人意识里都是不怎么能一起拼贴的，然而在个别人身上它们谐悦着，看不出不调合之处，相反却融会得那么好。稽山镜水，养育了这个爱做梦的人，不然不会有离乡的举止，不会有水师学堂、矿路学堂，不会有“大贞丸”号船，不会有彼岸的东京、弘文学院、仙台医学专门学校，不会有浙江的师范学堂、北京的绍兴会馆、北大、女师，也不会有厦门、广州、上海和辗转其间的《呐喊》《彷徨》《热风》和《野草》。这是一个不放弃生的人，虽然周遭大多数人都安于苟活，不问究竟却不是他所能容忍的。所以有对幻灯事件的反应，有事业与投身路线的改变，有喊一嗓以唤起疗治的《狂人日记》，有照镜以引国民自重的《阿Q正传》。

他感慨“以文笔作生活，是世上最苦的职业”，然而也不见其退缩，就是在通缉与暗杀的上海，也未见其放下笔，反而他说，只要活着，就要拿起笔，去回敬他们的手枪。在给山本初枝信中写下这行文字之后，他真的再无避居或搬家。这是一个好梦的人，从看鬼戏、听活无常的诉说的儿时开始做，“难是弗放者个！哪怕你，铜墙铁壁！哪怕你，皇亲国戚！”是那几句斩钉截铁的唱词；抽屉里全是洋书，只有一本线装《离骚》，“望崦嵫而勿迫，恐鹈鴂之先鸣”一般的禅语最终成为写在了成年西壁上的联句；为《浙江潮》译写参半的《斯巴达之魂》是那梦的一部分。斯巴达三百勇士战死沙场，独一人因目疾而未能参加战斗，得以幸免，妻子引为奇耻以死诤谏。将军建碑纪念，成为国魂象征。是那故事，还有感动非常的武者小路实笃《一个青年的梦》所给他翻译激情的成年，被译者在《新村杂感》里放大了声音，“家里有火的人呵，不要将火在隐僻处搁着，放在我们能见的地方，并且通知说，这里有你们的兄弟”。手一把撕开了规避的黑幔，绝望与希望相缠，墓碣阴阳两面的残文，成尘的微笑，拥抱或杀戮，无所不在的看客，奴隶，中间物，以水养血脚底磨穿的过客，欢喜与悲悯，血和铁，疯与魔，创痛酷烈，简直就是一个个摆脱不开的梦魇呢，时时超出着人所能承有，然而终于，还是借《长明灯》叫出了“我放火！——”。如预备了焚身以火的野草，是不惮于自己的毁灭的。梦想最多的人，却不梦梦，在《听说梦》里，他对“好社会”与“光明”所必经的斗争始终清醒，他没有掉到那玫瑰与花环编织的虚幻的陷阱里去，他不求乞。他不信布施心或是许诺于他的空头的梦，他不骗人。所以《野草》里，那些个三界遍游的梦最终是要醒的，都是大叫一声或是立坐起来回到了人间的。实在是有太多的爱，让他无法放弃，恨与黑暗，都未能掠去那无可置换的生。

然而，他又是一个冷的人。究实质，善揭破，不苟求，不折中，这样的人，对朋友热诚却必是不希冀对方回报同等的，太多的物是与人非使他不存幻想，亲友，敌仇，可以有自己不动的立场，却是并不渴望谁也来效仿的。因为有太多可预见的失望，他不希望自己日后会成了谁的偶像，正如他心中没有谁能使之称神称君一样，他不做任何人哪怕是他崇敬的人的奴隶。他背负镣铐，但拒绝枷锁和捆绑，他是自由的，为此他求着独立，在做不稳奴隶或做稳了奴隶的时代里，他也许是先行得道的唯一的人。我就是我。我不能变成你。更不是拿起放下随人的工具。这一点，是他的底线。那些触及此的人会得不到他的好人缘，暴躁、不宽容、苛刻、刻薄向来是他们准备好给他戴的帽子，他也不拒绝，戴上无妨，仍旧走自己的路，在界限之内，那是任谁——敌或友、领袖或大师、宗派或政党、前路的铁索或后背的鞭子——都不能动的。他为自己赢得的独立，在那个时代，不是荣耀，而是孤独。是“走吧，走吧”灵魂里的这句话，是一步步，慢慢稳健细致的清道夫式的剥掘与扫除，是疾恶与不屑，是从内部划界，是不投靠，是警觉，是面色灰暗，两颊深陷，是乱发冷硬上竖如黑色的火，是迎了杀戮也要把话说完，是对流氓、痞子、巴儿、二丑们的决不饶恕，是《铁流》，是《毁灭》，是威武，是战斗，是壕堑中的韧战，也不回闪肉搏，是珂勒惠支式的愤怒，是对唯一知己《海上述林》缅怀回应的嘶喊。野地里的纸灰，蘸血的馒头，所见的阴冷使他也阴冷着，却是要发言的，尽管被敌手、“同人”与后人扣着“狭隘”的冠，也还是不封锁喉咙，说真话是他的天性，就这样保持着横站的姿势。他是如黑衣人样提剑独往的人，是敢于对着温热的已死的唇接吻两次并且发出冷冷尖利的笑的人，是敢于劈下自己的头颅也要拼死撕咬不畏强暴的人，这样的人能够吞咽孤独，折断寂寞，横眉冷对，直身作战，却往往会对友军从背后来的暗箭、同一营垒中快意的笑脸估计不足，受了伤，躲入深林，自己舐干，给谁也不知道，“仍然站起来”。这样的境遇，怎能不让人寒心灰心。那才是真正的冷，是彻骨的冷，是无血的冷，是他拼了命也要去焚毁的奴才的冷。

胸中的沙石和草甸积郁着，因为有大希望所以才会一再地大失望，阿Q与夏瑜，风雨如磐与血荐轩辕之间，是黑与红两极，平和与冷静距他实在太远，分明的经纬已勾描好了人生之图，又怎样更改，这样的天性，使他成就了“一个叛逆社会与同时与自己作对的人物”，这颗骚动激越深受抑压从不安分的灵魂是非要学术、创作与翻译这三驾马车去拉才能载得动的。对于这样一个冷到了热的人还能说什么呢？！所以其生活中两次意欲隐居式的彷徨都告了失败。一次是仙台学医，求一本领而救民，然而，投影上是健康却愚钝的国民，疗病的所在还是救心，两年之后，他回到东京拿起了笔，仍然不是喊口号，一如往日的务实。这一年，他二十六岁。另一次是北京钞碑，“古碑中也遇不到什么问题和主义，而我的生命却居然暗暗的消去了，这也就是我惟一的愿望”。铁屋子里的人最终胜了自己，“希望是在于将来，决不能以我之必无的证明，来折服了他之所谓可有”，于是那位掀翻吃人宴席的“狂人”诞生了。这一年，他三十九岁。

他太爱那独立了，所以才有这两次“丛林之旅”，然而，血热的人，丛林终不能成为他的栖居之地。“我愿意休息。”“但是，我不能……”“还是走好。”还是走吧，往哪里走，是回到人群里？“回到那里去，就没一处没有名目，没一处没有地主，没一处没有驱逐和牢笼，没一处没有皮面的笑容，没一处没有眶外的眼泪。我憎恶他们，我不回转去！”那么，还是在无路处辟出路来，如那中年的黑衣过客，别了老翁，别了女孩，还是走，只得走。

这人是谁？——“我就只一个人。我不知道我本来叫什么。我一路走，有时人们也随便称呼我，各式各样地，我也记不清楚了。”

这人从哪里来？——“我不知道。从我还能记得的时候起，我就在这么走。”

这人要到哪里去？——“要走到一个地方去，这地方就在前面。我单记得走了许多路，现在来到这里了。我接着就要走向那边去，前面。”

这个爱独立甚于爱生命的人，在野地无人之处，尝试走着一条属人的自己的道路。路真的走通了，刺、荆棘都未能挡住他，大地从他流血的双脚见识了人的骁勇、善战。

别了。路没有给予许诺。然而，只是走。

“有我所不乐意的在天堂里，我不愿去；有我所不乐意的在地狱里，我不愿去；有我所不乐意的在你们将来的黄金世界里，我不愿去。”

“……然而我终于彷徨于明暗之间，我不知道是黄昏还是黎明。我姑且举灰黑的手装作喝干一杯酒，我将在不知道时候的时候独自远行。”

这是一场没有指令的行军，行者自己就是头领和将军，这是只有一名战士的部队，所有的武器，只是一支称为“金不换”的笔。走着。因了爱而决绝，因为承负而爱着，别了青春，别了中年，别了静谧和彷徨，迎面驰来的是狂飙与呐喊的晚年。

为大多数被压迫者说话，为最底层生活的人做些事，这就是他了。

在火里烧过，在水里淬过，爱与憎，冷与热，死与生，静谧与狂飙，死中之生，爱中之憎，热中之冷，新知与传统，诸多反题都在他心中燃过，这就是他了。

不惜自己躯体做了那撞沉钟的锤，却从不以自己的粉碎为戚怨的人，这也是他。

不辱真正知识分子之承负，无论病苦，终生执笔回应良心的人，这也是他。

——“他是一个很普通的人，身材矮小，常穿的一件黑色的短短的旧长袍，臂弯上、衣身上打着惹人注目的补钉，皮鞋的四周也都缝补过。不常修理的头发粗而且长，根根直立，使整个方正的前额袒露出来。两条粗浓的眉毛平躺在高起的眉棱骨上，眼窝微微凹陷，眼角朝下垂着，仿佛永远挂着忧郁。在突出的颧骨周围，满布着深刻的皱纹，浓密的短髭一直遮掩到唇际。总之，样子是一点也不奇特，既不威严也好像并不慈和。说起话来，声音平缓而清晰，既不抑扬顿挫，也不慷慨激昂，那拿着粉笔或讲义的两手，也从来没有作过任何姿势去演绎他的语言。”这是后人笔下他的画像。

如今，这个人就在离我书桌不远的上方，正对着握笔写下这些文字的我，与往常一样，接过他的凝视，渐渐已成这些年来面壁写作的人的必要功课。

那么，走吧。

摘自原乡书院公众号

漫长雨季

朱以撒

这个雨季居然如此漫长，成为我记忆中最为潮湿的一个时段。

雨不停地下，下个不停，目力所及的都是雨线。长居在南方的城市，这个时段，心理上早就潮润，不料雨季的漫长还是超出了预计。宅院曲水边，菖蒲、鸢尾、春羽和蜘蛛兰被冲刷得油光发亮。晚间蛙声显著地响亮起来了，它们散落在曲水延伸的无数卵石之下，形不见，声还现，蛙声起处，就有几分田园乡野之风了。这些小动物无疑已期待这个雨季很久，现在正好，可以让人听出声调中勃发不息的力量。站在阳台上我已经看不到隔江那边的动静，是千百层密集的雨幕使我的目力遭受了挫折，它们使透明度一下子降低了许多。前几天还有几支龙舟队在江面上训练，从不同的服饰上可以分辨出他们分属于这个村或者那个村，想在端午这一天见个高下，为村里争点荣光。一下雨，人和船都不见了，只有茫茫水面。我对划龙舟、吃粽子没有太大兴趣，我的疑问是——年复一年的端午节，为什么总是被淫雨笼罩着，难道真是屈原投江才招致如此长久的湿漉？一个古人死得如此突然，一下子解脱了他内心的万千忧虑。他解脱了，后人却始终无法解脱，总是要在这一天里弄出许多动静。而这段时日的多雨，又要让人相信，上天都会为一个诗人垂泪不已，甚至就灌输到黄牙小儿的脑袋里。什么都要往道德上扯未免太沉重，我看问题都偏于简单。我认为这个时段就是属于雨的，是雨的世界，倘屈原不死也是如此。

不妨说，我还是倾向于每一次雨季带来的湿气、湿意。既然来了，就不要让它轻易滑过去。

挂在储藏室里的雨伞又一次地被取了出来，掸去薄尘，按下开关，依旧敏捷地应声而起，像一个松了绑的囚徒，急切地舒展着拥抱这个世界，和我小时候见到的雨伞有所不同。那时的雨伞可以称为艺术品，油纸伞，打开，有一缕香气流出，线条精致，弧度婉约，全然手上功夫。如果不慎戳破一个洞，也会疼惜地拿到修伞店里，补上一张相近的油纸。我印象很深的是不使用之前，在伞骨与伞骨之间，要抹上一些爽身粉，以免油纸在闭合时亲密地粘在一起。如果是一个惠安女，穿上短小鲜艳的海边服饰，再擎一柄秋景般淡雅的油纸伞，娉婷走来，那就是身边的风景了。若说牢靠，如今的自动伞多是铁骨铮铮，油纸已经转为化工成分的布料，密度大、弹性好，已不是当年手工制作的速度，它们鱼贯地从流水线出来，涌向多雨的南方。此时，伞只是一种用具，商业意识强烈的老板们把广告词印在伞面上，让撑伞者在雨中默默地铭记。人在伞中，明显地感到了庇佑——雨被阻隔在轻薄之外。只有无伞的人狼狈仓皇，衣裳紧贴于皮肉，心态由于少了一把伞而糟糕透顶。在《倾城之恋》中，白流苏和范柳原在雨中，开始是一人一伞的，而后白将手中的伞抛开了，融入范柳原的伞里。我看到张开的伞面遮挡了人们的视线，渐渐地倾斜，遮住了半个画面——他们一定在伞的那一面，上升着相互的倾慕之情，它超出遮风挡雨的功能了。作为一种用具，在雨季频繁被人招呼着，买伞、带伞、送伞、丢伞，再买伞，撑开合起，合起撑开。由于雨的持久，对伞的言说、动作多了起来。伞和扇都有异曲同工之妙，浮幻着悲剧的色彩，透露出曲终人散的萧索气味。应时而用，应时而废，意味短暂，这使人们在互赠礼物时，很少赠送伞，或者扇。如果一个人的命运如伞如扇，那就很成问题了。“飞鸟尽，良弓藏；狡兔尽，良犬烹。君王是可以共患难而不可共安乐的。”这是归隐后的范蠡写给大夫文种的几句话。在我看来，文种就是越王勾践手中的一柄伞，风雨袭来时可以为其遮挡，不需要时，文种就走到尽头了。《论语》说“君子不器”，一个人千万不要把自己当作一件器物，以得到官僚的使用为荣耀。范蠡就是一个不肯为器物的人，在水色湖光里，他一定会想起文种，为他可惜。

在不歇的雨中，植物的生命力表现出本性的异常。我现在能辨析不少植物了。我是比较乐于近乎这些草木的，从四季之变看到草木之变，知道生命是如何保护自己的，同时也从花叶的开合黄绿，看到它内部的安康或疾患。那一排同时种下的散尾葵，土地肥沃，阳光照射强烈，渐渐都张放开来了，唯有一株叶片始终撅着，没有气力伸出，一看就是内部出了问题。我说，我喜欢小叶榄仁这种鲜明的树种，冬日是一叶不挂的，直到仲春才开始生出鹅黄色的新芽。春风一吹，像一缕缕鹅黄的浮云，铜钱般大小，枝条钢筋一般，挺拔而有层次，雨中反而增添不少妩媚。水石榕坚持在雨线里开花谢花，粉嘟嘟的金钟罩一般，镶着金边，开谢交替，常常是地上一层花，空中一树花，没完没了。我是去年才见到那一大片萱草的，它的另一个名字叫忘忧，因为情感色彩浓郁，我还是愿意以此名之。水已经浸漫多日，它仍是绿意不减。它的形态会使缺乏耕耘经验的文人误以为是麦苗，太相似了。能区分清楚的人，大概会更喜欢麦子，有了麦子，才能使人无忧。当然，这是针对物质而言的，我也喜欢实在之物。菜价与雨水一样上涨，这些被浸泡的菜蔬，被菜农抢收上来，迅速运到农贸市场。质量打了折扣，买一把回家，如果当日不下锅，明天可能就化成一摊水了。我是经常出没菜市的人，我以为烹调是一件很闲雅的事，同时也作为观察生活的一个好角度——菜市无疑是最敏感的一个场景。菜农们心系生计，忧愁风雨，雨水改变了他们生活的态度，眉宇间充满焦虑，甚至连声音也大了起来，和家庭主妇一句赶一句地讨价还价，场面奇崛。

许多的垃圾，搭乘免费的大潮，一路席卷吞并，汹汹而下。那个延伸到江流中的码头，部分地阻截了垃圾的前行，不过几天，堆起了一座山。上游显然也不是什么清净之地，如果不是这个雨季，永远不知上游是怎样一种卫生状态——无数的塑料泡沫、败叶枯枝、腐烂瓜果、溺死的猪狗，浩浩汤汤。大雨汇成的大潮，等于给上游作了一次彻底的荡涤，毫无费力地携带而下。这么大的垃圾数量，平时察觉不出的生存环境的肮脏污浊，隐藏得那么巧妙。以为城市宜居，家园美丽，直到一场接一场的大雨，把内里翻了出来，方显出与表象的迥异。在我居住的这个城市，台风与暴雨都是相伴而至的，它们携手来到时，总是要揭起这个城市肌体上的疮疤——民房泡在水里，人生活在水里，御水工程毫无效果，只能祈祷水患早日自退。领导都投入了抢险，电视里都是他们的身影，似乎不这样不足以显示忧民。可是过后，根本性的措施出不来，他们早把水涝给忘在脑后了。那么，就等下一次的雨季到来吧。从绰约的少女长到厚重的少妇，有的人生就是浸泡在每年的雨季里。她们没有能力改变现状，她们会对墙上不同的水痕迹记忆犹新。雨水小下来的时候，码头工人出来清理垃圾了。我以为会有几辆大卡车轮番运载，其实不是。他们只是每人挟一柄长竹竿，站在垃圾山上，把垃圾一堆堆地推到码头外沿，让依旧湍急的江流带走，带到更下游的地方。这真是一个省成本的高明伎俩，我想到了“以邻为壑”这个词。下游就是一个无比幽深的垃圾场，它的地势低下，使它别无选择，也无法拒绝。水是往低处流的，与人往高处走恰恰相反，走向不同、力度不同，结果也就不同。那些处于向下趋势的词汇，下野、下台、下马、下放，都含纳一些凄凉的情调。人世间的事情，末了和江流东去，大抵都是很相似的。

大雨侵入堤坝上来了，浊流起伏，分寸渐长。没有谁能阻挡，它浸到我每天早上跑步的公园里来了。管理者在入园处拉起警戒线，封园了事。我思忖着哪一天清晨水退了，得早些起来，跑到竹林篱角、灌木芭蕉里探寻，是否有随水进入而退不出去的大鱼——这样的事不是没有过的，说起来就是不能与潮流同行，结果处在一个很尴尬的处境中，最后晾在那里，被曝晒被捕捉。在特定的雨季里，浮游于潮流中的生物大多不能站稳脚跟，随波逐流，茫然无措，有时就被推到了边缘，再也回不到主流的地位上。这样的例子不少，每个人都可以拈出一把来说道说道。算起来，我和陈伯达是同乡，都是惠安人。我知道这个人的时候，不过十三四岁，他已经是大红大紫的政治人物了。那时没有电视，在广播哇啦啦的声响里，在报纸黑沉沉的字迹里，他的名字频繁出现，进入显赫的行列。一些与他有关的神奇传说也散落开来，以为超凡。那时，陈是这股大潮中相当突出的弄潮儿，站在了风口浪尖上。岂料风云突变，陈由浪尖落入谷底，成了囚犯，又渐渐被人淡忘。再后来就是死亡。我第一次去他老宅参观是深秋，败落不堪、阴森不堪，骨灰放在一张桌子下边，有一缕凄凉气浮了上来。第二次去，老宅修葺一新，又正好是朝阳初升，多了一些春日的明媚与生机。陈的人生履历被细化，形成一条完整的人生轨迹——族人这么做，似乎要说明什么问题。我对政治人物素来没有什么兴趣，只不过大家想来，一车子拉到这里，也就只好跟着。我走到老宅外边，这个往日的“地瓜县”已经发生了巨变，左邻右舍专注着自己琐碎的日子，已经没有心思纠缠往昔的人事了。他们忙着做生意、盖房子，忙着下田、到外地去挣钱。这个往昔的大人物对于所有人来说已经淡漠得犹如炊爨时的一抹水汽了。普通的生活相当可靠，普通人总是在大潮的边缘，永远进入不了中心位置，也就安心守着自己小小的摊子，咀嚼小小的实在。这不是很好吗？有几个老翁老太在春阳的暖意之下，说着话，或者不说话。这种状态，完全在风雨之外——我歆羡的普通生活大致如此安和。

雨来，使我小心翼翼——我指的是出门时的心境。小车奔驰的速度比以前慢多了，我对于速度的迅疾本无乐趣，着眼于慢，慢带来乐趣，还有安全。暴雨把路面覆盖了，连同深坑和洼地，外表是无法探究的，四处明晃晃，似乎都是通衢大道，有夷无险，实则到处陷阱，张着大嘴。我喜欢循旧辙而走，由于熟路，多了几分安心，可以分出两只耳朵听听音乐。乐曲是我到音像店挑选的，常常是一个盘子十几首，中听的只有二三首。为了这二三首，买了下来，反复播放。这些曲子都是舒缓松弛的，像一个闲人于乡野山林间，有一些慵懒和无所作为的味道。我倾听这样的曲子，行车的保险系数增加了不少。更多的时候我会跟着前边的车影，跟在别人身后不免缺乏创意，但是安全。守旧对于我来说是一直持守的，就像我的专业，守古人旧辙、常法、原味，开风气之先的事还是让别人去做好了。有时发现一条新路，离家很近，也生出一点尝试的热情，后来还是被守旧的强大惯性制止了。大雨把路况遮蔽了，深浅未知，贸然进入不免危机四伏。我见到几辆泡在水中的小车不能动弹，主人一脸沮丧。他们要创新，条件却未曾具备，就只能自食其果。依旧走旧路的我顺利地到家，舒适地靠在沙发上，品着香茗，想想雨中景象，不禁笑出声来。有一些幸福感是相比较而言的。人在车中，车窗紧闭，开着空调，听着曲子，看外边奔走的人们，穿着雨衣，撑着雨伞，挽起裤脚，高抬腿，深深浅浅，难以躲避密雨斜侵。许多的车在路上狂奔，对目的地的渴望，使它们变道超车水花迸溅，一定要到目的地才停顿下来。我们的心态就是这样，不像是坐慢腾腾的牛车，心头早已腾出了半载一年的路程，便安妥平和，风里雨里，慢慢悠悠。兴起吟咏几句，在颠簸中抽出笔，歪歪斜斜记下。古人也常说赶路，路程是靠具体行走赶到一块的，是肢体动作的持续。一个人在雨中行，身上落些雨点，或浑身精湿，再也自然不过。正是通过雨，使人和天地紧密地结合在一起。

在雨中漫步，说起来是有闲之人的必然消遣。雨中的公园清绿勃发，却早已没有人迹。我撑着伞，着一双厚实的休闲鞋，行于雨幕里。我贪恋雨中清新的空气和空旷的雨境。一个人在雨中，他的听觉、视觉、嗅觉都会出现一些变化，和晴明时大为不同，主要是模糊、朦胧，还有一些让人恍惚不安的气息。漫步主要在于漫，还有慢。漫是没有目的的，像水一样，漫到哪里是哪里，直到心里咯噔一下，认为要回去了，掉转身来。慢步是漫步的基础，不要吝惜时光，更无须强调时光的宝贵。如果由慢转快，那么漫步的味道就改变了，变成上班、上学的调子。我对雨季并不反感，它的漫长对我的生活没有什么羁绊，甚至因为雨，在气息上还更近乎我的喜爱。这么判断说起来似乎自私得很，但事实就是如此。雨季可能会伤害到某些地段、某些家庭，但是更多的地段、更多的家庭在雨季里毫发无损，依然旧日情调，没有理由要求他们在此时也不快活。闲逸生活是我所向往的，闲是节奏的放慢和结构的松散。大多数人都标榜自己很忙，好像不忙就不是一个成功者，都要具备一副忙碌不堪魂不守舍的品相，而不谙方法、形式的忙乱，最终还是毫无结果。闲逸比闲散难多了，它不是止于动作上的，是心头上的，超凡脱俗的，要有长久时光来滋养、感化，像培养贵族那般，三代五代都不一定能培养出来。我自己不抱太多希望，达不到闲逸的境界，闲淡、闲适、闲雅也是很需要的，我谋生的职业尤其不可缺少这些因素，此生持守不放。我倾心于“逸”中的清洁、晶莹，就像这些雨线未落地前的那个样子，是未曾被污染的。人在雨中走，也多少有一些让自己脱去尘俗、清洁身体的意思。像这些一直置身于雨中的草木，有一种洁来洁去的自在。在我看来，雨季的漫长是因为浊尘太多了，植物有浊尘，器物也有浊尘，人更有浊尘，是应该让雨水来淋湿一番。

雨季再漫长也要过去，节气就是这样，不可能停留下来，让人们长久地感受潮湿，埋怨活着的单调。接下来，我们就要迎接雨季过后艳阳带来的高温。

每一个变数都值得玩味。

原载《散文》杂志

彻底了解自己之后，便明白这个世界

——谈导演侯孝贤的六段话

黑　陶

1.“电影不是用讲的……你一直拍，一直拍，你就会拍出电影来，而且会越拍越好。”

这段话强调艺术创造中实践的重要性。说得再多，知道得再多，不如埋头去做。在具体实践中，你会不断得到经验，自行校正不足，并且会越做越好。

侯孝贤，1947 年出生于广东梅县，4 个月大时，随全家迁居台湾，在高雄下辖的凤山长大。1966 年 20 岁服兵役，3 年后退伍，考入台湾艺专电影科。1973 年 27 岁时毕业。

侯孝贤自称是乡下野人。“对我们这些‘野人’来讲，从来不知道一定要遵循什么，我们是感觉对了就行。其实感觉对，就是你自己的累积，跟你的人文素养、背景有关，感觉就会自然呈现。看着对，感觉顺，就行，其实无所谓是否要有一个严格的观点。”而且，他对理论这类东西保持距离：“当你想弄清楚自己是因为什么道理创作的时候，我感觉是绝对弄不清楚的。你要弄清楚了，你就不会拍了，你就不会创作了。”“假使我电影理论知道得多的话，我可能就拍不了了，而且会越拍越惨。”

一个写作者，过多的理论以及对所谓“文坛”过多的了解，会使他丧失原初带有野性的写作能力和写作激情。

在香港浸会大学的演讲中，侯孝贤举例李锐："就像我说李锐，现实的经验是非常丰富的。他写得非常丰富，但突然来了一个评论，可能是一个好朋友慢慢介入他，慢慢他受到影响，要写一个意识形态，他不会写，写一个在现实世界没有的东西，他也不会写，而且要硬写。他第一部还是很棒的，但后面就没了。所以基本上，理论跟创作有这样的关系。"

侯孝贤认同朱天心讲的一句话：创作是从背对观众才开始的。

可以再补充一句：创作也是从背对理论开始的。

2019 年诺奖获得者、奥地利作家彼得·汉德克，同样强调动手的重要性："我也不知道方法是什么。你需要尽快动手去写，不要等太久。"

"你一直拍，一直拍，你就会拍出电影来"——这也是对写作的解放。

2."从《风柜来的人》开始，我的创作就慢慢回到自己的经验了。""《风柜来的人》就是我整个创作的开头，终于回到了我自己的位置，一路下来，到现在都没有变。我仔细一想，我的重点还是在于对人的这种兴趣，尤其是边缘人。""就像《风柜来的人》……其实就是所谓的一个成长的感觉而已。"

1983 年，侯孝贤 37 岁，执导完成《风柜来的人》。在侯孝贤的电影生涯中，这是一部具有重要意义的作品，因为这部电影，"就是我整个创作的开头，终于回到了我自己的位置"。

其实，在此之前，作为导演的侯孝贤，已经拍过 4 部符合观众期待心理的电影，而且市场反响热烈，都是大卖：

《就是溜溜的她》(1980 年)

《风儿踢踏踩》(1981 年)

《在那河畔青草青》(1982 年)

《儿子的大玩偶》(1983 年)

一般人，肯定就会按照这个既有名又有利的路子，一路骄傲得意地走下去。然而，正是这个侯孝贤，却在这种时候停了下来，甚至彻底改变了风格。

《风柜来的人》，因为这部电影、这种改变，我们这个世界，从此消失了一个电影商人，同时，诞生了一位电影艺术家。

至于侯孝贤这种变化的原因，是自身的“累积”，是灵光一现的自我意识，是出现了朱天文，还是上天对他的眷顾，实在难以说清。

读到侯孝贤的这段话，每一个从事艺术的人，都应该停下来，问问自己：

我，找到“自己的经验”和“自己的位置”了吗？

回到自己的经验和位置，这点太重要了。众多所谓从事艺术的人，他们终其一生，也可能从未找到过自我，一直貌似辛勤做的，只是在从众，只是在回应公众与市场的期待。这样的人，是“艺术匠”，而永远不可能是“艺术家”。

侯孝贤偏爱表现“边缘人”，拍电影追求韵味，他反叛好莱坞式的冲突或戏剧化：“因为我感觉冲突没有什么好描写的，啪啪两下就没了。”他佩服小津安二郎就是这个原因：“小津安二郎的电影基本上就是这样，他用的是生活中最简单的事件和元素。通常我们有个习惯，老想把这些戏剧化，冲突多一点、激烈一点，所以设计总往这边导向，而恰恰却忘了生活本身。”

“我的片子里面大都是探讨人，至于对社会结构和政治的批判，我不太重视。”从《风柜来的人》开始，侯孝贤以自我为中心，“一路走来，到现在都没有变”。

侯孝贤的这种电影，就是我理解的“创作电影”或“作者电影”。

1962 年出生的日本导演是枝裕和，对侯孝贤充满敬意，他同样宣布他的这种电影信念：“日常生活就很美丽，生命本身就是奇迹。”

3.“其实是我们在童年，在成长的过程里，面对这个世界已经有了一个眼光，是逃不掉的，不自觉的，其实那个时候（童年）已经认识世界了。”

童年与艺术、童年与艺术家的关系。

童年，以及承载童年的特定地理空间（故乡），决定了一个艺术家的构成质地，以及他未来艺术世界的核心特征。

“我们在童年……面对这个世界已经有了一个眼光。”确实，从我个人来说，我认识这个世界，是从父亲烧窑的火焰，和农业收获之夜母亲头顶大海般汹涌的深蓝星空开始的。童年和故乡，使我的文学获得了他人所无的独特元素。

4.“之后就会有同学受了欺负来告诉你，同学说报你的名没用，还是挨打，我就出去，去找，找到就打，你打他发现他不会还手，不知道为什么，原来你已经有累积了。”

侯孝贤不是那种循规蹈矩、一帆风顺成长起来的艺术家。他 12 岁时父亲去世，16 岁时母亲去世，17 岁时祖母去世。他说，经历了这种种，你眼前看到的事物，你的眼光就是很客观的。这种特别的眼光，是在无意中、不自觉间养成的。

侯孝贤可以说是“不良少年”改邪归正的典型。“因为我以前得了啊——家里面的存折被我偷了赌博，家里面可以当的、可以卖的都被我拿去，然后床底下有一堆我们那帮人的刀，各种刀，以前有一阵子还每天磨刀，磨完之后放在身上，跟两个人去街上巡。过那种日子时，我一天到晚出事，因为是我哥哥带我，人家来找，我就跑掉，人家就要带我哥哥去警察局扣手印。”

现在的侯孝贤身上，依然有若干抹不去的少年痕迹，依然率性、义气、野气，譬如喝酒：“我通常喝了很多酒但不会醉，我喝白酒是非常厉害的，送人安排好了，我回到家，躺在浴室里面，被我太太叫醒，衣服没脱，水在冲，被我太太叫醒。”

“前一阵，我去北京的第一天，跟社科院文学部有个非正式的座谈……谈完了之后就去吃饭，就在社科院里面，那个菜还真好吃，我不知道那叫什么菜，喝了三瓶二锅头，差不多是两三个人喝的。喝完以后去卡拉 OK，我只记得我醒来是隔天早上在我自己的床上。我醒来就看我的衣服摆法都是正确的，完全没有出任何错误。我就问蓝博洲是怎么回事——这段失忆了。”

5.“后来的人在学超现实的时候，他们认为那个太容易了，于是他们就直接去画，学很简单的素描基础就去画。他们不知道那些大师初学的底子，是会把他们吓坏的……魔幻是从写实开始的。”

艺术没有捷径可走。凡是认为有捷径可走的，要么是欺人，哄骗完全的外行，要么是自欺，自诩的艺术之阁，很快就会在沙上垮塌。曾经在上海，见过凡·高和徐悲鸿的素描，那种比照相还写实的功夫，令我深深惊叹。同样，侯孝贤拍电影是狠下苦功的——

“像《千禧曼波》……这部电影源于所谓的迪厅文化，那时我正好也进去混了一年多迪厅然后才拍的。”

“现在我要拍一个唐朝的故事——《刺客聂隐娘》……所以我近来一直在看《资治通鉴》，我想把底子都弄清楚。”

6.“其实中国内地基本上就是一个世界，它比欧洲还要大，光内部，人家说内需市场，内部就足够你去学习了，学习不完。”

中国广大，故事无限。严峻高原，深蓝海洋，冰雪的北方，火焰和植物的南方，无穷无尽的都市、城镇和乡村，无穷无尽熙熙攘攘的人……其中，潜藏了多少书和电影，潜藏了多少激动人心的绘画和音乐！

“我是乡下长大的，看了很多古老的书，有点东方的味道，我基本上是影像思考”，有着清醒自我认识的侯孝贤，仅在一个岛屿，就构建了一个属于他的电影王国。

“中国之辽阔之巨大感染了我。”土耳其作家奥尔罕·帕慕克这样感慨。中国就是一个世界，这对于任何一个生活在这块东方土地上的艺术家来说，都是一种很深的激励。

问题是：我们自身有能量吗？我们有否足够的个人能量，来表现这个世界，并从这个世界出发，进而创造一个属于自我的新世界？

原载《安徽散文》杂志

背着太阳的老人

王宗仁

这个老人没有几根头发，鼻梁上点缀着几点红斑。有些不修边幅，行动并不迟缓。太阳泼洒金色光波的天气，他比太阳起得早，在我们小区花园那块仿佛只属于他的阳光丰盈的墙角，屁股下压着个小马扎，脊背朝着太阳采暖。他闭目养神足足能静坐一个小时，脊背被太阳差不多热透了，他才披一身饱满的阳光，掂着小马扎，忘掉了含蓄，哼着“我是一个兵”的曲调，心满意足地回家。走路时仍然半闭着眼睛享受阳光的余热。

我发现老人用脊背采阳光，是去年盛夏。最初吸引我的是他那件像破筛子底似的背心，我丝毫不夸张，那背心在我看来早该当废品处理了，破烂得不堪入目，前襟后背上很不规则地布满大小不一的网状破洞，说是背心其实既没有背也不见心，两根线绳拴着挂在肩上。这样的老人并不少见，吝啬得把钱在手心攥出了汗，也舍不得花。一次我打他身边走过，无话找话地随便递过去了一句：“老人家，换件新背心吧，超市十元八元随便拿一件穿上比这件顺眼！”没料到正晒背的他连眼皮也没抬就回敬了我一句：“扔了？宝贝！你不可惜我心疼！你知道那些眼眼窟窿是咋来的？”我还没回话他先亮底了，“那是太阳咬的！咬的味道谁试谁快活！”

太阳咬的！这话撩拨得人心有点喜疼！我本是随口问问罢了，瞬间被他意外的话打得乱了脚步，百感交集。太阳咬的，太阳长出了牙？我咀嚼着这句自己一时也难懂的话，他却又闭上眼睛享受太阳咬他的受活滋味了！

我索性想一走了之。谁知他又说了：“都这把年纪了，黄土拥到了脖子根，适合自己干的事很少了，甚至再费心也难找到。不如退一步，可能空间更大，把自个儿身体摆弄好了，就是不给大家添乱，多好啊！”

是做老人的态度，我喜欢。

此后，我仍然每天那个时辰能看到老人脊背朝着太阳尽享阳光的爱抚。不，应该像他所说，是让太阳咬他。看到他那么悠闲自得任凭太阳撕咬，我实在不忍心打扰。一次，我刚不舍地从他身边走过，没想到他倒喊住了我：“请留步！”

我回转身。他问：“你有话要说吧？”

“是呀，有事请教你老人家！”

“不敢说请教，请讲！”他摸了摸光亮的脑壳，脸上浮现着似乎猜不透的庄重，但我看出，没有坏意。

“还是你那件背心，我就不明白，怎么会是太阳咬烂的。”

他笑了，是那种很单纯的烂漫，与他这样的年纪很不般配的稍有轻视的笑：“跟你开了个玩笑你也当真！别说你不信，我也不信！”

老人从屁股下抽出马扎推给我，他很随意地盘腿坐在了草地上。我看了看那简易得无法再简易的马扎：四根细铁棍交叉呈两个“X”形，上面绷了块旧帆布，倒是蛮结实。我不好意思坐，站着说话，闲聊。

“老人家，你这晒脊背有什么说道？你把背心都晒成筛子底了！”

他仍然微闭双眼，分明受活万分地让阳光抚摸，说：“人活我这把年纪，就怕有病！摊上难缠的病，说不定哪一天两眼一闭腿一蹬，找阎王爷报到去了。心脏病缠了我差不多十年，就是不饶我，死不了活不好，头发不断掉，前额的地盘不断扩大着。最揪心的是浑身没有一处不疼！我方方窍窍用遍了就是不见效。后来关节炎又扑上我双肩。浑身都是祸害！我求医跑了大小数不清的医院，腿肚都颠细了，就差没去寺庙磕头了！”

“为啥不去磕头？”

“说的是呀！”他的语气里没有后悔，说着用五指梳理了一下光亮的额头，好像要把心头的烦躁怨恼梳掉，说，“真的，是这脑门给我引领来了治病的好方子。一天，一个陌生人冷不丁地站在我面前，说，你这头发还得掉下去，他说有个方子可以试一试，保不住会有救。那人告诉我这方子是一个土大夫的家传秘方，那大夫得知我求医无门后，就托这个陌生人转告给我一个不用花钱就能治病的秘方！”

这还听不出来，我脱口说道：“背着太阳晒脊背！”

“是的！那大夫转告我要坚持每天坐在太阳下面晒脊背。还说再不晒满头的头发都会留不住。转话人不让我问为什么，照着办就行。问，人家也不说。爱信不信！我照着他传递的办法晒了一个多月脊背，初有成效。再坚持下去，半年是有了，就越来越好了。血压接近正常了，头也不晕了，关节开始消肿了，可以灵活地转动。就这样！就是这样！”

我仔细看了看老人的脑门，虽然还是那么光亮，却透着丝丝血色。血脉通了吧，还有软软的绒毛，只是近看有远看无罢了。人类生命是同根连气的，是一损俱损的，切不要只是想自己而忘了他人。老人因为晒脊背身体健康有了平日难得的喜出望外的收获，对人对社会的交往渴望井喷式爆发。他以自己的事情为实例，传了几个同病相连的老人也在太阳下晒脊背，都喜获效果不等的收益。太阳真好！

老人的生命里有了阳光，他告诉我，他要感谢给他阳光的那个大夫。没有贵重的礼物送恩人，当时庭院里他亲手栽的石榴树上的果子正成熟，每颗石榴都笑得裂嘴露牙的，把树枝压成了弓形。他捏肥挑瘦地选了一篮上好的石榴，要送时才发现恩人无名无姓又无住址，送哪儿去？他只好托传药方的那个中间人转递。谁知人家不收礼，竟提着篮子退了回来！

老人讲完自己这段耐人琢磨的经历以后，他的食指和拇指一捻一松，敲出得意的脆响。他像身边那棵香樟树一样，那么简朴而安静地活着，也生根，也开花，却无欲无求地淡定。我感到他从一个心脏病的受害者超脱成沧桑的局外旁观者，时间的消失使他站到人生的一个高处，看到了原来每个人的生命里都有可以让自己和他人欣赏的风景！

这之后不久，我就再也没有见到老人了。他晒脊背的那块地方，尽管太阳依旧照着，却寂寞、空旷了许多。就连他放马扎的那片草地也好像苍老了一些。我心里空落落的不自在。有他时不觉得多，少了他还真有难奈的不习惯。不就是一个陌路人嘛，我也不明白为什么会这样在意他！这天，我遇到一个熟人顺便向他打听老人的去向，还有口无心地给他絮叨了老人传递秘方治病的前前后后的故事。

熟人听了我这番陈述后，仰头大笑，鼻子都快歪到耳根了。他说，你怎么那么容易让别人牵着迷路，什么药方的主人，全是传递药方的人编造出来的故事。那个晒脊背治心脏病的办法，就是他自己在十多年和疾病的较量中琢磨出来的，当然他肯定也看了些医书，两下一拍就成了秘方。他传了好几个同病相怜的老人，你别说总会有想不到的好效果。熟人拍了拍我的肩膀，笑我："你被他骗了，善意的骗人啊！"

我听罢脑子嗡一下，像被他敲了一闷棍！竟然有这样离奇的事！日常生活中人们照镜子是少不了的，但是我们往往看不到镜子背面，那是另一番天地！隐姓埋名助人为乐，为什么这样不显山不露水！恐怕只有他自己能说个明白。我不想去探求这里面的答案了，由他去吧！但是这件事催促我很想早一点见到晒脊背的老人。当时我就从熟人那里打听到老人的住址。其实我们住所相隔并不远，穿过两栋楼一拐弯就是他住的平房。

次日中午，正是老人平日晒脊背的时辰，我来到他的家门口。叩门，不开。再叩，仍然无动静。我连续敲门，嘭嘭嘭……

隔壁一个妇人从门里探出头，问："你找他？"

"是！"

"他走了总有十天了吧！"

"去哪儿？"

"阎王爷叫去报到了！"

好像又有人在我头上敲了一闷棍，肯定比上次那一棍更猛。这怎么会是真的呢？那个手提着饱满阳光给自己脊背泼洒的老人，怎么不打一声招呼就去了远方？生活已经超出了我们的生活经验！老人是太阳色的苦菜花，他对人对事是悄无声息的低声部热爱！此刻，由怀疑变成了对他无名的牵挂。我又问邻居："他的家人呢？"她答："我住这里晚，来后就看到他每天出出进进一个人，是单身！"她说着指指窗外，一树玉兰正开得饱满。

这时，我才看到门旁的那个马扎，就是我经常看到的那个简易得不能再简易的马扎，上面放着一篮石榴。阳光从走廊的窗口射进来，洒在石榴上，反射出的光波，仿佛能承受一切，超越所有坎坷。从这个在生活中恐怕再也找不到第二个的马扎上，我看到了时间的残酷，看见了与之相关的许多内容……

我再也看不到这个晒太阳的老人了。他的姓名我也不想去打听，知道了名字，也许会更让我伤感。但我想说的是，每一个人都有享受太阳光泽的权利，也都有做太阳的机会！

原载《散文百家》杂志

大唐气象

薛淑红

农历三月三，上巳节。

忽就想起那个“三月三日天气新，长安水边多丽人”的唐代，阳光满地，春水荡漾，气清景明，衣衫鲜亮的美丽女子们，身影跃动，笑声欢快，旁边或者再远处是让人“欲语低头笑”的郎君们。多么宽松自由、蓬勃奔放的时代啊。

唐初四杰之一的王勃，以一篇《滕王阁序》名传后世，这篇千古第一骈文的创作，颇有起伏感，当时南昌郡治一位姓阎的都督在滕王阁举办宴席，广邀四方宾客，准备为他的女婿扬名。这时的王勃“家君作宰，路出名区；童子何知，躬逢胜饯”，因为老爹在外地工作，去探班，路过而已。宴席上，阎都督邀请参会的宾客写诗作赋，大家都明白不过是客气客气，于是纷纷拒绝。王勃不知道啊，想来知道也不会拒绝，少年才子，意气风发，哪有那么多顾忌。他大概从一进门就开始酝酿，满腹情绪，不吐不快，拿起纸笔就开始写“豫章故郡，洪都新府”，气得阎都督直接起身离席。唉，终是做东，只能躲到一边，让随从随时报告宴席上的动态。渐渐，阎都督由轻蔑到沉吟，当王勃写下“落霞与孤鹜齐飞，秋水共长天一色”时，他拍案称绝，再也不端着了，回到席上，不断表达着对王勃的欣赏，一时间，宾主尽欢。还有个小高潮，到最后《滕王阁序》末句，原本是“槛外长江　自流”，在江与自之间是个空格，写完这句，王勃告辞离开，旁边围观的人开始补空，江？水？船？意境都不够，赶紧，阎都督命人带重金追上王勃求字，叫一字千金，王勃说，我不是写好了吗，就是个“空”字啊。

想想，若非当时文人聚会成风，外地走过路过的小王勃哪有机会参加那场盛宴；若是阎公略微小气点，气恨为他人作嫁衣，将文章束之高阁，第一骈文是不是也会像第一七律、第一七绝那样争论不休？王勃即使有其他作品傍身，名声也会暗淡许多，毕竟他才活了 27 岁。而我们就没有福气能读到这么精妙的文章，无法体味一个“空”字，除了空间上的概念，还有哲学上的那么一丝丝禅意。

盛唐诗人贺知章，被称为“饮中八仙”之一，他称李白为“谪仙人”，是李白的伯乐，他自己写“二月春风似剪刀”“儿童相见不相识”，遇到了李白，惺惺相惜，遂成为好友，常常把酒言欢，不是一般的小酌，而是酩酊大醉，喝多了，便发生了许多意外：“知章骑马似乘船，眼花落井水底眠”，掉到井里能睡着；偶尔发现没带钱，便解下身上佩带的金龟，这金龟可不一般，是朝廷按品级下发的饰品，代表着身份啊。那一刻，在贺知章眼里，金龟和寻常能付酒钱的金子没有什么区别。这老头长期在六部任职，妥妥的现任部级官员，退休时享受的是皇帝赐匾，太子带百官送行的规格，出入应该少不了车夫侍从什么的。就算一时身上没钱，一个常年流连酒肆的老顾客，难道没有丁点信用，不能赊欠？随从人员不会替他付上或者垫上酒饭钱？收他金龟的酒家收得理直气壮，陪护他的侍从见怪不怪，对他们而言，这是佳话，而绝非笑话。旁边的李太白颇得真传，后来如出一辙“主人何为言少钱……五花马，千金裘，呼儿将出换美酒，与尔同销万古愁”。喝酒喝得如此恣意畅快，唯唐风可如此。

中唐韩翃《章台柳》的创作始末，简直就是一部传奇。据孟棨的《本事诗》介绍，诗（也有说是词）是韩翃和他的宠妾柳氏唱和之作。韩翃作为“大历十才子”之一，少负才名，为人孤贞静默，但家境贫寒。客居长安时，邻居李生常邀去饮酒，李家歌姬柳氏总在旁端茶倒水，时间一长，不自觉在李生面前表现出对韩翃的仰慕之情。李生觉察后在某次酒酣之际对韩翃说，“秀才当今名士，柳氏当今名色，以名色配名士，不亦可乎”，促成二人姻缘。韩翃及第后回乡省亲，将柳氏留在长安，这期间，爆发战乱，两人几年间音信隔绝，韩翃被淄青节度使侯希逸聘为从事，柳氏深知自己颜色娇好，过去又是歌姬，独居恐被玷污，便削发居于法灵寺。等到局势稍微安定后，韩翃差人带金寻找，并在金袋里题诗：“章台柳，章台柳，昔日青青今在否。纵使长条似旧垂，也应攀折他人手。”柳氏接到诗笺后，知道是韩翃不放心，对自己试探和询问，遂回复："杨柳枝，芳菲节，所恨年年赠离别。一叶随风忽报秋，纵使君来岂堪折。"二人诗词相答，互通情意，只等重逢。可当韩翃随侯希逸入朝时，却遍寻柳氏不得。原来柳氏被新进在平叛中立功的番将沙咤利劫走。韩翃知道新贵正得势，无法竞争，又割舍不下，无事时常在街上散步遣怀。有次碰巧一马车经过，风起帘动，车里正是柳氏。她自述失身沙咤利，无从自脱。第二天约见时柳氏自车中投下一盒香膏，呜咽："从此永诀。"韩也为之泪流满面。适逢临淄大校攒酒局，韩翃在席中怅然不乐。有人就问："韩员外平日风流谈笑，今日何惨然邪？"韩翃忍不住说出此事。座中虞候许俊，拍案而起："许某从来以义烈自许，请你写个字条，我将柳氏夺回还给你。"后，许俊乘一马牵一马，迳趋沙咤利之府第。等沙咤利外出后，许俊上前敲门："将军坠马，且不救，请柳夫人快去。"柳氏惊出，许即以韩翃的手书示之。挟上马，绝驰而去。等到了酒楼，宴席还未罢，即以柳氏授韩曰"幸不辱命"，一座惊叹。又担心带来大祸，同去见侯希逸报告此事。侯希逸听后扼腕夺髯："这么大义的事，怎么能缺少我呢！"遂修表上闻，代宗称叹良久，御批："沙咤利宜赐绢二千匹，柳氏却归韩翃。"

这个故事，一个高潮接着一个高潮，不说男女主角的情义坚贞，但凡中间有任何一环掉链子，任何一处脱节，都可能以遗憾收场。比如说，但凡李生私心重些，觉得自己的私有物品不许别人觊觎，不会有"以名色配名士"的主动；但凡捎信的人不在心，书信不达，不会有《章台柳》二首，战乱动荡时期，人命都没有保障，传送情意的事情，未免太小，何况伴随书信的还有诱人的金子；但凡许俊少些豪气，同事的桃色故事听听，然后叹叹就可以了，用不着以身犯险；但凡侯希逸少些义气，明哲保身，不与朝廷正倚重的番将抗衡；但凡气焰正炽的沙咤利执着于自己的战利品，不肯撒手；最后，也是最重要一点，但凡处于决策顶级的皇帝顾虑多一些，天平稍稍向番将倾斜，结局都会来个大翻转。

这就是大唐，互相成就互相包容，可自下而上，可自上而下。

唐初，唐太宗释囚。《新唐书·刑法志》和《资治通鉴》记载："太宗亲录系囚，见应死者，闵之，纵使归家，期以来秋来就死，仍敕天下死囚，皆纵遣，使至期来诣京师。（贞观七年）去岁所纵天下死囚，凡三百九十人，无人督帅，皆如期自诣朝堂，无一人亡匿者，上皆赦之。”盛时天宝年间，李白进翰林院，职务是诗待诏，和琴待诏、画待诏一样，给有文艺爱好的玄宗和贵妃写些玩乐的诗篇，政治抱负未能实现，文为心声，作品中就流露出了一种惆怅之情，他写《玉阶怨》《怨歌行》，再加上身边其他人煽风点火，渐渐玄宗皇帝感觉到他的不适和憋闷，两年多后“赐金放还”。还有孟浩然，传王维邀孟入内署聊天时，适逢玄宗至，孟浩然惊避床下。王维不敢隐瞒，据实奏闻，玄宗命出见。此时孟浩然名声早已在外，李白替他打过广告“吾爱孟夫子，风流天下闻”，他的“气蒸云梦泽，波撼岳阳城”被玄宗念念在口，可当皇帝让他自诵其诗时，他却诵“不才明主弃”，玄宗不悦，说：“卿不求仕，而朕未尝弃卿，奈何诬我。”放归襄阳，后漫游吴越，穷极山水之胜。相比后世动不动诛杀九族甚至十族的皇帝们，惹了李唐皇帝，不过是任其自生自灭。

到了唐末，是另一种文人风骨。

罗隐，大概可以算是唐末最后一个个性鲜明的重量级诗人。他写《蜂》：“不论平地与山尖，无限风光尽被占。采得百花成蜜后，为谁辛苦为谁甜？”写《自遣》：“得即高歌失即休，多愁多恨亦悠悠。今朝有酒今朝醉，明日愁来明日愁。”他屡试不第，不是才华不行，而是愤世嫉俗，诗文锋芒毕露，得罪了诸多当权者，行卷无门；科举考试时常常跑题，谐谑讽刺，考官不得不给他亮红灯，次次铩羽而归，史称“十上不第”，外号“淘汰郎”，他因此把自己的名字由罗横改为罗隐。又相貌不扬，被称驴头秀才，无法像别的诗人那样，功名难成时，以才华加容貌入赘高门，另寻他路。867 年，他写成名著《谗书》，虽然主旨是“警当世而戒将来”，却自序“他人著书以为荣，比为富贵，己之书则因以而辱，以困穷，仅取‘自谗’，因以为名”，里面内容大多是刺时讥世之作，书送到唐懿宗手里时，皇帝叹了口气：“这小子，没救了，随他去吧，朕懒得理！”罗隐晚年，朱温崛起，弑君杀臣，一些深得皇帝宠信的大臣纷纷依附叛臣，眼看天下要被朱温所篡，他力劝主官钱镠：“奈何交臂事贼，为终古之羞乎！”钱镠很奇怪，对于朝廷，罗隐一直很毒舌，朱温杀掉的都是他的嘲讽对象，却被他称为“贼”，真是当初讥讽得有多猛烈多痛心，现在表现得就有多忠诚。

打个小比喻吧，就像早起菜市场衣着随便、睡眼惺忪、对着新鲜的果蔬挑三拣四、讨价还价、让人厌烦的，才是真顾客。他们持久的挑剔，才让市场愈发繁荣。

第四辑

庄稼时光

插图：段明

拾柴火

刘庆邦

小时候在河南农村老家，我拾过粪，拾过庄稼，也拾过柴火。

我们那里有一个说法，锅是一层铁，铁上的东西不能少，铁下的东西也不能缺。铁上的东西指的是米面，铁下的东西指的是柴火。意思是说，米面和柴火同样重要。举例说吧。初春有一天中午，和我们家同院居住的三奶奶正擀杂面面条，突然想起灶前没柴火了，赶紧喊她儿子快去拾柴火。柴火没有现成的，不是谁想拾马上就能拾到。特别是春天青黄不接的时候，地里可以挖到野菜，却难以拾到柴火。三奶奶把面条擀好了，水也添到锅里去了，急得跳脚，他儿子好不容易回来了，却只折回一把刚发芽儿的湿柳条子。把湿柳条子上的皮筒子拧下来，做成柳笛吹还可以，若要当柴火，连火都点不着。三奶奶骂她儿子无用，临时跟我们家借了一些柴火，才把生面条子煮熟了。村里有一位裹了小脚的老奶奶，用镰刀到水塘边捞枯萎的菱角秧子，准备晒干后当柴烧，脚下一滑，淹死了。捞上来时，她右手抓着镰刀把子，左手还紧紧抓着一把菱角秧子。最惨的是我大姑，大姑也是为柴而死的。大姑去村外砍柴，财主说砍伤了他家的树根，竟把我大姑打了一顿。大姑不甘受辱，撇下两个年幼的儿子，一索子上吊死了。这可是我的亲大姑啊，每听人说到此事，我这个娘家侄子都痛心不已。

够了，不说了，说多了还不够让人心里难过的呢！反正在我小时候的记忆里，家家户户既缺粮食，也缺柴火。物以缺为贵，人人既珍惜粮食，也珍惜柴火。开门七件事，柴米油盐酱醋茶，柴被排到了第一位，可见人们对柴火的重视程度。比如说，冬来时，家家都会在院子里挖一个红薯窖，也要在门口堆一个柴火垛。红薯窖挖在地下，柴火垛堆在地面。冬天下雪了，人们进地窖掏出一些红薯，再从柴火垛上拽下一些柴火，在灶膛里把柴火点燃，就可以把锅里的生红薯蒸熟。数九寒天，屋檐垂着青凛凛的冰条子，屋子里冷得像冰窖。这时候，我们从柴火垛上取下一些柴火，在屋里烤一烤火，行吗？不行，哪怕我们冻肿了耳朵，冻烂了脚后跟，都舍不得烧一把柴火取暖。倘若忍受不了寒冷，早早把柴火烧完了，那么漫长的冬天，拿什么烧火做饭呢！

柴火垛上的柴火，是从哪里来的呢？都是从生产队分来的吗？不是。生产队在生产粮食的同时，也会生产一些柴火，但大多数柴火不能分配给社员烧锅，要留下来喂牛、喂马、喂驴。像麦秸、谷草、豆秆等，都是宝贵的饲料。能分给社员的，主要是少量的玉米秆、棉花秆、芝麻秆等。这些秆类柴火，被我们老家的人说成是硬柴火、好柴火，放进灶膛里一烧噼啪作响，好听，火旺，热量高。平日里人们舍不得烧这样的好柴火，到过年蒸白馍熬肉的时候才拿出来烧。所以，各家各户的柴火，主要是拾来的。

大姐、二姐是我们家拾柴火的主力。在生产队里割麦，大姐和二姐都冲在前面。上午割完了麦，回家刚吃罢午饭，大姐二姐一刻都不休息，又拿起镰刀，背上荆条筐，到收过麦子的地里拾柴火去了。割倒并打成捆的麦子都运到场院里去了，地上的麦叶，也被人用竹筢子搂得干干净净，地里还有什么柴火可拾呢？大姐二姐是拾麦茬，也就是拾麦根。生产队里割麦，都是镰刀贴着地皮割，麦茬留得很短很短，几乎看不见。这样的麦茬用手拔不出来，只能用镰刀的刀尖砍进土里，把麦茬连麦根一块儿刨出来。大太阳在头顶烤着，暑气在地上蒸着，她们就那样一下一下把麦茬的根须刨出来，抖去泥土，放进筐里。尽管她们都戴着草帽，但脸还是热得红通通的，额前和鬓角的头发都被汗水湿得打了绺儿。到下午又该下地割麦时，大姐二姐每人已拾回一筐柴火。到了秋天，割完豆子，大姐二姐就去地里砍豆茬。豆茬像一把把锋芒向上的小锥子，比麦茬坚硬得多，也锋利得多。大姐二姐不惜扎破手，也要把一根根豆茬砍下来。听大姐讲过，她早上下地砍豆茬时，小北风溜溜刮着，冻得她直打哆嗦。为了冬天能有柴火烧，大姐咬紧牙关。除了拾干柴火，大姐二姐还往家里拾湿柴火。湿柴火是夏季里生长茂盛的青草，把青草割回家，摊在院子里晒干，就变成了干柴火。我们家曾缺过粮食，但好像从没有缺过柴火，这都是因为有勤劳的大姐二姐。

家里的男孩子和女孩子，在分工上有所侧重，我的主要任务是拾粪，但也拾过柴火。我比较难忘的经历，是拾楝枣子和树叶子。楝树上会结成嘟噜的楝枣子，一旦成熟就叭叭落在地上。母亲给我一只竹篮，让我去树下拾楝枣子。楝枣子的样子虽说像枣，但摔烂后又酸又苦，好像还有一股子臭味，根本不能吃。可楝枣子里面也有枣核，也可以当柴火烧锅，于是，我把一颗颗楝枣子拾进竹篮子里去。我拾过的树叶子，有杨树叶子，也有柿树叶子。拾树叶子的办法是母亲教我的——她给我一根长长的椿树的叶梗子，让我把拾到的树叶子穿在叶梗子上。叶梗子下端有一个被人称为马蹄的疙瘩，有疙瘩挡着，树叶就不会掉下来。每拾到一片厚墩墩的树叶子，我都在树叶子中间儿抠开一个小孔，穿在椿树的叶梗上。杨树的叶子是金黄的，柿树的叶子是玉红的，穿在一起色彩斑斓。我注意到，我拾的一串串树叶子在灶屋里放着，迟迟没有被烧掉。我后来想，那些被穿成串的好看的树叶，也许有了形式感和艺术感吧。

分田到户之后，粮食和柴火一下子多了起来。柴火大堆小堆，一年四季，人们再也不必为缺柴发愁。柴火多了，我们老家的人反而不烧柴火了，开始烧煤炭，烧装在钢瓶里的液化气。

可是，我每次回老家，见大姐二姐家还是用柴火烧锅、做饭。她们说，用柴火烧锅，做出的饭才有柴火气，才是过去的味道，吃起来更香一些。

原载《光明日报》

平原大戏

蒋建伟

开春大戏

春天的脖子短，一缩，就没了。这不，大公鸡在红艳艳的河堤上刚刚叫出了第三声，就被那驴脸老汉一脚踢开，“咣咣咣咣”地一阵乱敲，一直敲到桥东头的戏台子上，方才收了锣鼓家伙，迷迷瞪瞪地朝着话筒“噗噗”了几下，两手一拃腰，高腔一甩道：“都别睡了！开春了，咱蒋桥集要唱大戏了！快起来看戏呀——”

小村人家的床头边，大人学了驴脸老汉的声音，趴在小孩耳边低声喊：“谁不起来看戏——谁是狗呀——”小孩却不搭理他，想继续睡觉，不料被集上大喇叭里“唧唧”的声线牵了魂儿，一骨碌爬起来问：“爹，爹，今儿谁家娶媳妇哩？”大人忽然腔调一改，非常严肃地模仿大队书记的做派道：“广大干群同志们，广大干群同志们，三月十二到了，三月十二到了，蒋桥大戏开演了！”小孩满脸惊喜着问他：“真的啊？”大人继续说：“广大干群同志们，谁哄你，谁是狗！”小孩胡乱穿起衣服，跑到院门外仔细一听，大喇叭里远远传来的，果真不是平日红事时的豫剧《朝阳沟》、唢呐独奏《百鸟朝凤》、大鼓书《李豁子结婚》，而是一阵紧赶一阵“咚咚咚咚呛呛呛呛”的锣鼓齐鸣。他喜欢坏了，转身跑回了灶屋，想抢先告诉娘，小嘴刚一张开，大喇叭里的锣鼓声就没了。娘白了小孩一眼，抓了一个杂面饼子说：“敲锣打鼓的人现在饿了，他们要吃饭了。你不饿吗？”小孩接过杂面饼子，慌里慌张地放了几个屁，就慌里慌张地吃，一眨巴眼儿，杂面饼子就没了。那吃相，吓得大人直哆嗦：“我的那个亲娘啊，你，你咋恁下作呀？”

果真，锣鼓两遍过后，通往戏台子的大路小路上，跑来了十里八乡的看戏人。

乡下大戏，不讲时间，一唱就是十来天。蒋桥集地处两地三县，这大戏更叫一个“大”，排场大，人多，南来北往，挤挤扛扛，锣鼓一停，哭爹喊娘，看阵势，没准会把戏台子挤倒。怎么办？驴脸老汉不知道啥时候走到话筒前，“噗噗”了几声，台下立马安静下来了，大伙的眼珠子全都集中在他的嘴上。突然，那话筒“唧”了一声，大伙“轰”一下笑开了，洪水似的决堤而出，想拦都拦不住，一个个笑岔了气。驴脸老汉在空中挥了几下左手，示意大伙静一静，停顿了停顿，右手从裤兜里摸出了一张香烟盒纸，高声念了起来：“广大干群同志们，蒋桥集的三月十二大戏马上就要开演了！请同志们赶快憋住嘴，别说话了。另外，有给自家小孩打花脸的妇女同志，请抱着到后台找剧团的杨团长打，打一张‘老包脸’两毛钱，打一张‘正宫娘娘脸’一毛五分钱！”台下有人就喊着问：“哎，孬蛋他舅姥爷，这‘老包脸’咋恁贵？”驴脸老汉说：“因为老包是好人，是宋朝的大清官！曹操是白脸奸贼，所以，‘曹操脸’是一毛五，便宜，你打不打？”一句话，就把那人给问住了，引来了台下好一阵大笑。巨大的笑浪中，大人抱着小孩就上了戏台，说要给小家伙打一张“雷锋脸”，说雷锋是大好人，说让小孩像雷锋一样为人民服务，大人其实是想让别的孩子都来学习他儿子。杨团长不会打“雷锋脸”，但她灵机一动，问大人：“‘雷锋脸’是我们现代人的脸，我用黑墨水给他画两道倒立的‘八字眉’就妥了，那样你花两毛钱岂不吃大亏了？‘老包脸’是古人脸，打的色彩多，正派，还赶时髦。”大人想想，就同意了，捧起小孩的头暗示杨团长画。杨团长呢，十指像钢琴师一样在化妆盒上轻轻一弹，定定气，看也不看小孩的脸，麻利地上粉调色，没等大人小孩回过神来，杨团长就开始勾勒老包的脸形了，小孩是长脸，和老包的脸形完全吻合，从运笔的速度看，杨团长这时候画的是粗线条。可是画着画着，小孩感觉到杨团长运笔速度渐渐慢了下来，高高下下，左左右右，轻轻重重，浓浓淡淡，而且一笔比一笔更淡，一笔比一笔更轻，轻到不能再轻。也就在小孩浑然不觉的时候，“啪嗒”，从小孩的睫毛深处滚出了两三粒胖乎乎的金豆子，吓了杨团长一跳，慌忙从后台的木地板上捡起一粒，问大人是啥东西。大人“嘿嘿”笑笑，半天才吞吞吐吐地答道：“是眵目糊，我儿子他，他早晨没有洗脸……”杨团长他们也笑了，说：“哎呀呀，原来你儿子是一个有眵目糊的老包啊！”

打完了“老包脸”，大人抱着小孩在戏台前走了一圈，意思是炫耀炫耀。大人一边走，一边朝着话筒方向，问台下的老少爷们“老包脸”漂不漂亮，而台下早炸锅了，许多当爹的嘴里不说，心里却羡慕死了，抱着小孩一个个往戏台子后头挤，争着找杨团长给小家伙们打花脸。恰好这时候，驴脸老汉出来了，一脸郑重地对着话筒说：“给小孩打花脸的同志们，刚才那个小孩眼里有眵目糊。杨团长说，她以后不给有眵目糊的小孩打！她以后不给有眵目糊的小孩打！”台下，笑歪了一群人。大人再也不敢炫耀，抱着小孩灰溜溜地就往台下跑。没有给孩子洗脸的爹们呢，慌忙用手擦孩子们的眼窝，末了，一本正经地排起了队。几乎同时，第三遍锣鼓敲得更欢了！

等锣鼓声敲得令人心烦的时候，一个妇女抱着她打过花脸的闺女上台了。紧跟着，驴脸老汉也上来了，他“噗”了一下话筒，锣鼓突然全都停了，他解释说：“上午的打花脸到此结束，下午接着打！这是最后一个，是‘穆桂英脸’，她的脸谱属于刀马旦，她男人叫杨宗保，打今天起，我们就看十五出大戏《杨家将》，白天晚上连着唱，同志们说中不中？”一时间，台下的“中”字声浪此起彼伏。

大戏开始了。第一出，是《穆桂英挂帅》。大幕还没开启呢，豫剧的小过门就响起来了，只听见杨团长的唱腔从幕后飘向了舞台前：“穆桂英我家住在山东 / 穆柯大寨上有俺的门庭 / 穆天王他本是我的父 / 穆龙、穆虎二位长兄 / 当初俺举家投大宋 / 我在那天门阵上立下头一功……”有人小声就问：“穆柯大寨——蒋寨——水寨……咋都有一个‘寨’字呀？是不是离咱们这儿没有多远？最多一二十里路吧？”有人纠正说：“你耳朵聋吧？你没有听见杨团长唱的词吗？在山东！”又有人说：“山东和河南紧挨着哩，就像我和你挨得这么近一样，没多远。”第四个说：“那，咱们等散戏后问问杨团长吧，她八成知道。”说着说着，杨团长就在戏台上亮相了，台下的小孩就喊：“爹，爹，快看快看，杨团长出来了！”大人拼命压低声音说：“别喊了，我知道她是杨团长！”周围有人偷偷在笑，还有几个老头老婆问：“这是杨团长吗？她45岁了，不是没有这么年轻吗？咋看起来一点都不像她？”等杨团长唱完下场的间隙，驴脸老汉快步走到话筒前说：“同志们都别议论了。刚才出场的，就是杨团长！”不相信的，方才死了心，说杨团长就是杨团长，说一上妆谁都不认识她了！后来，佘太君、杨文广、杨金花、王伦、皇上等人纷纷走上大戏台，从杨文广刀劈王伦夺帅印，到穆桂英挂帅出征西夏，台下乡亲关心的不是穆桂英，而是杨团长。散戏时，大伙兴致高昂地说：“杨团长不愧是巾帼英雄！”“杨团长的武功真厉害啊！”“杨团长有几个孩子呀？她孩子是不是也叫杨文广？”可是，谁也不知道杨团长的家事。

看戏看世道，买卖图热闹。一晃，大戏已经唱了八天八夜，但还是没有要停的样子。大人说，蒋桥大戏唱到现在，老少爷们一半是看戏，一半就是买农具了。小孩不懂，只知道蒋桥集上有好吃好喝的摊点，有美丽的杨团长，一切一切，和大人的想法不太一样。剧团上演的剧目，都是一些围绕杨家将杨继业、杨六郎、杨七郎、杨门女将的，一天三出，一环扣一环。后几天，大人每看一场大戏，散戏时几乎都要买一两样农具，比如锄杂草的锄头，比如割麦子的镰刀，比如耩庄稼的耧，还比如遮风挡雨的草帽，买来买去，就是很少给小孩买吃喝的。每当小孩一哭，大人总会指着他的鼻子说：“如果你也有一张驴脸就好了，如果你是剧团的杨团长就好了，如果……哎！”小孩气呼呼地说：“大队书记有啥牛的？杨团长有啥牛的？他们——都是狗屁。”大人转身看看小孩，笑笑，再笑笑，突然两手把小孩高举过头顶，说：“带眵目糊的老包啊，你最牛！”

大戏的最后一天晌午，大人扯着小孩走在乡路上，突然从身后跑过来一个女人，披头散发的，不管不顾的，坚决地往前跑着，女人后面撵着的，是驴脸老汉和剧团拉弦子的一个秃老头。哭声从女人的鼻腔里拼命挤出来，很细，很尖，不仔细听，让人一点也察觉不到她在哭，两个男人很快撵了上来，左左右右把她死死劝住。她是谁？很多看戏人围上来，东一句、西一句地跟着劝，大人细细看了看，原来是杨团长。可是，驴脸老汉和秃老头怎么都劝不住杨团长，就听见杨团长说“放我回家吧，我受不了这气”，就听见秃老头说“小杨，咱俩反过来还不成吗？我不干正团长了，让给你好不好”，就听见驴脸老汉小声说“你给我们大队看变压器房吧”，就听见杨团长说“放了我吧”，再就没人拦她，后来，大野上的人影一个一个被抹去了。

下午就没了大戏，因为那剧团的女主演没了。老少爷们都猜测，说没准是驴脸老汉和杨团长“同志”到一块去了，至于他们“同志”了多少天多少个小时，反倒成了一个秘密。很快，这个秘密就被漫天遍野的小麦花香熏死过去了，十里八乡的农人们都熏死过去了，香，以最浪漫、最美丽的方式打开了一个春天。

就这样，开春大戏，很快漫卷了整个一个春天、半个夏天，包括另外一个春天、另外半个夏天。

所有幸福的、忧伤的、快乐的、秘密的，所有大平原上的，仿佛都在踮起脚尖喊:“开春了——唱大戏了——”

开镰大戏

小麦花儿谢了的时候，麦仁子就开始灌浆，这叫小满。

小满一过，封挂了一冬一春的镰刀们就变得浑身痒痒，不是嫌自己的嘴唇生锈了，就是害怕自己的眼眉不帅了，时刻老想着跑到墙角那块磨镰石上，磨上那么一磨，宛如懒汉突然间渴望洗澡，突然间又变了一副模样似的。娘说:“咱们家的镰刀该开刃了——”爹接过话茬说:“叫建伟开。”我说:“我不会。”爹说:“你不会，我教你。来，就这样：一二一、一二一……”我“扑哧”一下笑了，说爹:“你咋像一个豁牙子吹灯似的，豁口正好对着那灯花，吹到死，你都吹不灭！”爹满世界追着打我，我转着圈儿跑。跑着跑着，就出了胡同，出了村子，看见了一望无际的麦浪，一望无际的云朵，还有一望无际的麦浪香。我裤子一褪，小眼睛一眯缝，就痛痛快快地尿了一泡。

家家户户响起了磨镰声，“哧哧啦啦”，“哧哧啦啦”，好像小学生合歌似的此起彼伏，一点都不像豁牙子在“一二一、一二一”地吹灯。镰是河西刘眼镜的好，你别看他一个瞎字不认识，天生的近视眼，但就是脑子管使，能在蒋桥乱哄哄的大戏台上连数 5 遍“1 至 100”，天大的事，他只管数他的数。尤其他打的那镰儿，刃口短仄，刀背厚实，割拉拢砍扫，能用五六年，即使存在个小毛病，那镰刀却不卷刃，只有豁口，磨一磨，还能照样用。不说别人，我们家就有 4 把刘眼镜镰刀，奶奶家有 3 把，其他的，全都是杂牌或无牌镰刀，那价格，真是便宜到天上去了。爹告诉我，说好镰刀不怕磨，越磨刀越快，三年四年是它，五年六年也是它，想用到啥时候就到啥时候，好得没法说。但赖的镰刀一上手，就狗屁不是了，整个一草包。更气人的是，遇个特草包的主儿，三下五除二，那刀就报废了。倘若正干得热火朝天时，倘若在割麦的地尾前，你干急没办法，只能怨刀。我跟爹摇摇头，一脸的问号。

怎么才能教会我开镰呢？爹说一不二，刚刚吃过晌午饭，我们俩一人一把镰刀，在同一块磨镰石上轮流比画，也就是说，爹开始手把手地教我了。开镰开镰，出刃是关键，刃不出来，等于你不会磨。磨镰分两种，其一是干磨，在磨镰石上刀面不沾水，直接埋头数“一二一”，磨的时候，手劲不容易集中一处，虽然省时间，但是刀不那么快；其二是湿磨，刀面沾水，手劲容易集中在刀尖，这样磨，虽然消磨时间，但慢工出巧活，完了一比刀，快得能切断头发丝子。我先跟爹学习容易的，果然学得很快，但就是刀不快。爹让我沾上水试试，我就沾上水磨，大概十来下吧，我就感觉双臂酸麻，手腕僵硬，累得受不了了。爹说：“要坚持，坚持就是胜利！”我喘着气，把镰刀一扔说：“你骗谁呀你？你坚持一下，我看看——”爹认真地点点头，对我说：“好！从现在开始，我磨！你看！我磨不出来刃，你不准离开！”我心想爹肯定坚持不了，便一副要看笑话似的样子回答：“好好好。”不想爹比我更绝，竟然一口气磨了两顿饭的时间，当爹还打算再磨第三顿的时候，我只好缴枪投降。爹盯住我的脸，盯出了我一脸的省略号，才说：“麦前磨的是快镰，要湿磨；麦忙磨的是慢镰，要干磨。镰开了，麦子就丰收了，这大场一年的农活就完成一半了！”我“嘿嘿嘿嘿”直笑，就是不接爹的话尾巴，爹呀，精着哩！

“芒种忙，三两场。”可芒种都快过去两三天了，布谷鸟都叫得人心慌了，方圆十里八乡的，急得手脚都长出来毛毛虫了，就是不见麦梢黄。娘用脚踢了踢刘眼镜镰刀说：“天好地好，一万个好，但就是不叫人割麦啊！”我说娘：“你涎谁哩？谁不知道你话里有话呀，你是不是在说‘天不好、地不好’呀？”爹看看天，查查墒，眉毛一弯说：“你俩都别吵了，过不了后天，就可以大造打麦场、光脊梁割麦了。”我们问：“真的吗？”爹气得拍着大腿反问：“你们怎么那么不相信我呢？真的真的，一万个真的啊！”我鼻子里“哼”了一声，那表情，其实比不相信还不相信哩。不料到了晚上，天上的云彩就盖住了星星月亮，后半夜，就开始一阵阵电闪雷鸣的。爹恶狠狠地把我和娘、姐姐她们叫醒，让我们看窗外“哗啦啦”下大雨。我愣怔了愣怔，猛地一激灵，连连拍打着窗棂惊叫：“我 ×！我 ×！”姐姐纠正道：“某些同学说话文明点，一定要文明点！”直到爹和娘狠狠地白了我一眼，我才知道自己刚才太得意忘形了。

雨过天晴，薅麦造场。一眨眼，一个巴掌大的打麦场造好了，开镰大戏就开始了。

金黄黄的大地麦浪之上，大人小孩齐上阵，到处都是人欢马叫，好大一个排场！老皇历上讲，割麦子要根据大人小孩的年龄高低，将整块麦地的垄分配下去。大人分的多，小孩分的少，一人一把镰刀，从地头割到地尾，割完这一块，紧接着是下一块。这样分的结果是：爷爷奶奶各 6 垄，爹娘各 6 垄，大姐 3 垄，二姐 2 垄，我 1 垄，小弟最小，则负责送水。我不服小，加上手里那把爹磨的刘眼镜镰刀，就坚持跟爷爷换个位置割麦子，爷爷正求之不得呢，笑得屁叽叽的。姐姐们却偷偷向我递鬼脸，暗示我不要一时逞能。我呢，心气正像癞蛤蟆的大肚皮一样鼓鼓着呢，哪里听他们的劝？一屏气，一猫腰，前腿弓，后腿蹬，左手拢，右手收，“嚓嚓嚓嚓”割了起来，把他们远远甩在了身后。汗，不声不响地就把我的衣裳溻透了，并且越溻越多，像狗皮膏药似的紧紧粘住了全身部位，后来顺着裤腿往下淌，溻湿了一双黑布鞋，甚至感觉还溻湿了鞋子下面的泥土，走几步，老是感觉鞋底的土似乎又增加了几层，汗水顺了小脸淌，蒙住了眼睛，并且越擦汗越多。奶奶渐渐赶上来了，爹赶上来了，爷爷、娘甚至二姐也赶了上来，再后来，他们一个个把我甩在最后头，一个个还不时回头瞟瞟我，尤其在大姐的眼神里，不乏挑衅和嘲笑的味道。说实话，我想示弱，但决不向爷爷示弱，就半直起腰喊：“大姐！二姐！大姐……咱俩换换割麦的位置好不好？我累坏了，你帮帮我吧？”大姐停下后也不说话，明显有些不舍，问我：“你到底叫哪个姐跟你换？”我看二姐假装没有听见，只好说：“就叫你！”最后，大姐还是回身跟我换了，但我知道事后，大姐肯定要我拿东西慰劳她的。可就在这时刻，爷爷也把他的1垄麦子跟二姐换了，也就是说二姐白白捡了个大便宜，你说气人不气人！好在经过重新洗牌，大姐排在了老末，爷爷倒数第二，我呢，是正数第三！

也许我高兴得太早了，每割几步，我们的前后排序都会发生变化，虽然不那么明显，但我挥镰的动作始终很不争气，总有一种胳臂越来越沉的感觉，发展到后来，连挥镰都不想挥了，为了保持一下体力，我只好有一下没一下地胡乱地割，速度也大不如原来了。正割着呢，忽听见爹说："都加把劲儿呀！天快晌午了，晌午太阳毒，麦子爱掉穗儿，咱们得抢时间哪！"只听见接下来，是一片回答"好"的声音。我一抬头，发现我又变成了老末，心里"呼腾"了一下，不得不加快了挥镰的频率，无奈无力回天，怎么办？细细想想，就感觉便宜都被二姐占了，要不是爷爷跟她换位置，她不就是老末了吗？我不就赶在二姐前头了吗？想着割着，越想越气，一个劲地气二姐，这个死二姐，要不是……要不是……唉！我脑袋越来越大了，大得似乎将要爆炸了，干脆镰刀一摔，一屁股坐在麦铺子上，谁也不理，一个人生闷气。等爷爷割了一二十分钟回望时，才发现我的异样，大声朝我喊："建伟，你还挺神气啊！你又想和谁换位置了？"我说："都怪二姐！是她占了便宜！要换，我只能跟她换！"二姐也气坏了，说我蛮不讲理，自己不好好干活还影响别人。娘心疼我，想当和事佬，说："算了算了，老二，你就让他一回吧！快，跟你弟弟换换！"二姐说："我不换！死也不换！"爹转身走了过来，跟二姐说："就你精！如果你不换，你可别后悔啊！"二姐无所谓地点点头，继续割她的麦子。我看着手中的那把刘眼镜镰刀，"哇"一声哭了起来，连绵不断地哭给他们听。恍惚中，爹走近了，身边响起了雄壮有力的镰刀声，一阵风卷残云般的爷们气味，等睁开双眼一看：我的天呀！原来是爹帮我割了3垄当中的2垄，而我，仅仅剩下了1垄！我惊喜到好一阵哆嗦，拼命压抑着这种哆嗦，努力着集中所有精力，试图超过那个令人可恶的二姐，去争取第一名。

事实上不久，我拿到了第一名。等我大摇大摆返回麦地中间，用挑衅的眼神刺激二姐的时候，不料没有引起二姐的一点点反应。我故作镇定，站了好一会儿，也不见二姐胆敢放一个屁。难道，是二姐怕了？可是，我的二姐可是一个比罗成还要傲气百倍的二姐，她怎么吓得连个屁都不敢放了呢？半信半疑之间，我转身离开，刚走出去两三步，只听见恶狠狠的“噗”的一声，只一声，却仿佛被放大到无穷大。我心头一阵紧，后脊梁一阵凉，然后三步并作两步走。恰好这时刻，爷爷在后面叫住了我，说大家割麦快渴死了，叫我去接应一下送水的弟弟，我赶紧顺势而逃了。

在村口，我碰见了正掂水的弟弟，掂几步，歇一会儿，换一下手。我眼窝一热，慌忙抢了桶襻儿。我们找来一根扁担，高兴中，抬着那桶水直奔村东南方向。不料一路上，时不时有村人跑来讨水喝，说是讨一口，结果喝了三五口，等送到我们家的地头时，一桶水只剩下四分之一了。就这，还陆续有讨水的人，我和弟弟想制止，爹大手一挥说：“水是啥值钱的东西？乡里乡亲的，大家只管随便喝！”

一旦开镰，像大戏开了个头似的，一出接着一出，一集连着一集，没个结尾。在铺天盖地的金色麦浪里，我们挥镰收割着一寸寸庄稼，一片片把庄稼齐根割去，留下一行行五线谱一样的麦茬子。庄稼地好像一个个被剃了小平头的孩子，哭着笑着，就跑开了。

镰刀收起来了，麦子囤起来了，爹咳嗽着，我们跑着，犁铧和耧耙就下了地。落了雷，落了雨，下大了，麦罢了，大地重新萌发出一片新绿……

杀秋大戏

秋庄稼是个急性子，前脚踩着后脚，“啪啪啪”一阵儿，就全都成熟了。练习“啪”这个发声，到底有哪些秋庄稼呢？第一是芝麻，毒太阳一晒时间长了，那些芝麻蒴子就晒得咧嘴傻笑，嘴都合不上的工夫，“啪”，蒴子里的芝麻就晒爆炸了；第二是黄豆子，项城农村的那种珍珠黄，晒久了，“啪”，豆荚里的东西就都爆炸了；第三是绿豆，只是因为它的豆荚弯弯，像极了大姑奶奶小媳妇的眉毛，所以就软，一软，就不容易爆炸，可谁也不敢保证它不爆炸，也就是说，它最后还是会“啪”一下，去见马克思他老人家的。怎么办？

杀！

八九月里，农家人慌秋分，慌霜降，稍稍一愣神，一整个秋天就过完了。每年每年，让人一想起来就头疼，可是没有什么办法，这秋，还是要杀，这日子还是得排得满满当当的，不然你杀秋就得杀到冬天了，不然你的秋豆子秋芝麻就炸到沟垄里了，不然你就连哭都找不到地方了。庄稼可以磨蹭，但你可不能磨蹭，走路得一直小跑着，扣扣子，牵牲口，罇镰刀，边跑边拿脚找鞋，生怕一时半会赶不到地里，豆荚晒爆炸了，这心，也会连带着爆炸的。不料，早到三光，晚到三慌，人一慌，肯定要出乱子，比如忘掉了一点什么，比如落下了一点什么，比如多安排老婆一点什么，还比如少嘱咐孩子一点什么，也就是少拿了几个簸箕、簸箩、锅拍子和床单子，哪怕一件，就会让你原路返回，把刚才出门前的动作再重复一遍。倘若这样，遇见这么忙碌的秋季子，收不到秋，那可真是要人的命啊！

远远地，就看见了一块块芝麻地，齐刷刷的绿方队，齐刷刷的个儿，细细瞧，芝麻蒴子个个咧着小嘴在偷笑，由下到上，密密麻麻地排到了秆子梢儿，喜欢死人了。我跟在爷爷、爹他们屁股后头，问身后的奶奶："书上的歇后语说，老母猪啃芝麻——顺秆子爬，指的是不是咱们村的芝麻？"奶奶说："不是，那是杨营门、申营门的芝麻！"爷爷说："你说的那才绝！全天下的芝麻难道不是一个样儿？再说了，咱们村的芝麻一个个长得细皮嫩肉的，哪经得起老母猪这么一爬？还不一压一大片啊？"二姐说："那，如果是小母猪呢？"爷爷拗着头说："那也不中。芝麻又不是树，想咋爬就咋爬，横竖都没事。"大姐问："如果是老母鸡呢？"爷爷说："不中。"我问："我如果在梦里头爬它呢？"他们"哈哈"大笑起来，一个个把眼泪都笑出来了，还是止不住笑。奶奶好像压根不认识我似的，问我："你，真的想在梦里头变成猪？"我慌忙纠正道："这个，那个……不是，不是的。"小弟跑在我前头，十分肯定说："你不是个啥？你，就是想——变，成，猪。"大姐学作小弟的腔调说："而且是——男猪！像我们班上的极个别坏蛋男生一样。"奶奶把笑声使劲咽进肚子里说："我看你也不像是猪。那，你跟我说说你到底想变成啥？长虫、蛐蜒、蝈蝈、蚂蚱、花大姐、老豆虫、放屁虫、秃呆子，它们，都没有猪的斤两重。你，随便挑一样？"我小嘴一努说："反正，我和你们一家。如果我变成了猪，你们也是……"话没说完，我生怕他们有谁打我，拔腿就跑，一口气跑出去半里路远，也不管他们撵不撵我。等实在跑累了，回头一看，身后连一个鬼影也没有，只好悻悻返回。

大地呈现出一种金黄色，他们已经在芝麻地里杀上了。

杀芝麻，就是齐根削芝麻棵子，再把蒴子里的芝麻敲出来，再把棵子打成捆，三捆三捆地支起来。那么，用什么杀？用什么敲？用什么打捆？镰刀。杀芝麻的整个过程，就是镰刀跳舞的一个过程，至于跳得好不好，那就要看拿镰刀的主人了。

在香气弥漫的芝麻地里，最后一个出场的，是我，负责杀三垄芝麻。自然，我像往年一样深吸两三口气，憋在肚子里，把一张脸憋红，然后弯下腰、弓开腿，一把抓住三棵芝麻，照准棵子根儿，“哧哧哧”，快速闪过，棵子离地，只见刀刃残留下一抹抹绿油油的液体。我收回那镰刀，想知道刀刃上那些液体的味道，就用舌头细细舔了舔，刚刚触到刃，一股渗入骨头里的苦立刻传递到我的心尖，不仅仅苦，而且冰凉，让你想吐都吐不出来，想叫苦，鬼都不相信。我问爷爷：“芝麻棵子怎么这么苦？”爷爷说：“芝麻棵子和芝麻叶子都很苦，它们苦是很正常的，要是不苦了怎么保护好自己呢？那些害虫还不大把大把扑过来，不把它吃得一点骨头渣子也不留才叫怪？”了了几句，我明白了庄稼的一些生存哲学，越是金贵的越会自我保护，就像芝麻，一辈子不怕太阳，不生虫；越是不金贵的越是破罐子破摔，就像大豆豌豆长豆角，一辈子小病不断、怕这怕那。我平平地端起那些芝麻棵子，朝靠近地头的方向走，一张红色的被单子摊开在那里，大人小孩只要杀完了芝麻棵子，都要像端盘子一样端到那里，然后把棵子头朝下，敲了敲，蒴子里的芝麻就像下大雨似的往下落，“哗哗啦啦”，“稀稀拉拉”，使劲地下，估计下得差不多了，再拿镰刀把儿磕磕，就有许多小芝麻落了出来，再敲敲，蒴子里面还继续有货，它还没完没了它！我想赶快割几把地边草，打几根草绳子，给芝麻棵子打捆，不料，奶奶不相信我，认为那些芝麻蒴子里面还有东西，我气呼呼地说：“没有了，真的是没有。谁哄你，谁是狗？”奶奶反问我：“真的吗？”我说：“真的，男子汉说话算话，有了我是狗。”奶奶说：“我还就不相信了，你这蒴子里面真的没有东西了呀你……”边说边拿她的破镰刀使劲磕，不想，还真叫她磕出来几粒芝麻，她把那些芝麻棵子一摔说：“小建伟，你看看你看看，这蒴子里面到底还有没有东西呀？”我惊讶着问奶奶：“就这一小点点，也算数呀？”奶奶说：“这一点点！难道说，这一点点就不是芝麻吗？只要有一粒，就要算一粒，你不要看不起它，我告诉你吧，没有了它你真还就活不成！”娘也在后面帮腔道：“是呀是呀，粮食是老百姓的命根子！这些道理，连傻子都知道！”见我无话可说了，奶奶问我：“你，还想当狗吗？”我“嘿嘿”着，想说点什么，正要张口，不料却被奶奶制止住了，奶奶说：“我知道你又想说‘我和你们一家’了，你回答就免了。”我的这个奶奶啊，一点就透，真是聪明绝顶。

学会了怎么敲芝麻棵子，我接下来就多了几分认真，等芝麻大雨下完以后，再拿镰刀把儿使劲磕，认真敲打，还不忘学学奶奶那经典的最后一磕，好像一个小农民似的。我把磕敲完的棵子 5 步一放，等放到足够多的工夫，就直起了腰，掂着镰刀去地边找草，割草，学大人的样子去打草绳子，一连打了 20 多根，打算找个利索地方坐下来打捆儿，不料，屁股还没有挨着地皮，就听见了爷爷老远的喊声：“小建伟，你不要命了！你看看你屁股下面到底是啥？”我扒拉开屁股下面的草叶一看，哎呀我的奶奶啊，下面，竟然隐藏着一片被削尖了的芝麻茬子，一根根，好像匕首似的锋利无比，如果一屁股坐下去，人就是不死，也得躺他个年把几个月的。我吓出了一身冷汗，只得弯下腰，给芝麻打捆。打捆是件技巧活，一是芝麻棵子不要打太多，顶多 20 棵；二是根子一定要打齐整，不能瞎应付；三是草绳子要打 3 根，分别为芝麻捆子的头、腰、脚。然后呢，双手搂好捆子，拿镰刀探底传绳子，用手系绳打活扣儿，一整套流程下来，人已经累得气喘吁吁了。打着打着，手脚腰开始不那么自然，胳臂开始酸痛，累意不知不觉地上来了，我又想坐在地上打了，可是不能坐啊，坐下去不是找死吗？瞥瞥那些匕首般的芝麻茬子，我越想越气，气许多制造匕首的农人，气来干活的大人小孩，后来竟然发现，我也是他们当中的一个，也是在生气的范围之内，就开始不气了。我忽然感觉到，人只要一不生气了，就不会累了。爷爷一直关注着我的脸部变化，从晴变多云，到多云转阴，再到多云转晴，爷爷走过来跟我说：“想坐下吗？”我点点头，接着摇摇头，也不说什么话给他。爷爷又说：“想坐下，得学会找地方，就像我，”说着就找到一个地方，看也不看，果真没事般地坐了下去，“你得学会找规律，芝麻常常是按垄种下去的，当然也是按垄丰收的，垄和垄之间，才有一些让人舒舒服服的空地方，也就是我现在坐下去的空地方啊！”我低头一找，仔细检查了检查，发现真的是这个道理，我突然间感觉此刻的爷爷，比奶奶聪明多了，比绝顶都要绝顶哩！

眨巴眼的工夫，那张被单子里的芝麻堆出了一座小金山，实在是不能再磕芝麻了。奶奶立刻制止道：“都别杀芝麻了！先歇歇，等我簸簸再杀！”一声令下，我们浑身早累散架了，巴不得现在回家才好呢，“呼啦啦”捡了四周的空地方，把奶奶围在中央，看她一个人簸芝麻。众目睽睽之下，奶奶非常地不自然，把几滴唾沫集中在手心里，抿了抿头发，然后把五指松展开来，变成了一把木梳子，简单地理了理一头乱发，最后把额前的一小绺头发一甩，只一下，就把我们全都看傻了，奶奶太美了，比明星刘晓庆都美！但5秒钟过后，我们都不约而同地笑了，笑奶奶臭美，这工夫的蒋寨大地上，哪有什么老年版的刘晓庆啊？奶奶理都不理我们，径自端起了那个簸箕，舀了一斗芝麻，起身端正，轻轻地簸，平衡着手劲簸，顺时针方向转着圈子簸，逆时针方向簸，簸呀簸呀，整个簸箕就变成了一片大海，白金一样的芝麻就变成了一股股奔腾不息的海潮，而海潮的漩涡中心，正漂浮着一只只大船小船，仔细分辨，那些大船是芝麻叶子，小船是芝麻蒴子。奶奶顺便抓起一把芝麻，扔进自己的老婆嘴里，“吧唧吧唧”几下，说：“今年的芝麻呀——”我和大姐二姐慌忙问：“咋了？”奶奶眯着小眼说：“味道真的不错啊！”我们一下子来了精神，问奶奶：“真的吗？真的吗？”爷爷轻蔑地瞥了奶奶一眼，不紧不慢地说：“你们别听这死老婆子胡八连，刚杀出来的芝麻水汽大，一点都不好吃！一点都不好吃！”说着，自己紧跟着奶奶也朝嘴里扔了一把，嚼几下，露出痛苦相，可是那芝麻，真的那么苦吗？苦芝麻磨出来的香油怎么还那么香呢？大姐不信，抓起一把，嚼嚼咽下，随即又想呕吐出来，但已经没什么东西可吐了。二姐也跟着他们吃芝麻，只是吃完，她什么表情也没有留给我们，让我们猜。小弟早已经等得不耐烦了，也吃，刚刚嚼一下就喊：“他们骗你哩，建伟哥！芝麻，真香，真好吃，香死人不偿命啊！”最后一个的我气坏了，边吃芝麻边大喊：“你们——都是骗子——这芝麻，怎么那么好吃呀？”爷爷和爹都慌了神，赶紧劝阻我们说：“都别吃了，吃完了芝麻，过年时到哪磨芝麻香油呀？”我们不管它三七二十一，继续吃。爹一个一个打开我们的小手，把我们的芝麻重新打回被单子上，说：“俗话说得好，吃的香，屙的臭。等会儿，你们放屁放得臭了，可别怪我！”我说“不怪你不怪”，但是，最后一个“你”还没有说出口呢，屁眼里已经挤出来一个象声词：“不儿——”

我们全都笑岔了气，更加可笑的是，他们后面紧跟着臭屁连天，一个比一个放得响、放得臭了。

屁一响，人就长，也就突然之间吧，我感觉自己的个子“噌”一下长高了。我想问问奶奶长了没有，可是看看奶奶好像犯了大错误的样子，看看爷爷满脸阴云密布的样子，看看爹，就不敢问了。这工夫，我看见娘默默拿起了一个簸箕，爷爷拿起了一个簸箕，爹虽然没有拿簸箕，但他一个人悄悄把芝麻捆子抱到地东头，一抱就是五六捆，说是闲着，也没有闲着多少。

等所有人的屁都放干净了，奶奶的芝麻也簸得差不多了。奶奶把簸干净的新芝麻倒进大簸箩里，准备装进一个个百十斤重的面布袋子里，留作过年时，一半磨香油，一半卖。我们的想法跟奶奶的一样，也把这块地杀的芝麻看得比金山银山都金贵，想发财，更想多杀它几垄地的芝麻。想到做到，手和脚的动作一加快，一垄赶一垄，一趟赶一趟，我们轮换着在地里匆忙扒拉几口晌午饭，然后继续杀芝麻，几乎刹那间，我感觉时间不存在了，劳累不存在了。

天擦黑的工夫，芝麻全都杀完了，新丰收的芝麻一下子打了 9 个簸箩，装了 30 多袋子，娘笑得连小眼都笑没有了。可想而知，杀芝麻杀到最后，图的是一股快意，这在我们家是一件多么快乐的事情啊。爹在地头一心一意地摆着芝麻捆子，我们把 200 多捆芝麻抱往地头，让爹 3 捆一支、3 捆一支地摆开阵势，好像诸葛亮的八卦阵。我们也想摆，但芝麻捆子好像集体商量好了似的，摆几捆，倒几捆，一门心思和我们过不去，想不透，爹到底用的是什么魔法呢？这当口，爷爷大姐他们已经把牛套上了架子车，下地拉芝麻，足足拉了三四趟呢！

等我们摸黑回家的工夫，已经迎面看不清谁是谁了。我们大声对话，也是在用声音提醒土路上的人们：我们正走在你们的前头，也许走在你们的后头，听到这声音你们可一定得礼让三先啊！也多亏了我们高声的对话，别人才有意识地跟我们躲路或者让路，不至于让我们撞车！

终于到了家，娘开始烙油馍，煮咸鸭蛋，蒜片拌黄瓜丝儿，打绿豆稀饭，舒舒坦坦地吃饱喝足，老少三代八九个人又胡侃了半天，爷爷奶奶方才赶往村中的老宅院。

起三更了，我隐隐约约听见小石营村有鞭炮声响，有零零星星的哭声，接着又落下来一阵鞭炮声、一阵哭声……我实在太瞌睡了，终于还是睡了过去。

听说，那个村有一个饿汉，好几天没有吃饱过一顿囫囵饭了，结果一口气吃掉了十几斤芝麻，后半夜，肚子开始发撑，活活撑死了。

听说，那个人和我爷爷认识，甚至还有一房七拐八拐的远亲哩，我们还要去奔丧。

听说，爷爷的很多话都很灵验，我们万分庆幸，更万分后怕。

所有的这些听说，都是发生在第二天早晨的事情。

开年大戏

腊月正月，一连起来，就是小村人的“年”。

这开年的第一场大戏，是“起坑”。坑是大水坑，绕村二里半，水深，鱼多，水汽大，那阵势，浩浩荡荡啊！但眼下，冰越结越厚，一刮风，就在水上跑。鱼怕冷，都藏在水底下，怎么个“起”法呀？

从腊八一直等到腊月二十三，没有一个人起坑。村里异常寂静，干冷干冷的，偶有几声鞭炮落进这寂静里，很快就变哑巴了，人也紧跟着变哑巴了，匆匆忙忙地走，话都说不囫囵，个个拉成一张驴脸。我们早憋不住，天天跑去问爹：“我们啥时候起坑呀？”爹劈树根、糊锅台、修风箱，捡到啥活儿都干，一点都不搭理我们。直到腊月二十五晌午饭后，他才一圈圈舔着碗边边说：“明儿一早，起坑！”我们喜欢得直骂老天爷，问爹：“怎么‘起’呀？”爹说：“用大磨网子‘起’！啥鱼都别想跑掉！全部‘起’光！”爹的话太吹牛了，把一个大坑都“起”光了，那该需要多大的一张大磨网子呀？

腊月二十六，天还不亮，冰花就开了一地，爹他们就开始整理大磨网子，宽约5米，长60米，从上面的网浮子，到下面的网坠子，一点一点地修补，连奶奶和娘她们都加入进来了。直到把我们这帮子小孩吵醒，一个个哈着热气儿，也“叽叽喳喳”地加入进去，可惜才三下五下，日头就出来了。大人让我们回家烧锅做饭，我们不答应，想看看大人究竟怎么“起坑”，可胳膊拧不过大腿，最后还是被爹轰走了。爹说：“我们得忙到晌午哩！你们不饿？”奶奶说：“起坑真没啥看头！不就是起几马车鱼吗？”二爷爷说得更叫一个绝：“看啥看？谁看，谁将来就长成蒋忠福那样儿！”谁不知道呀，蒋忠福心眼不全，才“六成”，一年四季，老爱模仿公社书记、村长讲话，一口一个“同志们”，撵都撵不走他。我们一听这话，气得扭头就各回各家，烧红薯茶，馏杂面馍，把风箱拉得好像打雷似的。等到我们重新跑回院子，想叫大人们吃早饭时，哪里还有他们的影子？隐隐约约里，大坑方向似乎传来一些响声，细细分辨，有“啪啪——啪啪”的水声，有“喔喔喔喔——驾”的赶牛声，还有各种各样的嘈杂声……我们抓起一半块杂面馍，边吃边跑，想看看坑边到底发生了什么。

看啊，蒋寨起坑了！

围观在坑西边的，大约几百人，个个拿着长短不一的竹竿、木棒，盯着坑边，目光炯炯，迎着西北风，大嘴半张着，“啪啪啪啪”胡乱拍打着水面，一下比一下拍得使劲，偶尔自顾自地大喊一声，贼突然，贼响！没有谁能够听得懂，也不指望有谁能够听懂，甚至自己都不知道自己在瞎喊什么，多半算是一种惊吓，但不知道具体惊吓什么。更奇怪地，从水雾升腾的世界里闯出来的两只铁皮小船，划船的，一个叫蒋可雨，一个叫蒋孬，两手一竹竿，撑、划、撩、沾、点，一眨眼，就跑出十几米远了。尤其他们最后那么一点，竹竿只轻轻一下，看不见水花儿，“啪啪啪啪”，一串清脆的响声早已经灌满了耳鼓。这还不算，蒋可雨玩起了更加惊险的一招：他先是“走直线”划，划着划着，两脚一个蹬一个提，再一个 90 度的大拐弯，把船整个变成了一头悬崖前受惊的烈马，突然就两蹄立、两蹄飞了！我们把心提到了嗓子眼，生怕这小子万一掉进坑里了，有个三长两短怎么办？但 3 秒钟之后，他竹竿一横，斜刺里朝水面一点，小船竟然又戛然落下，摇摇摆摆着平衡而去……弄得大伙依旧为他担心。我仔细看了看坑里，水早已经不再那么清澈，早已经半清半浑，既然是起坑，为什么把水弄得这么浑浊呢？看不见鱼了怎么办？果真，我和建民他们顺着雾气腾腾的大坑，从西撵到东，一条鱼也没有看见。正在失望当中呢，就看见蒋可雨得意地划着船返了回来，就听见他嘴里不断发出“喔喔喔喔——驾”的赶牛声，就闻见一股股坑里浑水的腥臭味迎风扑鼻而来。我们一个个气不打一处来：好个蒋可雨，难道就你一个人会划船！难道把全坑的鱼都搅浑、搅没了你才安心！

大阵势的喊声、拍水声却在向东移动，一步步，一米米，一丈丈。

浑浊也在向东移动。

直到坑的西面、坑中央全都变浑浊了，全都分不清黑白，我们这才惊喜地看见，从坑中央往东的水面上，黑压压地移动着一颗颗小脑袋——啊，竟然是鱼——各种各样的鱼！

一时间，我们的心快要从胸膛里跳出来了，我们的口水快要流出来了。

拍水的人群却不再向东移动，不仅不移动，而且重新以西面为中心一字散开，继续拍打、叫喊，这时刻，两个划船的人重新划了回来。他俩这是怎么回事呀？我们小声问旁边一个大人。他笑了笑，接下来一脸正经地说：“你们不懂，这是在撵鱼哩！你看，鱼群正在从西往东跑，撵得没地方钻了……哈哈，还多亏他们俩哩！”

原来，他们俩在撵鱼啊！大伙也都在撵鱼啊！坑里的水只有浑浊了，里面才会缺氧，鱼群才会浮出水面，集体东进啊！

突然，我们看见了坑西的爹那帮男人，正一点点贴着坑的底部下大磨网子，一南一北，左右十几个人，抻长了脖子，半步半步地朝东面拉。几乎同时，围在岸上的人群突然沸腾起来，拍打声、喊叫声更加猛烈，刹那间，跺脚声、赶牛赶羊声铺天盖地而来。两个划船的呢，也在配合着拉磨网子的、岸上拍水的，一米一米，向前使劲拍打，使出了吃奶劲儿喊叫……这巨大的声浪，这史无前例的阵势，鱼全都吓傻了、吓瘫了，身子全都被吓僵硬了，一步步东逃，一米米东逃，一丈丈东逃，朝着它们生的一线希望逃跑，再没有别的出路了。我们兴奋万分，也跟着大人们瞎喊，喊赶牛声，学驴叫，学羊叫，学老母鸡下蛋、老公鸡打鸣，也不怕谁笑话，扯着嗓子叫。我想，我们这么卖力地大声叫，鱼一定会被吓跑的，而且是朝东跑。

大磨网子移动到中央位置的时候，鱼就开始跳出水面了，跳得有一两尺高，大大小小地挣扎，争先恐后着摆脱，但瞬间，湍急的水浪淹了过来，这是多么激动人心的时刻啊。鱼跳得越高，我们的脸笑得越灿烂，所谓“鲤鱼跳龙门”，图的肯定是大富大贵的前程；所谓“开门见喜”，喜的肯定是年年有余（鱼）的日子啊。想着想着，大磨网子就过了坑的中央，突然，一道白光直射向半空中，乖乖，真的是一条鲤鱼，一跳起来，竟然有两米高！紧接下来，能跳出两米高的鱼就比比皆是了，因为随着大磨网子的东进、生存水域变小，鱼挣扎得越厉害，跳出来的高度就连连破纪录，鱼越大，其高度越让人吃惊！我们看见，大磨网子的背后，是随之移动着的呼喊着的人群，是两个划船的撵鱼人，吓破了胆儿的鱼群无处可逃，看来只有破釜沉舟、生死一跳了！

还有最后四五米时，所有的鱼全都醒悟了过来，也不管什么冷不冷了，都开始不要命似的跳，高高低低地跳，前前后后地跳，你推着我、我推着你地跳，我压着你、你压着我地跳，谁也不知道谁的生死，但如果你不跳，肯定是死路一条。等网移动到了最后两米，大大小小的鱼都不怎么跳了，大都放弃了活着的想法，只有那些小一些的鱼们虾们还在跳，非常可爱地跳呀跳，惹得坑四周的大人小孩一阵大笑。但只有一个人没有笑，他“扑通”一下跳进刺骨的坑里，在大磨网子西面的水底下使劲用脚试探着，一点点试探着。猛然，他把头整个潜进水里，翻来覆去在寻找着什么，腾出了一片片水花儿。大约一分钟过后，他突然跃出水面，双手举起了一条大约 10 斤重的草鱼，他一边吐着水珠一边喊：“抓到了！我终于抓到这条草鱼了！这家伙真狡猾，竟然钻进了最下面的泥巴窝里，哈哈哈……”定眼一看，竟然是划船的蒋孬。

而不远处，还有比蒋孬更聪明的，他们当中，有撒网的，有下网的，有放鱼鹰子的，有投鱼叉子的……至于各自能捕获多少，我们谁也不知道。

“起坑”是在下午两三点结束的，来来回回，“起”了 5 趟。雾散了，天暖和了，大人小孩的心更暖和了。大队书记在喇叭里公布说，总共“起”了一万多斤，除了小的当明年鱼苗放了之外，挨家挨户能分到 8 斤鱼。不想要鱼的，可以赶蒋桥集换肉、换粮食，反正是“有钱没钱，剃个光头过年”……

到了晚上，这香喷喷的鱼味儿，先是从一家的灶屋里飘出来的，然后是村东头，再后来是一整个蒋寨村。

爹多喝了几两酒，末了，端起一碗鱼肉汤说：“开年先吃鱼，这小日子还不赖！”

娘说：“吃肉吃肉，你就知道吃肉！等肉吃完了，我看咱们家喝西北风去呀？”

爹说：“继续喝酒、吃肉！而且是……年年有余，年年有鱼吃啊！”

许多年过去了，我还记得娘说那一个字时轻蔑的表情，娘说：“屁！”

原载《延河》杂志

大河交响

刘笑伟

黄河，穿高山、越峡谷、汇百川，哺育着华夏儿女，滋养了伟大的中华文明。黄河是中华民族的象征和骄傲。

水脉牵系着血脉。千百年来，黄河岸边的中国，风起云涌，苦难辉煌；黄河岸边的历史，波澜壮阔，精神长存。黄河文化，是中华文明的重要组成部分，也是中华民族精神的重要根脉。

黄河落天向东海。从历史深处走来的黄河，而今正以古老而青春的面孔，承载着新时代的伟大梦想，奔涌向前……

——编者

我聆听着这幅照片发出的震耳欲聋的声音。

2024 年 4 月，延安革命纪念馆。在一幅历史照片前，我伫立许久。

这是一幅因岁月沉积而显得陈旧的照片。其图片说明很简单：“八路军东渡黄河，开赴华北抗日前线。”照片上，一排木船在黄河渡口边整装待发，一队队衣衫褴褛的八路军战士，扛着钢枪，准备登船，支前的民工们有的在船上准备渡河，有的坐在岸边作短暂歇息。

这里是陕西韩城的黄河渡口。照片的左上角，黄河在静静奔流。

不，黄河不是静静奔流的！

古老的黄河，在这个历史转折的关头，仿佛焕发了勃勃生机。伟大的黄河啊，正是因为一次次的转折而重现生机，绰约多姿，也正是因为一次次的转折而百折不挠、震古烁今。

站在这幅历史照片前，我听到了“风在吼，马在叫，黄河在咆哮”那令人震撼的交响曲……

一

黄河，母亲的河。

在这个伟大交响曲的开端，我聆听到了清澈的、细微的声音。听，那是雪的融化，那是风在轻轻拂过巴颜喀拉山北麓约古宗列盆地。我看到了鹰的翅膀，在古老而年轻的太阳下闪光。我看到了一滴水，敲开了青海高原蓝色的门。水滴在汇集，在歌唱，在湛蓝的天空下形成了一条纤细的水流，向东，向东，流淌成中国的第二大河。

黄河是古老的。她在距今100多万年前，经由各自独立的内陆水系逐渐演变而成。

黄河又是年轻的。她在距今10万至1万年间的晚更新世，才逐步形成从源头到入海口奔流不息的大河。

黄河是博大深沉的。《管子》云："水者，地之血气，如筋脉之通流者也。"她蜿蜒向东，穿越青藏高原、内蒙古高原、黄土高原，在崇山峻岭与高山峡谷间奔流，最终在华北平原上一路东进，汇入大海。她跨越了干旱、半干旱和半湿润地区，流经了9个省（自治区），干流全长约5464公里，流域总面积达到79.5万平方公里。一条大河，形成了一部在大地上传唱5000年的史诗，滋养了华夏儿女，也滋养了中华文明。

黄河又是桀骜不驯的。黄河盘桓在黄土高原，河水挟带大量泥沙，进入下游平原地带后迅速沉积，水面落差达到惊人的4480米，从而形成高出两岸的"地上河"。历史上，黄河不断决堤泛滥，不断更新改道，河道迁徙之剧举世无双。黄河下游的河道，曾北达天津，夺海河水系流入渤海，南至江淮，侵淮河水系注入黄海。

站在黄河岸边，我们可以聆听到的不仅仅是波涛流淌的声音。仔细地听，你或许还可以听到先民们"日出而作，日落而息"时唱出的远古民谣。黄河，这时仿佛也成为一条脐带，给一代代先民们带来丰厚营养。你听，在大约110万年前，"蓝田人"在黄河岸边出现了。之后，还有"大荔人""丁村人""河套人"在大河两岸生息繁衍……

远古时，黄河中下游地区雨量充沛，气候宜人。黄土高原和黄河冲积出的平原，土质肥沃，利于垦殖，特殊的地理位置、特殊的环境，为中华民族的先民们提供了良好的生存条件。

中华民族共同的祖先在黄河流域产生。大约 6000 多年前，这里有了五谷四季，有了农耕炊烟。大约在 4000 多年前，这里形成了氏族部落，其中以炎帝、黄帝两大部族最为强大。后来，黄帝取得盟主地位，融合其他部族形成华夏族。黄帝出生地在河南新郑，去世后葬于陕西黄陵，两个地点都位于黄河流域。抗日战争时期，毛泽东同志撰写《四言诗 · 祭黄帝陵》:“赫赫始祖，吾华肇造；胄衍祀绵，岳峨河浩。聪明睿智，光被遐荒；建此伟业，雄立东方……”不论身处在哪里，世界各地的炎黄子孙都把黄河认为“四渎之宗”，把这片广袤肥沃而又温暖的黄土地作为自己的“根脉”。

我们称黄河为“母亲的河”，是因为她的慈祥，以川流不息的河水，默默养育了华夏儿女，无声滋养了中华文明；是因为她的博大，以无比阔大的体量，护佑了一代代中华儿女生生不息、福祚绵长；是因为她的坚韧，以顽强的精神和不屈不挠的品质，激励着华夏儿女们永远不被困难征服，不被入侵者打败。

二

黄河，历史的河。

在这幅八路军东渡黄河开赴抗日前线的历史照片前，我还可以听到，从岁月深处传来的一阵阵古老琴声——大河奔流，宛如一部古琴的琴弦，弹奏着历史的沧桑，大地上布满嘹亮而激越的回响。

近年来，随着黄河国家文化公园的建设，“几字弯”这一特殊地域，引起越来越多人的关注。这一区域内，黄河从上游进入中游，顺地势北上，冲积形成被誉为“塞上江南”的河套平原，再顺着“大漠孤烟、长河落日”的景观南下，到达陕西潼关，遇秦岭的阻挡而转折东流，构成了一个独特的“几”字形地貌。“几字弯”地区，自古就是众多民族共同活动的广袤历史舞台，是华夏文明的重要组成部分。

我一直认为，在中国历史上，黄河流域的地位有几个突出的特点：

这里的文化最早出现在世界文明的地平线上。农耕文明对中华原创性文化的产生和发展有重大影响。比如，黄河流域的种粟农业，成为春秋战国时期儒家文化的物质基础。有了黄河的滋养，谷物、青铜器、古陶、丝绸、阴阳合历、针灸术、象形文字、指南针等陆续在中华大地上出现了。有了黄河的滋养，中华文明成为世界上唯一一个持续了5000年而没有中断的文明；中国成为世界上唯一一个在不断的大碰撞、大融合中保持自己文明、文字和风俗习惯的世界大国。

中华文明的创新创造在这里最为集中。中国古代的“四大发明”均产生在黄河流域，大量的文化典籍也产生在这里。《甘石星经》《黄帝内经》《周礼》《易经》《道德经》《诗经》《论语》《尚书》等古天文学、医学、哲学、文学、政治学文献，照耀着中华民族的文化星空。

历代王朝在这里建都的时间持续最长。从公元前21世纪的夏代开始，众多朝代在黄河流域建都的时间总计长达3000多年。可以说，在我国5000多年文明史上，黄河流域有3000多年是全国政治、经济、文化中心。我国历史上的“七大古都”中，安阳、西安、洛阳、开封四座都在黄河流域。

在黄河流域，一个点一个点地亮起文明的曙光，逐渐汇聚成文明的长河。这些“点状文明”，其中著名的有河南的仰韶文化（约公元前5000年至前3000年）、山东的大汶口文化（约公元前4500年至前2500年）、甘肃的马家窑文化（约公元前3000年至前2100年）等。这些文化遗址的发现，让人们对中华民族先民的创造力肃然起敬。

伴随着黄河的涛声，在殷商西周时期，象形文字产生了。这是中华文化的一大分水岭，也是这个时期最重要的文化事件。从此，我们的历史有了确切的文字记载。凝望着那些青铜器上的文字，我心中激动万分。这哪里是文字，分明是一颗颗散落在文化星空中的星斗啊！它们的光芒，照耀到千年之后，还是那么夺目。

从这个意义上说，我们只有理解了黄河，才能理解中华民族的发展史、奋斗史。

三

黄河，文化的河。

黄河不仅用浪花冲刷出广阔的平原，串联起 9 个省（自治区）的区域文化，还以巨大的气魄连接起横亘千万里、绵延数千年的中华文脉。

诗人王之涣在这里吟咏：“黄河远上白云间，一片孤城万仞山”“白日依山尽，黄河入海流”。李白在《赠裴十四》一诗中写“黄河落天走东海，万里写入胸怀间”，在《将进酒》中写“君不见黄河之水天上来，奔流到海不复回”，在《行路难》中写“欲渡黄河冰塞川，将登太行雪满山”，处处显示出一位伟大诗人对黄河的情怀。还有南北朝的佚名诗人所写“旦辞爷娘去，暮宿黄河边，不闻爷娘唤女声，但闻黄河流水鸣溅溅”，陆游的“三万里河东入海，五千仞岳上摩天”……这些诗词，使得黄河文化越发光彩夺目。

黄河文化，书写着中华民族勤劳勇敢、自强不息的壮丽篇章。“几字弯”是中华文明蹒跚学步的地方。过了“几字弯”，黄河进入中下游之后，几乎立即开启了中华文明最璀璨的大门。西安、洛阳、开封等当时的世界级大都市闪亮登场，极大提高了中华文明的知名度和“含金量”。

黄河文化也推动着世界文明的交流互鉴。黄河不仅滋养了农耕文明，还北接以游牧生活为主的游牧文明，西连以商业文明为主的中亚文明、地中海文明。她胸怀博大，兼容并包，丰富和拓展了中华文明的底蕴。

因为有了受到黄河滋养的延安，中国革命有了落脚点和转折点；因为有了《黄河大合唱》等精神文化产品，延安成了精神的高地、信仰的高地。

到了近现代，奔腾的黄河水，连接起中华传统文化、革命文化和社会主义先进文化，正如她连接起了中华民族的过去、现在和未来。

四

黄河，精神的河。

九曲黄河，一路奔腾向前，以百折不挠的气势，塑造了中华民族的民族品格，影响了中华民族的精神走向。

黄河，有着自强的精神。《周易》强调“天行健，君子以自强不息”的奋斗精神；孔子主张“三军可夺帅也，匹夫不可夺志也”；《史记》说“《诗》三百篇，大抵圣贤发愤之所为作也”……这些在黄河流域诞生的著作，体现着中华民族愈是遭受挫折、愈是奋起进取的精神状态和坚韧意志。

黄河，有着重生的精神。在抗日战争中，我们可以深深感受到中华民族浴火重生的精神。不管时代多么昏暗，不论现实多么悲惨，中国人对国家和民族命运有屈原式的悲愤，但从来没有绝望。因为我们的传统文化中有一个重要的理念：否极泰来。这个理念已经深化于民族心理之中。山河破碎时，中国人也没有失去希望，所以才有“重整河山”。

在八路军东渡黄河开赴抗日前线的历史照片前，我看到了官兵“深信中华民族的伟大力量”，我听到了“终究是要达到驱走日寇、收复失地、得到解放的完全胜利”的誓言。八路军出师抗日前，在陕西泾阳县云阳镇举行了誓师大会，朱德亲率全体指战员庄严宣誓，决心“勇敢抗战，不把日本强盗赶出中国，不把汉奸完全肃清，誓不回家”。有了这样的精神，八路军勇敢无畏地投身到民族解放作战中，取得平型关战斗的伟大胜利。聂荣臻在总结这次战斗的经验时指出，从根本上讲，平型关大捷是我们党坚决抗日的政治路线决定的，官兵英勇无比的精神是取得胜利的决定因素。

伟大的精神力量，在一次又一次地发挥着作用。

在中国革命即将取得胜利的时刻，1948 年 3 月，毛泽东率领中共中央机关前委和中国人民解放军总部，从陕北再次东渡黄河，一路经山西、河北，最后到达西柏坡村。就在这段时间，人民解放军转入全国规模的战略进攻。一年多后，中华人民共和国成立。

大河之所以被称为大河，是因为她的厚重历史与深沉气质。黄河养育了中华民族的先民，见证了数千年历史的沧桑。她是深沉的，在大多数河段，波浪都隐藏在平静的水面之下，涛声也都回响在浪花之间。不走近黄河，你甚至听不到她充满激情的流淌之声。

黄河的神奇，在于她总在平静之处，激荡历史风雷。

1948 年 3 月 23 日下午 1 点左右，中共中央机关和中国人民解放军总部部分人员开始东渡黄河。按照计划安排，毛泽东登上第一艘木船。凝视着河对岸，他深情地说，陕北是个好地方。

黄河的波涛里，有每一个中国人的心灵史。

五

5000 年皇皇史册中，黄河承载了多少华夏儿女的苦难，黄河也孕育了多少中华民族的辉煌！黄河桀骜不羁的性格和一次次决堤改道的历史，锻造了中华儿女不惧外部压力、同自然灾害顽强斗争的决心与意志，为中华民族的文化基因深深打下了坚韧不拔、百折不挠的鲜明烙印。

在努力争取“黄河安澜”的不屈不挠斗争中，中国共产党人创造了伟大的人间奇迹，让“地上悬河”成为造福人民的安宁之河。在我看来，黄河的每一寸波涛里都蕴含着中华民族伟大复兴的不竭源泉和永恒动力。

这些年，我多次来到黄河边。在渡口看黄河奔流，我感受到一种心灵的震撼，思绪也随之奔涌。

如有机会，我们都应该站在黄河边，去听一听大河的涛声。这时，你一定会感觉到，自己的皮肤是被黄河之水染色的。你一定会感觉到，自己的血管里奔流不息的是黄河的支流。那“砯崖转石万壑雷”的涛声，一定会回荡在你人生的旅途之上久久不息，激励着你不懈奋斗、实现梦想。

走出延安革命纪念馆那一刻，我看到了一幅中国地图。我站在地图前，久久地凝视着。啊，黄河！你挽起了长江、长城，连接起了丝绸之路，见证了长征，远眺着大运河……

黄河，你是精神的徽记，你是文明的标识，你是文化的血脉。

啊，黄河！就让我们的血脉加入你的奔流，去奏响中华民族伟大复兴的磅礴交响曲！

原载《解放军报》

四麦之地

李　旭

我要杀死你们中三个
来救活第四个
我沿墒埋下你们中的一个
来面对四季
四姊姊啊　我一一迎娶
迎娶一个命运的四道关口
一道关口的四面八方

——《四麦》

一

小麦是从黄河之水漂下来的金黄的乳汁，是百草中尝到的硕果。

小麦穿过四季，麦秆有四个节，就像四季趴在麦中。一生中跨越了四季的农作物不多。二十四节气，是麦子的节气，呼应着小麦的生长与成熟的节奏。想想大雪节气中的麦子，节气不就是上天专为它缝制的棉被吗？冬天的刑杀独独地赦免了小麦，对于麦子来说永远没有死亡，只有再生。麦子好好地活在冬天。中华文化就是麦种，从未灭绝，但其中充满麦的苦难。草再顽强，冬日里也像蛇一样渺无踪迹，它永远不可能在大雪下发绿。麦子与草不停地对话，草却都露出恶相，那是麦在衰亡之时的幻象、变乱；那也是麦的文明在涅槃、禅让、嬗变关头面对本源力量的产生合二为一伟大梦想与创造。这个雄伟之时，就是大元帝国，它的迅速消亡具有大悲剧的色彩。

小麦是天、地与中华儿女们在大河两岸的杰作。金黄的麦芒，它所向披靡，草的锯齿只能在麦芒还未秀出空当逞强，马群罪恶地践踏，贪婪地啃食麦苗。麦不仅锋芒藏于麦芒，而根扎黄泉，再生，就如四季的轮回，时光不息。谁能感受一下小小个头的麦子，“麦根扎黄泉”谚语的分量呢？真正的绵延的文化是吃粮食，麦子，小麦子长大的，而非肉食，非羊，非鱼，非马，非牛奶。麦中出圣，麦中有灵。麦中现出的是龙，一如草底现出的马蹄和牛羊。

麦子的子女是农民。麦子养大的中国农民，是人类中最善良、最有美德的群体。所有的麦子都是齐平的，没有高矮贵贱之分，没有哪一棵麦子能长有树高，像狼王那样长出长长的狼鬃来。只有天高，天若有子只有一子，他将接受天谴或天佑。

他为什么不能打开却一定要加重麦的三重枷锁？

二

说说大麦、元麦、燕麦。

大麦是麦家族的长女。它的芒比小麦要长些，它身穿厚厚的盔甲，它耐寒，它属于纯粹北方意义上的麦子。就像史诗战争时代的女性，驰骋在北方的寒风之中。它就像从军的花木兰，女儿家披挂男性的装束，是我们横马立枪的初恋。它哺育着汉家的马匹，大汉的骏马，吃的料食是它！是欢乐的啤酒芽！大麦的芒和它养肥的汉马、骆驼是汉人的盾牌和大道向西。它穿着刀枪不破的皮衣，就像传说中的那个叫钟无盐的女子。今天，我们家乡仍然大面积地播种它。它比小麦要提前收割。它在小麦王国的衰退之时，我们想起了它。它是养殖业的主要饲料之一，它给苦难中的我们以甜意以平安以吉祥。它的秸草都散发着牲畜喜欢的甜味。

元麦，也就是青稞麦，是大麦的一种，还有燕麦，产于北燕地、高原一带的麦子，它们是麦文明的前奏，是最初的麦，是麦的源头，神秘力量。与黄土高原和黄河下游流域不同，它的天堂、它的根在青藏高原，与天与神灵更近一步了。它们，是中国北方不可消融的大雪花，是灵魂比肉体还要裸露于光天化日之下的真实。

大史诗！这是麦中最初的也是唯一的伟大的史诗！元麦、燕麦，借助凛冽的大雪日夜吟诵着不朽的诗歌《格萨尔王》！这是大麦、燕麦和它们分野的地方，分道扬镳所在。小麦它只写下辉煌的短句律诗，就像河水冲下的碎片、鳞甲的泪光。想起它的好，就该有泪光。它在青黄不接的大道上，在春天就可捧出果实，长出红红的穗子，给你，让你品尝爱情的味道。比起榆树叶、野菜、观音土、树皮，它就是向你奔窜过来的狼群之中，把你带上马背的那个绛红色的仙女。啊，她的谷穗，就是她早夭的小坟！

农民们的黄金时代已经熟透了。金光灿烂的小麦子，来了。她就是可叫作妻子的那一位。谷场后面的婚娶的酒席，宾客如云。易曰乾坤定矣，钟鼓乐之，红纸贴红新天地，恭迎新人的到来。黏土被爱火的嘴唇灼成三彩、五彩陶瓷。诗人把铁杵刀枪磨成了针，织女用它来刺绣。啊我们的家园，通向多么远大的前程。丝绸和陶瓷上的路，把脚下的山山水水都走成千里、万里画卷。

我把夏日里的麦田，变成了金矿，烈焰，金光，书卷，画册，金钢钻石，耕马，是我的喜爱；丝绸，彩色陶瓷，庙会，厨房里面做的万事万物，龙虎刀枪，才子佳人……是我女人的手艺。

抱紧我遍体金光的麦子般的女人。

三

种麦如做梦。

而麦口是以迅雷之势破梦，露出现实。对于我们，麦梢之上也没有天堂，麦根之下，或可就是地狱，最终将我们埋葬。

麦子熟了，头顶着的毒日烈焰像火鸟烧干我们的喉咙，火中取栗啊。晒烤得黑不溜秋，面朝黄土，焦黄的麦棵之中，像一个无边的蒸笼。我是条游于冒着蒸气的汗水里的鱼，汗流得越多，我这条鲋鱼，在土中，才可飞快地游出这麦口。

像是把一年时光，都高度压缩成了这短短几天之内，像是把一年的刚火和雷雨都调集在这里，麦子有它自己的想法和命运，它一年四季在风中水里火里，它知道得比我们更多。比如 1989 年，我们的麦子全部泡在连绵大雨里，水里捞麦啊，全黑了，夏粮没有交，而秋季补上，麦子不知道我们还有秋天的水稻。它只知道缴完公粮国税，自家已所剩无几了。麦子在狂风中倒伏，在冰雹下颗粒无存。而好年头丰收来丰收去，也不过是多落一把草而已。

高照的毒日，稳如泰山在我们的头顶，多多烘烤、冶炼麦子和我们吧。不要转眼翻脸就是雷电交加。在麦口，我好像从能搬动一个麦捆就不知道夜晚该何时睡在床上。整夜到地里拉麦，在场上铡麦，二十亩地啊全部是麦子。夜晚把蛇抱在怀里都不知道。白发的人爬着在地里割麦，生病的人手握镰，就躺在麦棵边，任毒日暴晒，眼望麦中火舌舔着自己的伤痛，而黄金铺地。一滴雨就惊动所有的泥腿，整夜地抢收，整吨整吨的粮草在手上、肩上一遍遍折腾……

丰收就像火红水蛇，将吃野菜、榆树叶、草根、胡萝卜长大的父亲缠绕、囚禁。麦中的囚徒啊，多么喜悦，多么感恩异常！父亲那高大的身影完全陶醉于这黏土之上，血、汗和泪水滋润的土地啊。然而，大地的暴烈之后是什么？水啊，在麦口之后，永远地漂走了我们飘着黑发的母亲！

远离麦口，不在麦口里打滚哭天的人，有福了！那条漂走我母亲的河流，常常得被烈日晒得要沸的样子，很多年了，有人在前年做梦，梦到我的母亲，说她快要做河神了。多少年，我身无分文，蛰在热浪翻滚的麦地，心潮起伏的麦棵，用镰刀收麦。这古老的镰刀一如古老的月牙载着我写下及未能写下的大地之诗。

啊，愚蠢的、该谴的少年，你为什么看见中国麦地最初的金黄？那最初的丰收养育你，骄纵你把有限的麦行当成无边无际的诗行。那麦中昙现的大气，就像天空的门，霎间为你所望见。青春澎湃的镰刀龙走凤游，倒下和未倒下的麦，就像汉字、字根、线条交织诞生出图形和诗篇。在十七岁，在一首诗里，我写到我在麦地割出爱琴岛的波浪与群山的起伏的光辉，海天地一色的线形。顺着麦地迸射的一线黄金光色，寻找遥遥尘封的家园。

把麦地当作梦乡，就是把蛇幻想成龙那样为这世界所不齿，要遭到蛇的袭击与惊吓。麦穗还在哪一种钞票的正面或反面惹人喜爱呢？这不再是一个吃粮食长大的时代了。我一年比一年气若游丝，黏土也无法止住我伤口的血。那麦芒和茬口倒戳着我的疼痛，连眼泪都是浑浊的。一步一挪地割麦，倒像是麦在割着我。如今，用镰刀割麦的农民已经不多了。有的是收割机，你有钱吗？你不就是想节省几个钱吗？

麦口，这炼狱，这雨季，这一定要来临的恐惧……

四

麦子王国的没落之地啊。

多少年，麦子已离大地而去，白馒头和饺皮只是好年里耕牛肉一般的菜！在濒临饿死的绝境，整村整庄的饿殍之后，麦子！就像神话一夜之间长满祖国田野，就像汉唐的陶瓷又偷偷地盛满了我们惊喜异常的泪水！

葫芦开开，做了瓢，向锅里添水，向田里浇水。葫芦里曾长出个人，叫孟姜女。她会做寒衣，她是个会哭的女子。我们再也不要什么寒衣了。汗流浃背，流火的麦地，火把土的烧成了砖的，那就是我们的新家。一望无垠的麦棵，就像是夏天在黄土上垒就的麦城。麦地，一棵葫瓢也长不出来，它最终驱逐了夏天其他的作物，而长成麦子王国。化肥和农药的火热炎炎的麦地，变成欲望之乡，勾起我们多少欲望，娶妻生子，让娃读书，买车买房……

多少年了，我看着这流火之地，孤独的麦海里，没有渔夫和金鱼，只有农民的汗滴着禾下的土。不管是汗水还是泪水里，都不会捕捞到鱼虾。专制的小麦子蔓延到每一角落，每一块零地，成片的树也不能幸免，田间小路越耕越窄，路旁的野花、野草都绝了种，不要说童年时代那大片的豌豆地了。地里的坟也被铲平，麦子爬上坟顶，像阴沉的王，坐在高处，它该看到自己王国的隐藏的穷途末路和破产。

耕种与收获没有任何情趣。

地母被化肥和科技逼到狂生滥养的境地，只剩下一麦，仅存的小麦病得不轻啊。但有药物，它们在毒药的雨露里活着。高贵何在呢？卑贱是必然的命运。而当遮天蔽日的飞蝗铺满地面的时候，麦地就像六月里的雪，一场噩梦，倏地就飞走了。粮库里的麦粒不是霉烂就是急剧贬值。上边税费已不再要粮食了，直接给钱吧！种麦的地被强行掩埋——种菜！种大棚！种草！种命令你种的一切，据说是能发财的一切东西！1998年，打入地底的麦子上长着日本洋葱，葱种五百块钱一斤，苦死累死，一毛钱一斤，只有卖的，没有买的。

无数人逃离了麦地，像候鸟一样迁徙，踏出另一条春天的路，汇成外出的洪流。多少麦地在经受一个时代的荒芜之后，重新丰收，税费减免。粮价上涨，但种麦田的收入仍然远远不能满足一家人的开销。麦收只成了收入的一个零头。一亩县城边的麦田，一亩地麦子最高可以卖到一千块钱，但是在扩张的楼市之下，一亩地上建成楼房一层层伸入高空，一平方米可以卖到四五千元。

一轮轮的麦地转眼就被描绘成了高楼、厂矿的烟囱，失地的人由哀嚎流离最终也变成拆迁的受益者。麦地在一圈圈地消失，压在三十八层之下。

原载《散文选刊·下半月》杂志

五福村的油菜花节

谭仲池

3月12日，风和日丽，空气清新。一位画家朋友邀我去看油菜花节，我欣然同行。

我从小在农村长大。山茶花、金银花、桂花、芙蓉花、油菜花，乃至山边许多不知名的野花，我一直都很喜欢，也为花写过不少的诗，花在我心中是自然之美的精灵，纷繁的花朵，色彩斑斓，芳香四溢，在枝头簇拥勃发，生发着缠绵的情愫。

沐着春日湿润的阳光，我们朝五福村近三千亩油菜花海走去。五福村位于长沙县江背镇东南一隅。这里，离毛泽东的老师徐特立故乡不到两公里。许多来看油菜花的游客，都会怀着敬仰之情，专程去徐特立纪念馆参观，自觉接受红色文化的熏陶。这个别有风情，让人心动，释放着热烈、遐想的山乡油菜花节，是新时代农民美的心灵寄托，是他们自己雕塑的现代农村新画卷。它是以金色花海为背景，大地为舞台，绿水为弦，油菜花为跳跃的音符，用花的金色、白色、紫色、粉红色编织的五线谱，由五福村农民举办的一场声情并茂、散发乡土气息、激情奔放的交响音乐会。演奏的主题曲是久已沉淀在他们心中的全面小康生活之歌。只有在这个迷人、让人感情激荡的时刻，我才明白，原来画家眼里的油菜花节蕴含着如此温馨的诗情画意、优美旋律。

我们朝东慢行，前面的油菜花开得更艳，菜秆长得更高。纵横交错，连接着一片又一片油菜花的垄中道路，被村民用黄绿蓝红白的彩色水泥，铺设成一条平坦宽阔的五彩路。路两边，撑开的一排排巨大的太阳伞下，有序铺开的小摊上面，摆满了村民自己生产的蔬菜、水果、鸡蛋、粉丝、油炸糯米粑粑、香干、臭豆腐。观赏油菜花的人潮，沿着这条散发着扑鼻香味的花街流动。热闹、欢愉的气氛笼罩着这个偌大的露天花市。在花街上徜徉、购买农产品的老人、姑娘、小伙的笑脸也像油菜花开那样灿烂，放射着光彩。我慢慢地也和着这支彩色的队伍，一会儿就淹没在油菜花和人头攒动的金色波涛之中。

望着眼前的景象，我的心情也如春光变得明媚起来。我仿佛看到了整个中国农村，都像一幅幅美丽动人的油画，铺展在蓝天白云之下。随行的这位画家，常到这里写生，他对五福村很有感情。一路上，他滔滔不绝地给我介绍五福村的发展变化。这时，已临中天的太阳光线，穿过河岸浓密树枝的叶间缝隙，照亮了一条弯曲而清亮的小河，跳入我的眼帘。河水泛着浅绿，缓缓流向人群聚集的拦河石坝。随着浪花腾起，河水急促地钻入坝孔，瞬间变成细细飞瀑，向下游倾泻而去，在河床上溅起无数的雪浪花。画家指着这条河说："它叫南塘嘞河，这个石坝叫金银坝。很久以前，这里就流传着一首民谣：'上坝一坛金，下坝一坛银。明德养五福，田土变黄金。'现在乡亲们的愿望变成了现实。你看这油菜花不就是田土变的黄金吗？"

在田边、河岸、地头、屋场，成群结队、身着各种色彩服饰的游人在兴奋地拍照，在会心交谈，在放声欢笑。还有不少大人带着小孩骑在农民用稻草扎成的牛、马、虎、狮和拖拉机上来回蹦跳爬滚。那放纵的乐趣、激奋的心情，尤其是在一旁观看儿童快乐玩耍的，带着几分天真和稚气的白发老人的神态，仿佛也感染了天空飞翔的蝴蝶、小鸟，花丛穿梭的蜜蜂，一齐向他们靠近，在他们耳边絮语，在一起编织着人与自然相亲相依的和美空间。

我很快融入油菜花海的深处。我轻轻地抚摸和细细端详油菜花的疏枝绿叶、花蕊花瓣，闻到了渗透着泥土味的花香，就觉得身上的每个细胞都在牵动血肉的脉动，萌生久违的心灵忆念。那是当年的油菜花呵！曾经孕育了我最初的梦想，滋润了我童年的岁月。

就是故乡的山、故乡的土、故乡的河、故乡的树、故乡的云、故乡的路、故乡的花，让我从小就懂得青山绿水和土地的温厚、深情、妩媚，是它们雕塑了我的灵魂，铸造了我花样的人生、流金的年华。父亲带我踏春时，教我背下的汤显祖的诗，至今依然清晰地印在脑海里：“妒花风雨怕难销，偶逐晴光扑蝶遥。一半春随残夜醉，却言明日是花朝。”今天，你看这眼前的花节花朝，给游人带来多少追忆、眷恋、期待！多少喜遇、团聚和舒心的展望！花朵是春天的笑靥，早早苏醒的乡野，不再寒冷寂寞，拥抱的却是带露的生命和劳作的霞光。

继续朝前走去，随风翻卷的金色波涛，推涌我们又迈入了一条色彩斑斓的花廊。我蓦然发现数条如飘带似的、嵌在金色浪涛上的银白色萝卜花带，像道道雪亮的闪电，把金色涌浪衬托得格外耀眼辉煌。接着奇迹出现了，一条由杏黄、蓝紫、粉红油菜花拼成的彩色花边，柔软如彩缎，巧妙地镶在一望无边的油菜花海前。渐渐向西移动的太阳在照耀，游客们争先恐后地在彩色油菜花长廊前合影。他们多想给自己留一份春天的美好记忆。

望着这条充满想象的彩色油菜花廊，我沉浸在油菜花节的欢乐气氛中。我萌生一种从未有过的激动与感慨。此刻，我幸福地看到了炫彩的自然生命的流光。金色的彩色的油菜花，你是土地开出的花朵，是根植于农民心中的金色向往。你在告诉我一个亘古不变的道理：“仓廪实而知礼节，衣食足而知荣辱。”从眼前盛开的油菜花，我感受到了在这片土地上民风的友善、淳朴，农民的勤劳、智慧，心胸的开放、达观，生命的丰盈、向美。

我与年轻的村主任游正交谈时，迎面走来一位留着整整齐齐的平头、身材壮实、个子高挑的中年男人。当他靠近时，身上的泥土花香气味扑鼻而来。村主任指着他对我说，他叫陈文科，今年 48 岁，是五福村印子屋组的村民，这片 700 多亩的观赏油菜就是他种植的。

我一边打量陈文科，一边对他说：“这就是你的杰作啊！神奇壮观，让我们大开眼界啊！”我接着问：“这彩色油菜花是你培植的吗？”陈文科摇了摇头，从容不迫地告诉我：他 10 年前开始种油菜，当时租用村民的田土，规模只有 200 多亩。后来才知道，种油菜收入比种粮多。尤其是到了油菜花开的季节，从省城和四周来看油菜花的人一天比一天多，最多一天有 5000 多人。这样无形中又带动了农家乐的生意和农产品的销售。“当时我想，政府号召发展乡村生态旅游，建设美丽乡村，我何不干脆把种植传统油菜改变成种植供游人欣赏的彩色油菜。经多方打听，我从江苏花一千多元一斤买回彩色油菜花种子，结果真种出了让人惊喜的彩色油菜花。去年三月上中旬，油菜花盛开的旺季，来这里踏春赏花、品味农家生态菜、享受大自然的暖情抚慰，还顺道去参观徐特立故居的游客达 20 多万人。那些日子，村上的家家户户都像过节一样，迎送着络绎不绝的来看油菜花的游客。”村主任告诉我，现在全村村民都种油菜水稻，而且形成了“油菜加早稻加晚稻”一年种三季油粮的耕种模式，这样土地利用率极大提高。加上乡村旅游的兴起，农产品销售渠道拓宽，农民共同富裕的路子越走越宽阔。全村 3868 人，去年人均纯收入达 3 万多元。

在村部附近农家后院的篱笆内，我又看到了“标准家庭菜园”里面的菜地、小路、水渠，都修饰装点得像一个个精致的小花园。挂着“小微水体”标牌、生长着各色植物的生活废水过滤湿地，同样呈现出绿色环保的盎然生机。高高耸立在田垄中央山丘上的钢构架观花台，宛如一个巨大的正方形望远镜，托起千百双眼睛在瞭望乡野的缤纷风光和诗意远方。

这时，我看见两位双鬓染霜的女性匆匆朝我们走来。我感觉她们有一种格外的振奋和激动，便主动问她们来自哪里，其中一位叫常娟的市农业银行退休职员对我说：“我出生在相邻的捞刀河村，小时候看油菜花长大，慢慢不觉得新鲜。加上那时农村生活贫苦，根本就没有心情看花。可现在老了，过上了幸福生活，就总想到乡下看看像五福村这样美丽的山村。今天看着遍地金黄的油菜花，自己都觉得变得年轻起来，这也算是找回了自己心中的乡愁吧！”

听着常娟女士开心地说着心中的感受，看着眼前油菜花节洋溢的蓬勃欢乐气氛，我从这个山村闪现的醉人彩影，看到了中国乡村振兴的光明前景。

原载《湘江文艺》

麦地里的父亲

彭家河

爹七十六了，把土地看得很金贵。

不管什么活儿，他做完才收工，经常摸夜路。唉，上了年纪，只要他高兴，就依他吧。妈时常说，再说不听，莫要哪天滚到岩下去就对了，爹大声反驳并教导我们，晚上路是白的，水是亮的，莽子才打瞎摸。的确，赶夜路如测色盲，盯着夜色不眨眼，一会儿，灰白的山路就像冲洗照片一样，从黑夜的深渊慢慢浮上来，一直伸向家的方向。隐约的山路伸向高远的夜空，我看到银河也顺路流淌下来。我上中学时，放假常与父亲背货回家代销，习惯了赶夜路。川北深山灯火寥落，夜色比天空还黑，唯有草丛间昆虫热闹的鸣叫和农家传出的笑声让人温暖，但反倒让我慨叹身世，最终都是一再加快脚步。我中学时就充满了力量，十四五岁背百把斤还能健步如飞，但常羞于在光天化日之下碰到路人，幸好爹也常走夜路，黑夜下行人稀少，能给我足够的尊严和庇护，我隐忍沉稳的性格应该就是在这阶段形成的。一个人背着货物埋头行走，长路漫漫，汗流浃背，头脑却闲着无事，我便思索各种事情，扮演各种角色，推演各种情节，让原本无聊的行程兴味盎然。走到腿软口渴时，找个石头一歇，顿时神清气爽。一路走走歇歇，那些大山、深谷、村落便一一抛在身后，再回头看，当初望而却步的路途也不过如此。这段负重前行的经历加速了我的成长，让我终身受用。走几十里山路，回家吃完饭睡一觉，第二天便生龙活虎。有一次背货回家，我竟一连吃了七碗稀饭，吓得母亲连忙叫我别再吃了。现在回想起来，两个绰约的人影深陷夜色，有时也打开手电筒，两个光点在黑暗中缓缓前进，仿佛夏夜仰望看到的斗转星移。再说，爹在村里走了几十年，哪个边角旮旯不晓得呢。我劝他少做点儿活路，只当是锻炼，他不听，也不急，仍不声不响忙个不停，都说他犟。人到这年纪，该每天泡杯茶晒太阳，但他从不喝茶、不打牌，也不抽烟，无事喜欢看书看电视。大家都给爹提过不少意见，没用。我想，自由大概就是如此，也不再劝他了。

立夏前，安尔表哥打电话告诉我，桂珍姐也打工走了，屋里只剩大表哥永平一人，爹去帮他割油菜。后来爹才说，桂珍姐养了几头架子猪和一窝小猪，猪瘟全死了，损失上万，她哭着出去打工了。从我家到表哥家，要走两个小时山路。晌午太阳大，都晒得头痛，爹在地里割菜籽慢条斯理，不戴草帽，也不歇。爹一直这样，慢性子，改不了。不过，七十多岁，也不用改了。我知道，他这样慢是怕手脚快了漏掉菜籽，也怕晒干的油菜荚炸裂。接到这个电话，我反而踏实了，这说明爹身体还不错。爹的电话经常打不通，个把月才给我们打个电话，净说些村上的事后就关机，说费钱。现在接电话早就不收费了，他的电话也加入了我们的套餐，包月，不费钱，但他还是习惯随手关机，可能是觉得充电也花钱。他来电话，全是说村里谁又死了、谁快死了。这些听起来太晦气，我之前常吼他别说这些不吉利的事。今年夏天热，百年不遇，城里不少人得了热射病，一头栽下去就起不来了。我提醒他喝点儿藿香正气水，他说出汗就是排毒，农村人哪那么娇气。每年他都是在坡上扯几把香龙草、车前草、折耳根晒干泡水喝。想到爹曾经说过的只言片语，我明白，他已有自己一整套经过实践检验的人生哲学，他只遵从自己的哲学，难怪对别人的话无动于衷。七十而从心所欲，不逾矩，孔子也说是这样。

端午快到了，女儿要中考，不能回乡。爹一早就打来电话，大声东拉西扯。

我问，麦子收完没？

爹说，今年种了十亩地的一块，还是联合收割机收的。十亩地是个地名，在村子东面山腰，全村的旱地集中在那一片，一户人一绺。四十多年，户主没变，地界也没变。有户主死了，土地就承袭给户主儿子。如果户主的儿子打工不种，村里又没人要，这块地就会长满野草，把自己深深地藏起来，真正地退耕还草。

爹又说，付工钱是按面积算，去年量是一亩六，今年量咋是一亩九呢？一会儿就收完了。前些年机器少，收麦子一百二十块钱一亩，今年才七十。

我说，今年汽油柴油价那么高，咋才七十呢？不要跟人家讲价，收多少就给多少。一亩七十元，城里两根雪糕都不只这个钱，相当于两根雪糕就哄人帮你收了一亩地的麦子。

爹笑，啥子雪糕那么贵？啥味道？

我也笑，说，估计就是电视上天天打广告的那个雪糕，我也没吃过。其实我给孩子买过，四十块钱一根，叫哈什么斯，不敢说。

爹说，小明今年种了四十亩麦子，铁龙每年光麦子就要卖一万多块。小明是我家邻居，因打麦子被机器打断了几截手指。铁龙是村上的小学教师，中师毕业的，现在村小没几个学生，他便把重心从狭小的讲台转向广阔的麦地。

我问，一亩地要收多少麦子？麦子多少钱一斤？

爹说，没称过。干麦子贵点儿，青麦子不值钱。前段时间有人在收青麦子去做饲料，可惜了。我们的麦子从不打农药，没卖过。

我说，就当一亩地收一千斤，一斤一块五吧。

爹说，哪有那么高。现在种地都是靠化肥，也不经管，莫得原来那么淘神。不少人天天在地里打农药，头天打药，第二天就卖。地里现在草都不长，有些地栽什么死什么，地也废了，难怪现在癌症那么多。

我沉默半天，说，地少种点儿，就当是锻炼身体。现在不缺吃不缺穿，种那么多做啥？一千斤麦子能纯落多少钱？

爹说，种子、化肥、工钱一算，落不了几个，还不算自己的人工，在外面打工一天也有两百。在家自己不种地，也会让别人请去帮干忙，也闲不下来。

我说，现在到哪里打工能有两百？我现在每天都挣不到两百。老年人已过了挣大钱的期辰了，少生病就是在挣大钱……

爹话多，翻旧账，认死理，早年我们每次对话都不欢而散，有时我只得把手机放在一边，让他自言自语，估计说得差不多了，就拿起电话说好了，听到他“哦哦哦”满意地挂了电话，我才松了口气。现在，我也能心平气和地听他漫无边际慢慢地说了。

爹只用老款手机，不上网，不聊天。我在二爸的微信朋友圈看到，一台收割机伸出白森森的獠牙在麦地里来来回回，一行行麦子惊魂不定，束手就擒。早年镰刀一出手，就听到麦子们齐声的尖叫和沉重的咽气声。现在，在震耳的机器声中，听不到麦子们的呼喊，它们被成片拦腰切断，流水般卷入机器下的旋涡，悄无声息。几袋烟工夫，波浪起伏的麦地就干涸零乱了。早年的麦收从不如此了无生趣，村民们边劳作边笑谈，长辈们也会安排未婚男女借机相见，沉重的体力劳动总让人心情愉悦。

与城里一样，农村学校每到五月也要放假，叫忙假，我想就是让孩子回家帮父母抢种抢收。早年村里没公路，更早些年还没电，收割是件极为沉重的大事。各家各户都舍不得把麦秆丢在地里，要把麦子从根部割断，打捆背回家，小孩一趟最多能背两捆。麦芒带齿，流星般从孩子们裸露的肩背上划过，细嫩的皮肤上就留下一道道血痕，火辣辣的，冒着血珠，汗水浸上，痛如针扎。前前后后，麦收要半个多月，直到全村把地里的庄稼收拾完了，背回家的麦捆、油菜垛也晒得差不多了，于是一家接一家开始打麦子、打菜籽。

每家每户都有成套的农具。打麦子的连枷、木杈，晒麦子的篾垫、木耙，清麦壳的风斗、筛子，还有装麦子的竹篅子。这些农具平时堆在墙角，灰头土脸，只有收麦打麦时才容光焕发。一到五月，全家老小就泡在小麦上了，有时还要请人帮忙，这几天人多饭好，与过节一样。小孩每天要到村里上学，回家还要做家务、收庄稼，人小事多，比父母爷爷奶奶还累，经常在麦草堆上一歪就睡着了。村里经常有孩子天黑没落屋，父母也不着急，等忙完了才到附近的晒坝上找，结果都是从草堆里拉出来，就像在地里掏红苕，一提一大串。收麦打麦的重活儿要成年人经手，送捆麦子的稻草、攒麦子、捡麦穗、送水、送小晌午这些，就是小孩的事。在打谷子时，给打谷机抱谷子、捡稻穗这些，也是小孩的任务。小孩子干农活儿，都像鸡公屙屎头一截，开始还像模像样，要不了多久就会拉稀摆带。

忙假一般是根据农时来放，有时三天，有时两天，好像是专门与小孩子作对，等孩子们累得干不动了，就回校上课。到了教室，男女同学手上都打着茧疤或血泡，肩上背上也磨破了皮。等伤恢复得差不多时，又要放两天假。农村孩子的细皮嫩肉，就如此一天天粗粝强壮起来。如果麦收时节遇上大风或阵雨，那真就得与天老爷抢饭吃了。半夜三更就要起床进地，把麦子割倒，不然大风几个来回，麦子就会在地里扭成一团，麦穗里的麦粒全漏出来掉进地里，根本无法收拾。如果一连几天阴雨，麦穗上就会生出嫩黄的麦芽，那这一季就白忙了。村民们只要看到天气变化，就会放下手中的一切，全家进地抢收。

我小学还没毕业，村里开始用柴油机带动脱粒机打麦子，连枷晾在一边。村里都是几家人一起互相帮忙打麦子。提前把麦子准备到脱粒机喂料口前，传麦把、割麦把、送料、叉麦草、撮麦粒的人一字排开，打麦子的流水线就成形了。大家都用口罩帽子把自己蒙得严严实实。柴油机一响，在震耳欲聋的机器声中，大家都紧张忙碌地重复手上的动作。一户人的麦子最多打四十分钟，但这几十分钟下来，每个人的眉睫上都沾着一层黑灰，吐出的全是黑痰，要漱洗两三天才是清口水。机器打麦快，但是暗藏杀机。送料手稍有不慎，麦子就会把手带进喂料口。脱粒机里有一个飞速旋转的滚筒，滚筒上用螺栓固定着几根磨得锃亮的铁纹杆，转起来就是一道白光，手往前一靠，半个手掌眨眼就不见了。村里有两个喂料手就是在送料时手伸长了一分，从此终身残疾。每次打麦子，爹都喂料。爹早年是村里的农机员，能拆卸修理柴油机、喷灌机、抽水机，对小型农机懂得比别人多，知道机器的脾气，对脱粒机咬手的性子也一清二楚，不像年轻人毛手毛脚不知深浅。

柴油机声音太大，打麦的人全靠眼神和手势交流，往往会领会错误，埋下安全隐患。村里通电后，柴油机换成电动机，并把电动机与脱粒机安装在一起，再也不用长长的皮带，喂料都是用扫把把麦子往喂料口里推，声音小又安全。让人心有余悸的打麦变得如此悠闲，主要是靠电，电费便宜，电动机操作也方便。电闸一拉，说动就动，说停就停，不添油加水。后来，村里打工的走得越来越多，只留下了老人和小孩，无人能抬机器，也不能组建打麦互助组，收麦子就只割麦穗，在地里摊块塑料布，边割边晒，等到天黑前就用细长的黄荆棍敲打麦穗，扫走麦壳，半背连壳带米的麦粒就是一年的收成。收麦打麦隆重的仪式再三简化，仿佛是应付敷衍。

每到春节，外出打工的村民都要回家，带回不少新鲜的物件和故事，爹也跃跃欲试，妈都劝他，老都老了，打什么工。直到妹妹到外地上学去了，家里不愁吃穿只差钱时，爹也加入了南下北上的打工洪流，在东莞看厂房、到咸阳工地绑钢筋、到宣汉采石油……家里的好田好地被转让走了，差一点儿的就直接撂荒。这一撂就是十五年。等我们三姊妹全都毕业成家后，爹才回家，收拾家具又种庄稼。现在农业税也不缴、公粮也不交，种粮是净得，村里通了公路，还用上了自来水，比起早年，的确轻松多了。这几年，乡下没有疫情，爹哪里也不去，把早年转包出去的田地全收回来，麦子、油菜、水稻都种，猪鸡鸭鹅全养，迅速从城市务工人员还原成乡下农民。

我掐指一算，爹外出打工时已上五十。那时我才二十多岁，刚考进机关，正从乡村教师向公文写手过渡。机关工作忙闲莫测，忙时通宵加班，太晚了就在办公室把沙发垫子铺在水泥地上睡，闲时就一张报纸看整天。我家木楼上有不少书，果树种植、农机修理、汽车驾驶等，其中也有一些文学书籍，就堆在我的床后。我有空就拿出来翻，有一次翻到了我爹当年的练习本，用圆珠笔画的松鹤、人物，栩栩如生，还有一篇未投出去的新闻稿，他也取了一个笔名。但这些故事以及他的梦想，他从来没讲过。

爹写一手好墨笔字。每年除夕夜，邻居们都会拿上红纸请爹写春联。除夕要守岁，在灶屋生一堆火，架着干透的老树桩，屋外的寒气再也不敢长驱而入了。爹裁完红纸，折成七个米字格，然后蘸墨运笔，“生意兴隆通四海，财源广进达三江”“天增岁月人增寿，春满乾坤福满门”这些对联我们从小就耳熟能详，几十年后，我看不少人家还是贴的这些春联。爹在小桌上写春联，同院的孩子们就围着火堆烤红苕花生，最小的孩子往往坐着坐着就偏在一边睡着了。爹除了写春联，也写喜联、寿联、挽幛和花圈。喜联寿联是结婚过生时才写，红纸黑字或金字。村里村外有白事，都要送葬。挽幛是把床单、毯子、布匹等用竹竿撑起，贴上大大的“南极星辰”“音容宛在”等白纸黑字，再题款落名。花圈要用纸扎，中间只写一个“悼”或“奠”。挽联要在白纸上写，看到写得好的挽联，爹也要赞扬几句，还让我读，“多少人痛悼斯人难再得，千百世最伤此世不重来”等挽联我至今也背得。爹写的是隶书，蚕头燕尾，浑厚庄重。黑字白纸，悲伤之气力透纸背，黑字红纸，喜庆之情溢于纸上。看到爹的字的人，都说写这字的是吃的笔墨饭，其实不是，爹用锄头镰刀也麻利。

我们家三个孩子，姐姐初中毕业没考上学，复读了两年便进县城打工。我中师毕业到村里教书。妹妹初中毕业也没考上学，爹托人让她读了一个中专，结果中专又不包分配，又只有打工。我家有个邻居比父亲小点儿，无手艺，无力气，每年春节一过，就跟上亲戚外出打工。一年去一个省份，工作也不那么容易找，干几个月就换个城市，几年下来，差不多把全国走遍了。到年底回家，也拿不出多少钱。爹也觉得不错，即使挣不到钱，能全国免费旅游，也是件好事。这也是爹开始到西安、广东的全国巡回打工的底线，见不到钱，见见世面也好。我们邻村外出打工有挣到钱的，也有出车祸、坐牢、音信全无的。爹说他在咸阳工地，见到有人在工地上掉下来，被钢筋穿透身体，在达州油田看到有人埋头捡上衣包里掉出的打火机，被强夯机的夯锤打入泥土，他同学的儿子在广东抢银行被狙击……他讲到最后，就告诉我们要多做好事多行善事，要努力学习勤奋工作。他在用他的人生，给我们探路试错。

妹妹中专毕业后，学的专业也没用处，也到广东打工，几年后没着落便回家结婚。爹在省外几个城市走走停停，由于年纪偏大，没有专长，“钱”途渺茫，于是也不再盲目外出，就近帮姐夫妹夫做点儿零活儿，后来就给姐姐和妹妹在城里带孩子。爹在城里几年，也闲不住。在他看来，垃圾堆边到处都是有用值钱的东西，于是悄悄搬到家里放在床下，时间一久，堆得满屋都是。有一次，他还把人家丢下的旧家具搬回家，结果引起家里严重的纠纷。姐妹和我家的孩子都大了，上小学初中和大学了，爹与妈在城里无所事事，不时还引发家庭矛盾。婆年龄也大了，九十多岁，生活不能自理，我们与二爸、幺爸三家要轮流赡养，没有办法，爹妈又回到农村，收拾空闲多年的瓦房，重新开始耕田挖地的乡村生活。

家里的庄稼收种之余，闲下无事，爹还帮邻居亲戚家收种，一年四季，喷嚏都不打一个。村里不少人家把老房子都改建成了钢筋水泥的洋房，爹也在盘算，想重修成二楼一底的水泥房。

我说，立木的防震，冬暖夏凉，民宿那种，在瓦房基础上改造升级就行。

爹说，水泥房子经事，以后我们都死了，房子烂了，你们就不回来了。生老病死，我知道是自然规律，但我们从来都会刻意回避，爹却如此坦然地说出来。

我说，立木瓦房住起来舒服，两个月就可以整治完，你们也可以多享受几年。水泥房要拆了重修，一年半载都弄不归一。等你们老得走不动了，咋上二楼?

婆去年在九十七岁上去世了。爹说，阴阳先生说三年内不能动土。修房立屋是大事，准备三年也不算长。再说，我们的意见要统一也不是一句话，存钱修房也要些年辰。

爹这七十多年，我知道的其实也不多；我这四十多年，他知道的其实也不多。我们各自在自己的旅途上前行，也都感受着对方的光和温暖。

原载《广州文艺》杂志

故乡的味道

王开生

一

有些食物消失了。

秋之时节，崂山北九水蜿蜒的山路上，凉风习习，清溪潺潺。一辆微面停在山阴道旁，一位中年山民正在一棵老树上摘果子。车门大开的车厢里，有多半篮无花果、小半篮黑色的果子，忍不住伸手摸了一颗黑的，放进嘴里。是软枣！久违的滋味！崂山的软枣个头大，甜度高，若搁在四五十年前，此物多串成糖球沿街售卖，价格比山楂糖球要便宜，比山药蛋糖球略贵。小孩子们都买得起，也爱吃。如今，软枣糖球和山药蛋糖球都难觅其踪了！

小时候常吃一种炒面，现在很少见到有人家食用了。

炒面，并不是炒的面条，是炒面粉。20 世纪 70 年代面粉也分等级，特一粉、特二粉、标准粉、普通粉种种。平民百姓一般炒的是普通粉，有时还加一点黑面，即是等外粉。炒面用一口八印大铁锅，燃柴，面中会添上一点红糖，干炒，火候比较难把控，炒至七八成时，面香弥漫厅堂。那是童年的家的味道。炒面炒熟后，用开水冲着吃，糊糊状，极黏稠，喷喷香。奶奶尤精此道。

我自小跟着奶奶爷爷长大。奶奶原籍胶州，嫁至青岛。她生于宣统元年（1909），长相清秀，手极巧，亦擅女红。奶奶的强项，是会做各种民间面食，馒头卡花枣饽饽，包子饺子擀面条自不必说，五月端午包粽子，七夕节烙饽饽，槐花饼、单饼、发面饼等等。她的拿手好戏是烙葱油饼，奶奶叫“瓢子饼”。瓢子饼两面起焦，饼心抹上油盐，撒把葱花，熥熟烙透后，层次分明，空口吃，味极美，连掉在桌上的焦屑也不浪费。

20 世纪 70 年代，粮油凭票供应。普通人家能吃上白面，实属不易，每月总要掺上几顿粗粮，黑面、地瓜面、苞米面都有。黑面蒸成馒头，地瓜面蒸成窝窝头，苞米面贴在锅边，糊成饼子，也可熬成苞米面粥，都挺难吃！改善生活时，奶奶会包上一顿糖包，白面，三角形，中间起三个面褶，也叫糖三角。糖三角，顾名思义，馅儿是红蔗糖，偶尔也包顿白砂糖馅的，更金贵。小孩子对甜蜜的食物尤其依恋，凡是甜食，皆当美味，吃一顿糖包，高兴得像是过年一样。

和糖三角差不多光景的，是甜豆包。豆包，馅心是红豆，但不是如今的豆沙包。甜豆包个头和大包子差不多，形状更圆，红豆馅儿是颗粒状，未碾成细沙，吃起来满口货，既香又甜，也瓷实。甜豆包馅中要添一点糖，糖供应紧张时，也可添一点糖精。很好吃！糖三角和甜豆包这对老朋友，我已多年不见。

中秋佳节，朋友圈中晒出各色美食。冷不丁的，一位画家朋友晒出来一个火烧，一瞧，是久违的名吃杠子头火烧，朋友还幽默地注释道：不带馅的月饼。

杠子头火烧，小时候经常见，时不时也吃，特点是面紧且硬，耐贮存，越放越结实，不易坏。女人走夜路时，揣上一个杠子头火烧，或可用来防身。青岛人形容某人又犟又杠又硬，便叫他“杠子头”，人和火烧，不知谁的名字享用得更早些。杠子头火烧不独是青岛的特产，近邻的潍坊和烟台都有。有一年去外地出差，路上中巴车里，一位烟台朋友取出一袋杠子头火烧分给大家解馋。火烧是袖珍版的，比普通的杠子头火烧小三分之一，有嚼劲儿，有新麦香，也顶饥。一行人吃得不亦乐乎，共忆起旧时往事趣事。如今，正宗的杠子头火烧很少见了。

秋天是丰收的季节。旧时，每至此季，我家铁路宿舍东南头的上庄粮店门前，地瓜堆得山高，市民从家里拿了麻袋，赶来粮店排队买地瓜。整个秋冬季，地瓜是主要的副食，其身百变，成为小时候的一个不小的念想。冬天家里生了炉子，挑几个细而尖的地瓜，扔到炉膛里，烤熟时，地瓜会流油，扑去炉灰，剥开皮，细甜，喷香。一种叫“沙巴金”的地瓜品种，瓤是深橘红色的，口感更甜，是地瓜中的皇后，万里挑一，偶尔才能遇到。沙巴金佳瓜难觅，不小心中了奖，会欢呼雀跃。那时候，快乐来得真是容易。

20 世纪 90 年代初，偶然发现八大关武胜关路临街的一处偏房里，有位老妪专门售卖烤沙巴金地瓜，生意很好，同事们时不时去买回一点儿解馋。后来，不知何故烤地瓜不卖了，再后来，老太太也走了。一晃眼，一别沙巴金三十年，弹指一挥间的事。

地瓜枣儿，并不是枣。地瓜煮熟了，切片切条，晾在盖垫上，或晾在院里的墙头上，借阳光晒至半干，即是地瓜枣儿，老青岛人都这么叫。地瓜枣放置一段时间，表面会生出糖霜来，似一层白布，更可口，也更抢手。地瓜枣儿是零食，不当饭。

地瓜生切片晒干，叫地瓜干，粉白色，是补充主食的副食，当粮食吃。最简单的食法是蒸地瓜干，空口吃，吃多了易胀气。地瓜干切成丁，在糖精水里泡一泡，可包成地瓜干包子，味道说不上好与孬，充饥而已。我在写下这些文字的时候，地瓜干的影像在脑海里像过片一样，我开始有些怀念它们了。

靠海吃海。小时候印象中的海货，是各种冰鱼，以带鱼鲐鲅小杂鱼居多。有一年国营菜店后院里进了一卡车对虾虾头，售价仅三分钱一斤，少有人问津。对虾头没油水！那时一年到头，常吃一种盐渍小鱼干，叫“青板儿”，至多一拃长，样子扁平，细刺多而密，极咸，空口吃不得，太齁人。家里多是将鱼干蒸着吃，熥上一遍又一遍，很下饭。到了冬天，将鱼干支在炉圈上，烤着吃，烤出鱼油，烤干烘焦，连刺也能下咽。如今生活好了，咸青板鱼干也随之遁迹于市。

六七年前的一个重阳节，我随文联大沽河采风团行至胶州少海老城，在友人的一户农家小院吃晚餐，朋友端上来一笸箩飘着葱油香气的面食，香气直抵肺腑。瓤子饼！我忙不迭地抓起一块塞进嘴里，全然不顾吃相。这是一张真正的瓤子饼，虽时隔四十多年，但完全是熟悉的奶奶的味道！一刹那，我的眼泪跟着就要流出来了。

我们是失去故乡的一代人，只能把出生地当作桑梓地。奶奶勤巧的手艺，成就了我对故乡的味蕾记忆，成就了有迹可循的家乡味道、家乡小吃、家乡念想，不然，我们的灵魂将如何安放是好？

二

在青岛乃至胶东半岛，刀鱼是老百姓餐桌上不可或缺的寻常海味，喜食者众。刀鱼属无鳞鱼，按照旧俗，虽上不了大席，却是过春节时每家必备的年菜。其实，本地人所说的刀鱼，应称带鱼。不知何故，一直以来，青岛原住民皆称呼带鱼为刀鱼，约定俗成，习以为常。像带鱼那样细长的刀，该是种什么样的冷兵器？此命名着实令人费解。

带鱼为野生海捕，鲜美细嫩，鱼刺呈上中下状排列，分布有序，易食用。在冰鲜的鱼类之中，带鱼凭其口感多处于“领鲜”的地位，岛上人家几乎无人不爱。过去春节置办年货时，有两种鱼忙年时必会提前加工制作好，其一是五香熏鲅鱼，再者即是煎（炸）带鱼，青岛方言称之为“熥刀鱼”。熥，有两面煎之意。

煎带鱼，应属吾家餐桌上的“非物质文化遗产”菜品，沿袭弥久。岛上传统的煎带鱼，须先用生抽、轻盐和五香面腌卤，再挂上干面粉，下煎锅慢煎至两面金黄。煎鱼比炸鱼更讲究火候，口感亦佳。先煎后蒸的带鱼，风味尤殊，喜者如我，常年食来乐此不疲。据闻同好煎蒸带鱼者，绝不在少数。

“刀鱼头，鲅鱼尾。”这句出自岛城关于吃鱼的民谚，旧时广被传诵。除了煎、炸、熏等常规烹调方法之外，新鲜的带鱼，多与应季的韭菜或茼蒿一起下锅带汤烹制，青岛人称之为“熬刀鱼”。菜取鱼之鲜美，鱼吸菜之清香，互相成就，相得益彰。尤其个中的鱼头，食之鲜美无出其右者。

二十年前舟山渔港路边的海鲜大排档，正如火如荼在城市中蔓延。消夜明档里偶遇一种类似大砍刀状的海鱼，长约半米，肉白质嫩，味道佳绝。当地人皆称其为刀鱼。仅从外观来看，倒是恰如其分。由此可见，海洋中之刀鱼，的确另有其身。

“溶溶晴港漾春晖，芦笋生时柳絮飞。还有江南风物否，桃花流水鮆鱼肥。”苏东坡这首《寒芦港》诗中所咏的鮆鱼，古人又称为鲚鱼、鮤鱼等，江南人如今皆称之为刀鱼，多出自淡水的江河湖泊之中。

李时珍《本草纲目·鳞部》记载:“鲚生江湖中，常以三月始出，状狭而长，薄如削木片，亦如长薄尖刀形……肉中多细刺。”古人将产于江河中的刀鱼，称为江鲚；出于湖泊里的刀鱼，叫作湖鲚。江鲚贵于湖鲚。而产于黄梅季节的刀鲚，又称为梅鲚。其肥腴鲜香，与白虾、银鱼共称为“太湖三宝”。

江南流域春季应市的刀鱼，前些年价格之巨令人咋舌。扬州近郊、瓜洲沿江即盛产刀鱼，味极鲜美，李笠翁誉之为“春馔妙物”。据闻刀鱼身价鼎盛时，每斤可售七八千元，是名副其实的“黄金鱼”。近年价格虽有所回落，但一两千元每斤总要有。长江刀鱼单尾重逾二两者，已属上品，价格更高。

依北方人的性格，似乎注定食不来淡水刀鱼，无关价格之高低。其肉寡刺多是主因，另外也的确没那个耐心。吃一小口鱼肉，要吐三四口鱼刺，实在有些划不来。江南人对此却情有独钟，引为春季食之盛宴，多用绍酒和火腿等合而蒸之。据闻旧时江南之大户人家，亦有在此季取刀鱼肉而成馄饨者，费工费力费银子，叹为奢侈之举。

所谓不时不食。刀鱼的最佳品鉴期，以清明节为分界线。清明之前，鱼肉之美自不必说，鱼中大刺且皆柔软，可清炸后蘸椒盐食之，酥香脆鲜。过了清明节气的刀鱼，大骨立马变得生硬，肉质亦大打折扣，价格也一落千丈了。

刀鱼另有凤鲚和刀鲚之分。年纪稍长一点的北方人，大都食过凤鲚，其多以五香罐头的形式面市。在物质生活相对匮乏的年代，此是绝好的下酒菜。凤鲚俗称凤尾鱼。

三

谷雨到，鲅鱼跳，丈人笑。

春季鲅鱼上市，女婿要给老丈人家送鲅鱼礼，是青岛地区独有的民间习俗。从何时源起，已不可考。故鲅鱼时节，亦是考验青岛女婿孝心之时。手里拎的鲅鱼个头越大，老丈人的脸上越有光。而这些年本地春鲅鱼价格的一路上扬，也让年轻的女婿们着实有些吃不消了。

鲅鱼，学名蓝点马鲛，属近海温水性洄游鱼类，产于我国东海、黄海和渤海海域，舟山、连云港和山东沿海等渔场最为多见。习惯上认为，崂山近海出品的鲅鱼，品质尤佳。

幼时，五香熏鲅鱼是过年时的一个不小的念想。青岛本土菜系的构成，传统上既少辣，又少甜。而口味偏甜的熏鲅鱼却是个例外，其风味更接近于淮扬菜。苏帮菜的传统熏鱼，食材是淡水青鱼，与岛城的五香熏鲅鱼，虽属一南一北，熏制口味上却如出一辙，出人意料。

鲅鱼的做法颇多，最接地气的是土法家常烧。以崂山渔家出品为正宗，多佐以应季的蒜薹同烧，双鲜！烹调时，若选用柴烧大铁锅，可在锅沿边贴上玉米面饼子，风味尤殊。我独偏爱挂糊少许的煎蒸鲅鱼。将鲅鱼切成厚片，先两面煎至焦黄，再回锅蒸熟，以自家出品为上选。诀窍是加少许生抽和五香面腌制，百食不厌，是舌尖上的乡愁味道。

肉质鲜美，少刺无鳞，是鲅鱼招人喜欢的原因。故鲅鱼水饺和鲅鱼丸子亦是岛城独特的地方风味，汤鲜馅美，人皆爱之。尤以巴掌大个头的鲅鱼水饺，最显渔家风情。

鲅鱼多在春秋两季为汛期，而春鲅鱼之口感，明显优于秋鲅鱼。袁枚在《随园食单·时节须知》中讲："有先时而见好者……所谓四时之序，成功者退，精华已竭。"即是说，有些食物提前食用，则更显美味，旺盛期已过，精华则尽。故鲅鱼以春季为贵，春鲅鱼又以体大者为尊。鲅鱼出水即含恨而逝，亦不能人工养殖，这是其价格逐年走高的重要原因。

鲜鲅鱼略施轻盐水，风干后，崂山渔家人称其为"一卤鲜"。保存得当，可贮藏数月之久。其可蒸可炒，可煎可烤，深受岛城吃货们的青睐，亦是众多海鲜土菜馆里的必备家常菜。

春鲅鱼的鱼籽是无上妙品。20 世纪 70 年代，我曾在母亲单位的公共食堂里吃过一饭盒红烧鲅鱼籽，大快朵颐，满嘴留香，给幼年味蕾留下终生印记。那时，鲅鱼籽是下脚料，不受待见，价贱如泥。如今，鲅鱼籽却鹞子翻身般，俨然成为稀罕物，身价亦不可同日而语。

每年春夏之交，崂山渔家都会在临海的院里，自然风干一些鲅鱼籽，青岛人称其为"甜晒"。甜晒后的鲅鱼籽，最宜支在铁炉子上炙烤，鲜得流鱼油，香得流口水，是最本味的海洋美食。加上葱姜后隔水蒸食，风味亦佳。我一直认为，甜晒蛤蜊肉、金钩海米和风干鲅鱼籽，可称之为淡干海鲜类的“岛城三宝”，品质上乘，又可独自成肴，更是下酒的妙配。

四

胶东菜和济南菜，花开两朵，撑起了八大菜系之鲁菜。济南菜，如敦厚朴实的山东大汉，沉稳内敛，以烹制内陆菜见长；胶东菜，如灵慧可人的山东小嫚，轻松活泼，以烹制海鲜为强项。而青岛菜是胶东菜中的旗舰、风向标，亦好比是山东小嫚中的时尚女郎。

青岛原住民对本地所产的各色海鲜，有着自己独特的分类方式。传统上归为两大类：一类称之为“小海鲜”，价格亲民，最接地气，以贝类为主打，约涵盖了蛤蜊、毛蛤蜊（毛蚶）、扇贝、蛏子、刀蚬、海虹（贻贝）、海蛎子（牡蛎）、小海螺、香螺、辣螺、泥螺等，以及八带蛸（章鱼）、蛎虾、虾虎、海星、海胆、海蜇、末货等。其他的虽都归为“大海鲜”范畴，但本地人却并无此种叫法。“大海鲜”一般是指海参、鲍鱼、对虾、螃蟹、大海螺以及各种海鱼等相对高档的海鲜。餐桌上，大海鲜支撑场面，小海鲜满足味蕾。

青岛人请客，讲究以大海鲜点睛，小海鲜铺底，原则上要有一整条海鱼，以示隆重。若要上档次，可再加海参或鲍鱼、对虾等，也基本算是常态。

冷菜，在席中热菜上桌间隔时，起调剂缓冲作用。在岛城，海鲜类冷盘中会有几个热门选项，分别是：冻菜凉粉、菠菜拌毛蛤蜊、白菜拌海蜇皮、黄瓜拌海螺片、小葱拌八带、腊八蒜拌扇贝和五香熏鲅鱼等，最显岛城地方特色。

俗话说，冷水蛎子热水蛤。隆冬时节牡蛎最肥，初夏时节蛤蜊最美。小海鲜的烹制，多以蒸食和白灼为主，最能保留其本味。熟能生巧，技术含量似乎并不高。“哈啤酒，吃蛤蜊”，已成为岛城市井百姓饮食的标配，外地人至此，多也十分乐意尝试一下渔岛风情。

青岛菜的经典名品，无一例外出自“大海鲜”。传统的代表菜如葱烧海参、煎大虾、扒原壳鲍鱼、清蒸加吉鱼、百花酿蟹钳和油爆螺片等。此类菜品烹制精良，但口味和形式上过于传统，多见于正式场合。如“煎大虾”，色泽鲜亮、装盘美观，但口味偏甜，制作费时费力。本地海鲜餐馆，多将此改良为“大虾烧白菜”替代。用大白菜锁住大虾流出的虾油和鲜汁，使之成为最接地气的改良版本帮特色菜。

另有一类海鲜，因其小众和高端，难见于大众餐桌，却在美食江湖上留有神话般的传说。

乌鱼蛋，为海洋美食名品。梁实秋先生在《雅舍谈吃》中有专门介绍的短篇《乌鱼钱》。只不过梁实秋先生将其误以为是墨鱼的子宫了。其实乌鱼蛋是墨鱼的缠卵腺。水发之乌鱼蛋，外表似山鸡蛋，其内呈薄片状粘连在一起，须人工将其一片片剥离。漂在汤中的乌鱼蛋薄片，如浮起之古钱，故雅称“乌鱼钱”。酸辣乌鱼蛋，既是鲁菜的经典名品，亦是国宴的首选汤菜，历时久矣。

传统上，乌鱼蛋宜用高汤煲之，配料首推优质的酸黄瓜，再是上乘的胡椒粉，可解腥提鲜。缺一，味道即失之于平淡。另佐有米醋、香菜末等，用淀粉勾薄芡而成。其酸辣可口，亦营养开胃。

“更有诸城来美味，西施舌进玉盘中。”这是清代郑板桥在做潍县县令时所咏的《潍县竹枝词》中的词句。西施舌，应称为青岛地区海鲜中的贵族。其形如大蛤，上尖下圆，光滑饱满，肉质洁白软韧，入口爽滑，鲜美异常，俨然美妇之舌，故名。其实，若按其出身，西施舌应归之于小海鲜家族。但因其对水质要求苛刻，亦不能人工养殖，且季节性强、产量少等因素，遂物以稀为贵了。大众餐桌上几乎难见其踪。

《本草从新》记载，西施舌“补阴、益精、润脏腑、止烦渴”。岛城原胶南县泊里镇所出，壳大薄脆，食之微甜，品质上佳。其秋季多产，以深冬所采挖者，尤为肥美。

芙蓉西施舌，是鲁菜的经典名款。1972 年 8 月，柬埔寨西哈努克亲王访问青岛时，其为欢迎菜单上的第一道热菜。同年 9 月，日本时任首相田中角荣到访中国，亦曾慕名品尝了高汤氽西施舌，食材即是原胶南县泊里镇所出。

西施舌最讲究的吃法，是只选取西施舌大半个舌尖之肉，以高级清汤和原汁煨之。余下内脏等皆弃之，方达味之极致。另多佐以野生竹荪增鲜，小菜心点缀。此亦是国宴中的经典菜式之一。

经年之秋，曾在海滨某地吃过“原汁西施舌”，连壳带肉浸在汤盅里，黑乎乎的内脏令人望而止箸。不但可惜了一碗鲜汤，还白白唐突了西施美人，实在是暴殄天物，大煞风景。

仙胎鱼有“崂山中华鲟”之美称。清《即墨县志》记载：“仙胎鱼出白沙河，从九水来，山回涧折，其流长而清湛不染泥尘，鱼之游泳于清泉白石中者也，大可五六寸，鲜美异常。”其生长极富个性，幼时游至海中以藻类为食。及长，重回河流。即是青岛人所说之“两合水”。仙胎鱼有嫩黄瓜般的清香气，汤汁洁白，比泰山赤鳞鱼更为珍稀。

五

北宋时，高邮籍婉约派诗人秦观有《鹊桥仙》一词广为流传。词曰：“纤云弄巧，飞星传恨，银汉迢迢暗度。金风玉露一相逢，便胜却人间无数。柔情似水，佳期如梦，忍顾鹊桥归路。两情若是久长时，又岂在朝朝暮暮。”农历七月初七，称为七夕节，是民间纪念牛郎织女相会的日子。《风俗记》亦记载：“七夕，织女当渡河，使鹊为桥。”秦观之词，无疑是众多咏七夕之诗词中的经典。

古代，女子在七夕日有向织女乞巧之风俗，故七夕节又称“乞巧节”“女儿节”等，在民间亦几乎是妇女们的节日了。此日，北方风俗有：设香案摆瓜果供奉织女，穿针引线巧手比赛，在瓜棚葡萄架下听牛郎织女说悄悄话等。江南民俗则有：庭中露台拜双星，穿针引线测目力，搭“乞巧楼”于庭院等。

而南北方趋同的食俗，即是食自制之巧果。

著名的百年老字号糕点店稻香村，每年七夕节来临之际，皆会制作精美的巧果应市。其多以模子成形，烤箱中烘焙而成。此当属现代之巧果，亦成为时令点心的一种了。

沈朝初《忆江南》词曰：“苏州好，乞巧望双星。果切云盘堆玉缕，针抛金井汲银瓶。新月挂疏棂。”江南的巧果，传统上多以面和糖制作，或以麻花形，或以飞禽形，油炸令其脆，亦谓之巧果。《姑苏志》亦记载：“七月七日以油面作巧果，盖以吃巧叶，乞巧也。”

北方之巧果，旧时多用面粉干烙而成。据说七夕节吃了巧果，女孩子会变得心灵手巧。

小时候，胶州籍的奶奶，亦是做巧果的好手。每至七夕前日，老人家会用两种四格老榼子，做出各种形状的榼花小饽饽来，青岛人称其为“卡花”。一般将面粉中加入鸡蛋、糖精和面，用一口十人大铁锅，下燃柴火松球。把翻榼的面团，两面反复翻烙至熟。熟后之卡花，面饼呈淡黄色，面皮微焦，香甜而有嚼头。卡花即是巧果。奶奶还会用一条细彩绳，穿上小篮子、小桃子、小元宝和小鸡等造型的袖珍卡花，套在我脖子上。在外边玩饿了，咬一个吃，既富童趣儿，也是童年片刻的甜蜜幸福所在，亦是年中的一个念想和盼头。源于此，青岛话还衍生出一个专用的词“卡花”来，形容父母和孩子长得像。此是七夕节不经意间的又一贡献了。

东晋葛洪的《西京杂记》记载，七夕节始于汉代，至今已两千余年。斗转星移，岁月更替。抚今追昔，诸多民俗文化中的传统民俗和节食，早已随着那个时代或消失殆尽，或演变成为快餐文化。空留一缕余香，令人唏嘘感叹。

原载《北方文学》杂志

乡村四季图

张建全

当山坡下、渠岸边的柳枝泛绿的时候，整个冬天都爬在田野的麦苗也开始返青了。燕子这会儿一定会回来，它的身影总是一闪而过，尽管它会到我家屋檐下衔泥筑窝，但它不会像麻雀那样，什么时候都叽叽喳喳。

桃花和杏花是抢着开放的，白的红的粉的花色，就像是树爸爸树妈妈给它的孩子挑选的衣服，在早晨的阳光下是那样崭新、那样鲜艳、那样诱人。

“啊，桃花开了！啊，杏花开了！”人们一边赞叹着，一边把鼻子凑近花朵，“好香啊！好香啊！”总有人难抑兴奋之情。那些树下的鸡呀鸭呀鹅呀，也正在兴高采烈地舒展着自已的腿脚呢。猫和狗就更欢畅了，肆意地跑、狂妄地跳。

水渠里的水面破冰不几天，鸭子就骄傲地跳入水中，大概只有它才能享受冷水下面的美味。当鸭主人吆喝它们上岸回家时，那些在水中忘情的鸭子们头也不回，仿佛在说：“我们还没有玩够哪！”蝌蚪像墨汁一样，悄悄地顺水而下，每到这时，我们会用脸盆把它打捞上来。那洋瓷脸盆是白色的，水是透明的，蝌蚪一身黑衣，像是在水中跳着芭蕾，等我们玩儿够了，就把它又倒回水渠中。也许它们会埋怨我们耽误了它的旅程。

槐树、杨树以及其他所有的树随后也出新叶了，就连路边的野草，也慢慢地给大地披上绿装。乡亲们渐渐脱了厚厚的棉衣，享受春节过后最轻松的季节。就是下地干活儿，也显得急切切的，因为春天的土地仿佛也在呼吸着新鲜的空气。那些大喉咙、粗嗓子的男人们，猫过了一个冬天，双手早就痒痒了，他们摩拳擦掌，不是收拾春耕所需的农具，就是在牛圈马圈出粪。父亲常常一边感慨“一年之计在于春”，一边对我讲只有搞好春种才能迎来秋收的道理。

母亲自有她忙着的高兴事儿，她与那些大婶子、小嫂子们找桑树、采桑叶。显然，又到了养蚕的时节。开始，蚕籽如同芝麻粒一样粘在报纸上，母亲用棉布把它轻轻包住，然后小心翼翼地装进内衣口袋，通过体温孵化它。三两天后，那小线头一般的蚕宝宝就破壳出世了。这时，母亲早准备了一个个小盒子，盒子里备好了嫩绿嫩绿的小桑叶。蚕宝宝刚被扒拉到小盒子中时，只见桑叶不见蚕。过不几天，蚕宝宝身体就变粗变白了。再大些时，母亲就给蚕宝宝搬家，小盒子换成竹筛子，桑叶也添了一遍又一遍，筛子也由一个两个变成三个四个……那一阵子，我们家成了春蚕的世界。

“你听听，看你能听见蚕吃桑叶的声音吗？”母亲这时显得蛮有成就感呢！

当春蚕长大变老，自己爬上竹筛边上的麦秸捆、吐丝作茧时，父亲一边帮母亲忙活，一边还会给我讲解“作茧自缚”的成语和“春蚕到死丝方尽”的古诗。

春季里，小学校的文艺活动格外多，那只高高的喇叭时常传来亲切的歌儿，“小燕子，穿花衣，年年春天来这里……”村子里女娃们喜欢的玩意儿，无外乎是踢毽子、跳皮筋。要是去了田野，见到蝴蝶，她们会高兴地去追，但蝴蝶却有着高超的闪避脱逃功夫，当追它的女娃不小心摔倒哭叫的时候，蝴蝶会恶作剧似的，一闪一闪地又飞向另一处花丛。

我们这些“准男子汉”们玩的都是带劲的，摔跤，打垒球，对拐子，撞马架，要不就滚铁环，打弹弓，比赛上树。

各家大人当然是我们玩耍时的观众，他们一双双眼睛和一声声“加油”的叫喊，常常让每一个参赛者拼命都要争出个输赢来。可笑的是，有一回我们比赛上树，铁蛋穿着一条破裤子，情急之下抱着树直接下滑落地，结果小鸡鸡被树杈划破流血了，半个月不能站直走路。

夏天，麦子仿佛忽然就黄了，算黄算割鸟飞来了，这阵子会越过麦浪，在飞过村庄的时候，拼命地鸣叫“算黄算割，算黄算割”，它是提醒人们——割麦的日子到了！

大人盼望收割，就像小孩盼望过年。这几日，大地是金灿灿的，原上的婆姨们早就磨好了镰刀、修整好晾晒场。小伙子们生龙活虎，挥汗如雨。如果有陌生的面孔，那一定是赶场子的麦客，他们的一招一式，就像舞蹈一样，动作熟练整齐，人朝前走，身后便是一捆一捆可爱的麦垛。

也许只用三四天时间，脱粒、晾晒、淘洗、磨粉之后，家家户户就能吃上面条、锅盔、馒头、馅饼、饺子等等，那散发着新鲜麦香的吃食，既是大地的杰作，也是父老乡亲的奖章。

收割完小麦，随之种上玉米后，就到了乡亲们称之为“忙罢”的时节。于是，“看忙罢”成了一个古老的传统礼节。通常出嫁在外的姑娘们会带着丈夫和孩子回娘家探亲，而且要带上新麦面粉蒸好的红糖包子。

要是谁家添丁有喜了，是男孩，通常会收到扎实的祝贺与羡慕，要是女孩，则会收到安慰性的调侃：“啊，你将来不愁没有糖包子吃了！”

夏天的知了牛仿佛没有闲着的时候，它们纷纷从地下爬出来，趁着夜色悄悄地上了树。但是，我和伙伴们会用手电筒寻找入夜就忙着上树的倒霉蛋子，抓住它，一个、两个、三个……我们会把它放进竹筐里，个别幸运儿会从缝隙大的地方逃生，不幸的就会壮烈牺牲！

当然，“知了”大军是谁也阻挡不住的，不用几天，方圆多少里的树上，就会爬满土黄色的知了牛，一夜之间，又都蜕壳变蝉，衣服也变成青黑色的了，泥土随之留在了一捏就碎的壳上，现在的它已纤尘不染，那翅膀亮得好像是高级玻璃纸制成的。它们永不停歇地鸣叫着，像乡村夏天年年都有的交响乐。

在渠水中跳舞的蝌蚪，原来到了秋天，已经长大成了蛙，它们分享着水渠两岸野草下面的阴凉，白天会默默地消暑呢，入夜有了凉风，它们则开始拉歌，你方唱罢我登场，此起彼伏，夜以继日。

我问过父亲，青蛙唱歌儿使那么大的劲，会不会把腮帮子鼓破呢？父亲笑着反问，你见过屎壳郎被熏死过吗？

苹果红了，秋天也过去了大半，有人拉着架子车，车上装着甜瓜、西瓜叫卖：“红沙瓤、赛冰糖，门扇大的豁豁子……”喊声越来越近，喊着喊着就进了村子，于是张家抱了两个走，王家抱了两个走，有人用钱买，有人用粮换。有时发生争执，那卖瓜人是外来的，不敢生硬，有时就得因为瓜的生熟斤两，给人家吃亏了的买家再切上半个西瓜；也有人仗势欺人，这时村里长者就会被人请来主持公道。而长者的尊严在于一碗水端平，他出面说话，只要话说完了，握手言和的多。我们村有个好名声——厚道，讲理，好客，想必这正是长者所要维护的口碑。

我跟母亲去棉花地里摘过棉花，本来绿油油的棉花地，这会儿已由绿变褐，雪白的棉花挂满了枝头。一朵朵摘，一筐筐装，一车车拉。

玉米先是吐了红缨，再是结棒灌浆，等一尺长的棒子头上鼓出了玉米粒，收获的日子就近了；玉米秆儿像是玉米年迈的父母，等玉米棒离开了它的怀抱，它就干枯了，衰竭了，被砍倒、扎成捆儿，拉回各家，最后成了冬天里必备的柴火。

月亮最喜欢秋高气爽，她常常悠闲地看望我家的小院儿，父亲喜欢在院子中间摆放一张小木桌，吃着茶点，拉着闲话。月亮有时会悄悄地从高空探下身子，趴在我家墙头。也许父亲曾经当兵的故事总是太长，我往往会在院子地上铺的草席上睡着，而那肉鼓囊囊的癞蛤蟆，有几次竟趁机骚扰了我。

母亲在房前屋后种了南瓜、丝瓜、西葫芦，它们贡献了一个季节鲜嫩的蔬菜，那藤蔓爬上爬下，这时也开始变老，而母亲特意留下的种瓜显得格外大。

母羊下羔，雏鸡出窝，老鸡带着一群儿女觅食时没有禁忌，它好像自豪于自己成功地当了鸡妈妈。它们这时获得的吃食比平时要丰富得多，而凌晨打鸣的公鸡，只能远远地看着它的妻子儿女。

“小河的水清悠悠，庄稼盖满了沟，解放军进山来，帮助咱们闹秋收……”十里村广播站也许只有一张唱片，每天一歌唱小河，每月一歌还是唱小河，我就是在放羊的时候听会了这首歌的。

秋末时，我家远近闻名的柿子树叶子就会掉光，红彤彤的火晶柿子会遮住半边天，父亲照例会请村里年长的人过来品尝，但喜鹊不讲人礼，它们仗高欺人，树梢上的佳果被它们分享完了不说，还把果皮烂酱弹到我们的头上！

我用弹弓瞄准欢叫的喜鹊正要打时，却被父亲拦住，他说：“喜鹊是益鸟，它们来了吉祥呢！”

过冬了，开始有大雾了，棉衣就悄悄上身，清晨上学的路上，有时雾中会突然钻出一个人来。他用铁锨挑着竹筐，筐里装满了牛粪和马粪，那马蹄声时近时远。

霜也跟着来，田野里没有庄稼时，深夜会成为大雁的宿营地。当大雁起程飞走后，会留下干净的便粪，通常只有勤快的老者，才能抢先把雁粪收进自家的肥料堆里。

我只是在天上看过飞向南方的雁阵，它们或者排成“一”字，或者排成“人”字，当它们的队伍整齐地向前飞的时候，竟然显得那么从容，那么高傲，下面的村庄、平原、河流，它们都无暇顾盼，只是向前、向南，徒留我们一双双仰望的目光。

也有失散了的孤雁，一只或两只，它们行色匆匆，叫声凄厉，每当这时，父亲可能会爆一句粗口“狗日的！”他说总有人猎杀大雁，大雁受伤了，就赶不上队伍了，多半会死在路上。“雁通人性呢！”父亲可怜那凄叫的孤雁。

在天上大大地写上“一”字和“人”字，大雁用它特殊的身体语言，在告诉我们什么呢?

当各家各户菜窖里储存满一个冬天需要的白萝卜、红萝卜、大葱、蒜苗、红薯、白菜时，雪花就悠悠然地来了，有时显得吝啬，细末儿一般的雪一落地，转眼就不见踪影。

但总有鹅毛大雪铺天盖地的时候。“飘雪花了！”“瑞雪兆丰年呀！”

我们在雪地里奔跑，打仗，堆雪人儿。远处的山是白的，附近的屋顶和树枝全都挂上或盖上棉花一样的白雪。总有人这会儿会大声朗诵“北国风光，千里冰封，万里雪飘……”

兔子是害怕大雪的，它每一次跳动，都会陷入厚厚的雪里，于是狡兔变成了憨兔。一个村的狗这会儿会被集中起来，足有二十只，方圆一二十里的田野，顿时变成了天然的猎兔场。那场面太壮观了！这时的英雄是那只跑得最快的长腿狗，它叼着兔子回来时，狗主人像将军一样威风。

麻雀与兔子一样，也是讨厌大雪的，饥饿会让一群麻雀钻进我们特设的机关中，我们在暗地里观察，当麻雀在筛子下面忘情地抢食时，我们拉了长绳，于是麻雀成了我们的猎物。

腊月和正月接踵而至，大扫除、蒸年馍、备年货，当家家户户贴上红对联、挂上红灯笼时，“过年”的狂欢就开始了。

最期待这些日子的人，一是不懂事的小孩，二是懂事了的青年。小孩子们盼着穿新衣、放鞭炮、拜大年，收红包儿；青年们则盼着早点相亲、见面，找到意中人。于是，总有牵手成功的一对对新人走村串巷，那衣服是新的，自行车也是新的，进村时端庄含蓄，小心推车慢行，等出了村口上了大路，就见一吱溜，女子屁股刚跳上后座，车就飙出好远，留下一串咯咯咯的笑声。

即使平时不怎么正经说话的人，但只要他成功地做了红娘，婚礼上也会正襟危坐地在婚宴的上席，一脸端庄地接受新郎新娘敬上的香烟和热茶。

正月里，照例是唱大戏的好时节，舞狮子、踩高跷、吼秦腔、唱眉户，村村有广场，镇镇有戏台；元宵节那一天，更是各路英豪的角斗场，每年都会涌现新的叫得响的角儿。

我时常怀念我的故乡，她在关中平原，渭河北岸，白蟒原下……

原载“学习强国”网站

牛粪本纪

学　群

不再需要牛来耕田、拉车、推磨的时代，牛粪成了牛的唯一。牛皮牛骨牛肉都不属于牛。发球牛的只有牛粪。湖水退去，在那场网与电的浩劫之后，湖草长起来。这是牛的季节。在湖滩上，我常常跟一堆堆牛粪相遇。草用了一个冬天半个春天来生长。牛跟着这些草的脚步，俯下身去啃食，从头到尾用全副身体来反刍来消化来酝酿来创造，最后有了这些牛粪。

牛粪是牛最伟大的作品。

我说的是干牛粪。一块刚出炉的湿牛粪，阳光和风，也包括虫和雨水，还没有加入进来，上面的图案还没有固化成形。每一块干牛粪都是这湖中天和地一起来完成。颜色有些接近水泥地。可是，生硬、冷冰冰的水泥，没有这样的温暖与友善。草质的，调和着阳光雨水的亲和力。牛粪是有生命的。一块臀面一般隆起的草地，三块牛粪从三个不同的方向组合在一起。每一块都有着不同的形状，组合到一起浑然天成，像三叶的马蹄莲。上面的图案各不相同，却又互相牵带，互为凭依：一个像浓缩的湖滩，蒙浑汗漫不着边际。一个如水波，层层荡开。还有一个，顶着太阳的光圈，闪动最草本的光谱。水、太阳和地，谁会想到，在这里，在这些最不起眼的事物上，有这样宏大的主题在。它或许只是在说，宏大并不要靠张扬、靠喧哗。太极之大，一图含之。谁的肚子孕育了它？它到底是草食动物，还是隐居的哲人？天黑下来之后，听它们反刍的声音，总觉得那是在参悟什么。有一种不为人知的道存乎其中。不，它们不是隐士，它们只是牛。是牛在吃草。许多隐士，只有学着像牛一样吃素。

看的牛粪多了，慢慢就发现，不同的牛，下粪的姿势不同，留在地上的牛粪也不一样。一条正在发情中的公牛，它要把生命中的威猛与力全部调动起来，集结到一处地方。那块集中地，恰好也是牛粪生成的地方。这些不会不表现到牛粪上。它弓起身，有些像是在完成一生中的那件大事。这般对空架设导弹似的拉下来的牛粪，一块一块往上垒，像一根硕大的楠竹笋，像人类为某种信仰砌起的宝塔。有时候，这座宝塔恰好在某个斜坡上，加上风，有时还会加上雨和雪，宝塔会倾侧。侧倒的牛粪塔不会各自逃散。一层一层，湖草强劲的纤维把所有的楼层联结在一起。有哪一座斜塔能跟它比呢？创造它的公牛，吃过湖滩上的草和花，有着近吨级的体重，无人可比的里比多。人不可能这样。人要这样，就会痔疮流血，就会为伊消得人憔悴……

对于一条母牛来说，下牛粪算不得大事，还有更重要的东西要下。它一边吃草一边来做这件事情。吃草牵去它的大半注意力，它的身子取朝向前面的姿势。在它的后面，下牛粪只是附带。牛粪摊大饼似的摊得有些开。出现在我面前的牛粪，中间呈凹陷状，四周层层叠起如湖岸。它像是在隐喻着湖泊，隐喻着地中海。细细一看，就知道里面是盛过水的。开裂的湖床在告诉你，最后的水从那儿消失。还有，中间一道稍稍棱起的曲线隐约把湖分成两部分，仿佛在暗示牛的两个胃。我弯下身朝着这座湖泊看来看去的时候，旁边一头小牛从草地抬起头，好奇地望着我。它一直望着。或许只有公牛才这样。身子里的江河是否要流向牛粪的源头，公牛能够闻出来。我不是一头公牛，我没有那个意思。我转向小牛。小牛一阵猛跑，又停下来朝我望。我知道这些小牛，它们的牛粪总是东一点，西一点，到处都是。仿佛那只是它们手上的一个玩具。像那些跳房子的人，他们把手上的东西丢到哪儿，哪儿就是他们的房子。从它们身上抛下来的，多半是粪蛋蛋，会跳的样子。

现在很少有真正意义上的老牛了，那种阅尽世事、享尽天年的老牛！母牛还好一点，只要还能生育，它多半还有资格活着。公牛就不同了，它长得足够大，肉足够多的时候，往往就是它的忌日。决定一头牛是生是死的，不是寿数，是市场上肉的价钱。那一年的肉价好，不要说公牛，即便是母牛和小牛，也会提前变成肉。因此，一头牛是不是老，不能从生开始算它活过多久。要从死那边开始，反过来看它离死还有多远。只要离死足够近，它就是一头老牛了。一头牛，假如它是最后一趟到湖里来吃草，下一轮到湖里来吃草不会再有它，或许冥冥中它会感觉到。在好些方面，动物比我们嗅觉要灵。也许它会嗅到死亡的气味。一条不久前被送到菜市场去的牛，我特意让放牛人领我去看它留在滩涂上的牛粪。牛粪足够大，上面差不多是平的。世间的山地与沟壑，浓缩到一盘牛粪上，看不出多少起伏。一个人到了这时候看世界，大抵如此。一头牛的世界观，就在它的牛粪上。想要理解牛，就去看那些牛粪。

当然是湖滩上的牛粪。湖以外，在那些牛圈附近也会有“牛粪”。那是另一种东西。每年秋去冬来的时候，湖水往下退，湖草开始从泥里往外长。从这时起，一直到春天湖水涨上来，湖滩是牛的季节。牛从这里回到它们是牛的时候。牛粪也因此称其为牛粪。等到回到岸上去，它们就得以肉，以皮革，以牛骨的形式，加入另一种循环。生活不再是吃草。作为生产与消费的一环，上游会有饲料源源不断流过来，填到它们的里面。牛粪不再是可以成饼成塔的东西。松松垮垮堆作一处，像沙子互不粘连。沙子可以洗出一粒粒光来，这东西一见水就只剩浑浊。它当然不是牛粪。在它的下游，它是肥料，作物可以长得肥肥胖胖。它是鱼饲料，鱼会变得脑满肠肥，像三胖子在水里踱步。湖滩上的牛粪哪是这样！它的前身，那些湖草可不是平庸之辈。一年中有一大半时间是在水下，在黑暗的湖泥底下，凭一条宿根顽强地活在那里。等到湖水退去，它们从地底露出头来，外面已是冬天。冰和雪眼看就来了。它们不管，迎着冰雪往上长。下雪的日子，我曾扒开冰雪，看到它们绿绿的叶子，正长着呢。它们没有太多的时间，它们不能等。等到湖岸上那些草睁开眼来准备生长时，它们已经开花，即将完成生命的周期。这样的草是有筋骨的，是非凡的。难怪那些吃草的牛老是在反刍，像反刍某些经典。它们的反刍，最终来到牛粪上。

小时候就喜欢牛粪。从前头进去后头出来的东西里，就只有牛粪。它简直就是一只发过酵的草饼，质地是草。烧起来，那烟味也是陈年的草。草的味道，加上时间的味道。时间留在一张老照片上的，也在这牛粪里头。我们会在地上挖一孔窑，让牛粪在里头烧成心红的样子。真奇怪，牛粪的烟是这么接近天空的颜色。

原载《散文选刊·下半月》杂志

口　福

厉彦林

人生在世离不开“吃穿”二字，吃排第一，可见“口福”是人一生最大的福分。

“煎饼卷大葱”，这是山东人的口福。山东是华东地区最北端的省份，这里山丘面积大，四季分明，适合玉米、小麦、小米、地瓜等农作物种植，因而煎饼成了耐储存、便携带的传统美食。山东人的口味偏咸，喜欢用酱油、盐、辣椒、花椒、八角等配料。大葱在山东既是一种常见的蔬菜，又可称经济作物。家家户户菜园和房前屋后都种着一排排、一垄垄、一沟沟的大葱，煎饼的芳香与葱的天然清香卷在一起，从颜色到味道，都让人觉得香甜、爽口，咬起来也劲道。当然，它在味道浓重、程序严格、赋予儒家礼数的“鲁菜”之中，属于山野土菜。随着时间的推移，人们的生活水平和饮食品质也提高了，口味更加刁钻，但“煎饼卷大葱”在山东却作为传统美食保留着，被广大百姓喜欢。“一张煎饼，席卷天下。”煎饼不仅可以卷大葱，也可以卷肉片、卷蒜薹、卷黄瓜、卷生菜、卷油条、卷芝麻盐，许多吃食都可用煎饼卷起来。眼下，山东煎饼多产于泰沂山脉及周边地区，大葱以济南章丘大葱最为有名。海内外来山东的游客，大多要亲口尝尝山东的“煎饼卷大葱”。现代社会，山东人吃大葱也开始节制，主要因为吃完大葱嘴里有味，待人接物不文明。即使吃大葱也得把握得体，如有接待或聚会，就早早禁吃葱蒜，或者刷牙、漱口，嚼嚼口香糖、喷喷口气清新剂。

我国是个农耕文明的国家，长期以来农业一直占主导地位，吃饭始终是第一位的问题。也可以说，我们历代祖先都在为吃饱饭而忙碌着。即使过去那些所谓“盛世”，也从未真正让人民吃饱穿暖，口福没有条件实现。

2020 年，中国历史性地完成脱贫任务，终结了困扰中华民族和中国人民几千年的绝对贫困问题，所有中国人都能吃上饱饭了，这可是了不起的大事，值得歌颂和铭记。

我 20 世纪 50 年代末出生在沂蒙山区的一个普通农民家庭。那正是生活困难时期，农村普遍穷，家家户户穷得揭不开锅，大人孩子围着锅台转，就连大人也嘴馋。虽然日子穷，但生活还挺讲究，努力让“穷日子过得有滋有味”。过年时，家家都得想方设法添衣帽、买鞭炮、贴对联，盼望着买鱼割肉解解馋，重头戏是吃顿水饺；过中秋节，能吃上个含有花生仁、葵花仁、核桃仁、青红丝、黑芝麻，又酥又香的“五仁月饼”，更觉大有口福。我母亲千方百计让我们吃饱饭，地瓜秧、花生皮也能上饭桌，当然也有能解馋的，譬如红烧排骨、猪肉水饺、家常豆腐、海砂子面……有这些好饭时，我们都是吃得锅干碗净，几乎一点儿残渣不留。娘烙的菜煎饼也是口感极好的美食。春天烙煎饼时，把事先切好的韭菜摊在热鏊子上，打上个鸡蛋，再撒点儿盐或酱等作料，上边再盖上一张新烙的煎饼，等菜熟了，煎饼外皮脆黄，直接用铲子在鏊子上叠好切开，就可趁热品尝了。捧在手里还烫人，轻轻吹一口，再轻轻咬一口，满嘴热气，满口飘香，一股暖流传遍全身。

“收成好，肚子饱”，从大处讲，粮食丰，社稷稳，天下安。过去，老百姓日子紧巴，饭菜油水少，因而瘦人多，“瘦成猴”“瘦成麻秆”的不少，大家希望“心宽体胖”。我曾听说过一个“抹嘴肉”的笑话。说一对夫妻生了仨孩子，日子过得并不富裕。可男主人挺爱面子，担心别人笑话他家穷，于是割了一块猪肉，每天饭后出门前，就用猪肉把嘴唇抹一下。一段时间里，不少人夸他家富裕、生活好，因为都见他嘴上油光光的。有一天，他刚迈出家门，他儿子就匆匆追上来:“爹——爹——快追呀，你抹嘴的那块肉被猫叼走了！”

当下，中国人的生活水平早已跨越了温饱，对于食物，人们也开始从单纯追求填饱肚子向追求绿色、优质、富含营养转变。从饭桌到衣柜，衣食住行样样都有大变化，一桩桩看得见、摸得着的大事、喜事都能感觉到，不费劲儿就能身体发福了。肥胖问题越来越严重，纷至沓来的各种疾病，正恶魔一般威胁着我们的生命与健康。“口福”有时也会生祸。

人们越来越讲究绿色与营养、新鲜与品位、优质与高档。鸡鱼肉蛋很平常，山珍海味也不足为奇，甚至要那深山老林的飞禽猛兽，深海里的大龙虾、帝王蟹、金枪鱼、鲟龙鱼，才能吊起某些人的胃口。最让我心里发怵的是所谓的饕餮盛宴，那些带血的烤牛排、鹿肉、蛇胆、蛇血，以及那刚剥去外壳、白嫩的肉还在颤动的大龙虾……这种生吞活剥的食用方式，倒是能满足某些人的心理猎奇，助力虚假的养生，但会引发食物中毒和肝炎等疾病，甚至导致一些莫名其妙的“怪病”。熟食是人类摆脱动物属性的一个重要标志，也是人类文明的重要体现。“享口福”不能回到原始人茹毛饮血的生活方式，这种所谓的大饱“口福”不是社会进步，也不是“福”。

如今，到处举办农民丰收节暨农耕文化节，粮食、蔬果、花卉等优质农产品闪亮登场，人们既饱口福，又饱眼福。田间新鲜的粮食和蔬菜被热气腾腾地端上千家万户的餐桌，每一位耕作者都能劳有所得、心有所享。时兴的农文旅产业，特别是各类瓜果的采摘游，不仅是一饱眼福的美事，更有一饱口福的享受，因而越来越红火，前景光明。

就个人和家庭而言，日子贫困时端一碗热菜汤，抓住一块杂面干粮就是一顿饭；富足时即使天天鸡鸭鱼肉，甚至顿顿山珍海味，也不过一日三餐。人胖起来容易，想瘦下来难。现在生活越来越好，可口的食物越来越多，人们既关注吃饱，更讲究吃好。这些年，我们身边患上糖尿病、肥胖病、心血管病、高血压病的人以惊人的速度增加，多是因为生活条件改善、“大饱口福”留下的祸根，因贪恋“口福”蚕食了自己的健康。当然也要看到，物质生活富足了，天天酒足饭饱，最可怕的是精神空虚，苦、乐、悲、喜无处倾诉，相互之间少了理解、尊重和温暖，感觉生活平淡无味，活得不精彩。

人生酸甜苦辣，连同舌尖上的味道，早已镌刻进我们的记忆。我每次回故乡，返程时总是带回一捆老家菜园里的蔬菜，那是一缕值得细嚼慢咽的家乡味道、灼热乡情。

原载《万松浦》杂志

梦回田庐

北　极

人们对城市的“假山假水”司空见惯，没人不愿意住在一个带有花园，可以除草种菜的别墅。即使没有条件住别墅，也会创造机会游山玩水，或者到一个宛若璞玉的民宿体验一番。保留一方田园，就是保留一种自然状态，让人能够身临其境，感受原始的气息。

在浙江武义，徐小冰为了实现自己的“田园梦”，从农户那里租下了老房子创办民宿，并且起了一个充满诗意的名字：田庐。即使在太平盛世，也一直有人去做隐士，去体验隐居生活，根本原因是把栖身林泉、寄情山水，当作一种洗涤心灵的生活方式。

人们到民宿体验短暂的隐居，说到底就是为了一圆田园梦。所以，民宿首先得僻静，适合做梦，适合睡懒觉。诸葛亮和孟浩然都在隐居中写过令人羡慕的睡觉。诸葛亮的《大梦谁先觉》没有任何正史记载，实际上是《三国演义》的作者罗贯中所作：“大梦谁先觉，平生我自知。草堂春睡足，窗外日迟迟。”无独有偶，孟浩然在《春晓》里写道：“春眠不觉晓，处处闻啼鸟。夜来风雨声，花落知多少。”生活在喧嚣的都市，靠安眠药入睡的人，读了这两首诗，怎能不向往隐居生活?

在田庐民宿，游客是最容易睡过时间的。

坛头村内，开办民宿的十几栋老房子，错落有致，曲径通幽，石板路两边的墙脚长满青苔。每间房子外部都保留着几百年前的青砖灰瓦，内部全部用实木和竹子做了装修。不仅凳子、茶几是木制、竹编的，连墙上的插座和开关也是木纹的。无论推门，还是开窗，都会发出木头厚实的“吱呀”声，这是一种耐人回味，令人上瘾的天籁之音。坛头村外，上千亩的湿地，上万平方的草坪，成片的松林，成群的白鹭，成堆的白云，原来童话世界就是照这个样子描绘出来的。

徐小冰在创办田庐几个月后，他的“田园梦”却突然发生了变化。

那年暑假，从北京来的三口之家在田庐的奶婆厅就餐，小男孩问爸爸：“为什么我听见雨声，却看不见窗外有雨？”爸爸笑道：“哪里有雨声，是蝉鸣。”小男孩好奇道：“能看见蝉吗？”小男孩的妈妈求助餐厅的服务员。徐小冰知道后，安排工作人员在半夜带客人打着手电筒到树林里去捉蝉。在离地一米高的树干上缠一圈透明胶带，蝉钻出地面往树上爬，遇到光滑的胶带就爬不上去了。小男孩兴奋之余，却突然往爸爸怀里钻，因为他被此起彼伏的叫声吓着了。当他知道是蛙声后，又兴致勃勃地要看青蛙。妈妈问：“这里有萤火虫吗？几年前，一个郊县的楼盘为了卖别墅，搭建了十来米的塑料棚，在里面放了些萤火虫，吸引来熙熙攘攘的人从里面匆匆忙忙走了一趟。那是我们第一次看见萤火虫。”田庐的工作人员笑了，说：“夏天的田庐，溪流边，草坪上，每天晚上都可以看见成片的萤火虫，像繁星一样。”三口之家临别时依依不舍，爸爸说：“我们到过很多地方，只有你们这里的生态才配得上桃花源的称号。”

大家都知道陶渊明笔下的桃花源纯属虚构，但是时至今日，大江南北不知道有多少地方声称是桃花源的原型，不惜搬来各路专家做各种考证，言之凿凿。真正的桃花源在哪里，不是由专家考证出来的，而是由人们亲身感受出来的。

听到游客的一番话，沉浸在“田园梦”的徐小冰内心咯咚一震。那一刻，他看待世界的眼光和心境，前所未有地清澈。自从上学读到陶渊明的《饮酒》《归园田居》《桃花源记》，在内心萦绕了几十年的“田园梦”，一直是自己的最高理想，现在突然觉得这个“梦”落伍了，狭隘了。他对自己说，必须与时俱进，独乐乐不如众乐乐。经过深思熟虑，他描绘出一张崭新的蓝图，以乡村振兴为使命，以生态文明为追求，以建设田庐文化创意产业园为目标，共圆“乡村振兴、艺术乡建、生态文明”的梦想。

由此，徐小冰的“田园梦”得到了质的提升，他决定追加投资，以“民宿 + 文创”形式打造田庐文创园，引进艺术乡建新业态，不断延伸文创产业链。他说：“文化内涵，是田庐背后最珍贵的东西，也是支撑坛头村欣欣向荣的关键。乡村振兴与生态文明紧紧相依，保护生态环境、传递生态文明是每个人的责任，不能因旅游、民宿、农家乐等项目的开发而污染、破坏了当地的环境。”

和其它旅游小镇相比，在坛头没有丝毫的商业气息，没有任何的商铺小贩，没有成堆的纪念品，没有琳琅满目的小吃，村庄依然保存着它最初的那份一尘不染的恬静。

徐小冰牵头成立了武义县生态文明促进会，通过志愿者的各种公益活动，宣传“两山”理论和生态文明，吸引各种社会组织入驻坛头村开展丰富多彩的活动，至今已有近 50 家社会组织入驻坛头，为乡村振兴、全域旅游注入了活力。

艺术乡建要真正扎根乡土，必须要有乡建载体，要有艺术阵地。田庐落户坛头村以来，举办了湿地旅游文化节、民俗文化节、国际瑜伽大会、生态运动会等文旅活动，并且定期举办诗会、书画会、读书会、汉服节、美食节、团建研学等。中国当代诗人资料档案馆、朱志强民俗画馆、王维工笔画馆、婺州窑美术馆、南桃北柳年画馆、畲族文化馆、善水堂读画轩、骨与朵藏诗阁，纷纷入驻田庐。艺术家们一边享受着清静的文化，一边让艺术走近大众，共同怀念过往，重温传统，致敬经典，亲近自然。

在武义县文旅局举办的“武义乡村文旅推介官大赛”中，田庐的“推介官”树子姑娘拍摄的短视频《一只有文化的猫》获得金奖。这个视频被火爆转发，田庐那只像绒球一样胖嘟嘟的猫也成了网红。络绎不绝的游客、网红直播，甚至有不少外国游客和留学生到田庐打卡。在浙江省举办的各项文旅活动中，无论从风景，到美食，还是一个小小的伴手礼，田庐都榜上有名。因为徐小冰用心创办的田庐接地气，他用文化因子激活了坛头的乡村资源。通过五年时间持续的艺术乡建，取得了一系列令人瞩目的成绩。坛头村被评为全国 3A 级景区，被命名为浙江首批传统村落。在 2022 年，由世界气象组织等二十多个权威机构携手举办的第十七届全球人居环境论坛年会上，坛头村获评“全球人居环境村落范例”。目前，坛头还获得全国乡村治理示范村，浙江省文化示范村，浙江省首批未来乡村试点村，浙江省艺术乡建示范村等荣誉，走出了一条艺术赋能、乡村振兴的传奇之路。

一拨拨高校毕业生和基层的年轻人，通过实地参观、座谈交流，入驻田庐大学生创业园。他们不仅找到了归属感，还丰富了乡村业态，为艺术乡建注入了生机与活力，这是他们自我意识的觉醒和文化精神的提升。

在田庐的日子里，我像一只蜜蜂漫无目的地转悠，随心所欲地停留。我听见在民宿打扫卫生的大婶说：“祖辈留下的老屋多年没人住，一下雨就漏水，不修成危房，修得花钱，也不会去住，有了田庐，问题就解决了，还带来不少收益。”在餐厅做服务员的大婶说：“吃不完的蔬菜瓜果，拿到市场卖觉得麻烦，数量不多，还费工夫，放在家里烂掉又觉得可惜，现在都由田庐收购了。”给花卉浇水的大叔说：“浓厚的人文气息，熏陶着民风民俗。来坛头的多是文化人，我们也得讲究自个儿形象，不再随地吐痰，乱扔垃圾，我们坛头村已经实现了垃圾分类。”

履坦镇坛头村在 2021 年两委换届选举中，来自外乡的“隐士”徐小冰，被村民高票当选为村干部，成为武义县历史上的一件稀罕事。

原载《海外文摘》

第五辑

写作课

插图：曲光辉《黄河大梯子崖》

与时代同频共振的青春岁月

王　蒙　何向阳

何向阳：王蒙老师，您好！首先，祝贺您在新中国成立70周年之际获得“人民艺术家”这一国家荣誉称号。2019年9月29日，从央视直播中看到习近平主席为您亲自颁发国家荣誉奖章时，我想，这份荣誉固然是对您个人成就的肯定表彰，同时也是对您所代表的共和国培养的第一代作家的奖掖，以及对共和国成立之后成长起来的几代作家的激励。作为一个与时代同行、与祖国共命运的作家，从20世纪30年代开始到21世纪20年代的今天，您经历了中国社会的巨大变化与进步，其间几乎每个历史阶段在您作品中都留下了印记，您如何看待作家、艺术家个体创作与他所处的大历史之间的关系？

王蒙：谢谢您！我们那时候习惯的说法是“（20世纪）50年代开始写作的作家”，刚才你说到“共和国第一代作家”，这个词过去我还没听说过，对我也是一种使命和鞭策。新中国的成立跟文学界、文学人的努力是分不开的，1949年10月1日以前，中国有一大批优秀的老作家，比如鲁、郭、茅、巴、老、曹，冰心、叶圣陶、丁玲、艾青、欧阳山、草明、赵树理、康濯、马烽，等等，作家的阵容特别强大，而且当时我们文化界、文学界的情况跟苏联还不一样。在刚刚成立的新中国，大量作家回归内地、回到大陆来写作，关于这件事情，舒乙讲过，他说老舍就说过，1949年中国有90%的写作者都是欢欣鼓舞地进到北京，迎接新中国成立的。就说我自己吧，我的青年时期，甚至是少年时期，就是在这样的氛围里度过的。我入党很早，大概14岁的时候，只是符合了共产主义青年团的入团年龄。我所处的那个时期正好赶上时代的大变迁，这给予了这一代人激励、激情，也为我们提供了亲眼为历史作证的机会，这是我们这一代人、这一代作家的幸运，也在以后变成了我们写作中共同的一个文学的主题或者说是母题。

何向阳：您的第一部长篇小说，写于新中国成立初期的《青春万岁》，入选“新中国70年70部长篇小说典藏”书单，这部小说影响了一代代的读者。2019年，我在中央党校第46期中青班学习，我们毕业前的一次会上还有一位老师高声朗诵这部作品中的“序诗”：“所有的日子，所有的日子都来吧/让我编织你们，用青春的金线/和幸福的璎珞，编织你们。”当这首诗被朗诵出来时，我感觉身上的血都热了。对于《青春万岁》不同年代的读者的阅读记忆是不同的，2018年在青岛，在“改革开放40年最有影响力的40部小说”发布会上，我们坐在台下聆听了您和一群中小学生一起朗诵。那次倾听让我和许多人都流下了泪水。一部作品活在一代代人的心里，是多么美好的一件事。《青春万岁》给一代代读者留下了难以磨灭的记忆，的确是一部跨越了许多岁月的不朽作品，从1957年这部长篇小说的部分章节在《文汇报》上发表，到1979年人民文学出版社出版长篇，再到1983年黄蜀芹导演的同名电影，后来，2005年国家话剧院一度要把它改编成话剧，再到2019年《故事里的中国》节目中，它以舞台剧的演绎形式得以呈现，可以说它影响了一代代的读者。而对于您来讲，它的意义更是不同，您个人的青春年代与共和国的青春是同频共振的，而且这种“同频共振”的关系在您的创作中一直贯穿始终。

王蒙：你刚才说的这个词——“同频共振”，我特别喜欢，也特别感动，我们这代人如果说幸运，就是我们的生命、我们的年龄和这个国家的历史发生了共振。那些小至十三四岁、大至十八九岁的青少年，他们赶上了革命的胜利，国家命运再造的进程，这是多么难得。1947年，毛泽东主席作了《目前形势和我们的任务》的报告，他当时都没想到胜利来得这么快。然后，你看到的一切都是新的思想，人们唱着新的歌，用的词也都不一样了，人的作风也都不一样了。我写的书恰恰就有这样一种想法，把这些记录下来，把它们挽留住。因为人不可能天天处在这样一种激奋状态，看什么都新鲜：听一次讲话就热泪盈眶，看一个苏联电影也是热泪盈眶，你要当时不记录下来，可能以后就很难再体会那种心情了。

1949年，中华人民共和国成立以后，每天都在发展，都有好的事情发生，比如说北京刚一解放的时候，垃圾堆特别多，当时整个东单广场全是堆得高高的垃圾，臭得不行。国民党政府的时候根本没人管，后来共产党来了以后，用了两三天时间清理干净。之后一年之内就开始在交道口建电影院，在新街口建电影院，在什刹海开辟游泳场，万事万物都百废俱兴。1953 年 11 月，我开始写《青春万岁》，确实也是一种勇敢地对于这个大时代的记录和应答，我想尽到自己的历史责任。《青春万岁》现在仍然不断地以各种形式在重版，2020 年也有新版，不止一个版本，我很受鼓舞。因为《青春万岁》是 1953 年开始写的，1956 年我获得了半年的创作假，基本写完了这部作品，这部小说的序诗，就是您刚刚讲的“所有的日子都来吧”。当时我特别崇拜的诗人是邵燕祥，我就把序诗寄给邵燕祥，后来他都忘了，但我记得非常清楚，因为那时我是他的“粉丝”，当时他给我回了封信说“序诗是诗，而且是好诗”，这话很有师长的味道。诗一上来有两句话，为了整齐他给我改了，本来是：“所有的日子，所有的日子都来吧，让我编织你们。”最后他改成了“用青春的金线和幸福的璎珞，编织你们”。

何向阳：在自传、自述写作中，您多次提到许多作家的文学作品对您最初写作的影响，比如列夫·托尔斯泰、屠格涅夫、陀思妥耶夫斯基、契诃夫等，您在《王蒙八十自述》中写道：“1952 年的深秋与初冬我在阅读巴尔扎克中度过，”您还说，“超越一切的是法捷耶夫的《青年近卫军》，他能写出一代社会主义工农国家的青年人的灵魂，绝不教条，绝不老套，绝不投合，然而，它是最绚丽、最丰富，也最进步、最革命、最正确的。”能够以这样热情的文字写一位作家，足见《青年近卫军》对您写作初始时期的影响，少年时代对俄苏文学的阅读和接近，构成了您作品最初的理想主义底色。

一代作家的成长离不开大的时代环境。1956 年，由中国作协与团中央联合召开的第一次青创会，会聚了新中国的青年作家英才，听家父说你们当时住在新侨饭店，会议开得生机勃勃，周恩来总理专门到会上来看望你们，可以想见那次青创会的盛况。长篇小说《青春万岁》与中篇小说《组织部来了个年轻人》的写作同属一个时间段，它们之间也有主人公生活的连续性，一个即将走出校园，一个刚刚走进机关，主人公的精神实质是一致的，但人们往往对林震这个“新人”的理解与郑波、杨蔷云等“新人”

又有所不同。林震这个“新人”形象的确是与众不同的，小说似乎在批判向度上将现实主义的文学精神引入了深层，林震“这一个”人物在当代文学史上的地位即在于他将信仰视为生命，并在工作中一以贯之，不懦弱，不妥协，他坚持坚守的东西真的是贵比千金。但无论当时还是现在，对“这一个”“新人”形象的研究仍是不够的。什么是您最希望在林震这位主人公身上得到表达的？

王蒙：法捷耶夫是一位长满了革命者的神经与浪漫的艺术细胞的作家，他的革命理想、艺术理想、文学激情融合在了一起。他写的苏联卫国战争中的青年近卫军成员，单纯而又丰富，勇敢而又坚忍，忘我而又个性化。16 岁的队长奥列格，冷静周到，有着领导人的素质。净如水莲的乌丽娅，深沉矜持。而泼辣靓丽的柳巴，玩弄法西斯如入无人之境。险中取胜的丘列宁，是孤胆英雄。他们与另一种空虚的、颓废的、自私的哼哼唧唧的人生是怎样的不同啊。即使苏联最后解体了，法捷耶夫则早已自杀，他写青年英雄人物，他的追求，他的理想，他的新生活与新人梦，他对于美好的青年、美好的人生的向往，仍然永在。我当时是新民主主义青年团的工作人员，我们那时每天讨论的都是培育全面发展的社会主义新人。

至于林震，他不是英雄，他有追求，也有幼稚和困惑。即使是笃诚的现实主义写作，也因为作品的浪漫与激情而渲染着梦想与现实的碰撞，有火花，也有泪痕，有宏伟雄奇，也有天真烂漫和脆弱。现实而又梦想，生活而又文学，世俗而又升华，多情而又那么多成熟的人情世故：这也许正是文学的魅力吧。

第一次青创会，我们是在北京饭店与周总理见面的。

何向阳：我注意到您的创作有几次大的起伏，或者说是有过几次创作高峰期，比如 20 世纪 50 年代、80 年代、21 世纪的今天，也可以说是新中国成立初期、改革开放初期、新时代，您的创作均处于“突飞猛进”的爆发期，三个时期各有代表作，从《青春万岁》到《活动变人形》到《笑的风》，各个阶段的中、短篇也极为精彩，比如《组织部来了个年轻人》，比如《蝴蝶》《布礼》《如歌的行板》《明年我将衰老》《生死恋》等。但同时我也注意到一个现象，就是您的创作不惧低谷状态，文学创作能够最终以另一种方式得以完成，比如《青春万岁》，其由人民文学出版社正式出版是在1979年，而那时已是完成它的25年之后了；而获得茅盾文学奖的《这边风景》，写作于1974年，出版于2013年，从40岁到79岁，其间整整相隔39年。25年，39年，无论岁月如何流逝，您一直以文字在与岁月与时间博弈，当然最终您是胜者，同时也可以说这两部作品都经历了漫长的时间考验，也见证了您创作的两个最重要的人生阶段，我想知道的是，您是如何在时间或经历可能要拿走您的文字的时候，而紧紧地抓住它从不放手的？这样的状况好像在一个作家身上并不多见。对于早期作品的修订与创造，其实对于一个作家而言是一项比原初的创作更艰难也更具挑战的工作，您是怎样在漫长的岁月中一直保持着这样一种特别昂扬的创造力的？

王蒙：我自己也说不清楚，当然，对于一个写作者来说，这也可以说是一件幸运的事。我们现在可以设想一下，如果《青春万岁》不是1979年第一次出版，而是20世纪50年代就出版了，当时获得的反应可能比后来还强烈很多。但是从另外一个角度安慰自己，这也算是对我的写作的一个考验，一部作品毕竟经历了这么长的时间的、历史的考验。《青春万岁》经过了四分之一个世纪，《这边风景》大致上是经历了40年才出版的，当代文学中有许许多多远比它们更重要的更有文学史意义的作品，经过25年或者45年以后，您再看那些作品，它可能会是一个重要的里程碑，但已经不在读者的书桌上，更不在青年的案头上了。这也是很遗憾的事。所以，我觉得《青春万岁》近70年后还红火着，真是幸福啊。你记得吗？国庆70周年，群众游行的一个方队就命名为“青春万岁”，而方队的群体自行车队，是多么接近黄蜀芹导演的《青春万岁》影片场面啊！这也是我的幸运，尤其我没想到，在邵燕祥的帮助下改出来的序诗，现在还有点儿家喻户晓的劲儿。你上网上查一查，有很多版本，有青年学生、著名演员、广播员、艺术大家演绎的不同朗诵视频版本，各有各的味道。

何向阳：这首诗在不同年龄段的人群中都能引起共鸣。它跟您的许多作品一样，就是总会有一个非常光明的底色在里面，有一种乐观的、不顾一切而向前走的精神，我个人觉得您的作品一直有一种追光感，或者说是一种趋光性，一种向前的行动，它是追光而行的，哪怕在个人创作不是很顺畅的时期，或者是坎坷、曲折的人生段落里，您的作品，包括您本人也一直给人以一种追光的感觉。

王蒙：我是觉得不管怎么说，在我已有的八十多年人生历程里，一个始终有目标、有太多的热度与活计的人生是幸运的，它是光明的人生，是幸福的人生，是一个足实与成功的人生。人一旦老了，往往有些遗憾和后悔，觉得这个事情想干没干，那个地方想去没去过，年轻的时候想唱歌也没唱好，后来想跳舞也不会跳……可我这样的遗憾比较少，我 86 岁了，没闲着，不必蹉跎踌躇，这绝对是一种真实的心情。我也觉得环境对我来说仍然产生了正面的影响，我开玩笑说，人这一辈子跟打篮球一样，上半场你输得比较多，15 比 68 落后，可是下半场你打得优秀一点儿，反败为胜了，大比分超出，还发什么牢骚，还吭吭唧唧什么呢？

这是从个人角度，从社会、国家的角度来说，我这辈子经历了别人几辈子的事，原来咱们吃喝拉撒睡是什么样的，现在又是什么样？我小时候出生三年最大的事就是卢沟桥事变，日本占领了我们的国土，当时我是在沦陷区也叫占领区。我们那儿离阜成门很近，到处都站着日军，男女老幼从他们面前经过都得鞠躬。小学里有个日本教官，一上课全体老师学生都得站起来先说日语，那是什么滋味？我这一辈子经历了太多事儿了，当然，自己也会有各种各样的反应。我自己也参加了，也争取了，也冒险了，也奋斗了，付出了不可以不付出的代价。看到新中国的建立，有这么一个光明的底色。再说我虽然小，但党的政治生活参加得非常多，从最早在天安门广场参加腰鼓队，到后来“三反”“五反”的时候斗资本家，各种事见多了。当然，我也有懊恼，也觉得自己肯定有错误，有缺点，有需要纠正的地方，但是少有遗憾。

何向阳：您经历了新中国的成立、建设、改革开放、新时代这样一个完整的历史时期，作为一个作家，对这一完整的历史时期的社会发展，您是最好的观察者、参与者同时也是最有发言权的书写者，作为一位作家，您的作品也忠实记录了共和国的发展历程，当然，其中也有曲折和弯路，但您在作品中表达的情绪一直是昂扬的，乐观的，向前的，即使在面对困难时也毫不晦涩灰暗，您一直相信，一种对生活的信念在您作品中一直“活着”，就像《布礼》中凌雪对钟亦成所说的“物质不灭和能量守恒的法则”，“人民的愿望、正义的信念、忠诚”，作为您作品中的底气，哪怕是在杂色的生活中，您的写作所传达出来的东西也总是光明、温暖而坚定的。

王蒙：对，非常坚定，尤其没有绝望的念头。我总是觉得，事情总会往好的方面发展，即便不发展也坏不到哪儿去。为什么呢？我去新疆从事了很多体力劳动，但是劳动不好吗？我父亲跟我说过苏联的心理学家巴甫洛夫的一句话，原文我记不清了，大意是说——我爱劳动，我爱脑力劳动和体力劳动，但是我更爱体力劳动。你也可以说这是自我安慰，但是为什么人不可以自我安慰？你不自我安慰，自己折腾自己，自己折磨自己，我觉得不是好的选择。

何向阳：特别喜欢您这种乐观的态度，总是很欢乐地去拥抱生活，这其实体现了您的人生信念，包括对生活的信念，对文学的信念，对人的信念，这是一个底子。有这个底子，才能够坦然面对所经历的一切，才能够纵浪大化、不忧不惧。刚才您说到新疆，新疆之于您的创作与人生的重要性而言，是不可替代的。从1963年到1979年您在新疆度过了16个春秋。1963年您还不到30岁，这16年是您从29岁到45岁的岁月，也可以说是一个人从青年到壮年的最好的时候。您的《你好，新疆》一书开始一句就是："我天天想着新疆！"您在回忆新疆时期的文字中写这16年对您的一生"极其重要"，您"受到了边疆巍巍天山、茫茫戈壁、锦绣绿洲、缤纷农舍的洗礼"，您"更开阔也更坚强了"，您对外国朋友说，您这16年"在修维吾尔学的博士后。预科2年，本科5年，实习3年，硕士研究生2年，博士研究生2年，博士后2年，共16年整"。您说，"越是年长，我越为我在新疆的经历，为我在新疆交出的答卷而骄傲"。70万字的《这边风景》作为一份长长的答卷，足见新疆在您生命中的分量，足见这段生活对您产生了怎样至关重要的影响。

王蒙：这里我要说明一点，我在新疆16年间参加体力劳动的时间大概是8年，并不是全部的时间。因为我在伊犁，户口和家都安在伊犁，但我是在农村参加劳动，有6年时间在农村参加劳动，还在"五七干校"待了两年多。另外8年是在编辑部，当时叫创作研究室，帮助当地排话剧写稿子。我确实是喜欢新的事物，对世界充满了好奇心。我为什么愿意去新疆呢？原因之一就是毛主席号召知识分子要经风雨，见世面。他说，应该经风雨、见世面；这个风雨，就是群众斗争的大风雨，这个世面，就是群众斗争的大世面。而且我认为毛主席特别关注中国的农民。所以，我就去了新疆，我在北京待的时间太久了，那时候我已经快要 30 岁了。

何向阳：所以，您 29 岁选择了去新疆。

王蒙：对啊，我已经快要 30 岁了，这里头绝大部分时间都是在北京，除了 3 岁以前模模糊糊的记忆是生活在河北南皮。一个人光在北京生活是绝对不够的。还有一个，我现在想起来也特别幸运，就是我当时在北京找不着感觉，因为 20 世纪 60 年代的社会生活复杂多变，我也没办法预料和判断未来的生活和前景会怎样，一直到现在，我在回忆我这一生的时候，都认为当时自己做出了一个关乎生死存亡的智慧选择，那就是去新疆。去新疆我救了自己，也获得了更阔大的世界。

世界这么大，尤其是新疆，不到新疆你能知道伟大的祖国有多大吗？一到新疆，我立马就服了，那出一趟差到伊犁得三天三夜才能到地方，到喀什得六天六夜才能到，到和田需要九天九夜。在新疆，人对于空间和时间的观念都发生了变化。此外，当然还有文化观念的变化。新疆是伟大祖国不可分割的一部分，每个民族各有自己的特色，南疆和北疆也不同，即便同样是南疆，喀什噶尔跟阿克苏、和田也不一样，和北京当然更是不一样的，就像俄国思想家萨尔蒂科夫·谢德林专门写过一本书《外省散记》，如今，一个写作人在首都与在“外省”也各有特色，各有长短。我觉得我的心胸、观念在当时有了很大的扩展，这扩展也不容易，这种可能性可以说在当时的中国也是很难做到的。这也是我人生里一个非常重要的阶段，而且我还必须说明，在这个阶段我得到了很多人的帮助。我只能说，我的选择是一个自然的正面的选择。我没有因为去新疆而悲观失望，而是越来越有希望。

何向阳：新疆对于一位作家的滋养，是让您接了地气。原来是一个青年，回来就是一个壮年了，而且您是带着整个人生的新疆的大风景回来的。到了 20 世纪七八十年代，也就是 1979 年到 1986 年，您的创作呈现出一种“井喷”的状态，那时候一打开文学刊物全是王蒙的新作，而且风格各异，有现实主义的、有现代派的、有先锋的，让读者有“眼花缭乱”“目不暇接”之感，《蝴蝶》《春之声》《海的梦》，新作之多，真的是让评论家们追也追不上。这种创作的“井喷”状态，是不是也有新疆生活对您的激发？一下子就把您的这个气给提起来了。

王蒙：新疆提供了一个特别好的，和我的城市生活互相参照的一个参照物。当我写到城市特别是干部和知识分子，脑子里浮现的仍然是新疆农民的音容笑貌，当我写到新疆的这些事情，也有城市的干部、知识分子、工人，以他们的存在来比较，这大概可以叫作比较地理学。刚才您提到一些作品，但是还有一个作品您没有提到，它对我个人的意义非常大，就是《夜的眼》。《夜的眼》写得非常早。那是1979年10月我写出来的，11月刊登在《光明日报》，而且《光明日报》发了一个整版。《夜的眼》的读者可能没从中看到新疆，但实际上有新疆，说到原来我待的这个地方去搭便车，手里头抓着一个羊腿。这种场面是属于新疆的，可爱，可悲。后来我写了一组收到《在伊犁》里，都是跟新疆有关系的作品，甚至其中某些还带有非虚构色彩，这些作品有的翻译成了日语，有些翻译成了英语。

何向阳：上海文艺出版社曾出版过一部《王蒙和他笔下的新疆》，图文并茂，其中的文字就选自您的《在伊犁》系列小说，记得有《哦，穆罕默德·阿麦德》《淡灰色的眼珠》《好汉子依斯麻尔》《虚掩的土屋小院》《爱弥拉姑娘的爱情》等。的确如您所言，新疆作为您的第二故乡，“是她在最困难的时候给了我快乐和安慰，在最匮乏的时候给了我以丰富和享受，在最软弱的时候给了我粗犷和坚强，在最迷茫的时候给了我以永远的乐观和力量”。有时候我想，一个地方与一个作家很多时候是一种相互找到。新疆与您就是这么一种情形。如您诗中所写——“我变了吗？所有的经过/都没有经过，我还是/你的。”还是那个“戴眼镜的巴彦岱”。同时，我也注意到，几十年来，您一直保持着旺盛的生命力和蓬勃的创作活力，无怨无悔，真的是——所有的经过/都没有经过，这种超越能力，只有天真而深邃的爱才能做到。记得一次从广州开会回来，在飞机上读花城出版社出版的您的《明年我将衰老》，竟读得哭出了声，打动我的不止语言，更是那种化解不开的深情。近年，您的《生死恋》《笑的风》出版，作为您的忠实读者，2020年10月，我还在《人民文学》上读到您的短篇小说《夏天的奇遇》，而2019年1月的《人民文学》《上海文学》都以您的小说打头。就在2020年年初，人民文学出版社出版了您的50卷《王蒙文集》。记得《王蒙文选》1983年出版时是4卷，1993年是10卷，《王蒙文存》2003年出版时是23卷，《王蒙文集》2014年出版时是45卷，时隔10年，您的作品从数量上来讲几乎翻番，而距2014年短短5年之后，新版《王蒙文集》已达50卷，2020年新发表的作品还没有收进去呢。从数量上看，呈几何级数增长，从时间上看，它还一直在不断“生长”和“可持续发展”着。我个人感觉您的创作在新时代又迎来了一个巅峰期，这个巅峰期，让我想到改革开放新时期伊始，您的一系列中、短篇，如“集束手榴弹”在中国文坛造成的威力。这样的文学创造力，即便对正处于盛年的很多中青年作家而言，也都难以达到，为您旺盛的创造力感到惊喜和敬佩。您的这种创作动力，似乎一直未有停顿，这些年，就像改革开放初期一样，您的创作又迎来了新的井喷。

王蒙：大致是1957年年底在《人民文学》发表了一个2000字的短篇小说叫《冬雨》，这个作品后来翻译成了捷克文、斯洛伐克文和英文，在捷克出版的三种文字的文学刊物，都把它发表了。从那以后一直到1978年，我基本上都没写过什么东西。其中有20年的时间是沉默着，也不能说没有发表过，好像1962年发表过两篇，但有相当长时间基本上写作是中断的。一旦能写作，就有很多很多东西可以写，就叫厚积薄发吧，因为歇菜20年了。我对写作的最大的动力，还是对生活的热爱，这个热爱可以表现为兴趣，也可以成为热烈与坚忍的期盼。它是一种激情，你甚至也可以说是一种爱恋。

何向阳：也是一种深情。相比于小说家的冷峻分析，您的作品常常透露出的是一种诗人气质。单纯、浪漫，也很独特、果断。

王蒙：是一种对生活的爱恋吧。对于我来说，写小说我很少先想到故事，而是先想到这个事儿、这个人必须要写。这种感觉必须要写，某种倒霉的感觉一定要写出来。而且不光是倒霉，更重要的是从倒霉变成好的感觉，都是从感觉出发的，这种对生活的热爱和恋恋不舍，构成了我写作的动力。可以说，我对于生命、活着的感觉就在这里。

何向阳：几年前我曾在绵阳一次关于您创作的全国研讨会的发言中，引用了您的一句话，讲您的作品是写给世界的“情书”，您80岁了，但仍在爱着。2020年1月参加北京全国图书订货会，人民文学出版社为您新版50卷文集召开了首发式，当时我望着满满当当两大箱子您的50卷文集，不能不再次感叹，这得对这个世界有多爱，才能写出这么沉甸甸的足分量的

“情书”呵！

王蒙：哈哈！真是这样，这里面包括对生命的珍惜。人老了，现在86岁了，您不能说“明年”再衰老了，但是我没有疲倦感，也有很多朋友跟我年龄差不多的，现在记忆力不行了，一想到写作烦得要死。我也很同情人家，我相信他说的话，而且人家也有可能烦你，你没完没了地写也有可能造成审美疲劳。但是我仍然珍惜我的生命，珍惜我的老年，起码我最近这三年写起文章来词儿就特别不一样，绝对跟过去不一样。大致上，从1996年到2012年，我这十几年正经写的很少，只写了《尴尬风流》，就是那种带有自嘲性的小短篇，要把超短小说都加在一块，也算个长篇了。我国有一个说法叫作“青春作赋，皓首穷经”，那几年我主要在研究孔孟老庄，后来还加上荀子，一共写了大概10本书，占据了我主要的时间，但每年还都会写十几二十篇的《尴尬风流》。2012年以后，我进入了一个新的人生阶段，因为我生活上、情感上有了更大的变化和刺激，一个是和我同甘共苦半个多世纪的爱人瑞芳去世了，后来我跟单三娅有了新的结合，我在生活当中所经历的各种个人和情感的变化，同社会生活剧烈迅猛的发展结合在一起了，我又开始中短长各种作品都写起来了。

何向阳：2012年，对您个人来说是一个转折点。您个人生活情感的变化与社会生活的变化再一次结合在一起，2012年之前，您有一阶段的创作多集中于对老子、庄子的文化解读上，好像从2012年以后，您又开始大量写小说了。

王蒙：对，也可以说是一次新的“井喷”，其中有历史的背景，有个人的生活，自己的内心世界的变化，所以，我的创作确实又掀起了一个实际的高潮。2018年，《人民文学》《中国作家》《上海文学》都在4月刊发了我的作品，对我来说确实算进入一个新的阶段。甚至于我还要说这里头也有文化的变化，因为那一段找我谈文化问题的人也特别多，有文学的话题，有语言的话题，我一进入那个语言圈里就欲罢不能，光这些词就把你给点燃了。我最近又开始写新的小说，当然，我不能向读者保证说我还能再写多少年，但是目前，说起文学创作、小说创作，我仍然在兴奋之中，不管你写多少论文，多少诸子百家的研究文章，一写起小说，每一个细胞都在跳动，每一根神经都在抖擞。我想说嘚瑟，后来改成抖擞，其实，我心里想的也可能是哆嗦。

何向阳：这个状态太好了，就是舞蹈的状态，这种跳舞的状态，就是所有细胞都调动起来的状态，是作家写作中最活跃最投入也最忘我的一种状态。

王蒙：说得太棒了，确实是跳舞的感受，是发狂的感受，我从来没有感到写作是这样动感，是在满场飞地跳动。

何向阳：最近读您的《笑的风》，您把中篇改写成了一个长篇，里面还有一些诗歌，这些诗都是您原创的吗？您的诗集我读过。相比而言，您的小说的抒情性越来越强。我是说这太有意思了，是一种叙事和诗意相互交织的状态。

王蒙：这是我从《红楼梦》里学的。中国人对我们平常说的五言、七言诗非常有兴趣，吃喝拉撒睡，会客、游戏、娱乐、喝酒都要写诗。曹雪芹动不动在小说里就来一段儿。中国古代有一个成见，小说、戏曲，还有词（实际上是唱词）都是低俗的，文章和诗才是高雅的。曹雪芹当时潦倒不堪地写小说，同时，他提醒读者，他也会写很好的诗。《红楼梦》写元妃省亲的时候全是歌颂的诗，连林黛玉写的都是歌颂的，“盛世无饥馁，何用耕织忙”。但这不是林黛玉写的，而是曹雪芹写的。我的文集里，最早的作品就是10岁作的第一首古体诗《题画马》，那时候我每天都在学画马，可是我绘画没有任何才能，却写了“千里追风谁能敌，长途跋涉不觉劳，只因伯乐无从觅，化作神龙上九霄”。我当时10岁怎么就想出这种诗了，而且摆出一副怀才不遇的架势，现在我也想不明白。

何向阳：您这番话让我想起，您在20世纪80年代提出一个观点，就是作家的学者化问题。我以为这也是一个对于作家的精神资源的建设问题，这一问题当时一经提出就引起文学界的关注。在作家学者化问题上，您一直是您理论的实践者，可以说在这一方面您一直身体力行，您关于庄子的作品就至少写了三部，《庄子的享受》《庄子的快活》《庄子的奔腾》，而且都是在一两年内完成的。还有《老子的帮助》，从“孔孟老庄”一直到李商隐的注疏、《红楼梦》的解读，今年您又刚刚完成了历时4年写作的荀子的研究著作。您在大量的小说创作间歇，还兴致勃勃地写下了甚至在某一时间段就体积与容量而言都比小说创作本身大得多的文化随笔、研究著作，又出版了《王蒙讲孔孟老庄》青少年版，2020年6月还用了27天，一天三集，一集30分钟，几乎是一口气录完了80集的《红楼梦》讲解视频，从中可以看出您对中华传统文化的真心热爱。您关于中华文化的写作，从先秦开始一直到唐代，又跨越到清代，好像历史上大的文化脉络全部贯穿起来了，也是一种对传统文化的自觉传承，这种写作您是有意为之，还是一种兴之所至？抑或在历史文化与现实创作中找到一种特有的交替互融的书写方式？看得出您对这些与古典文化有关的写作都非常快乐。

王蒙：是这样的。1979年，第四次文代会、第三次作代会时，我在大会发言时已经提到我们的作家需要提高文化知识水平。作家不要求都是学者，因为作家和学者是两个路子，但是越来越非学者化真的是一个问题。您可以想想鲁、郭、茅、巴、老、曹，他们的教育程度、学历知识程度、对外语的掌握，对他们的写作产生了怎样的影响。我们都是知识分子，当然，我们也有我们的优势，下过乡、扛过枪、种过地，参与过社会生活、政治生活、党的生活，等等。但是，我觉得一个作家要面对写作，学识还是必要的。我是爱学习的一个人，我就是一个学生。现在包括对外语，再难只要有机会我都愿意去学，但是严格的达标并没有做到。今天的学习范围更大了，特别是对于一个作家的学习而言，不能满足于光从网上看到的信息。

何向阳：还是要读书，要阅读。对一位作家而言，学习是多向度的，也几乎是无止境的。

王蒙：现在从我们国家层面来说，党中央、政府对于学习的提倡不遗余力，我们说建设学习型政党，政协也在建设学习型组织，各单位也都特别重视学习，个人也都注意增长自己的知识，说得夸张一点儿，这个重视程度是空前的。对于学习而言，我个人一直有这个爱好和愿望。

何向阳：记得2000年中国作家代表团出访印度，您是我们团长，在印度举办的中国电影节的开幕式上，您作了半小时的英语演讲，言及中国电影、中国文学、中国文化以及中、印文化间的学习与交流。语言表达在您来讲，很多时候都可以信手拈来，好像在语言方面，您有着过人的天赋。听说您47岁开始学习英语，每天要记忆的词汇量都是一定的。

王蒙：其实，我英语语言的能力还远远不过关。那次有个特殊的原因，就是 CCTV-9 当时找我做一个英语的关于中国作家和中国文学的对谈，后来我就被迫恶补，哪会儿十几天，天天在写中文的稿子，请中国翻译协会的领导黄友义先生帮我翻译成英文，我连哪个重音都注上，一边查着字典，一边每天从早念到晚，念了十几天，后来，谈得还挺好。这也是我的一个乐趣，当然有显摆的成分。记得有一次，日中友好协会欢迎我带的一个代表团，我在欢迎活动上用日语致辞。在伊朗的一个对外文化活动上，我用波斯语讲了 15 分钟。后来 2010 年在哈佛大学举行中美作家主旨演讲，我是用英语讲的。2020 年年底，在哈萨克斯坦驻华大使馆举行的艾克拜尔·米吉提翻译的《阿拜》首发式，我是用哈萨克文讲的话。在土耳其的安卡拉，我当时还当着文化部部长，在参加一个官方欢迎会时用土耳其语发言。我还访问过阿拉木图，在活动上讲哈萨克语。我可不是说这些都懂，好些都不懂，但是我把拼音写上，我说的那些语言都和我学习维吾尔语有关系，波斯语、哈萨克语、土耳其语，在莫斯科获得博士学位的时候也用俄语致过答词。我也算是有志于促进各民族与中外的文学语言相互亲近和理解。对不起，这有点儿中国式的说法，叫作“老要张狂”了。

何向阳：语言的学习其实也是一位作家对别的国家、别的民族，不同文化、不同文明的尊重。语言最基础，也最根本，是文化的最小细胞。这方面的融会贯通会带来不一样的视野。当然，每一代作家都有他那一代的文化使命，从对您作品的阅读中一直获得这样一种强烈的感觉，就是您的叙述中有一种坚不可摧又游刃有余的文化自信，坚定与幽默共在的这种表达方式，令人阅读时能获得一种智慧的享受。

王蒙：中国的文化传统有这么一个思路：期待圣贤。圣人是什么意思呢？首推孔子，他能够给人民教化，叫作“天不生仲尼，万古如长夜”，让大家知道人应该怎样、不应该怎样，这样才能安居乐业。孔子是最重视文化的，重视文学艺术，尤其是重视诗。他是《诗经》的责任编辑，而且他认为要从《诗经》看出世道人心，要培养人的精神上的格局。加上《孟子》，总体来说就是“怨而不怒、哀而不伤、乐而不淫”，或者是“思无邪”。诗的作用一个是“不读诗，无以言”，另一种是要通过读诗“多识鸟兽草木之名”，他们把文学的责任讲得很清楚。历史文学也是他编辑的，包括孔子删改编辑《春秋》，其实，那个时候文学和历史是不分的。您看司马迁的《史记》可以算历史记忆，但非常文学，很多篇章都充满小说性，《鸿门宴》《霸王别姬》是写得多好的小说。而且这种文化追求、文学追求，正是权力的依据，我们所称颂的是“内圣外王”，对于个人的修养来说，他是一个圣人，“外王”就是他对社会所做的事情，取得了起码是带动、影响、发展的作用。中国的传统文化又喜欢讲人格，“格”和“境界”，不管是诗词也好，文章也好，戏曲也好。中国还有一个说法，叫“不关风化体，纵好也徒然”，风化也是对人的作用，就是有利于树立好的社会风气，有利于树立或者推动人民的教化、老百姓的教化，有利于推动社会文明、政治文明，经济、生态方方面面的文明。

何向阳：中国一直有“文以载道”的传统。可以说中国历史上一代代的文学书写也多得益于这一传统。

王蒙：对，文以载道，当然，我认为文学人、写作人，有些个人的一己的考虑，这也不足为奇。我开始写作的时候，看到富尔曼诺夫写《夏伯阳》的故事，他以日记的形式，说“成名的思想已经让我昏了头了，我现在激动得感到写出来以后非成名不可，我简直受不了了”，这样的个人化的想法也无可厚非。你有成名的思想，这也算不了什么，但这跟作品对社会的作用、对道德的启示、对风化的启示，与作家真正的内心世界，是没办法比的。这是一种作家人格，所谓责任心，是对中国文化的责任，对有利于社会、有利于风化、有利于发展的责任。

何向阳：十分辩证。您刚才提到“人格”一词，我非常感兴趣。这也是一个作家在创作中必然会遭遇也必须要解决的问题。可惜的是这一问题尚未引起理论界的更多关注。我 2011 年出版的《人格论》里曾试图谈论这个问题。人格，当然从学术上讲是一个“拿来”的概念，中国古代文化思想中虽没有提出“人格”这个明确的概念，但一以贯之的文化对于人的内在修为一直是有其要求和指向的。以中国倾向于形象描述而不擅长定义的习惯，明代思想家胡敬斋在其文集中曾有这样对“圣人”境界的比喻，“屹乎若太山之高，浩乎若沧溟之深，炜乎若日星之炳”，相对于“万世之师”的圣人，“君子”由其现实性所获得的群体性几千年来超越了单一的历史或单独的学派，作为一种理想人格典范，推动着中国文化思想的发展。从这个角度讲，它树立了一种做人的标准，同时也是我们在经验世界里的重要参照，它的无所不在显示了中国文化的强大，我们的人格存在，是对于这一文化事实的提取和发展，所以，人格于我们而言是“活”的，它是敞开的，带有强烈的实践性，人是“人格”的一个“半成品”，而“成人”，则显示了人格的不断调适而臻于完善的过程。这样看，文化传统、社会环境以及个人经历铸就作家人格，而作家在自己的作品中塑造文学形象及人格精神，经过作家铸造的文化人格又进一步影响和铸造着成千上万一代代读者的社会人格。所以，人格无小事，作家的“立言”，从大的方面来讲也是“立人”。作家的人格——作为“灵魂工程师”的灵魂，对于社会心理、文化演进负有责任，它直接参与了人类精神的创造和提升。在您的作品中，我刚才讲到了趋光性，还有就是向善性，您的小说的人物身上——无论是知识分子，还是普通劳动者，无论他们在生活中遭遇了什么样的困难，都有一种将事情向好处想的乐观和豁达，也可以说是不屈服于命运的自信，在任何命运给出的戏本中，他们都能以最真实的面目、最善良的本质对待生活。这也是一种很了不起的“君子人格”。文学的书写其实是把自己的心交给读者、交给社会、交给文化漫长的历程，所以作为主体的人的“心”特别重要。这里当然也有一个表达的问题。在社会的发展进程当中，每一个时代都存在一个艺术表达的尺度问题，您怎么看待这个问题？

王蒙：古今中外甭管是说起哪个著名的人的作品，您脑子里都会出现作者的形象，他对人民有着深切的爱恋。比如说李白，你能想象他大概是什么样的，但是又没法很具体，杜甫跟李白就不一样，曹雪芹跟李白、杜甫也不一样，吴敬梓又跟曹雪芹、李白、杜甫、屈原不同，屈原有另外一股劲儿，屈原的责任感太强了，因为他是三闾大夫，不是一般人，他对楚国的责任始终在那里，所以在这方面他会有所选择，但更重要的还是对生活的深刻理解，对老百姓、对人民的这种深切的爱。

我最近在看电视剧《装台》，这个电视剧由陈彦的小说改编，这部作品还被评为当年的中国好书。陈彦写了很多生活中的老百姓、小人物，有好人，也有无知的、不讲理的、坑害老百姓的人，像铁主任就专门坑害装台的工人，装台的工人很可怜，要编制没编制，要合同也没有合同，家庭教育也有很多问题。一些人的婚恋也有遗憾，都离真正的爱情和互助有很大差距，甚至都不完全符合《婚姻法》，其中刁顺子的闺女也是很让人受不了。另外，它恰恰写出了在中国社会物质和精神水准相对低一点儿的群体中，甚至在半文盲、文盲式的人物里面，仍然有中国传统文化、中国民间文化的一些美好品质在起作用。比如责任、敬业、团结、互助、与人为善。这个作品受到了观众的热烈欢迎，收视率非常高，就是因为其中可以看见老百姓的生活，作家是以人民为中心的，这个电视剧之所以取得成功，我觉得关键就是它跟那种概念化的戏剧不一样，它让你感觉到非常强的生活质感，内容驳杂，杂而不乱，方言、饮食、戏剧、生活琐屑，一应俱全。里面的爱情不是知识分子的爱情，不是干部的爱情，也不完全是过去那种老农民的爱情，也不能说是商业性的爱情，你看刁菊花那个人，脾气再坏但有自己的尊严和气节——你越有钱我越给你拿糖，有钱有什么了不起的?

如果你对生活有着真情实感，有深切体验，你对人民有大爱，写起来就得心应手，既不发生尺度的问题也不会发生文思枯竭的问题，怎么写怎么对。你要有生活，有爱心，有充足的经验，才能不显出捉襟见肘。我觉得，咱们都应该琢磨琢磨《装台》，这对于咱们树立写作的信心、文学的信心、语言的信心有裨益。电视剧再调整改编，毕竟也是跟文字有关系的，所以，文学仍然是基础，是艺术的母本。比如您要听一个音乐，听一部交响乐，怕大家听不懂，先每人发一则说明书，那等于用文学来解释，所以，从事文学的人是有重要的责任的，在自身之外还要给整个文艺创作提供各种各样的脚本和参考。

何向阳：的确如此。作家不但要有代际传承的文化责任，同时也要有对于同时代其他艺术门类创作思想引领的一份文化责任。就是说，在我们的文化与时代中，对于作家的要求其实是很高的。说到代际方面的文化责任，这也是一种作家必须承担的历史使命。一部作品的诞生有时也不只是作家一个人的事，尤其在一位青年作家的成长期。您在多个场合讲到过一些老作家对您创作最初的帮助，比如您提到过1955年，在中国作协青年工作委员会的萧殷同志，给您开介绍信，为您提供了半年的创作假。中国作协2020年年初又重新恢复成立了青年工作委员会，办事机构设在创作研究部，中国作协青年工作委员会今年在抗击新冠疫情任务很重的情况下仍然坚持围绕作协中心工作和重点工作，协调、组织作协各业务部门和社会力量开展面向青年作家和读者的文学活动，先后在广西、西藏召开青年作家创作会议，团结、凝聚青年作家包括新文学群体的力量，发挥他们在文学创作中的巨大潜力。推动更新一代人的创作，也是已经取得成就的每一位作家的责任。作为“人民艺术家”，您于2020年捐赠款项，在中华文学基金会设立了王蒙青年文学专项基金，用于奖掖40岁以下的青年作家的创作，作出这样的决定和举措您是基于什么样的考虑？

王蒙：因为我必须面对现实，我已经86岁零3个月了，和《青春万岁》那本书里不同，我已经耄耋之年而且走向鲐背之年了，而文学的希望、文化的希望在青年身上。毛泽东主席曾经说过，“世界是我们的，也是你们的”，我还想说，“世界是我们的，也是你们的，归根结底，是他们的”，是比你们和我们更年青的一代。

我从来不轻视网络文学作品，我有时候看网上的一些小说，一类是小资类型的，还可以；一类是知识型的也挺好，比如《明朝那些事儿》还是一位高级领导介绍给我的，把书寄给我了。另外，我也看到了网上有一些相当穷极无聊的、低俗的作品，每当看到这些的时候我就觉得我们的一些文学青年的创作偏弱，青年作者、青年作家、青年诗人、青年演员、青年编辑的队伍还可以增强，我希望在我日渐老去的日子里同时也能够表示出自己的一份心愿，就是希望我们国家有更多的文学业绩、更多的文学瑰宝。

新中国成立已经70多年了，我们可以想一想，1919年五四运动到1949年新中国成立，这中间经历了30年，这30年间有鲁、郭、茅、巴、老、曹，有胡適、徐志摩、张爱玲，当然还有丁玲、艾青、赵树理、欧阳山等革命的文学家。那我们呢？我们也要给子孙后代、给历史留下文学经典和文学的业绩。英国人有个说法很惊人，“英国可以没有英伦三岛，不能没有莎士比亚”，实际上英伦三岛不能没有啊，要是这没有了他们就没有国土了，这个说得比较夸张，但是说出狠劲儿来了。文学的责任是“狠”的责任，是对子孙后代的责任，是对历史的责任，是对中华民族的责任，我们的文学完全应该有更好的经典，更辉煌的经典，更对得起未来的经典作品。

何向阳：记得2017年8月15日您发表于《人民日报》的《旧邦维新的文化自信》一文中，讲到一次在开封清明上河园听以辛弃疾《青玉案·元夕》为歌词的合唱，“东风夜放花千树。更吹落，星如雨。宝马雕车香满路。凤箫声动，玉壶光转，一夜鱼龙舞。”您说您感动得热泪盈眶，并在文中称，“哪怕仅仅为了欣赏辛弃疾的诗词，下一辈子，下下辈子，仍然要做中国人”。足见您对中华文化的深爱。前不久，党的十九届五中全会通过了《中共中央关于制定国民经济和社会发展第十四个五年规划和二〇三五年远景目标的建议》，提出到2035年建成社会主义文化强国，强调要把文化建设放在全局工作的突出位置，把文化建设提升到一个新的历史高度。您认为文学在满足人民文化需求、增强人民精神力量方面应发挥什么样的作用？您对2035年有什么愿景和期待？

王蒙：这个问题很有意思，《人民日报》还约我写了一篇短语，150字的对新的征程中建设文化强国的一些想法。新中国成立70多年来，改革开放40多年来，中国共产党马上迎来建党100周年，中国的发展变化，包括个人的精神生活、私人生活、家庭生活轨迹，其中有很多故事很多事情还远远没有在文学作品中体现出来。当我们概括一个时期或者一个阶段的历史任务的时候，我们抓的往往是“纲领”荦荦大端，但是文学恰恰是以小见大，在表现春天的时候还要把枝枝叶叶、点点滴滴、花蕊花瓣、蛀虫，都表现出来，而这个生活之丰富是历史上非常少见的。有获得就有失落，这很简单。我从1991年开始就用电脑了，最早是从“286”开始，可是回过头再想起用蘸水钢笔写作的年代，也很有意思，我开始写《青春万岁》的时候，不知道为什么非得用蘸水钢笔写，用英雄牌的自来水笔都写不出来，更早些时候鲁迅是用毛笔写的，茅盾是用毛笔写，管桦是用毛笔写的，起码人家都留下了很多的手稿，现在都没手稿了，所以，我觉得各种事情应该有历史感。手机给咱们提供的便捷、快乐真是不可想象，现在我们都是“无一日不可无手机”，甚至“每小时不可无手机”，进一个饭馆，先想知道的不是菜谱，而是Wi-Fi密码。可是反过来说，现在有多少人沉浸在手机、沉浸在浏览里，而深度的阅读反倒不如过去了。我经常在报纸上看到，现在在全世界的统计中中国人的阅读量不在前列，没有以色列、韩国、意大利、法国人阅读量多，这也是个大问题。我们对文化的期待、对文学的期待，离彻底落实贯彻下来还有很大的距离，还需要艰苦奋斗，还得苦干，我们对语言文字的运用，对生活的理解、表现和把握，对历史的理解和认知，这里面的学问还大着呢，活儿还重得多，其间既有迅速的发展，又有对古老传统的继承。就像咱们刚才说到的《装台》，其中既有中国文化的老实、本分、耐性、忍辱负重，也有不断追求新的标准、新的方式、对艺术的把握，就连刁顺子时间长了也有点儿艺术细胞了。人的快乐、困惑、收获、失落、艰难、喜悦都是交织在一起的。我们对这些的感悟，对于建设文化强国的理解还需要深化、研究和部署，这确实是一个大学问，而且也是一个责任如山的任务。

何向阳：谢谢您王蒙老师。祝您新年快乐！期望新的一年读到您更新更多的作品，也期望您健康长寿幸福。等到 2035 年，您 101 岁时，希望我们还在一起畅谈文学、畅谈未来。

王蒙：谢谢！悄悄告诉您一句，有位老朋友前些日子来看我，对我的要求是，一定要活到 2049 年，也就是中华人民共和国成立 100 周年。我还差得远啦。谢谢朋友们的祝愿。新年好！谢谢！

原载《文艺报》

读书，就是读自己

——余秋雨谈读书

余秋雨　宋　庄

宋庄：您曾经有一个观点：读书，就是读自己。能否请您进一步阐述一下？

余秋雨：你迷上了一本书、一首歌、一幅画、一部电影，心里在崇拜那位作家、那位歌手、那位画家、那位导演，崇拜得很深很深。但是你有没有想过，天下那么多书、那么多歌、那么多画、那么多电影，你为什么独独会着迷这一本、这一首、这一幅、这一部。

答案是：你与这些艺术家的审美心理高度重合。有一种潜在的文化基因，使你们在瞬间打通了心灵秘径，暗通款曲。

这种审美心理、文化基因、心灵秘径，为什么黏合得如此紧密，使你难以割舍？因为此间一半属于你自身。你痴迷作品，是因为蓦然发现了自己的灵魂。

所以，我作为《观众心理学》的作者一再论述：读书，就是读自己；听歌，就是听自己；赏画，就是赏自己；看电影，就是在黑暗中看自己。至少，是部分自己。

那么，你在艺术欣赏场合不应该仅仅是“崇拜”了，而更应该是“自认”。承认眼前出现的美学奇迹，属于自己生命的一部分。只要稍有条件，你也能投入创造，只要冲破一些障碍就行。

我在担任上海戏剧学院院长期间，日常要做的事，是与教师们一起告诉那些刚刚中学毕业的毛孩子：只要排除障碍，你就能释放出扮演唐代公主、法国骑士的天赋，展示出营造古典场景、恐怖空间的能力。事实证明，他们都在最短的时间做到了。在这最短的时间之前，他们与你们没有区别。

这，就是你能成为艺术家的雄辩证明。其实你也能成为别的许多“家”，每一种“家”都做得非常精彩。

宋庄：您曾在文章中提到自己喜欢读林语堂先生的《苏东坡传》，是不是也因为从中“读”到了自己？

余秋雨：我喜欢林语堂的《苏东坡传》，又觉得他把苏东坡在黄州的境遇和心态写得太理想了。其实，就我所知，苏东坡在黄州还是很凄苦的，优美的诗文是一种挣扎和超越。

苏东坡在黄州的生活状态，在他自己写给李端叔的一封信中描述得非常清楚。他在寂寞中反省过去，觉得自己以前最大的毛病是才华外露、缺少自知之明。他想，一段树木靠着瘿瘤取悦于人，一块石头靠着晕纹取悦于人，其实能拿来取悦于人的地方，恰恰正是它们的毛病所在，它们的正当用途绝不在这里。我苏东坡三十余年来想博得别人叫好的地方也大多是我的弱项所在。例如，从小为考科举学写政论、策论，后来更是津津乐道于历史是非、政见曲直。做了官以为自己真的很懂得这一套了，其实我又何尝懂呢？直到一下子面临死亡才知道，我是在炫耀无知。三十多年来最大的弊病就在这里。现在终于明白了，到黄州的我是觉悟了的我，与以前的苏东坡是两个人。（参见《答李端叔书》）

苏东坡的这种自省，不是一种走向乖巧的心理调整，而是一种极其诚恳的自我剖析，目的是想找回一个真正的自己。他在无情地剥除自己身上每一点异己的成分，哪怕这些成分为他带来过官职、荣誉和名声。他渐渐回归于清纯和空灵。在这一过程中，佛教帮了他大忙，使他习惯于淡泊和静定。艰苦的物质生活又使他不得不亲自垦荒种地，体味着自然和生命的原始意味。

宋庄：您曾在《暮天归思》中为大家推荐了50首必读唐诗。您认为怎样才能吸引当代年轻人喜欢唐诗？

余秋雨：人类历史上有四五个举世公认的“文化黄金时期”，各有重大优势。相比之下，最具有“集体诗情”，因此排位也最高的，是中国唐代。唐代，塑造了一个庞大族群的共同素养。直到今天，世界各地的华人偶然相遇，如果互相要测试彼此的文化认同程度，最后往往会吟诵几句唐诗。不错，品味唐诗，是修习中华文化的白玉基台。那么，究竟应该如何吸引当代年轻人来愉悦地接近唐诗呢？反复地强调它的重要性，没有用。因为一切正常人都不会成天去追随别人所说的"重要性"，而且，要追也追不过来。用现代传媒的浩大比赛来造势，也没有用。事实证明，这样的赛事最多只是让观众对几个善于背诵的孩子保持几天的记忆。而且谁都知道，善于背诵并不等于善于辨识，更不等于善于创作。

排除了这一些热闹，总该可以安心读唐诗了吧？也不，因为还会遇到一个个迷宫挡在半道上，那就是学术误导、史迹误导、生平误导、考证误导。这些误导，看起来比较安静，比较斯文，容易取信于很多不喜欢喧闹的人。但是，这种取信，结果也是悲剧性的。那些沉进去了的人，尽管很可能被旁人称为"唐诗专家"，其实唐诗在他们那里，早已变得浑身披挂、遍体锈斑、老尘厚积、陈词缠绕，没有多少活气了。

宋庄：喧闹走不通，安静也走不通，问题究竟出在哪里呢？

余秋雨：问题的关键，在于这些路都断送了诗情、诗魂。诗情、诗魂，潜藏在每个人心底。早在孩童时代，很多人的天性中就包含着某种如诗如梦、如吃如痴的成分。待到长大，世事匆忙，但只要仍然能以天真的目光来惊叹大地山水，发现人情之美，那就证明诗情未脱，诗魂犹在。读唐诗，只是对自身诗情、诗魂的印证和延伸。因此，归结点还在于自身。由于社会分工不同，也会有一些专业研究者去考据唐诗的种种档案资料。他们的归结，不是人人皆有的诗情、诗魂，而是越写越冷的专著、论文。前面所说的迷宫，就是由他们挖掘和搭建的。天底下有一些迷宫也不错，可以让一些闲散人士转悠一下，却不宜诱惑普通民众都进去折腾。尤其是年轻人，只要进入了这样的迷宫，原先藏在心底的诗情、诗魂就会荡然无存。我们寻找自己喜爱的唐诗，其实也是在寻找能够打动自己灵魂的文化信号。可惜，我们的很多研究专家，只是档案资料员，与灵魂和感情基本无关。对这件事，我倒是具有双重话语权。长久的学术经历使我对迷宫的沟沟坎坎非常熟悉，而我的生命基点毕竟承担着追求感性大美的责任，因此更知道迷宫之外的风景。

宋庄：能否请您举例谈谈，帮助读者分辨档案迷宫与诗情、诗魂的区别？

余秋雨：比如李白的《早发白帝城》，又叫《下江陵》。这是我选的“必诵唐诗五十首”中的第一首：朝辞白帝彩云间，千里江陵一日还。两岸猿声啼不住，轻舟已过万重山。

最好的唐诗都不喜欢生僻词语和历史典故，因此习惯于档案迷宫的研究专家面对这样的诗总是束手无策。这首诗也是这样，明白如话，毫无障碍，研究专家只能在“生平事迹”上面下学术功夫了。

这功夫一下可了不得，因为这首诗是李白获得一次大赦后写的。于是，那些专家就要追问：他犯了什么罪？那就必须牵涉到他在安史之乱发生后跟随永王李璘平叛的事了。李璘为什么召他入幕？平叛为什么又犯了罪？与他一起跟随永王平叛的将领均已无罪，为什么他反而被判流放夜郎？又为什么获得大赦？……这些问题，都非常重大，当然也是这首诗的历史背景和心理背景。中国学术界常常认为，历史重于艺术，所以一门诗歌课程常常也就变成了历史课程。历史讲了千言万语，诗情、诗魂都被挤到了一边，成了庞大历史的可怜附庸。

接下来，研究专家还会细细讲述，李白在这首诗中写到的千里之外的江陵，是此行的目的地。他到那里何以为生？投靠谁？好像是投靠做太守的朋友韦良宰。后来他又到过洞庭、宣城、金陵，生活困难，最后投奔在当涂做县令的族叔李阳冰，并在那里去世。

宋庄：诗人的这种生平档案，常常成为我们论诗的主要内容，显得很有学问，其实是把事情完全颠倒了。那么您认为应该如何正确理解？

余秋雨：难道一切艺术创作，都是自我经历的直接写照吗？小诗人、小作品也许是，大诗人、大作品就不是了。人类要诗，是在寻求超越——超越时间，超越空间，超越自我，超越身边的混乱，超越当下的悲欢，而问鼎永恒的大美。诗，既是对现实人生的反映，又是对现实人生的叛离，并在叛离中抵达彼岸。不叛离，就没有彼岸。

因此，我虽然也很乐意阅读诗人的生平事迹，却不愿把他们的繁杂遭遇与他们的千古诗句直接对应。那样的繁杂遭遇，人人都碰到过，为什么只有他写出了常人无法企及的诗句？可见那是一条孤单的小舟在天性指引下划破浩渺烟波而停泊到了彼岸的神圣诗境，这与此岸的生态已经非常遥远。回到这首《早发白帝城》，让我们看看它的诗情、诗魂是如何在超越中出现的。

李白的高妙，首先是在交通条件还很原始的古代，完成了极短的时间和极长的空间的奇异置换。这种在“一日”和“千里”之间的奇异置换，昭示了人类生命力有可能达到的畅快，因此能使一切读者产生一种生命的动态喜悦。

这种人类生命力的畅快和喜悦实在太珍罕、太精彩了，因此诗人借一些自然力来衬托和喝彩。哪些自然力？一是彩云；二是白帝城；三是千里江陵；四是万重山。

这四项，足够气派，又足够美丽，但都是静穆的，还缺一点儿声音，于是，李白拉出了“猿声”，还“啼不住”，于是视觉和听觉一起调动起来了，全盘皆活。

这“两岸猿声”，是一种自然存在，还是被李白的轻舟惊动出来的，特地在为李白的轻舟叫好？都可以。因为它没完没了，也就变成了一种绵绵不绝的交响伴奏。

比彩云、白帝城、千里江陵、万重山、猿声更为主动的，就是那条轻舟。它琐小、不定、无彩、无声，却以一种大运动压过了前面这一切。山水云邑，只为大运动让路。

始终没有提到这种大运动的执掌者，那就是比轻舟更琐小的诗人。山水云邑为大运动的轻舟让路，其实也就是为诗人让路。边让路边喝彩，今天，千里山河的主人就是他了。

由此，千里山河也因他而焕发了诗情、诗魂。是轻舟在写诗，也是彩云、白帝城、千里江陵、万重山、猿声一起在写诗。当然，这就写成了一首真正的大诗。尽管只有四句，二十八个汉字。

诗的奇迹，莫过于此。因此，我把它列为必诵唐诗第一首。

宋庄：*您选了“必诵唐诗五十首”，那么有没有不喜欢的？*

余秋雨：就像我不喜欢抒情之诗一样，我也不喜欢哲理之诗。诗中本可渗透一点儿哲理，但是如果拿一首诗来做哲理的象征，或者通过象征达到哲理，都有点儿反客为主。哲理有不小的派头，它一来，诗情、诗魂只能让到一边去了，这就是“鸠占鹊巢”，不太好。诗的最高等级，还在于不动声色的极致情景。

宋庄：不同的读者在唐诗面前，应该展现出不同的解读。

余秋雨：对，唐诗是一种“远年引信”，能够激发出我们每个人天性中早就储存着的诗情、诗魂，因此应该有大量不同的门径。

宋庄：对于喜欢唐诗的读者，您有什么建议吗？

余秋雨：可以做几点较完整的提示。

一、唐诗是诗，不是学问。诗与我们每个人的内心相关，因此，你们尽可以一门心思地去读那些“一上眼就喜欢”的诗。“一上眼就喜欢”，是现代心理学研究的重要现象，证明那些诗句与你自己的心理结构存在着“同构关系”。喜欢李白的这两句，证明千年之后的你，与写诗时的李白有一种隔代的心理共振。这是通向伟大的缆索，因此要抓住不放，反复吟诵。读这样的诗，其实在读自己。读自己，也可以说是用唐诗唤醒自己，唤醒一个具有潜在诗魂的人。

二、太复杂、深奥、艰涩的诗，可以暂时搁置。如果今后你选了中国古典文学专业，再读也不迟。我在前面说过，最好的唐诗都不喜欢生僻词语和历史典故。这是唐诗在楚辞和汉赋之后的一次整体解放，也是唐诗能够轰动社会的原因之一。最好的唐诗，不允许学术硬块来阻挡流荡的诗情，而真正的诗情因为直通普遍人性，所以一定畅然无碍，人人可感。

三、读唐诗就是读唐诗，不要把衍生体、派生体、次生体当作唐诗本体。衍生体中，精简的注释倒是可以偶尔读一下，却不宜让太多知识性、资料性、考证性的文本挡住了视线。写这些文本的人，以诗的名义失去了诗，实在是一种无奈的文化牺牲，我们应该予以同情，却不必追随他们。

原载《中华读书报》

王安忆写作的秘诀

刘庆邦

这秘诀够人实践一辈子

至少在两个笔记本的第一页，我都工工整整地抄下了王安忆的同一段话，作为对自己写作生活的鞭策和激励。这段话并不长，却有着丰富的内容，且坦诚得让人心悦诚服。我看过王安忆许多创作谈，单单把这段话挑了出来。如果一个作家的写作真有什么秘诀的话，我愿把这段话视为王安忆写作的秘诀。王安忆是这么说的："写小说就是这样，一桩东西存在不存在，似乎就取决于是不是能够坐下来，拿起笔，在空白的笔记本上写下一行一行字，然后第二天，第三天，再接着上一日所写的，继续一行一行写下去，夜以继日。要是有一点动摇和犹疑，一切将不复存在。现在，我终于坚持到底，使它从悬虚中显现，肯定，它存在了。"

这段话是王安忆的长篇小说《遍地枭雄》后记中的一段话，我以为这也是她对自己所有写作生活的一种概括性自我描述。通过她的描述，我们知道了她是怎样抓住时间的，看到了她意志的力量，坚忍不拔的持续性，对想象和创造坚定的自信，以及使创造物实现从无到有的整个过程。看到王安忆的描述，我不由得想起自己在老家农村锄地和在煤矿井下开掘巷道的情景，觉得王安忆的写作和我们干活儿有类似的地方，都是一种劳动。只不过，王安忆进行的是脑力劳动，我们则是体力劳动。哪一种劳动都不是玩儿的，做起来都不轻松。还有，哪一种劳动都带有不同程度的强制性。我们的强制来自外部，是别人强制我们。王安忆的强制来自内部，是自觉的自己强制自己。我把王安忆的这段话说成是她写作的秘诀，后来，我在她和张新颖的谈话中得到证实。王安忆说："我写作的秘诀只有一个，就是勤奋的劳动。"她所说的秘诀并不是我所抄录的一段话，但我固执地认为它们的意思是一样的，不过前者是详细版，后者是简化版而已。很多作家否认自己有什么写作的秘诀，好像一提秘诀就有些可笑似的。王安忆不但承认自己有写作的秘诀，还把秘诀公开说了出来。在她看来，这没什么好保密的，谁愿意要，只管拿去就是了。的确，这样的秘诀够人实践一辈子的。

2006 年年底，中国作家协会召开第七次作代会期间，我和王安忆住在同一个饭店，她住楼下，我住楼上。我到她住的房间找她说话，告辞时，她问我晚上回家不回，要是回家的话，给她捎点稿纸来。她说现在很多人都不用手写东西了，找点稿纸挺难的。我说会上人来人往的这么乱，你难道还要写东西吗？她说给报纸写一点短稿。又说晚上没什么事，电视又没什么可看的，不写点东西干什么呢！我说正好我带来的有稿纸。我当即跑到楼上，把一本稿纸拿下来，分给她一多半。一本稿纸是一百页，一页有三百个方格，我分给她六七十页，足够她在会议期间写东西了。有人说写作所需要的条件最简单，有笔有纸就行了。笔和纸当然需要，但一个最重要的条件往往被人们忽略了，这个条件就是时间。据说，任何商品的价值都是时间的价值，价值量的大小取决于生产这一商品所需的社会必要劳动时间的多少。时间是写作生活的最大依赖，写作的过程就是时间不断积累的过程，时间的成本是每一个写作者不得不投入的最昂贵的成本。每个人的生命在某种意义上说就是一个活的容器，这个容器里盛的不是别的东西，就是一定的时间量。一个人如果任凭时间跑冒滴漏，不能有效地抓住时间，就等于抓不住自己的生命，将一事无成。王安忆深知时间的宝贵，她就是这样抓住时间的。王安忆认为写作是诉诸内心的，她不喜欢和人打交道，她看待内心的生活胜于外部的生活。王安忆几乎每天都在写作，一天都不停止。她写了长的写短的，写了小说写散文、杂文随笔。她不让自己的手空下来，把每天写东西当成一种训练，不写，她会觉得手硬。她在家里写，在会议期间写，更让我感到惊奇的是，她说她在乘坐飞机时照样写东西。对一般旅客来说，在飞机上那么一个悬空的地方，那么一个狭小的空间，能看看报、看看书就算不错了，可王安忆在天上飞时，竟然也能写东西，足见她对时间的缰绳抓得有多么紧，足见她对写作有多么痴迷。

艺术家都是工匠，都是做活儿

有人把作家的创作看得很神秘，王安忆说不，她说作家也是普通人，作家的创作没什么神秘的，就是劳动，日复一日的劳动，大量的劳动。她认为不必过多地强调才能、灵感和别的什么，那些都是前提，即使具备了那些前提，也不一定能成为好的作家，要成为一个好的作家，必须付出大量艰苦的劳动。在我看来，安忆铺展在面前的稿纸就是一块土地，她手中的笔就是劳动的工具，每一个字都是一棵秧苗，她弯着腰，低着头，一棵接一棵把秧苗安插下去。待插到地边，她才直起腰来，整理一下头发。望着大片的秧苗，她才面露微笑，说，嗬，插了这么多！或者说每一个汉字都是一粒种子，她把挑选出来的合适的种子一粒接一粒种到土里去，从春种到夏，从夏种到秋。种子发芽了，开花了，结果了。回过头一看，她不禁有些惊喜。惊喜之余，她有时也有些怀疑，这么多果实都是她种出来的吗？当仔细检阅之后，证实确实是她的劳动成果，于是，她开始收获。安忆不知疲倦地注视着那些汉字，久而久之，那些汉字似乎也注视着她，与她相熟相知，并形成了交流。好比一个人长久地注视着一块石头，那块石头好像也会注视她。仅有劳动还不够，王安忆对劳动的态度也十分在意。她说有些作家，虽然也在劳动，但劳动的态度不太端正，不是好好地劳动。王安忆不能容忍马马虎虎、投机取巧、偷工减料、得过且过。她是勤勤恳恳、老老实实、一丝不苟的。如果写了一个不太好的句子，她会很懊恼，一定要把句子理顺了，写好了，才罢休。

王安忆自称是一个文学劳动者，同时，她又说她是一个写作的匠人，她的劳动是匠人式的劳动。因为对作品的评论有雕琢和匠气的说法，作家们一般不愿承认自己是一个匠人，但王安忆勇于承认。她认为艺术家都是工匠，都是做活儿。千万不要觉得工匠有贬低的意思。类似的说法我听刘恒也说到过。刘恒说得更具体，他说他像一个木匠一样，他的写作也像木匠在干活儿。从劳动到匠人的劳动，这就使问题进了一步，值得我们深入探究。在我们老家，种地的人不能称之为匠人，只有木匠、石匠、锢匠、画匠等有手艺的才有资格称匠。一旦称匠，我们那里的人就把匠人称为“老师儿”。“老师儿”都是“一招鲜，吃遍天”的人，他们的劳动是技术性的劳动。让一个只会种地的农民在板箱上作画，他无论如何都画不成景。请来一个画匠呢，他可以把喜鹊噪梅画得栩栩如生。王安忆也掌握了一门技术，她的技术是写作的技术，她的劳动同样是技术性的劳动。

从技术层面上讲，王安忆的劳动和所有匠人的劳动是对应的。这是第一点。第二点，一个石匠要把一块石头变成一盘磨，不可能靠突击，不可能在短时间内完工。他要一手持锤，一手持凿子，一凿子接一凿子往石头上凿。凿得有些累了，他停下来吸支烟，或喝口水，再接着凿。他凿出来的节奏是匀速，丁丁，丁丁，像音乐一样动听。我读王安忆的小说就是这样的感觉，她的叙述如同引领我们往一座风景秀美的山峰攀登，不急不缓，不慌不忙，不跳跃，不疲倦，不气喘，扎扎实实，一步一步往上攀。我们偶尔会停一下，绝不是不想攀了，而是舍不得眼前的秀美风光，要把风光仔细领略一下。随着各种不同的景观不断展开，我们攀登的兴趣越来越高。当我们登上一个台阶，又一个台阶，终于登上她所建造的诗一样的小说山峰，我们得到了极大的精神满足。第三点，匠人的劳动是有构思的劳动，在动手之前就有了规划。比如一个木匠要把一块木头做成一架纺车，他看木头就不再是木头，而是看成了纺车，哪儿适合做翅子，哪儿适合做车轴，哪儿适合做摇把，他心中已经有了安排。他的一斧子一锯，都是奔心中的纺车而去。王安忆写每篇小说，事先也有规划。除了小说的结构，甚至连一篇小说要写多长，大致写多少个字，她几乎都心中有数。第四点，匠人的劳动是缜密的、讲究逻辑的劳动，也是理性的劳动。一把椅子或一只箱子的约定俗成，对一个木匠来说有一定的规定性，他不能胡乱来，不可违背逻辑，更不可能把椅子做成箱子，或把箱子做成椅子。在王安忆对我的一篇小说的分析里，我第一次看到了逻辑的动力的说法，第一次听说写小说还要讲究逻辑。此后，我又多次在她的文章里看到她对逻辑重要性的强调。在和张新颖的谈话里，她肯定地说："生活的逻辑是很强大严密的，你必须掌握了逻辑才可能表现生活的演进。逻辑是很重要的，做起来很辛苦，真的很辛苦。为什么要这样写，而不是那样写？事情为什么这样发生，而不是那样发生？你要不断问自己为什么，这是很严格的事情，这就是小说的想象力，它必须遵守生活的纪律，按照纪律推进，推到多远就看你的想象力的能量。"

以上四点，我试图用王安忆的劳动和作品阐释一下她的观点。其实，这些都不重要。重要的问题在于，工匠的劳动是不是保守的？机械的？死板的？墨守成规的？会不会影响感性的鲜活，情感的参与，灵感的爆发，无意识的发挥？一句话，工匠式的劳动是不是会拒绝神来之笔？我的看法是，一切创造都是从劳动中得来的，不劳动什么都没有。换句话说，写就是一切，只有在写的过程中，我们才会激活记忆，调动感情，启发灵感。只有在有意识的追求中，无意识的东西才会乘风而来。所谓神来之笔，都是艰苦劳动的结果，积之在平日，得之在俄顷。工匠式的劳动无非是把劳动提高了一个等级，它强调了劳动的技术性、操作性、审美性、严肃性、专业性和持恒性。这种劳动方式不但不保守，不机械，不死板，不墨守成规，恰恰是为了打破这些东西。王安忆的大量情感饱满、飞扬灵动的作品，证明着我的看法不是瞎说。

对写作始终如一地喜欢

但有些事情我不能明白，安忆她凭什么那么能吃苦？如果说我能吃点苦，这比较容易理解。我生在贫苦家庭，从小缺吃少穿，三年困难时期饿成了大头细脖子。长大成人后又种过地，打过石头，挖过煤，经历了很多艰难困苦。我打下了受苦的底子，写作之苦对我来说不算什么苦。如果我为写作的事叫苦，知道我底细的人一定会骂我烧包。而安忆生在城市，长在城市，父母都是国家干部，家里连保姆都有。应该说安忆从小的生活是优裕的，她至少不愁吃，不愁穿，还有书看。就算她到安徽农村插队过一段时间，她母亲给她带的还有钱，那也算不上吃苦吧。可安忆后来表现出来的吃苦精神不能不让我佩服。1993 年春天，她要到北京写作，让我帮她租一间房子。那房子不算旧，居住所需却缺东少西的。没有椅子，我从我的办公室给她搬去一把椅子。窗子上没有窗帘，我把办公室的窗帘取下来，给她的窗子挂上。房间里有一只暖瓶，却没有瓶塞。我和她去商店问了好几个营业员，都没有买到瓶塞。她只好另买了一只暖瓶。我和妻子给她送去了锅碗瓢盆勺，还有大米和香油，她自己买了一些方便面，她的写作生活就开始了。屋里没有电视机，写作之余，她只能看看书，或到街上买一张隔天的《新民晚报》看看。屋里没有电话，那时移动电话尚未普及，她几乎中断了与外界的联系。安忆在北京有不少作家朋友，为了减少聚会，专心写作，她没有主动和朋友联系。她像是在“自讨苦吃”，或者说有意考验一下自己吃苦的能力。她说她就是想尝试一下独处的写作方式，看看这种写作方式的效果如何。她写啊写啊，有时连饭都忘了吃。中午，我偶尔给她送去一盒盒饭，她很快就把饭吃完了，吃完饭再接着写。她过的是饥一顿饱一顿的日子，我觉得她有些对不住自己。就这样，从四月中旬到六月初，在不到两个月的时间里，她写完了两部中篇小说。她之所以如此能吃苦，我还是从她的文章里找到了答案。安忆对自己的评价是一个喜欢写作的人。有评论家把她与别的作家比，她说她没有什么，她就是比别人对写作更喜欢一些。有人不是真正喜欢，也有人一开始喜欢，后来不喜欢了，而她，始终如一地喜欢。她说：“我感到我喜欢写，别的我就没觉得和他们有什么不同，就这点不同：写作是一种乐趣，我是从小就觉得写作是种乐趣，没有改变。”是不是可以这样说，写作是安忆的主要生活方式，她对写作的热爱和热情，是她的主要感情，同时，写作也是她获得幸福和快乐的主要源泉。安忆得到的快乐是想象和创造的快乐。一个世界本来不存在，经过她的想象和创造，平地起楼似的就存在了，而且又是那么具体，那么真实，那么美好，由此她得到莫大的快乐和享受。与得到的快乐和享受相比，她受点儿苦就不算什么了。相反，受点儿苦仿佛增加了快乐的分量，使快乐有了更多的附加值。

当作协主席没耽误写作

王安忆这样热爱写作，那么我们假设一下，她不写会怎样？或者说不让她写了会怎样？1997年夏天，我和王安忆、刘恒我们三家一块儿去了一趟五台山，后来，我一直想约他们两个到河南看看。王安忆没去过中岳嵩山的少林寺，也没看过洛阳的龙门石窟，她很想去看看。2008年9月中旬，我终于跟河南有关方面说好了，由他们负责接待我们。我给王安忆打电话时，她没在家，是她的先生李章接的电话。我说了请他们一块儿去河南，李章说：“安忆刚从外地回来，她该写东西了。”李章又说，“安忆跟你一样，不写东西不行。”我？我不写东西不行吗？我可比不上王安忆，我玩心大，人家一叫我外出采风，那个地方我又没去过，我就跟人家走了。我对李章说，我跟刘恒已经约好了，让李章好好跟安忆说说，还是一块儿去吧。我说我对安忆有承诺，如果她去不成河南，我的承诺就不能实现。李章说，等安忆一回来，他就跟她说。第二天我给安忆打电话，她到底还是放弃了河南之行。安忆是有主意的人，她一旦打定了主意，任何劝说都是无用的。为了写作，王安忆放弃了很多活动。不但在众多采风活动中看不到她的身影，就连得了一些文学奖，她都不去参加颁奖会。2001年12月，王安忆刚当选上海市作家协会主席时，她一时有些惶恐，甚至觉得当作协主席是一步险棋。她担心这一职务会占用她的时间，分散她的精力，影响她的写作。她确实看到了，一些同辈的作家当上这主席那主席后，作品数量大大减少，她认为这是一个教训。在发表就职演说时，她说她还要坚持写作，因为写作是她的第一生活，也是她比较能胜任的工作，假若没有写作，她这个人便没什么值得一提的了。当上作协主席的第一年，她抓时间抓得特别紧，写东西也比往年多，几乎有些拼命的意思。当成果证明当主席并没有耽误写作时，她似乎才松了一口气。我估计，王安忆每天给自己规定有一定的写作任务，完成了任务，她就心情愉悦，看天天高，看云云淡，吃饭饭香，睡觉觉美。就觉得自己对得起自己，自己对自己有了交代，看电视就能够定下心来，看得进去。要是完不成任务呢，她会觉得很难受，诸事无心，自己就跟自己过不去。作为一个承担着一定社会义务的作家，王安忆有时难免会遇到这样的情况，她本打算坐下来写作，却被别的事情干扰了，这时她的心情会很糟糕，好像整个人生都虚度了一样。人说发展是硬道理，对王安忆来说，写作才是硬道理，不写作就没有道理。在我所看到的有限的对古今中外的作家介绍里，就对写作的热爱程度而言，王安忆有点像托尔斯泰。托尔斯泰把写作看成正常的状态，不写作就是非正常状态，就是平庸的状态。托尔斯泰在一则日记里提到，因为生病，他一星期没能写作。他骂自己无聊，懒惰，说一个精神高贵的人不容许自己这么长时间处于平庸状态。和我们中国的作家相比，就思想劳作的勤奋和强度而言，王安忆有点像鲁迅。鲁迅先生长期在上海写作，王安忆在上海写作的时间比鲁迅还要长，而且王安忆的写作还将继续下去。王安忆跟我说过，中国的作家，鲁迅的作品是最好的，她最爱读鲁迅。王安忆继承了鲁迅的刻苦，耐劳，也继承了鲁迅的思想精神。王安忆通过自己的思想劳作，不断发出与众不同的清醒的声音。写作是王安忆的第一需要，也是她生命的根基，如果不让她写作，那是不可想象的，所以，我们还是不要做这样的假设为好。

写作是王安忆的精神运动，也是身体运动；是心理需要，也是生理需要。她说写作对人的身体有好处，经常写作就身体健康，血流通畅，神清气爽，连气色都好了。她说，你看，经常写作的人很少患老年痴呆症的，而且多数比较长寿。否则的话，就心情焦躁，精神委顿，对身体不利。我不止一次听她说过，写作这个东西对体力也有要求，体力不好写作很难持久。她以苏童和迟子建为例，说他们之所以写得多，写得好，其中一个原因是他们的身体比较壮实，好像食量也比较大，精力旺盛，元气充沛。我很赞同安忆的说法，并且与她有着相同的体会。我想，不论是精神运动，还是身体运动，其实都是血液的运动。写作时大脑需要氧气，而源源不断供给大脑氧气的就是血液。大脑需要的氧气多，运载氧气的血液就得多拉快跑，保证供应。血流加快了，等于促进了人体内的血液循环，对人的健康当然有好处。

朋友们可能注意到了，我翻来覆去说的都是安忆的写作，写作，没有涉及她的作品，没有具体评论她的任何一篇小说。我的理论水平比较低，没有评论她作品的能力，这点自知之明我还是有的。一个高人评论一个低人的小说，一不小心就把低人的小说评高了。而一个低人评论一个高人的小说呢，哪怕费尽九牛二虎之力，所评仍然达不到高人的小说水平应有的高度。王安忆的小说都是心灵化的，她的小说故事都发生在心理的时间内，似乎已经脱离了尘世的时间。她在心灵深处走得又那么远，很少有人能跟得上她的步伐。别说是我了，连一些评论家都很少评论她的小说。在文坛，大家公认王安忆的小说越写越好，王安忆现在是真正的孤独，真正的曲高和寡。有一次，朋友们聚会喝酒，莫言、刘震云、王朔纷纷跟王安忆开玩笑。王朔说："安忆，我们就不明白，你的小说为什么一直写得那么好呢？你把大家甩得太远了，连个比翼齐飞的都没有，你不觉得孤单吗？"王安忆有些不好意思，她说不不不。不知怎么又说到冰心，说冰心在文坛有不少干儿子。震云对王安忆说："安忆，等你成了安忆老人的时候，你的干儿子比冰心还要多。"我看王安忆更不好意思了，她笑着说："你们不要乱说，不要跟我开玩笑。"

原载《北京日报》

散文的细节

蒋建伟

进入新时代以来，我国的散文创作呈现出盛况空前的“散文热”现象，特别是在当下的自媒体时代的加持之下，散文的书写方式开始由“纸、笔或者电脑写作”转向“手机写作”，除了报刊这些传统纸媒的刊发外，越来越多的人喜欢在微信朋友圈、抖音、短视频、各种网络平台等自媒体发表自己的作品，每天的数量数以万计，几乎是全民自嗨，发表的门槛几乎没了。这是时代的进步，人类文化科技的又一次飞跃，中国散文的创作赶上了一个最好的时代。在这样一个大的背景下，我们越来越呼唤那种好的散文，精品的经典的散文，就需要一个大浪淘沙、优胜劣汰的过程。那么，如何才能写我们内心深处的好散文呢？

我觉得在大家创作当中，有两个方面是比较直接可以介入散文创作的：第一个，就是我们常说的传统题材，譬如亲情啊，故乡啊，写景啊，中国传统的节假日啊，还有一些婚丧嫁娶，大家所能接触到的一些生活的场景和生活的一些片段。第二个，是个人独有的题材。个人独有的题材是指什么呢？你所写的题材，只有你自己才能有，别人或者说拥有的人特别少。你比如说王宗仁老师写的西藏题材，那么它就是作家本人独特的优势，因为他年轻时在西藏当过兵，至今还是军人，他是完整系统地深入这种生活经历的人，这种经历并不是人人都有，这就是题材优势。我举这个例子，并不是说大家非得去像他那样当兵，写那一类题材。每个人所占有的角度、占有的创作的财富和资源都不一样。比如巴根老师，他是蒙古族，他独特的题材优势就是蒙古历史小说，他创作的长篇小说《忽必烈大汗》《成吉思汗大传》《僧格林沁亲王》这一类，是当代、现代一大批作家当中所缺乏的或者说比较少有的。这种题材的文学作品，作家能够写好，有超强的阅读性、史料性、传奇性，发行量也高，能迅速进入大众阅读视野。

我再举两个例子：

2016 年有一篇散文，叫《微光》，作者是唐诗，现在在广东深圳打工。她写自己的经历，她和老公刚刚结婚，小孩还不到一岁，老公出轨，然后离婚，她自己抚养孩子，带着一种文学梦来抚养孩子，也就是说她一直在追求一种在文学上能够有所追求、达到某种理想化的一种写作，但可能就是一种梦想、理想。为什么起名“微光”呢？我没和作者交流过，她估计是把自己比喻成很微弱的光，这么一种状态。光是指希望，也就是对生活、对未来的一种不灭的追求，她还有这种信念。所以，她写单身女人、单身妈妈的经历，不是每个人都有，或者你有，但不一定像她的遭遇这么苦。好在作者还幻想有生活中的一丝微光，也就是她自己的理想，“我为什么而活着”，“我未来生活的幸福感在哪里”，所以，她是一个了不起的女人，是一个怀揣微光的女人！

另有一篇散文《南山南》，作者叫马頔，是 2015 年《中国好声音》冠军歌曲《南山南》词曲的原作者。这个词曲作者呢，他当时用简单的摄像机拍一段视频，发到网上。过了三四年，《中国好声音》的歌手张磊，新疆的，他报名的时候，就在网上一搜，搜到《南山南》这个歌了，带有民谣风格，然后他把这个歌作为自己的主打曲目，结果一唱就给唱红了，得了冠军，奖金 2 亿元。两个人因为这个歌曲版权问题还打起了官司，为啥呢？张磊通过中国版权协会买这首歌曲的时候，花了一千块钱，但是他获奖的奖金，将近两个亿。这个词曲作者就不愿意了，马頔说你拿两个亿，我才拿一千块钱。后来网上开始争论，主张打官司，争论了很久，后来就再没有声音，估计私了了。我再说回来，马頔为什么创作《南山南》呢？因为一段自己的恋爱经历。《南山南》这篇文章用五个片段，通过写小崔、小陌、老郭、杜 ×、舒瑛五个人的爱情，来描摹作者自己的爱情观。第二个故事，写了小陌和一个女孩，他大三那年，接到一个电话，这个电话是他过去女友的妈妈的电话，说：“你是 ××× 吗？我是杨 ×× 的妈妈，总听我女儿提起你，她病了，阿姨能求求你来医院看看她吗？”他以前的那个女朋友现在得了癌症，没有几天活头了，临死前见小陌一面，送给了他一绺自己化疗前的头发。他再没有当年的那种感动，有的，只有遗憾："人生有太多遗憾，我最遗憾的就是没明明白白对她说一句我爱你。"小陌说的话，实际上是作者在间接地说自己。这种感动，包括他后来创作的这首歌曲，有它强烈的感染人的地方，让每一个读者产生各自的感动出来，然后再读、再唱他的文章、歌曲作品时，会有发自内心的亲切感，触动你的泪点。所以作者说，"你掉的眼泪，才是只有你自己知道的故事"，"我们开始每天在长夜里奔跑，只为在天亮前筋疲力尽，逃避天明时充满光亮的生活，做上一场第一次遇见她 / 他的梦"，所有这些，只是因为"太爱你"。爱情的经历和感悟、感动，每个人都有，大家可以寻找，每个人都可以找到。但是这种东西呢，我觉得相比着传统题材的写作，表达起来可能更容易让读者们接受。

相比传统题材的写作，你比如说逢年过节，写亲情散文，写老师、同学、兄长、兄弟，还有姑姑什么，这些人物，或者一些故乡的题材，就比较容易得多。为啥呢？因为大家都在写这个传统题材。现在，不少散文刊物，百分之六十到七十都是写回忆母亲、写故乡题材的，后来，我们有意识地在 2013 至 2024 年连续推出了《父亲的故事》等栏目，有意识地让大家写写父亲、老师。为啥呢？写母亲多了，大家一蜂窝都往这个方面写，写着写着就雷同了。为啥雷同呢？就是说没新意了。有新意的别人差不多都快写光了。怎么办？这个题材看似人人操作很简单，但你在写的时候要想写好，真的很难。

接下来，我主要谈一谈当代散文创作当中的"细节"。

第一，细节体现在标题上，标题中的细节。一篇文章的标题在同类文章中，要几乎看不到。一本杂志，先看标题，有五六篇文章都写母亲，比如《我的母亲》《心中的母亲》《母亲的小棉袄》，或者母亲的什么什么，或者怀念母亲什么什么，这些文章，你就可以跳过去。但是我们在制作标题的时候，假如你有母亲的细节，你比如说母亲有哪个动作，或者母亲的表情，你放在标题里面给它突出，可能就比其他作者在标题上出奇制胜。比如有一篇散文叫《偏心的娘啊》，或写母亲的散文《找娘》，这是王惠明的一个标题。还有杨璞玉《陌生的父亲》、王新华《"绑架"父亲》、刘庆邦《脚的尊严》、吴昕孺《母亲的河流》，都是关于母爱一类的主题。高尔纯老师的《麻雀》，写他岳母的，标题就避开了“岳母”这两个字。他从另外一个角度，说他岳母活着的时候，每天都有麻雀光顾他们家石头搭成的阳台，他岳母就把吃剩下的饭粒、米粒，搁在阳台上，让麻雀吃。久而久之，麻雀先蹦到阳台上，后来又蹦到屋里，老人的那种天伦之乐，还有一种暖暖的温情，始终在他们空气里面回荡。那么他岳母去世以后没人喂了，麻雀也不来了。有一次他拿馒头放在阳台上的时候，麻雀也不理他，然后很胆怯……他就用这个细节来怀念岳母。像这种，就要看作者的角度怎么样，再出新一点，再写得比别人更能进一步一点点，作品就写好了。

比如说写动物，我原来写过一篇散文，后来也做过文本分析，叫《双眼皮的牛》,《读者》杂志当年头条选的。不光《读者》杂志，好多报刊杂志都选了，他们在选之前都打电话，说这个牛到底是不是双眼皮的，甚至还有人模仿我的标题，说《双眼皮的鸡》。这个鸡不是双眼皮，鸡是单眼皮，禽类、两条腿的，一半都是单眼皮，四条腿的都是双眼皮。这个文章选到哪里，哪里的主编就认为是我编的，说我是为了哗众取宠，你编了个双眼皮的，牛又不是人，你代替人，到底是不是啊？我说你回去看看，或者到屠宰场、到动物园、到农村养殖场或者农家去看一下，都可以发现，牛有时候还是三眼皮、四眼皮的，不是双眼皮，但是我们一般都是说双眼皮。像这个文章的标题，双眼皮这个标题我就敢说，别人没人敢起。第二个，它体现了一个观察，我们很多人在农村，对这些牲畜估计没有认真观察过，很多人都不知道牛到底是不是双眼皮的，这就表明我们面对熟悉的事物、场景，一定要突出你观察的细节。

在标题上，我通常说一篇文章的标题，起码要占文章总分的五十到六十分，尤其是散文。所以标题非常关键。说不好听的话，当一个编辑每天面对几百篇文章的时候，你这个标题会起大作用，如果标题不好的话，碰见比较烦的编辑，立马就给你枪毙了，或者给你扔了。所以说，因为同类题材太多了，我们大家投稿的时候，不知道有没有，我也投，我本身也写嘛，投稿的时候我就在想，怎么样的文章才能发表？当然走后门除外，也不是人人都要走走后门，首先你的文章，必须在投稿之前要想到，有没有同类的、竞争的，或者同类的、竞争的里面，能不能比别人更胜一筹？比如说我在标题上，可以往前走一下，或者说我在开头上，往前走一下，然后还可以在其他的方面往前走一下。多走那么半步、一步，你被编辑选中的概率，就比别人要大一些。

又比如，新疆女作家阿瑟穆·小七的散文集《解忧牧场札记》，书名就很棒。讲述了作者和那座游牧民族老院子，是她坚守“垃圾是堆错地方的财富”的理念，花费了10年时间，利用在废品收购站收购的旧物、在周边坍塌老屋处捡拾可再利用的建筑材料及旧家具旧的劳动工具、在民间收购老物件等，恢复建成，起名为“解忧牧场老院子”。在这里，不但吸引了成千上万人来参观，还带动一个小村依托游牧非遗生产生活方式开展旅游活动，实现文化民俗脱贫致富。难怪，阿勒泰市一位副市长激动地称小七是“阿勒泰的宝贝”。中国作家协会副主席高洪波肯定了小七的散文创作，他说：“小七的散文注角极其敏锐，她快乐的文笔，给人一种宁静的力量，还有，她作为一个女作家特殊的情感、情怀，到少数民族特殊的情谊，到大自然万物的温暖，堪称‘走在阳光下的文字’。”著名作家王宗仁说：“小七，一开始我以为她是少数民族，后来一看她是汉族，一个汉族女孩子把自己的心血融入到阿勒泰这样一个地方，是很不容易的，而且十年都是这么做的。我读了小七的散文以后，对她讲述的牛羊马等动物的文章，颇感兴趣，留下了很好的印象。一边读，一边写随想她生活在地域广阔，自然环境甚美的草原，她比一般作家拥有更丰富、更空灵的创作资源。这了不得呀，她不是个作家，她是阿勒泰地区的一个美丽乡村的建设者啊，我要向她学习！”

我每天要接触、编辑的稿子，很多很多，同一类题材，我们编辑要考虑在这一期，让读者感觉到不那么雷同，读起来不累。你不能一本杂志都是写父亲母亲。但是一本杂志，往往来稿六百篇，有五百篇都是写母亲的，编辑没法选择，只能从这里面挑，挑来挑去，这个题材又会占了上风，篇幅就特别多，因此这个没办法。

所以，针对这种题材，我觉得传统题材，老题材，老生常谈的，大家都愿意写的，大家一定要注意，和别人避开。比如王新民的散文《痛苦的尽头》。这个作者聪明在哪呢？他一下子写了四位已故的老人，他的父亲、母亲、岳父、岳母，搁在一块写，这篇散文被《读者》杂志转载。刚开始，作者只是在他的微博里面发。这个作品，一开始不叫“痛苦的尽头”，叫母亲什么什么。他文章当中有一句话，非常让人感动，说“我的亲人们，下辈子我不想再做你们的儿女，为什么呢，因为害怕再让你们操心，害怕这种痛苦还要延续”。就他最后这句话，几乎就把儿女的一种忏悔、痛苦、无奈，甚至为父母分忧的那种感情，基本上都包括在里面了。所以这篇文章呢，光他把四位老人放在一块写，我觉得就是第一次。这也是作者从老题材当中能够出新的地方。

第二，就是细节在人物的描写当中。2016 年，冯积岐的散文《女人今年二十三》比较引人关注。作者就写了一个女孩子，小孩嘛，家庭比较好，各方面都比较优越，比照一般的农村来说，但这个母亲管孩子管得比较严厉，天天让她干活、做作业，反正那种态度让小女孩比较反感。突然有一天，这个小女孩旁边有个人给她煽动了几句，因为小孩嘛，产生了极端的想法，就把她母亲给毒死了。然后呢，因为未成年嘛，作者冯积岐在那里挂职，到她家去。第一个，她不知道她犯了罪，第二个，她也不知道这种行为有悖人伦。确实是那种懵懂无知，不知道父母的养育之恩。若干年以后，作者又去那个县，又到那个村，再去回访的时候，这个小女孩已经变成一个少妇，正在给自己的女儿喂奶。当他一说这个人你认识不认识，冯县长？她说不认识。他说你忘了，你小时候，那一年，你母亲怎么着怎么着。这个少妇看了半天，不吱声，到最后“哇”一声哭了，哭得惊天动地。然后，乡里面的人说，你看你这闺女，还没怎么说呢，你就哭开了。冯积岐文章当中说了一句话，说让她哭吧，如果这个时候再不哭，她就不是人了。大致是这个意思，它除了展示一些细节之外，还把一种教育的问题，还有父母的养育之恩的问题，还有一种社会的问题，都呈现出来。我觉得它尤其对这种社会的忧患感，把它体现出来了。一篇小小的两千多字的散文，能够做到这一点，非常不容易。

梁晓声老师的《故人往事》，描写了作者当年那段难忘的知青岁月，其中的陆宁、林予、魏国学、嫂子、崔长勇等小人物，读来让我们深思长叹，为那个时代，也为作者留给未来的种种思考。而文章中流淌出来的一些句子，颇有滋味，比如“命运之神其实每将好人推到格外需要友谊来温暖己心的人身边；那时人对好人要有本能的感觉，并且要对好人的出现有所感恩”，“生活里才没那么多坏人，电影小说里的坏人大抵是虚构的”，没了对于某种不良现象的谴责、小人物命运在大动荡历史背景下的不平和悲情，而是，增加了对于“好人文化”一种莫大的呼唤！

王宗仁老师的《柴达木的河向西流》，讲述了柴达木盆地的一条河与四个作家，包括作者本人、李若冰、王宗元、肖复华的故事。作者说：“向西流的河流的本质，是结识了行走在河岸上开发建设柴达木的人。”当年，作者是一名青藏线上的汽车兵；同样，作家李若冰为了采访那些参加大西北建设的人，不惜五次深入柴达木，写成了《柴达木手记》一书；王宗元既是农场场长，又是一位作家，他把目光投向了不冻泉运输站站长老婆甘当站内招待员的故事，写活了惠嫂这个女人，朴实而又可亲；而40多年投身柴达木石油建设、骨子里全是石油的作家肖复华，坚持死后把自己的骨灰埋在柴达木之举，他的语言天马行空，大气沉稳，使故事更加感人。可以这样说，柴达木河向西流的性格，坚忍，不屈，就像当年的一批批建设者，“不管一生走过多少弯路，都要流向大海”，这是一种博大的原始生命力，在时时冲击着我们的思想！我们的灵魂！

读蒋殊的《一碗饭，一条命》时，我反复在想几个问题：国破，家何在？太平日子何在？留给后人思考的东西很多很多。回望20世纪那场长达14年的抗日战争，国不国，家不家，民不聊生，饥寒交迫，多少耻辱、多少血泪、多少绝望啊！作者选取的人物是“一介草民”，时间背景是宏阔的抗日战争，然而她拒绝了大的叙述、大的描写，回忆了“曾祖父喝一碗和子饭”的故事。拼凑出这个完整故事的，不是作者，而是作者曾祖母、爷爷、奶奶、姑姑和母亲三代人的回忆，这个口口相传的故事，内核就是：曾祖父赴死的那种姿势——逆风而跑！回家吃饭！绝不当日本鬼子枪口下的饿死鬼！他藐视鬼子、仇视鬼子、辱骂鬼子、敢于赴死！他是铁骨铮铮的硬汉子，难掩男儿血性，可他毕竟是手无寸铁的中国老百姓，只剩下自己一条老命，除了举家逃亡、骂骂敌寇、活活地任人宰割之外，他没有其他的选择。他不甘心啊！他就偏偏不相信鬼子能把手无寸铁的他怎么样！他后来就真的骂鬼子了，真的就不怕死了，变成一个不向鬼子低头的中国人了！这，相比那些真枪真刀的抗日将士，也是一种抗日的方式！中华民族无声的巨大的“怒吼声”！

我非常佩服这个男人，明白了他为什么逆风而跑的原因。他一定是知道自己必死无疑，但他为什么又去赴死呢？作者寥寥几句，说“我的曾祖父，他不慌不忙，就在日本人面前，从容喝完那碗和子饭，如饮酒一般酣畅。之后，他摔碎那只给了他最后温暖的碗”，说“爷爷们发现他时，不粘一粒米的瓷片们，碎裂在他的腿边”。最令人触目惊心的，是他“一定是边倒下边痛骂，钢刀才越来越愤怒，直到血窟窿布满周身，直到他再也无法出声”。一个独特的人物性格便跃然纸上！接下来，作者依靠自己的想象力，去假设曾祖父为什么回家吃饭的原因，假设老人家当时的心理：也或许，他还大喝一声：“即便死，也不能让亲手种下的粮食喂进狗嘴里！”我们可以感受作者那一个字、一个字的想象的力量！无疑，“拼凑”加上“想象”，也让作者这个不曾亲历、敢爱敢恨的老人家的死，变得何等荡气回肠、气壮山河！还有一个细节：“灶台边的碎片”，作者在文中两处提到。她强忍住悲痛的泪水在告诉读者：如果把所有的碎片拼凑起来，那可是“曾祖父”摔碎了的碗。忘记历史，忘记苦难，等于忘记我们自己。记住耻辱，我们才能在跌倒的地方重新站起来。所以我想，作者哪是在写“一碗饭，一条命”，分明在写“中华民族的碗，中华民族的命”啊！

谈起“二战”，作家石黑一雄开始认为那场战争的恐怖与荣耀是属于他父母那一代人的。但当他 44 岁时走进奥斯威辛集中营旧址，忽然意识到要不了多久，许多亲眼见证了这些重大事件的人就将离开人世了。石黑一雄扪心自问：“记忆的重担就会落在我这一代人身上吗？我们没有经历过战争岁月，但抚养我们长大的父母们——他们的人生都被这场战争打上了不可磨灭的印记。而我——如今是一个向大众讲述故事的人——我是否肩负着一项迄今为止我都尚未意识到的责任呢？这责任是否就是向我们的后代尽己所能地传递我们父母辈的记忆与教训？”不同的，是东、西方战场，相同的，却是战争带给他们的悲剧和黑暗，“珍爱和平、远离战火、和谐共处”已成为全人类的共同的心声。

第三，细节当中，那些熠熠生辉的思想。

中国在二千五百年以前，有一个思想家叫老子，他写过《道德经》，其中有一个“一生二，二生三，三生万物”，还有“以柔克刚”，还有“上善若水”……很多这些古代的治国理念，包括一个民族的精神，都在这本书里面有反映。不同的人，包括学派学说、先秦诸子百家，都或多或少地在《道德经》里面延伸出很多学派、哲学思想。第二位，我觉得就是中国近代的哲学家冯友兰。冯友兰是中国现当代著名哲学家，教育家，著有《新理学》《新世训》《新事论》《新原人》《新原道》《新知言》《中国哲学简史》等，享誉中外，被誉为“现代新儒家”。他的祖籍在河南南阳的唐河县。有一年，我们杂志社举办笔会，到他的故里参观，我发现了一个大皮箱。这个皮箱，陪伴了它的主人长达半个多世纪，女儿宗璞在他死后捐给了他的故里。当年，冯友兰在战火纷飞中，掂着这个皮箱离家逃亡，颠沛流离，始终抱着一颗忧国忧民的心。1946 年 5 月，西南联大的使命结束，冯友兰为联大纪念碑撰写了气势磅礴的碑文，冯友兰自己也很看重此文，晚年回忆说:“文为余三十年前旧作。以今观之，此文有见识，有感情，有气势，有词藻，有音节，寓六朝之俪句于唐宋之古文。余中年为古典文，以此自期，此则其选也。承百代之流，而会乎当今之变，有蕴于中，故情文相生，不能自已。今日重读，感慨系之矣。”也正是 1937 至 1946 年，是冯友兰学术生涯的关键十年，形成了他宏大的新理学体系。拥有这种大思想的人，他多难的经历是一笔财富，他罕有的著作或者巨大的成就也是一笔财富，这种人，我们是很难遇见的。2017 年 8 月底，我到广东省廉江市采访，遇见残疾人刘国贵，让我眼前一亮。他身残志不残，自学了拳术、医术、笛子演奏、打鼓、美术、音乐作曲等，在省市、全国都取得了不俗的成绩，还创办了一家民办幼儿园，事业做得很大。他讲他的身上的一些经历，一生经历了四次大难，两次自杀，他都坚强地走了过来。从他身上，我感觉到一种震撼，一种在苦难中坚守，在苦难中向着自我挑战的一种抗争的东西。

我们每一个人在这种大的时代背景下，不能被现代安逸的生活养成了懒惰的习惯，我们需要的是一种危机感。作家是人类灵魂的工程师。我们应该为自己从事的高尚的事业而感到自信，要有文化自信。这让我想起 20 世纪初叶，五四运动时期，有胡適、鲁迅、郁达夫、台静农、梁实秋、梁遇春、周作人、庐隐、废名、许地山等一大批作家，他们担当起挽救民族大业、唤起中华崛起的重任，怀抱大我，抛弃小我，这，绝对是要引领一个民族向前走的一个动力。所以说，你写一篇散文，不在于语言美，关键看你的思想性。

写好一篇散文的因素有很多，比如语言、造句、细节、题材、角度、标题、观察、白描、心理描写、想象力、思想、文化和情怀，林林总总。选择哪怕任何一个，你只要做到了极致，做到了超凡脱俗，推陈出新，做到了以小见大，微言大义，你的文章在某一方面就胜过别人那么一点，可以写好。但是，做到整篇散文更好，却是一件困难事。我认为，好的散文一定是真实的，朴实的，感人的，直抵人心的。散文不能有半句虚假的话，哪怕有一个虚假的字眼，读者也会一眼看出来，让你的虚假无处躲藏。虚假不是虚构。散文是可以合理地进行虚构，虚构的情感必须是真实的。只有你把心窝子里的话全都掏出来，把你的故事讲给读者们听，唯有如此，别人才会被你感动。

前不久，我跟一位作者聊天的时候，聊到老作家冯积岐的一篇文章，标题叫《我在省作协当临时工的那七年》，这篇文章写到他年轻的时候，会写两篇文章，当时正在农村干活嘛，后来要筹办一个杂志，省文联把他调过去了。调过去之后让他当临时工，几个人白天弄一张桌子，在那办公，晚上上面的东西一整理，就睡在桌子上，有时候睡在门口，睡了七年。他呢，在这七年当中，一半是在文联里面、省作协里面忙活，一半是在农村当农民。他有时候碰见在省作协里面忙着出刊、家里又要收麦子的时候，只能让自己的老婆去割麦子。他其中有一次写到这样一个细节，有一次回到村中，天落黑了，他看到妻子累得手上起了大泡，心里很内疚。作为一个男人，没有挣几个钱，也没有给她分担更多的农家活，又什么都做不了，所以晚上趁着天黑透之前割麦子。其中有一个细节，就是用镰刀一豁，一片麦子就倒了。他说这意思是，豁啊，就不是平常的割麦子，只要镰刀把上面的麦穗割下来，甭管长短，甭管剩下的麦茬子剩下多少，目的把麦穗割下来就可以了。豁这个动词，它有三层意思，第一个是快，不讲究质量，讲究速度；第二个是着急，想着抢工；第三个反映了当时作者焦虑的心情。我觉得第三个心情用这个“豁”呢，表达得更为准确。我们有时候选择动词的时候，一般用动词或象声词比较多一点。一篇好的文章，如果你认真地分析的话，它里面第一个特点是动词特别多，第二个是象声字比较多，绝对不是平常的描述。平常的描述就像那种主谓宾大白话的描述，基本上没有，除了翻译家，就是我们看到的翻译语言、翻译小说，那里面大部分都是主谓宾啊，整齐，读起来干巴巴的，知道这个意思，但是没有趣。所以，我们在创作当中，口语化的写作非常重要。大家在以后创作当中，一定要注意这一点。

第四，我们想象当中的细节。散文要不要虚构，散文靠不靠想象？这几年，大家都在批判“散文的虚构问题”，我个人认为，虚构就是想象，它也需要想象。比如鲍尔吉·原野在《文艺报》发表的散文《雨水去过一切地方》。他说：“我终于明白，水化为雨是为了投身大海。水有水的愿景，最自由的领地莫过于海。雨落海里，才伸手就有海的千万只手抓住它，一起荡漾。谁说荡漾不是自由？”这是对雨水的想象。接下来，作者想象更加丰富，“大雨把石子路面砸得啪啪响。进森林里，这声音变成细密的沙沙声。树用每一片叶子承接雨水，水从叶子流向细枝和粗枝，顺树干淌入地面”，这里要特别注意——“树用每一片叶子承接雨水”，这里面用了一个“承接”的动作，树的心理，树叶的表情和动作，“流”和“淌”两个动词，我觉得都是想象的；再比如“我觉得树木开始走动。好多树在雨中穿行，它们低着头，打着树冠的伞”，树木可爱的神态，森林中正在下雨的现场，匆匆忙忙的现场，这么多的想象，建立了一个拟人，或者一种流动、流畅的状态。那么，鸟儿是怎么样的心理呢？作者说“它们在雨中噤声了。我想象它们在枝上缩着头，雨顺羽毛流到树枝上，细小的鸟爪变得更新鲜。鸟像我一样盼着雨结束，它不明白下雨有什么用处，像下错了地方”，鸟儿没有了活动的空间，人类也一样，下雨反倒不太招人喜欢，动物们和植物们担心的恐怕还不止这些，环境的变化、季节的变化、温度的变化等等，最后归结于心理的变化，大自然的万事万物和谐相处，各得其妙，才是作者所祈愿的“应无所住，而生其心”那样。还有一个作者叫王族，新疆乌鲁木齐一个出版社的，他写过狼系列、骆驼系列，还有狐狸、鹰这些动物。他写动物完全是想象，其中有一个写杀羊，新疆人宰羊怎么宰呢，屠户到一个家里，羊很活泼乱跳的，根本逮不住，也很大。到最后屠户把羊唤过来以后，摸这个羊的肚子，然后给它唱着维吾尔族的歌曲，这个羊慢慢地就闭上眼睛，他就一刀把这个羊杀死了。他写的是羊对人的信任，人拿这个信任，作为伤害羊的一种前提，我觉得那个文章读起来很让人心酸的。

还有一篇，2010年郭勇的一篇短文，叫《骗牛》，写骗牛的时候不知道是哪个地区，就把这个公牛啊，睾丸用锤头一点一点打碎。当时那个场景，文章大概五百字，很短，结果很多读者对这个文章记忆非常深刻。比如说这种场景，这种细节，他就把这种想象建立在真实的情况下。我觉得我们好多作家，在想象这个问题上，确实是有点走极端，一旦极端了的话，就容易“虚构散文”，甚至叫“解构散文”，让散文的文本意识边缘化、模糊化，让读者搞不清楚你到底写的是小说还是散文还是诗歌、报告文学什么的，掺杂的水分过多。不管怎么说，散文当中的这些想象，是建立在真实的基础上的，而不是建立在虚假上的。比如小说当中我们可以用虚假的，或者我们也不知道到底会怎么样，就像科幻一样，胡编乱造啊、天花乱坠啊，都可以，满宇宙乱跑都可以。但是散文呢，你比如说想象，它是对现场的还原，对各种心理和这个状态，还有我们不可确定的一种建立在这方面的一种真实的再现，而不是虚假和胡编乱造，追求一种稀奇古怪。这种真实，作者本人必须自己先接受，其次，编这篇文章的编辑和读者们才能接受。所以，大家在想象这个问题上呢，一定要注意这个在想象当中的推理，在推理当中追求的真实化，最大程度的真实。那么既然你是想象的，既然你是虚假的，读者也可以原谅你，我觉得你真的是那种胡编乱造，或者假得令人不可接受的话，那你这个文章也是失败的，写出来也是失败的。

第五，观察出来的细节。观察，是作者获取第一手细节最直接的手段，也是每一位写作者作文的基本功。我喜欢观察生活中的一些动物，以及瓜果蔬菜等植物，在我看来，这些可爱的小精灵们，尽管它们的语言我们听不懂，或者听不见，但它们也是这生机勃勃的人世间的一员，它们和人类才构成了美丽和谐幸福的大自然。从这一点来看，它们的世界是充满神秘的，它们，也应该和我们人类一样，有着自己的习惯、情绪。比如，我写过一篇散文叫《隐逃的倭瓜》，第一次选择了倭瓜这一种瓜果。它们的习惯，就是偷偷地躲在叶子下边，等到自己长大以后，好像一个个小朋友似的偷偷地逃跑。我把它们的这种习惯叫“隐逃”，也就是你从叶子上边看不见它们，只能扒拉开它们的叶子，你才会发现它们。这篇文章，虽然不长，但是却写了倭瓜短短的一生，对写作者的要求比较高。如何在有限的篇幅里，写好倭瓜生长中的几个精彩瞬间，我觉得，只有认真观察，展开丰富的想象，才能写出和别人眼里不一样的事物来。

韩静霆老师的《黑天鹅》，选取了景区中一只落单的黑天鹅的故事，凄美，哀怨，作者充分展开了诗人般的想象，想象了当初那对黑天鹅的热闹婚礼、婚后卿卿我我，夫唱妇随，一只黑天鹅如何一步步走向死亡的情景，作者在结尾部分，依然展开想象的翅膀，想象自己听见了两只黑天鹅的情话，仿佛悲剧不在，欢颜初现……

读罢高云峰的散文《刮草地的外爷》方知，人物散文不好写，如果不从思想、情怀、责任等角度取材，仅仅从个人情感宣泄的目的出发，很容易记成流水账，其笔下的人物也会写得很俗气。如果从他者的角度去观察你的亲人、你最熟悉的人，思考像他这类人的生命故事，是否会对我们有所启发，有所修正，有所指领，那么，这个人物在你的笔下就保持了一种陌生感，你下笔时也就比较客观公允，写起来非常自然。自然的文字最可贵。比如作者高云峰写到他的外爷时，用了“刮”字，像刮风一样在外边四处闯荡，这样的人生，这样的果敢意念，说到底是在写一种拼搏的、不认命的精神。尽管写到最后，作者的舅舅成家后，“外爷再没有‘刮草地’，外爷老了，刮不动了”，最终一事无成，让人唏嘘不已。不禁想，我们在现实生活中，诸如外爷这样一生闯荡一事无成的人很多很多，并不是你努力了刻苦了拼搏了，就一定有好的结果，好的物质回报，平凡平庸的人满大街都是。文中，作者用了“刮草地”这个土语，使这篇散文一下有了地域特点，充满了阅读的新鲜感。读到后半部分，作者还一直不肯道出他的外爷是如何刮草地的，吊足了读者的胃口。直到第五章的最后，作者才道出实情：“他就是一个贩菜籽的老头，每年去两趟，按照伊盟的种菜季节，种前把菜籽赊卖，初冬收菜时去要账，走在哪里，有朋友的话就吃住在朋友家，没有朋友就乞讨。”这样的人，回到老家神木，假装一个吃穿不愁、轻松赚大钱的汉子，而真正知晓他在外面世界的底细，竟然是过着接近于乞讨般的苦日子！平常的人，生存不易，你我也不例外。从作者的外爷身上，我仿佛看见了很多人一辈子的缩写版，一辈子的不服输，去拼搏，不舍日夜。作者高明之处，也在于此。

曹文轩的散文《手感》，以手感推测日本工艺品的细腻，制作流程中的一丝不苟、精益求精，通过描写不同顾客的手感来对比中日两国的文化理念差异，突出我们内心的细腻入微的心理感受。来自生活现场的观察，获取生活当中的许多经验型的细节，进而让我们生活得更加幸福，正是作者的本意。原来，这些外国人能传达给我们的良好手感，对待一切事物的认真态度，皆来自他们对于我们古人的虚心学习。

下面，我挑选三篇散文，谈一下它们的故事。

梁晓声老师的《兄长》。《兄长》写的是作者的哥哥，一个精神病患者。从起笔到落笔，作者一直在探究他哥哥为啥得这个精神病，进而就探究这个精神病对他们整个家庭的伤害和痛苦，承受的种种责任。最后，作者又想象到全国能有多少个像梁晓声这样用稿费能够养家糊口的作家？据我所知，他给他哥哥买了一套房子，他把他哥哥送到北京的精神病院去治疗，过年、过节的时候把他接过来，专门给哥哥做饭，独处一段，他自己在那里写作。大前年，我有一次去看他，他说明天去接他哥哥。还有一次我们在这里参加完会，他说给他哥哥买棉鞋，天冷了，去给他哥哥买棉鞋。这篇文章从一开始没写之前，他就给我讲，他要写一篇反映哥哥的文章，然后这个文章写出来以后又交给我。当时他正在北京参加“两会”，他让我派司机去把这个稿子拿回来。因为他现在还保持着手写，不用电脑打。我们编辑部打完以后，他又在上面改，改完以后再定稿。他就写到他去精神病院跟哥哥一块独处，交谈。这个叫精神分裂症，并不是一直都是糊涂着的，他是一会好，一会不好；一会完全有意识，一会就像魔鬼一样，间歇性的。后来他又写了一篇文章《精神病院里的哥哥》，哥哥精神病院里的故事，写到他哥哥交的几个精神病友，其中里面有个老大，比较厉害，也人高马大的，然后也比较有威望，养了一个猫，猫跑出去了，最后临回家的时候又把猫寄托给另外一个人。他就讲这种经历，让你感觉到他们这个层面的一种我们所不了解的生活，还有我们不能承受的他的那种痛苦。还有梁晓声老师写过《父亲》，他写父亲一开始是跟着他到北京，北京电影制片厂，一开始跟着他打点零工，看个门，扛个麻袋，扛个设备，后来人家看这老头老是转过来转过去，说你过来当群众演员吧。然后他就过去，穿着古代的衣服，晃悠一段，或者再穿着马褂，晃悠一段，晃过来晃过去。文章当中有个细节，过了好多年了，他父亲都去世好多年了，忽然有一天，梁晓声的儿子指着电视说，爸，你看我爷爷，电视上我爷爷在里面，我爷爷有俩镜头。群众演员嘛，两三个镜头，不说话，走来走去。我想，他这个细节，绝对是真实的，你要是编造的话，绝对出不来这种效果，或者说我们一眼就能看出来。

我再讲一篇散文，海南省海口的作者，邮政系统的，叫张少中。他有一篇散文叫《佛门里的姐》，一开始他这个标题不叫这个名字。他写什么呢？他写当年在安徽一个报社当记者的时候，忽然有一天，有一个农村的老太太，逃婚，后来又跑到寺庙里面，他们娘家的人，算是娘家的亲戚吧，叔叔啊，大伯啊，这些打算抢占她的财产，然后要跟她打官司，希望报社能够给她揭露一下。这时候张少中就写这个文章，写了以后也捍卫了这个老太太的（当时还是尼姑）尊严，后来这个尼姑认了作者当弟弟。这个老太太后来在九华山利用自己的一些积蓄，包括她家里卖的房子钱，在九华山买了一块地，然后盖了一个寺庙，她自己也加入了佛教组织，后来成为一个师太。后来张少中一直关注着她，包括她寺庙的筹建啊、买地啊，当然后来他也参与了。陈寿新是安徽九华山市文联主席，在他的地盘上，一直到盖起来，经历了很多波折，包括张少中在采访当中，跟他交往当中，他的佛门里的姐有一个女徒弟喜欢上了张少中，希望还俗以后和张少中结婚。张少中说我准备带老婆到海南创业呢，怎么可能给她结婚呢？后来女徒弟又到河南洛阳白马寺当尼姑去了，张少中还去见她，这个故事还很曲折。2010 年的时候，我跟着作者到了九华山，我们载有这篇文章的那期杂志，老师太购买了 3000 本，放在她寺庙的功德箱的前面。如果谁捐钱的话，送一本杂志。后来我和张少中一块，到老师太那里，拜见老师太。老师太好像已经 92 岁了，当时还给我摩顶，敲着那个钟，“当”，很奇妙、很神奇的一种感觉。2015 年年底的时候，张少中给我打电话，说老师太去世多年，也出缸了。出缸以后，九华山讲究敬奉地藏菩萨肉身菩萨，他说老师太是唐朝以来第 16 尊肉身菩萨，现在在她寺庙里面供奉着呢。老师太去世以后，老师太的徒弟们、老师太的娘家人，又来争她的寺庙，又打官司。后来打输了以后，当地的恶霸不愿意下法庭，最后抬下去的。这个故事很曲折，因为作者今天没来，来了以后光他的故事就能给大家讲得非常引人入胜。你看看，磨出一篇好的作品，你必须肯下一大番功夫，把心窝子里的话一句句掏出来，动大感情，超常发挥，才能接近或者抵达你的最初目标。当然了，努力过了或者说下大功夫了，但是没有写好，这也常有。

第三篇文章呢，就是我写的《十八里的半夜雪路》，刊登在《读者》

2016年第7期，首发在《人民日报》，很多报刊也转载了这篇散文。我当时为啥要写这个文章呢？我就想写一篇走路的文章，走路我现在已经写了有三篇，一个是《北风呼啸中的娘》，第二个是《后路》，再就是这一篇。走路是个枯燥、筋疲力尽的过程，特别消耗体力，非常累，也非常难写：第一个它没有故事情节，第二个它也没有特别能抓的地方，根本就抓不住什么。写之前，我想应该怎么描写，后来我就想——我就写走路的心理。《十八里的半夜雪路》所讲述的故事是真实的，惊心动魄的，恐惧的，更是一种从希望到失望到绝望的过程，一个乡村小孩子，一个人在空寂无人的雪夜赶路，其境地可以想见。这篇散文写作的缘起，是我在湖南出差，跟几个朋友聊天的时候，聊到小时候的经历，后来回北京以后把它写出来了。我觉得，人在巨大的寂寞和恐惧之下，人的状态，人的心理归宿，该往哪里去？后来，我就写了这篇文章，最终把人的心理归宿感落在了温暖和希望上，而不是归宿到一种灰暗或者没希望。人生当中，不管处世也好，写文章也好，我们要对生活充满期待，让读你作品的人们充满理想，这样的话，你的写作才能够进步。好作品，是一个作家的意外收获。写不出好作品，你也不要气馁和怨天尤人。要不断地调整自己的心态，你的心态反映在文章当中，无疑会传染更多的人。更多的人呢，也会体会到和你共通的一种感动。毕竟，散文是一种美的享受和一种雅的创作行为。

我们要珍惜手下写的每一篇文章，因为，每一篇文章都是有生命的。

原载《天津文学》杂志